LE DARD
DU SCORPION

DES MÊMES AUTEURS
CHEZ LE MÊME ÉDITEUR

Tombes oubliées, 2020.
Rivière maudite, 2020.
Offrande funèbre, 2019.
T comme tombeau, 2018.
Nuit sans fin, 2018.
Noir sanctuaire, 2017.
A comme apocalypse, 2016.
Mortel Sabbat, 2016.
Labyrinthe fatal, 2015.
S comme survivre, 2014.
Tempête blanche, 2014.
Descente en enfer, 2013.
C comme cadavre, 2013.
R pour revanche, 2012.
Vengeance à froid, 2012.
Les Sortilèges de la cité perdue, rééd. 2012.
Fièvre mutante, 2011.
Cauchemar génétique, rééd. 2011.
Valse macabre, 2010.
Le Piège de l'architecte, rééd. 2010.
Croisière maudite, 2009.
Le Grenier des enfers, rééd. 2009.
Le Livre des trépassés, 2008.
Relic, rééd. 2008.
Danse de mort, 2007.
Le Violon du diable, 2006.
Les Croassements de la nuit, 2005.
La Chambre des curiosités, 2003.
Ice Limit, 2002.

(Suite en fin d'ouvrage)

DOUGLAS PRESTON
& LINCOLN CHILD

LE DARD DU SCORPION

traduit de l'américain
par Sebastian Danchin

l'Archipel

Ce livre a été publié sous le titre
The Scorpion's Tail
par Grand Central Publishing, New York, 2021.

Notre catalogue est consultable à l'adresse suivante :
www.lisez.com/larchipel/45

Éditions de l'Archipel
92, avenue de France
75013 Paris

ISBN 978-2-8098-4155-8

1

Depuis sa sortie de l'école du FBI, six mois plus tôt, l'agent Corrie Swanson avait compris que tout ou presque pouvait arriver dans son métier. Néanmoins, elle avait été surprise lorsqu'on l'avait envoyée perquisitionner le domicile d'un ado en compagnie de son chef, l'agent Morwood, et de deux collègues.

L'équipe du Bureau dépêchée sur place revenait d'Edgewood, la petite ville de montagne où vivait le hacker boutonneux. Celui-ci avait fondu en larmes en découvrant les agents sur le seuil de la maison maternelle. Corrie avait eu un premier pincement au cœur lorsqu'elle avait vu le gamin, et un autre en s'apercevant qu'elle le plaignait intérieurement. Il avait pourtant piraté le réseau interne du laboratoire de recherches nucléaires de Los Alamos « pour s'amuser ». Les quatre agents avaient confisqué ses ordinateurs, ses disques durs externes, son iPhone, ses clés USB, sa PlayStation et même le système de surveillance de son domicile avant de charger le tout dans le coffre du Navigator noir aux vitres teintées des agents Liz Khoury et Harry Martinez. Corrie avait ensuite repris place dans le véhicule de tête que conduisait son chef, un pick-up Nissan flambant neuf à la carrosserie rouge vif zébrée de bandes latérales et au capot orné d'un énorme dragon chinois. Corrie n'aurait pu imaginer véhicule plus mal adapté à la personnalité feutrée de Morwood. Quand elle s'était résolue à lui demander pourquoi il l'avait choisi, il lui avait répondu que c'était le meilleur moyen de voyager incognito.

— Alors, lui demanda son chef sur un ton paternel. Cette journée ?

Même si la mission n'était pas des plus agréables, elle constituait une sorte de récompense après des mois passés derrière un bureau. Corrie avait tout fait pour mériter l'estime de son supérieur, jouant notamment un rôle de premier plan dans une enquête récente[1], ce qui avait poussé Morwood à l'associer à cette sortie sur le terrain.

Connaissant son chef, elle savait qu'il ne souhaitait nullement la voir exprimer sa gratitude.

— Je me suis sentie un peu bête avec un gilet pare-balles pour une visite de ce genre.

— On n'est jamais trop prudent. Au lieu de hurler, la mère aurait très bien pu sortir un .357 Magnum.

— À quoi servira la confiscation de tout ce bazar informatique ?

— Les techniciens du labo vont y jeter un œil pour savoir comment il s'y est pris. On reviendra ensuite l'arrêter et sa vie sera fichue.

Corrie avala sa salive.

— Vous trouvez la sanction trop forte ?

— Pour être honnête avec vous, répondit Corrie, il n'avait rien d'un criminel endurci.

— C'est vrai. Un gamin intelligent issu d'une famille stable de la classe moyenne. Un bon élève avec un avenir prometteur. C'est presque pire que s'il s'agissait d'un ado des cités vendant de la drogue, faute de mieux. Notre hacker a dix-huit ans, c'est donc un adulte, ce qui ne l'a pas empêché de s'introduire dans un système regorgeant de données nucléaires classifiées.

— Je comprends.

---

1. Voir *Tombes oubliées* (L'Archipel, 2020). (*Toutes les notes sont du traducteur.*)

Morwood laissa s'écouler un bref silence avant de reprendre :

— C'est sain d'éprouver de la compassion. Nombre d'agents finissent par s'endurcir avec le temps, mais nous ne devons pas perdre de vue le sens de la justice. Ce garçon aura droit à un procès équitable face à douze Américains ordinaires. C'est ainsi que fonctionne le système, et on n'a pas encore trouvé mieux.

Corrie hocha la tête. Morwood avait trente ans de maison derrière lui et elle admirait son absence de cynisme. Sans doute était-ce la raison pour laquelle sa hiérarchie lui demandait de former les nouvelles recrues pendant leur période probatoire de deux ans. Corrie avait constaté combien ses jeunes collègues, les hommes en particulier, adoptaient une attitude dure et sardonique.

Ils traversaient Tijeras, sur la mythique Route 66, lorsque Morwood monta brusquement le son du scanner de police embarqué dont la rumeur sourde les accompagnait depuis le début du voyage. *Dispute domestique au camping Cedro Peak…*

L'annonce tira Corrie de ses pensées.

On signale des coups de feu dans un camping-car stationné à Cedro Peak sur la 252, sortie Sabino Canyon. Blessure par balle ou prise d'otage possible…

— Nom d'un chien, réagit Morwood en consultant l'écran du GPS. C'est à deux pas. On ferait mieux d'y aller.

Il s'empara du micro accroché au tableau de bord.

— Morwood et Swanson, Khoury et Martinez du FBI. Actuellement à Tijeras sur la Six-Six, nous prenons la Trois-Trois-Sept en direction du sud. Nous sommes à dix minutes de route.

Morwood accéléra et bifurqua sur la 337 dans un long crissement de pneus en direction des monts Sandia. D'un geste, il mit en route la sirène et le gyrophare, imité par le Navigator qui roulait dans son sillage.

L'employée du central continuait d'alimenter le fil, mais elle disposait de peu d'informations. Plusieurs campeurs avaient contacté police-secours afin de signaler des cris de femme suivis de plusieurs détonations dans un camping-car voisin. L'un des témoins pensait avoir entendu pleurer une petite fille. Comme de juste, le terrain de camping s'était vidé en l'espace de quelques minutes.

— Tout indique que la journée se terminera sur une mission plus passionnante qu'une perquisition chez un pleurnichard de hacker, commenta Morwood. Nous serons les premiers sur place. Vérifiez votre arme.

Le cœur de Corrie se mit à battre plus fort. Elle tira le Glock 19 de son holster d'épaule, s'assura que le chargeur était plein et remit le pistolet dans son étui. Conformément au règlement, une balle était déjà engagée dans la chambre. Brusquement, elle ne regrettait plus de porter un gilet pare-balles.

— On vous l'a probablement enseigné à l'école, reprit Morwood sur un ton professoral, mais les disputes domestiques sont potentiellement très dangereuses. Le coupable se comporte souvent de façon irrationnelle, voire suicidaire.

— Bien sûr.

L'aiguille du compteur franchit la barre des 110 km/h, une vitesse dangereuse sur une petite route de montagne bordée de ravins et essentiellement dépourvue de rails de sécurité. Les pneus du pick-up hurlaient à chaque virage.

— Comment comptez-vous procéder ? s'enquit Corrie.

— Un commando du SWAT et un négociateur ont été mobilisés, le Groupe d'intervention du FBI a également été alerté. En pareil cas, on commence par se placer en position défensive, on évalue la situation et on tente de faire baisser la tension. En clair, il s'agit de maintenir le dialogue en attendant l'arrivée des spécialistes.

— Et s'il y a prise d'otage ?

— On parle au forcené, on essaye de le rassurer et de l'inciter à libérer son otage. Sauf si la situation est critique, moins on en fait, mieux on se porte. L'étape la plus difficile est notre arrivée sur place, lorsque le coupable nous aperçoit. On y va tout doucement, sans crier ni chercher l'affrontement. Rien de bien sorcier. Une bonne expérience pour vous.

Morwood laissa s'écouler un battement avant d'ajouter :

— Si jamais ça part en vrille… contentez-vous d'obéir à mes instructions.

— Compris.

— Rappelez-moi votre note à l'épreuve de tir ?

— Euh… quarante-neuf, répondit Corrie en rougissant. Elle n'était pas très fière de cet examen qu'elle avait réussi de justesse, après des semaines d'entraînement intensif qui l'avaient laissée avec des avant-bras douloureux. Elle ne serait jamais championne de tir.

Morwood se contenta d'un grognement en enfonçant la pédale d'accélérateur. Le pick-up enfilait les lacets à toute allure au milieu des collines boisées. Cinq minutes plus tard, le véhicule s'engageait sur la route de Cedro Peak avant de bifurquer quelques kilomètres plus loin sur un chemin gravillonné, obligeant Morwood à ralentir. Ils ne tardèrent pas à arriver en vue du camping. Un pré paisible au milieu des pins dans le décor majestueux des monts Sandia, quelques tables de pique-nique, un préau et plusieurs barbecues.

Le chemin dessinait un coude et Corrie aperçut une caravane accrochée à un pick-up Ford de couleur blanche. Le lieu, malgré la présence de tentes, était désert.

Morwood contourna le camping par la droite en faisant signe à Khoury et Martinez de passer de l'autre côté.

— Je vais me garer le plus près possible, annonça Morwood à sa passagère. Soyez prête à vous baisser au cas où il ouvrirait le feu.

Il arrêta le pick-up à moins de dix mètres du lieu du drame sans que résonne le moindre tir. Il s'agissait d'une caravane dépliante dont la partie centrale, bordée de chambres en toile de tente, était protégée par une moustiquaire en nylon transparente. Corrie distingua une silhouette masculine dans l'espace salon. L'homme tenait par le cou une enfant, le canon d'un pistolet contre sa tempe. La fillette sanglotait, terrorisée.

— Et merde, gronda Morwood entre ses dents.

Il se recroquevilla sur son siège et sortit son arme.

Le forcené restait immobile, l'arme posée sur la tête de son otage.

Corrie tira à son tour son pistolet du holster.

— Sortez par votre portière en vous protégeant derrière le bloc moteur du pick-up, lui recommanda Morwood.

— D'accord.

Elle s'exécuta et son chef se glissa derrière elle à travers la portière passager. Il tenait dans sa main le micro retenu au tableau de bord par un fil torsadé. Il enfonça un bouton et s'adressa à l'inconnu d'une voix posée par le biais du haut-parleur dont était équipé le pick-up.

— Ici les agents Hale Morwood et Corinne Swanson du FBI. Je vous demande de relâcher cette enfant. Nous souhaitons discuter avec vous, rien de plus. Nous n'avons aucune intention de vous faire du mal.

Un silence interminable lui répondit. Le forcené tournait le dos à la lumière, de sorte qu'il était impossible de distinguer ses traits, mais sa poitrine se soulevait anormalement vite. Corrie remarqua la présence sur les marches de la caravane d'un filet de sang qui s'écoulait lentement avant d'être avalé par la terre.

— Il y a du sang, remarqua Morwood.

— Oui, j'ai vu.

La jeune femme avait la gorge nouée. Le forcené avait sans doute déjà abattu quelqu'un à l'intérieur.

— Monsieur ? Je vous demande de relâcher votre otage. Laissez sortir l'enfant. Ensuite, nous pourrons discuter. Nous sommes prêts à vous écouter et trouver une solution.

L'inconnu tourna vers eux le canon de l'arme et fit feu à deux reprises. Les projectiles passèrent largement au-dessus du pick-up.

Ce n'est pas la première fois qu'on te tire dessus, Corrie. Tu peux y arriver, d'autant plus qu'il vise comme un pied.

— Je vous en prie, libérez cette enfant, poursuivit Morwood d'une voix neutre. Si vous avez des requêtes à exprimer, vous n'avez qu'à me préciser lesquelles.

— Je veux rien de toi ! hurla l'homme sur un ton hargneux et hystérique qui rendait ses paroles difficilement intelligibles. Je vais la buter, putain ! Tout de suite !

La petite fille poussa un hurlement.

— Ta gueule !

Morwood reprit d'une voix calme, mais ferme :

— Monsieur, vous n'allez pas tuer cette enfant. Il s'agit de votre fille ?

— C'est la fille de l'autre *salope* et je vais la buter !

Il tira à deux reprises dans leur direction et la seconde balle se ficha dans la carrosserie à l'arrière du pick-up. Sans attendre, il reposa le canon de l'arme contre la tête de la fillette.

— À trois, je l'abats !

Le hurlement terrifié de l'enfant résonna dans le camping comme une lame traversant une feuille de tôle.

— Non ! s'étrangla-t-elle. Je t'en supplie, tonton, pas ça !

— *Un !*

Morwood se tourna vers Corrie.

— Je vous autorise à user de votre arme pour le tuer, lui glissa-t-il dans un souffle. Je pars vers la droite pour l'avoir de profil. Couvrez-moi. Si vous l'avez en ligne de mire, tirez. Mais *uniquement* si vous l'avez en ligne de mire.

— Bien, chef.

— *Deux!*

Le Glock formait une masse moite dans sa main tremblante. *Reste calme, et concentre-toi, nom de Dieu.* Elle coula un regard au-dessus du pick-up et se mit en position de tir, les bras tendus sur le capot. Elle était désormais à découvert, mais ce con tirait comme une patate. La phrase tournait en boucle dans sa tête : *Ce con tire comme une patate.*

Elle pointa la mire sur la tête du forcené et effleura la détente de son index. Il tenait la fillette contre lui et les dix mètres séparant Corrie de sa cible ne lui garantissaient pas de l'atteindre du premier coup.

Morwood jaillit de son abri et courut jusqu'au pin le plus proche, dix mètres à droite, derrière lequel il se coucha.

Corrie visa soigneusement l'homme. Lui tirer une balle dans la tête avec son Glock 19 à cette distance était trop risqué pour l'enfant. Du coin de l'œil, elle vit que Khoury et Martinez, l'arme au poing, s'étaient abrités derrière leur 4 × 4. Un hululement lointain lui signala l'arrivée du commando SWAT.

Les renforts, Dieu merci.

— *Trois!*

Morwood fit feu, mais Corrie comprit qu'il s'agissait d'une simple diversion. Le forcené éloigna son arme du crâne de la petite fille et tira par deux fois en direction de Morwood. L'enfant en profita pour s'arracher à son étreinte. Elle se précipita vers la porte de la caravane, mais son pied glissa et elle tomba à terre.

Elle gisait sur le sol, son ravisseur dessinait une silhouette idéale derrière la moustiquaire, en plein dans la ligne de mire.

Corrie enfonça la détente.

Le pistolet tressauta dans ses poings serrés et la balle, au lieu de lui exploser la tête qu'elle avait pourtant visée, s'enfonça dans son épaule droite. La force de l'impact fit pivoter le forcené sur lui-même, il voulut riposter et visa à l'aveugle, déséquilibré par le choc. La flamme qui s'échappa du canon de l'arme éclaira la fillette à l'instant où elle se relevait dans l'espoir de s'échapper. La balle la faucha net et elle vola au-dessus des marches de la caravane dans le tourbillon de ses couettes dont les barrettes à l'effigie de la princesse Leia tourbillonnèrent follement.

— Espèce de salopard !

Sans réfléchir, Corrie se rua vers la caravane alors que son chef et ses deux collègues déclenchaient une fusillade. La pluie des projectiles transforma l'individu en un pantin désarticulé qui bascula en arrière en déchirant la toile derrière lui.

En un éclair, Corrie atteignit la petite fille et la souleva sans se soucier de tourner le dos au forcené. L'enfant, couverte de sang, ne bougeait plus. L'instant suivant, les membres du commando débarquaient en force. Une ambulance pila dans un nuage de poussière et deux secouristes en jaillirent. Elle courut jusqu'à eux et ils la délivrèrent délicatement de son fardeau avant de l'allonger sur une civière.

L'un des ambulanciers, voyant que Corrie titubait, lui saisit le bras.

— Ça va, madame ?

Paralysée, du sang plein ses vêtements, elle se contenta de poser sur lui deux yeux écarquillés.

— Vous êtes blessée ? insista l'ambulancier d'une voix forte. Avez-vous besoin d'aide ?

— Non, ce n'est pas moi qui saigne, répondit-elle d'une voix courroucée en se dégageant. Occupez-vous d'elle.

Morwood était là, il lui passa un bras autour des épaules.

— Je prends le relais, annonça-t-il à l'ambulancier avant de se tourner vers Corrie : Venez, je vous accompagne jusqu'au pick-up.

Elle tenta un pas dans la direction du véhicule, mais elle serait tombée s'il ne l'avait pas soutenue.

— Doucement, mettez un pied devant l'autre.

Dans un brouillard, elle constata que les ambulanciers avaient pris en charge la fillette.

Elle s'efforça de suivre de son mieux les instructions que lui murmurait Morwood. Il l'aida à s'asseoir dans le pick-up et elle s'aperçut qu'elle faisait une crise de spasmophilie, les épaules secouées de sanglots.

— Doucement, Corrie. Tout va bien. Il est mort. Prenez une grande respiration. Voilà, c'est bien.

— J'ai merdé, bredouilla-t-elle. Je l'ai raté. Il a tué la gamine.

— Respirez… là… comme ça. Vous n'avez rien fait de mal, vous avez saisi votre chance, vous avez tiré et vous l'avez blessé. Nous ne savons pas encore dans quel état se trouve cette enfant.

— Je visais la tête du type. Je l'ai *raté*…

— Arrêtez de parler, Corrie, et respirez. Contentez-vous de respirer.

— Il l'a *abattue*. Elle est…

— Écoutez-moi, au lieu de parler. Ne pensez plus, je vous demande de respirer.

Elle aurait voulu lui obéir, respirer et ne plus penser, mais elle revoyait dans sa tête le forcené pivoter dans sa direction, tourner vers elle le canon de son arme et tirer à l'instant précis où la petite fille se relevait… Elle ne voyait plus qu'un petit corps étalé au pied de la caravane, ses barrettes à cheveux couvertes de sang dans la poussière.

2

Deux semaines plus tard

Le shérif Homère Watts fit halte quand il arriva au col d'Osa Peak. Il décrocha sa gourde du pommeau de la selle et avala une gorgée d'eau. La vue qui s'étalait à ses pieds était spectaculaire, les flancs des montagnes couverts de pins descendaient en pente raide jusqu'à l'immensité du désert, plusieurs centaines de mètres en contrebas. Le mois de septembre était porteur d'une fraîcheur bienvenue que parfumait une forte odeur d'aiguilles de pin. C'était le premier jour de congé de Watts depuis longtemps et cette journée magnifique lui apparaissait comme un véritable cadeau des dieux.

Il flatta affectueusement l'encolure de Chaco, son cheval, raccrocha la gourde au pommeau de la selle et enfonça ses talons dans les flancs de sa monture. Chaco se remit en route sans renâcler sur le petit chemin de Nick's Creek. Watts avait emporté tout son équipement de pêche : la canne de bambou dans son étui en aluminium, une boîte remplie de mouches et de larves, son panier, son couteau, sa boussole, une flasque de whisky, ainsi que les deux vénérables Colt Peacemaker de son grand-père dans leurs étuis de cuir patinés par les années.

Il avançait lentement sur le sentier, passant de l'ombre au soleil au milieu des pins jaunes et des fleurs sauvages, bercé par le balancement de la selle. Les arbres s'espacèrent, cédant la place à de vastes prairies. Il aperçut, paissant un peu plus loin, un groupe de trois cerfs mulets, un mâle et deux femelles, qui s'enfuirent en le voyant. Il s'arrêta pour les observer avant de reprendre sa route.

Il traversait un pré lorsqu'il remarqua sur sa gauche un filet de fumée au pied des collines, au niveau d'une mesa. Il fit une nouvelle halte et sortit ses jumelles. Un feu à l'époque la plus sèche de l'année pouvait avoir des conséquences catastrophiques. En scrutant l'horizon, il comprit qu'il ne s'agissait nullement de fumée, mais d'un nuage de sable au niveau de la mine abandonnée de High Lonesome, l'une des villes fantômes les plus isolées et les moins fréquentées de tout le Sud-Ouest.

Un tel nuage de poussière, manifestement provoqué par une intervention humaine, ne signalait rien de bon.

Watts, le front barré d'un pli, fut pris d'une hésitation. La piste se poursuivait sur sa droite en direction de Nick's Creek, un ruisseau dont les eaux chantantes regorgeaient de truites fardées. Sur sa gauche, un autre sentier s'éloignait en direction de High Lonesome, loin de la paisible journée de pêche qu'il pensait s'accorder, avec la probabilité de complications à la clé.

Vacherie. À contrecœur, Watts prit à gauche.

Le petit chemin descendait en pente escarpée le long des flancs de la colline. À mesure qu'il perdait de l'altitude, des genévriers succédaient aux pins jaunes et la ville fantôme lui apparut au détour du sentier, ses vieilles bâtisses en adobe éparpillées sur la mesa. Il porta les jumelles à ses yeux. C'était bien ce qu'il redoutait. Une pelle à la main, un pillard déblayait le sable du sous-sol de l'un des bâtiments en ruine, son pick-up garé un peu plus loin.

Le sang de Watts ne fit qu'un tour. Il connaissait bien High Lonesome pour y avoir campé souvent avec son père lorsqu'il était enfant. La cité fantôme, peu connue du grand public, avait largement échappé aux pillages et aux destructions dont avaient été victimes la plupart des villes minières abandonnées du Nouveau-Mexique. Le lieu avait bien servi de cadre à quelques actes de vandalisme, essentiellement commis par les ados de Socorro en quête d'amusement le week-end, mais rien de bien méchant. High Lonesome ne figurait même pas sur les guides de la région tant l'accès en était difficile.

Et voilà qu'un connard vandalisait les lieux.

Watts quitta la piste et poursuivit sa route au milieu des pins afin que le pillard ne prenne pas la fuite en l'apercevant. Ces terres ne se trouvaient pas sous sa juridiction puisqu'elles dépendaient du Bureau of Land Management, l'agence en charge des terrains publics dans tout le pays, mais il n'en était pas moins le shérif du comté de Socorro, ce qui lui donnait le droit d'arrêter ce salopard et de le remettre entre les mains du BLM.

Maintenant sa monture au pas, il sortit des bois à l'arrière de la cité minière abandonnée, à l'opposé du voleur que les vieilles maisons cachaient à sa vue. Watts traversa le village en veillant à rester discret. Des rafales de vent balayaient les ruines, chassant devant elles des tumbleweeds, comme dans les westerns.

Au détour d'une bâtisse, il découvrit le pick-up et constata qu'il s'agissait du vieux Ford de Pick Rivers.

Pick Rivers. Pas question de commettre la moindre erreur avec un animal pareil. Un petit malin qui avait longtemps vécu d'expédients, un toxico qui finançait sa meth en vendant des vestiges archéologiques. Rivers se tenait pourtant à carreau depuis deux ans, après avoir effectué un court séjour en prison qui lui avait remis les idées en place.

S'arrêtant à l'abri d'une ruine, Watts descendit de sa monture, attacha les rênes à un pieu et flatta l'encolure de l'animal en lui murmurant des paroles apaisantes. Après une hésitation, il détacha le double étui accroché à sa selle, s'assura que les armes qu'il contenait étaient bien chargées et fixa le ceinturon autour de sa taille. Au cas où. Rivers n'était pas du genre à se balader sans son S&W .357 L-Frame.

Watts contourna le bâtiment derrière lequel il avait attaché Chaco et se dirigea vers la ruine que fouillait Rivers, une bâtisse en adobe dont l'étage s'était en partie écroulé. Le pillard, dans le sous-sol, envoyait des pelletées de terre sablonneuse à travers une fenêtre crevée. Il mettait visiblement du cœur à l'ouvrage et Watts se demanda ce qu'il avait bien pu découvrir.

Il s'approcha prudemment, la main posée sur la crosse du revolver, à hauteur de sa hanche gauche. À l'évidence, Rivers avait fait une découverte car il poursuivait ses fouilles de façon plus mesurée, penché en avant. Il s'agenouilla soudain et dégagea la terre avec ses mains. Tout à son affaire, il était loin de se douter que Watts observait son manège dans son dos.

Le shérif attendit d'être en bonne position sur le seuil de la pièce pour se manifester.

— Rivers !

L'intéressé se pétrifia sans se retourner pour autant.

— Shérif Watts, annonça le nouvel arrivant. Sortez, les mains en l'air. *Immédiatement !*

Rivers ne bougea pas d'un pouce.

— Vous êtes sourd ? Je veux voir vos mains.

— J'ai entendu, shérif, obtempéra Rivers tout en continuant à tourner le dos à son interlocuteur.

— Alors sortez de là tout de suite.

— D'accord.

Le pillard fit mine de se relever, mais ses mains s'abaissèrent soudainement et il se retourna d'un bloc, la crosse d'un revolver dans les mains.

Watts voulut dégainer, mais le .357 Magnum de Rivers aboya furieusement.

3

À l'instant où l'agent Swanson sortit des toilettes, les deux jeunes collègues qui se trouvaient dans le couloir se turent aussitôt. Elle passa à côté d'eux sans croiser leur regard et regagna son box de l'antenne du FBI à Albuquerque, sur Lueking Park Avenue Northeast. Elle reprit place devant son ordinateur et se plongea dans l'étude d'un dossier. L'espace qui lui était attribué se trouvait dans le recoin le plus sombre de la pièce, à l'opposé des fenêtres, conformément à une tradition. À leur arrivée dans le service, les nouveaux se trouvaient relégués au fond de la salle avant de se rapprocher progressivement des baies vitrées à travers lesquelles on voyait les montagnes, à mesure qu'ils grimpaient dans la hiérarchie. À vrai dire, Corrie était heureuse de ne pas se retrouver confrontée en permanence aux monts Sandia dont les sommets, hauts de plus de trois mille mètres, avaient blanchi avec l'arrivée de la première neige. Elle n'avait aucune envie de se retrouver en permanence face à un lieu qui figurait à ses yeux un échec cuisant. La situation était d'autant plus paradoxale que les montagnes en général, encore quinze jours plus tôt, évoquaient à ses yeux le couronnement de sa première enquête. Elle en arrivait à se demander si elle parviendrait un jour à revoir les monts Sandia sans éprouver un sentiment de honte.

Au lendemain de la prise d'otage, une enquête de routine avait eu lieu. Non seulement elle n'avait pas fait l'objet d'une sanction disciplinaire, mais on l'avait félicitée d'avoir risqué sa vie pour sauver celle de la jeune otage. Dieu soit loué, cette dernière n'avait pas été grièvement blessée, la balle n'avait fait que la frôler et elle avait pu retourner chez ses grands-parents dès le lendemain, accompagnée par une armada de psychologues, après avoir reçu quelques points de suture. Le sang qui la maculait au moment du drame n'était pas le sien, mais celui de sa pauvre mère qui gisait à ses pieds dans la caravane, tuée par le forcené.

Il n'empêche, Corrie ne parvenait pas à se pardonner. Elle estimait qu'elle aurait dû atteindre l'homme à la tête, même à dix mètres de distance. Elle l'avait dans sa ligne de mire, son arme était parfaitement réglée, ainsi qu'elle avait pu en avoir la confirmation par la suite au stand de tir du Bureau. Elle avait bel et bien raté sa cible à un moment critique. Sans être la meilleure tireuse de sa promotion, elle n'était pas la pire. Elle avait obtenu 49 sur 60 le jour du test, un point de plus que le minimum requis. Ce n'était pas glorieux, mais un quart de ses condisciples n'avaient pas été admis au terme de cette épreuve.

Elle avait merdé dans les grandes largeurs et tout le monde le savait. Une collègue plus âgée l'avait prise à part pour lui dire qu'elle avait tort de battre sa coulpe, qu'elle s'était retrouvée ce jour-là dans une position délicate, mais ses jeunes collègues se montraient nettement moins tolérants, la rappelant à un triste dicton : *L'échec d'autrui est le meilleur garant de la réussite personnelle*. Pire, Morwood ne lui avait pas soufflé mot à ce sujet depuis l'incident, sinon pour lui suggérer de s'entraîner plus souvent. Sans la critiquer ouvertement, il ne l'avait nullement complimentée. Peut-être son imagination lui jouait-elle des tours, mais elle le trouvait distant et les dossiers d'affaires non résolues qu'il avait posés sur son bureau ressemblaient fort à une punition.

Depuis l'incident, elle avait passé une heure quotidiennement au stand de tir, après le travail. Elle avait obtenu

51 sur 60 la dernière fois. En multipliant les efforts, elle espérait atteindre à terme 52 ou 53. Lorsqu'elle en avait parlé à Morwood, il n'avait pas sauté au plafond.

— N'importe qui peut obtenir de bonnes notes dans un stand de tir, lui avait-il répondu. C'est sur le terrain qu'on découvre la véritable valeur d'un tireur.

Cet avis lui avait fait l'effet d'une gifle. Elle avait failli lui demander s'il faisait allusion à l'affaire de Cedro Peak avant de ravaler les paroles qui lui brûlaient les lèvres.

— Corrie ?

Brusquement tirée de ses pensées, elle releva la tête et découvrit son chef sur le seuil de son box, son badge autour du cou. Il avait un début de calvitie, mais elle nota que ses cheveux étaient trop longs au niveau des tempes. Il affichait un sourire forcé et elle y vit une nouvelle preuve qu'elle l'avait déçu.

— Vous avez une minute ?

— Bien sûr, monsieur.

Elle le suivit jusqu'à son petit bureau dont la fenêtre donnait sur les monts Sandia.

— Asseyez-vous.

Corrie obtempéra en s'efforçant de ne pas regarder les pics enneigés.

— Eh bien, déclara Morwood en croisant les mains sur sa table de travail. Je souhaiterais vous confier une enquête qui devrait vous plaire.

— Bien, monsieur, répondit poliment Corrie.

Le ton faussement enjoué de son interlocuteur l'inquiétait. Étant donné les circonstances, il ne risquait pas de lui confier une enquête intéressante. Elle le voyait plutôt l'envoyer « sur la plage », l'expression couramment usitée au sein du Bureau pour désigner une mise au placard.

— Le shérif du comté de Socorro a surpris un pillard hier dans un village fantôme. L'individu concerné, un certain Rivers, était occupé à déterrer des restes humains.

Lors de l'échange de coups de feu qui a suivi, l'homme a touché à l'oreille le shérif qui lui a explosé une rotule en retour. Rivers est à l'hôpital, sous bonne garde, pour avoir tiré sur un officier de police très apprécié de ses électeurs.

Corrie hocha la tête sans un mot.

— Les restes découverts par Rivers datent du XXe siècle, à en juger par les habits du mort. J'ai cru comprendre qu'ils étaient vieux d'au moins quarante ou cinquante ans. Les causes de la mort sont indéterminées. Impossible de savoir s'il s'agit d'un meurtre, d'un suicide ou d'un accident. C'est là qu'interviennent vos compétences en matière d'anthropologie médico-légale, sachant que le corps a été découvert dans une juridiction fédérale. Le shérif, un original assez sympathique, est ravi de bénéficier de notre aide.

Corrie, qui s'attendait à ce qu'on lui confie un dossier nettement plus pourri, poussa intérieurement un ouf de soulagement. Cela dit, l'affaire n'en était peut-être pas une, le squelette pouvait fort bien être celui d'un vieux cowboy tué par sa mule à l'époque de J. Edgar Hoover. Quoi qu'il en soit, elle n'était pas en position de se plaindre et le mieux était encore de masquer ses réticences, de travailler dur et d'afficher la mine réjouie d'une nouvelle recrue prometteuse.

— Super. Je vous remercie, monsieur. Je serai ravie de mener l'enquête, déclara-t-elle en souriant de toutes ses dents.

Socorro se trouvait à une heure de route. Sans y avoir jamais mis les pieds, elle soupçonnait ce patelin d'être une bourgade perdue en plein désert, comme souvent au Nouveau-Mexique.

— Dois-je enquêter seule ?

— Oui, tout du moins tant qu'on ne sait pas de quoi il s'agit. Le mieux serait sans doute que vous vous rendiez à l'hôpital cet après-midi afin d'interroger le tireur. Vous avez rendez-vous demain avec le shérif…

Il fouilla dans ses papiers.

— … le shérif Homère Watts. Il a proposé de vous conduire lui-même dans cette ville fantôme. À moins de connaître l'endroit, vous auriez apparemment du mal à trouver.

Homère ?!

— À quelle heure dois-je le retrouver ?

— 8 heures du matin à Socorro.

En clair, je vais devoir me lever aux aurores.

— Vous pouvez compter sur moi. Je vous remercie, monsieur. Merci d'avoir pensé à moi pour cette enquête.

Morwood la dévisagea longuement.

— Corrie ? Je sais ce que vous pensez, mais dites-vous bien qu'on ne sait jamais à quoi peut mener une enquête.

Il se cala confortablement dans son fauteuil.

— Vous souvenez-vous de Frank Wills ?

— Un agent du FBI ?

— Non, Wills était agent de sécurité. Un soir, il a remarqué que les gâches automatiques de plusieurs portes de l'immeuble dont il avait la charge avaient été neutralisées à l'aide de ruban adhésif.

Corrie se demanda où son chef voulait en venir.

— Rien de bien grave, poursuivit Morwood. Il n'est pas rare qu'on bloque les portes de la sorte dans les immeubles de bureaux, mais Wills a décidé d'appeler la police, quitte à passer pour un imbécile en signalant un détail aussi anodin.

Il attendit la réaction de Corrie, un petit sourire aux lèvres.

— Et que s'est-il passé ?

— Il a déclenché le scandale du Watergate.

4

Corrie, en remontant le couloir glauque du deuxième étage du Presbyterian Hospital d'Albuquerque, se fit la réflexion que, si elle n'aimait guère les hôpitaux en général, celui-ci était particulièrement sinistre et mal tenu. Des brancards, pour la plupart occupés par des patients plus ou moins conscients, étaient alignés le long de la cloison comme des voitures en double file. C'est tout juste s'il lui restait assez de place pour circuler entre les chariots à linge et les potences de perfusion. Le bocal réservé aux infirmières ressemblait à un champ de bataille, ses occupantes en train de téléphoner ou de discuter bruyamment. Corrie s'apprêtait à demander son chemin lorsqu'elle repéra un peu plus loin une chambre devant laquelle montait la garde un type assis sur une chaise, un journal et un gobelet de café posés à ses pieds.

Corrie lissa son blazer de la main et s'avança au milieu du chaos ambiant. L'homme en uniforme était un garde forestier du Bureau of Land Management. Le BLM disposait bien d'inspecteurs, mais ils étaient peu nombreux et la surveillance du prisonnier avait été confiée à un sous-fifre.

— Agent Swanson du FBI, se présenta-t-elle en montrant à son interlocuteur le badge accroché autour de son cou. Je viens procéder à l'interrogatoire du suspect.

Le garde forestier se leva et examina le badge suffisamment longtemps pour qu'elle trouve la manœuvre insultante. Apparemment satisfait, il finit par hocher la tête.

— Je vous souhaite bien du plaisir, déclara-t-il en tendant à Corrie un bloc à pince.

— Pourquoi dites-vous ça ? s'enquit-elle tout en remplissant le formulaire réservé aux visiteurs.

— L'autre zozo n'a pas desserré les dents depuis son arrivée ici, sauf avec les infirmières qui viennent changer son pansement.

Il récupéra le bloc à pince, déverrouilla la porte et la referma à clé derrière Corrie. Cette dernière s'arrêta afin d'examiner la chambre. Pas une gravure au mur, pas de poste de télé, pas même une commode, un simple lit médicalisé sur lequel était allongé le tireur, un poignet menotté à la barrière de sécurité.

Corrie avança. Formée aux exercices de ce genre, elle avait assisté à plusieurs interrogatoires, mais c'était la première fois qu'elle se retrouvait seule en pareille situation.

— Monsieur Rivers ? Pick Rivers ?

L'homme posa sur elle un regard vide. De taille moyenne, maigre, il approchait de la soixantaine. Il avait une barbe de trois jours, mais ses cheveux courts étaient soigneusement coiffés.

Elle exhiba une nouvelle fois son badge.

— Agent Swanson du FBI. J'ai quelques questions à vous poser.

Aucune réaction. Rivers continuait de l'observer sans que son visage trahisse la moindre marque d'intérêt ou d'émotion. Elle passa en revue dans sa tête les questions qu'elle avait préparées.

— Vous êtes inculpé de tentative d'assassinat sur un représentant de la loi. Il s'agit d'un crime fédéral de classe B. L'utilisation d'une arme léthale, plus précisément un Smith & Wesson .357, constitue un facteur aggravant dont il sera tenu compte lors de votre procès. En termes clairs, vous êtes passible d'une longue peine de prison. Vous le savez sans doute, la liberté conditionnelle n'existe pas dans le système judiciaire fédéral, de sorte que vous devrez purger votre peine dans son intégralité. J'ai bien étudié votre dossier, monsieur Rivers. J'ai vu que vous aviez fait un séjour de quelques mois dans la prison du comté, mais je peux déjà vous dire que ce n'est rien à côté de ce qui vous attend.

Elle marqua une pause afin d'observer la réaction du prisonnier, mais ce dernier restait impassible. Il l'avait examinée de la tête aux pieds à son arrivée, sans plus.

Elle s'approcha de quelques pas afin qu'il ne s'imagine pas l'avoir intimidée.

— Vous avez encore la possibilité d'améliorer votre cas, notamment en répondant à mes questions. Pour quelle raison avez-vous choisi de faire des fouilles à High Lonesome ?

Pas de réponse.

— Agissiez-vous seul, ou bien avec un complice ?

Silence.

— Aviez-vous une raison de penser que vous trouveriez le cadavre d'un homme à cet endroit ? Ou bien l'avez-vous découvert par hasard ?

Silence.

— Vous vous étiez assagi depuis quelques années. En quoi la découverte de ces restes humains valait-elle la peine de prendre le risque de tuer un flic ?

Rivers, mutique, se contenta de se vider une narine à l'aide de sa main libre.

Corrie commençait à s'agacer de son silence. Elle prit longuement sa respiration et s'efforça de ne rien laisser paraître.

— Si vous ne répondez pas à mes questions, vous êtes parti pour effectuer une peine très dure.

Une lueur s'alluma enfin dans le regard du blessé.

— Une peine très dure ?

Corrie veilla soigneusement à ne pas montrer sa satisfaction. Jusque-là, personne n'avait réussi à tirer un mot du prisonnier.

— C'est exact.

— Alors, je vais vous dire, enchaîna-t-il d'une voix rauque. On pourrait peut-être s'arranger.

— C'est le plus sage, en effet, réagit Corrie en sortant de son sac un petit enregistreur qu'elle mit en route ostensiblement. On vous a déjà expliqué quels étaient vos droits, mais je vous précise pour mémoire que vos déclarations sont susceptibles d'être retenues contre vous.

Rivers balaya la phrase d'un geste, comme s'il chassait un insecte.

— Vous m'avez parlé d'une peine très dure, répéta-t-il d'une voix pleine d'assurance.

Corrie opina machinalement en s'assurant que l'enregistreur fonctionnait correctement.

— Ça tombe bien, parce que je suis dur moi-même. Faut dire que me retrouver dans ce lit avec une jolie petite salope à mon chevet, y'a de quoi m'émoustiller. Si tu veux que je réponde à tes questions, commence par me sucer.

Corrie ouvrit de grands yeux, mortifiée de constater qu'elle était rouge comme une pivoine. Elle dut consentir un effort sur elle-même pour ne pas perdre son sang-froid.

— Sans oublier de me retirer ces menottes pour que je puisse faire hocher ta petite tête avec mes mains.

Il ponctua sa phrase par un rire provocateur. Il riait encore lorsque Corrie quitta la pièce quelques instants plus tard.

5

Socorro n'était pas aussi triste que Corrie l'aurait cru. Les eaux du Rio Grande s'écoulaient au pied de la bourgade en irriguant les champs voisins, et des montagnes arides s'élevaient dans le lointain. Il n'en régnait pas moins une chaleur intense dans les rues. Le vent du désert chassa sous ses yeux quelques tumbleweeds au moment où elle se garait devant les locaux du shérif, histoire de lui rappeler où elle se trouvait. Elle récupéra son sac sur le siège passager et descendit de voiture au moment où un train laissait échapper un hululement lugubre. Exactement le genre d'endroit où atterrissaient les employés du FBI qui avaient déconné. Elle tenta de se rassurer en se disant que son enquête était prometteuse.

Paradoxalement, les bureaux du shérif étaient abrités dans un joli bâtiment en adobe, au milieu d'un parking que des coulées de goudron, destinées à boucher les fissures de l'asphalte, avaient transformé en toile d'araignée géante. On avait beau être en automne, le sol collait sous les semelles de ses chaussures de randonnée.

Le shérif vint à sa rencontre et Corrie eut un choc en le voyant. Loin de ressembler à la caricature de vieux briscard moustachu aux joues flasques à laquelle elle s'attendait, Watts n'avait guère plus de vingt-trois ans, comme elle. Grand et mince, il était très beau gosse avec son grand front surmonté d'une tignasse noire bouclée, ses yeux marron et son sourire d'acteur hollywoodien. Les deux vieux revolvers qu'il portait à la ceinture, tout comme son superbe chapeau de cow-boy à ruban de crin tressé, lui donnaient des airs de star de western. Seul le pansement qui masquait le lobe de l'une de ses oreilles venait contrarier cette image. Comme elle, il paraissait surpris de se retrouver en présence de quelqu'un d'aussi jeune.

Le temps de saluer sa visiteuse, Watts lui proposa de se rendre à High Lonesome dans sa voiture de patrouille. Il allait ouvrir la portière de Corrie lorsqu'il se reprit, s'imaginant sans doute qu'une telle preuve de sollicitude était malvenue entre collègues. Tout indiquait qu'il revoyait ses idées préconçues sur les agents du FBI.

— Avant de prendre la route, déclara-t-il, je vous propose de passer chercher Henry Fountain, un avocat du cru qui est une véritable encyclopédie vivante sur l'histoire de la région. J'ai pensé qu'il pourrait peut-être éclairer notre lanterne, voire apporter des réponses à certaines de nos interrogations.

Corrie, qui ne s'attendait pas à ce qu'un civil les accompagne, préféra ne pas refuser.

— Je vous remercie, shérif.

Il hocha la tête et mit le contact de son Jeep Cherokee dont la carrosserie était ornée d'une grande étoile de shérif. Corrie hésita un instant à lui proposer de l'appeler par son prénom avant de changer d'avis. Le mieux était encore de respecter un minimum de décorum.

— On m'a dit que vous aviez interrogé Pick, l'interrogea le shérif en roulant lentement à travers les rues de la ville.

— Je m'étonne que vous puissiez l'appeler par son prénom alors qu'il a failli vous tuer.

— De toute façon, il m'a raté, et puis je ne suis pas rancunier de nature, rit Watts. Il a eu de la chance d'être mauvais tireur.

— Il a surtout eu de la chance que vous ne l'abattiez pas.

— La chance n'a rien à voir là-dedans. Si j'avais voulu le toucher en plein ventre, je l'aurais fait.

Il s'était exprimé avec détachement, sans la moindre forfanterie. La remarque laissa Corrie perplexe. Cela signifiait-il que Watts avait délibérément laissé Rivers tirer le premier ? Lui poser directement la question n'aurait pas été de bonne politique.

— En parlant d'armes à feu, j'ai vu que vous aviez des revolvers à crosse en ivoire magnifiques.

Watts acquiesça, cette fois avec fierté.

— Ce sont des Colt Peacemaker de calibre .45 datant des années 1890. Je les tiens de mon grand-père qui n'a jamais voulu me dire comment il se les était procurés.

— Pourquoi en porter deux ?

Watts haussa les épaules.

— Il y en avait une paire.

— Et pourquoi porter les holsters à l'envers, crosse en avant ?

— Vous ne savez pas comment se pratique le tir à bras croisés ? Il faut croire qu'on ne vous apprend pas tout à l'école du FBI.

Corrie ne répondit pas. Pour rien au monde elle n'aurait troqué son Glock semi-automatique contre de telles antiquités, mais elle préféra ne pas insister.

— En tout cas, je n'arrive pas à comprendre pourquoi Rivers m'a tiré dessus, reprit Watts. D'autant qu'il n'avait rien à se reprocher depuis quelques années. Je serais curieux de savoir pourquoi déterrer ce corps méritait une telle prise de risque.

Le jeune shérif se gara devant une maison proprette d'apparence modeste. Avant qu'il ait pu descendre de voiture, un homme en franchissait le seuil d'un bond. Une nouvelle surprise attendait Corrie. En lieu et place de l'avocat de cambrousse auquel elle s'attendait, une pipe en maïs à la bouche et des bretelles rouges tendues sur une panse généreuse, elle découvrit un sexagénaire élancé à la silhouette légèrement empâtée. Il portait une veste

Barbour vert foncé, probablement la seule de son espèce à cent kilomètres à la ronde. On aurait pu croire qu'il avait dormi avec tant elle était fripée. Le menton soigneusement rasé, il avait une superbe tignasse poivre et sel, bien séparée en deux par une raie, qui lui descendait presque jusqu'aux épaules. Son regard bleu clair, pétillant d'intelligence derrière de petites lunettes rondes, se posa alternativement sur le shérif et sa passagère.

Watts, imité par Corrie, descendit de l'auto et lui serra la main en procédant aux présentations.

— J'ai cru comprendre que vous étiez avocat, déclara la jeune femme.

— En semi-retraite, répondit Fountain d'une voix mélodieuse. Et c'est aussi bien comme ça.

— Ne l'écoutez pas, intervint Watts. Sa réputation le précède dans tout le Nouveau-Mexique, et jusque dans les États voisins. Vous ne trouverez pas un juriste plus avisé dans toute la région. Il n'a jamais perdu une affaire de toute sa carrière.

— C'est vrai ? ne put s'empêcher de demander Corrie.

— Presque, répondit Fountain. J'en ai perdu quelques-unes à l'époque où je travaillais pour le bureau du procureur fédéral.

— Mais aucune depuis qu'il a ouvert son propre cabinet, précisa Watts. Tout est dans sa voix. Ses adversaires ne le voient même pas venir.

— La voix et l'apparence, ajouta Fountain en riant. J'ai l'habitude de dire que je forme un « tableau désarmant ».

— Ne vous fiez pas à sa tenue débraillée, c'est son uniforme, ajouta le shérif.

Ce dernier semblait nettement plus détendu depuis l'arrivée de l'avocat. Il en donna la preuve en ouvrant cette fois la portière de Corrie sans même réfléchir.

— Je vous accompagne dans l'espoir de pouvoir vous aider avec mes talents d'historien amateur, précisa

Fountain en se glissant sur la banquette arrière. Je me ferai tout petit.

Watts poussa la climatisation de la voiture au maximum et sortit de la ville.

— Je vous emmène dans une ville fantôme des monts Azul qui porte le nom de High Lonesome. C'est une cité minière abandonnée au début des années 1900 lorsque le filon d'or qu'elle abritait s'est épuisé. Il s'agit de l'une des plus jolies villes fantômes du Nouveau-Mexique, mais elle n'est pas facile d'accès. Nous en avons pour deux heures de route. Ce n'est pas vraiment loin à vol de vautour, mais nous allons devoir emprunter des routes impossibles.

Deux heures ? Corrie se fit la réflexion qu'elle aurait de la chance si elle regagnait Albuquerque avant minuit.

— Un peu de musique ? proposa Watts en branchant son téléphone sur l'autoradio.

— Volontiers, répondit Corrie.

— Je ne sais pas ce que vous aimez.

— À part le chant grégorien et le rap, j'aime tout, fit la voix de Fountain derrière eux.

— Je vous laisse choisir, répondit Corrie qui doutait que le shérif Homère Watts partage ses goûts musicaux.

— Si vous n'aimez pas, dites-le-moi, réagit Watts en manipulant son téléphone.

Une chanson des Gypsy Kings s'échappa des haut-parleurs. Ce n'était pas ce que Corrie aurait choisi spontanément, mais cela cadrait plutôt bien avec le paysage.

La route qu'ils empruntaient filait droit vers le sud, en direction d'une chaîne de montagnes dessinant des dents acérées et sombres de l'autre côté du désert. Le Cherokee bifurqua sur un chemin forestier et Corrie perdit très rapidement le fil des embranchements qui se succédaient, entraînant le 4 × 4 dans un dédale de routes de terre de moins en moins praticables. La Jeep avançait à moins de dix à l'heure en cahotant, obligeant Corrie à s'agripper à la poignée de toit pour ne pas être éjectée de son siège.

À mesure qu'ils s'enfonçaient dans la montagne, les pins à pignons cédèrent la place aux pins jaunes, puis aux sapins et aux épicéas. La Jeep parvint en haut d'un col, dévoilant un paysage extraordinaire.

Watts marqua une courte halte.

— Plus au sud, vous apercevez le désert Jornada del Muerto et les monts San Andres. Tout ce secteur fait partie du polygone d'essai de missiles de White Sands où l'armée fait joujou avec ses nouveaux armements.

— Jornada del Muerto signifie « journée du mort » en espagnol, précisa Fountain. L'Old Spanish Trail, l'ancienne route reliant Mexico à Santa Fe, traversait ce désert sur près de deux cents kilomètres. Elle était constellée d'ossements et bordée de croix.

Corrie contempla longuement le désert ocre marbré de roches rouges et brunes qui s'étendait à perte de vue.

— Les White Sands se trouvent de l'autre côté de ces montagnes, enchaîna Watts. Vous y êtes déjà allée ?

— Non, j'ai été nommée au bureau d'Albuquerque il y a six mois. Et vous ?

— Très souvent. J'ai grandi à Socorro où mon père possède un ranch. Quand j'étais gamin, je passais mon temps à sillonner la région à cheval. White Sands est l'un des endroits les plus étonnants de la planète, avec ses dunes d'un blanc de neige qui s'étendent sur plusieurs centaines de kilomètres carrés.

— Vous avez grandi ici ?

Corrie avait posé la question d'une manière incrédule qui provoqua l'hilarité de Watts.

— Certaines personnes survivent à une telle épreuve, ajouta Fountain sur un ton badin.

Corrie se sentit rougir.

— Vous êtes également originaire d'ici, maître ?

— Je suis né juste au nord de Socorro. Un patelin qui s'appelle Lemitar.

Corrie, qui ne connaissait rien à la géographie locale, se contenta d'un hochement de tête.

— Ce n'est pas aussi terrible qu'on pourrait l'imaginer, enchaîna l'avocat. La région mérite d'être explorée. Sur notre droite, vous apercevez le mont Chimney, et là-bas se trouve l'Oso Peak, le pic de l'Ours, où se trouvait le repaire de Black Jack Ketchum et de sa bande. Il semait la terreur dans la région de Socorro à l'époque, on ne compte plus les attaques de trains dont il s'est rendu coupable. Quand on a fini par le pendre, ils s'y sont mal pris et Ketchum a été décapité. On raconte qu'il est retombé sur ses jambes et qu'il est resté quelques instants debout avant de s'écrouler.

— Il devait avoir le sens de l'équilibre, plaisanta Corrie.

La remarque fit rire Fountain.

— En direction du sud-est, vous apercevez la réserve des Mescaleros. Un coin splendide. C'est là qu'ont fini par s'installer les dernières bandes apaches chiricahuas de Geronimo. Geronimo, Cochise, Victorio... autant de chefs indiens célèbres qui hantaient ces montagnes.

La voix de Fountain trahissait l'amour de son pays natal. Curieusement, elle en arrivait à l'envier. Elle-même n'avait gardé aucune affection pour Medicine Creek, le trou du Kansas[1] où elle avait passé son enfance. Il aurait fallu la payer cher pour qu'elle accepte d'y remettre les pieds.

La Jeep franchit le col en s'élançant dans une longue série de lacets vertigineux en direction de la rangée de mesas désertiques qui s'étendaient au pied des montagnes. Ils perdirent peu à peu toute l'altitude gagnée sur le flanc opposé, empruntant une longue succession de chemins à peine praticables qui les conduisirent jusqu'à une vaste étendue désertique parsemée d'arroyos et de mesas. La ville

1. Voir *Les Croassements de la nuit* (L'Archipel, 2005), une enquête de l'inspecteur Pendergast au cours de laquelle ce dernier rencontre Corrie Swanson pour la première fois.

fantôme leur apparut soudain, perchée au sommet d'une mesa isolée surplombant l'immensité de la plaine. Moins de cinq minutes plus tard, la Jeep partait à l'assaut des derniers lacets et arrivait à la cité abandonnée.

— Bienvenue à High Lonesome, déclara Watts.

6

Un bref silence accueillit l'annonce du shérif.

— On peut difficilement imaginer un lieu plus désolé, murmura Corrie. Mais quelle vue !

La rue de terre battue qui coupait le village en deux était bordée de part et d'autre de bâtiments en ruines dont certains avaient perdu leur toit.

— Ceci était l'hôtel, précisa Fountain en pointant du doigt une bâtisse en pierre à un étage aux huisseries tordues. Un saloon, quelques magasins, les habitations des mineurs, une église... C'était une petite ville prospère à l'époque où l'on y a trouvé de l'or, au début des années 1880. Le lieu était dangereux car les Apaches de Geronimo rôdaient dans les environs. Le jour où les Indiens ont fini par se rendre, les prospecteurs sont arrivés en masse afin d'exploiter la mine creusée dans la falaise et les canyons en contrebas. La fin des attaques perpétrées par Geronimo a libéré de nombreux soldats qui se sont reconvertis en mineurs. Le minerai était ensuite pilonné dans un bocard situé en bordure d'un cours d'eau.

— Comment expliquer qu'une ville fantôme comme celle-ci soit restée intacte aussi longtemps ? s'étonna Corrie. Elle aurait pu servir de décor de cinéma.

— Vous avez vu la route, répondit l'avocat. En outre, les bâtiments sont essentiellement construits en brique et en adobe, pas en bois, ce qui les protège des incendies. La ville a été abandonnée quasiment du jour au lendemain, ce qui a paradoxalement contribué à sa préservation.

Corrie vit le shérif échanger un regard avec Fountain.

— Quoi ? les interrogea-t-elle.

Fountain se racla la gorge.

— Eh bien… l'histoire de cet endroit s'est terminée de façon tragique, contrairement au cadre magique dans lequel elle s'inscrit. Lorsque la mine a commencé à se tarir, ses propriétaires ont mis les bouchées doubles sans veiller à poser suffisamment d'étais à mesure qu'ils creusaient la galerie. Je vous laisse deviner la suite, la mine s'est écroulée en retenant prisonniers une douzaine de mineurs.

— Ils ont été enterrés vivants, à en croire les récits recueillis à l'époque, ajouta Watts. Ils seront morts à petit feu dans des circonstances atroces.

Fountain acquiesça.

— En vous éloignant de la ville, vous découvrirez ce qui reste du cimetière local. Dans un coin, vous verrez une douzaine de tombes portant toutes la même date. Des tombes vides, bien évidemment.

Le 4 × 4 remonta la rue principale et s'immobilisa devant les quelques bâtiments en piteux état disséminés au bord de la mesa. Les trois occupants en descendirent.

— Le jour de mon altercation avec Rivers, j'ai vu un nuage de poussière s'échapper de la cave qui se trouve là-bas, expliqua Watts en entraînant ses deux compagnons vers l'ouverture désignée. Après avoir menotté Rivers et lui avoir donné les premiers secours, je me suis glissé à travers l'ouverture pour essayer de comprendre ce qui l'intéressait tant. Il avait mis au jour un crâne et une main. Un quart d'heure de plus, et il aurait décampé après avoir terminé d'exhumer le corps.

Corrie tira de son sac une lampe frontale, l'ajusta autour de sa tête, puis enfila des gants en nitrile et un masque.

— Je vais jeter un coup d'œil, si ça ne vous ennuie pas. Seule.

— Je vous en prie, réagit le shérif.

La jeune femme se mit à quatre pattes et regarda à travers l'ouverture. Des rais de lumière traversaient l'obscurité. La cave, effondrée du côté gauche, était à peu près intacte. Le sable apporté par le vent avait fini par la remplir à moitié et elle n'eut aucun mal à repérer le chemin emprunté par le pilleur. Il avait entamé des fouilles à plusieurs endroits avant de s'intéresser tout particulièrement au crâne et au squelette de main auxquels avait fait allusion le shérif.

Elle se glissa à travers le trou, sortit son appareil photo et mitrailla la cave, courbée en deux tant la pièce était basse de plafond. Elle s'agenouilla ensuite au niveau des ossements qu'elle photographia en détail.

De près, elle fut frappée par la présence de chair momifiée autour des os. À l'aide d'une brosse, elle acheva de dégager le crâne de sa gangue de sable et fit apparaître un bras dont les muscles desséchés émirent un bruit de feuille morte sous ses coups de pinceau. Un duvet de poils recouvrait même l'avant-bras du mort et elle fut prise de dégoût, en dépit de son expérience. En retirant le sable, elle découvrit une manche de ciré intacte, au-dessus d'une chemise à carreaux en lambeaux. Le mort portait au niveau du petit doigt une chevalière en or sur laquelle elle déchiffra les lettres JG.

En brossant le sable au niveau du cou, Corrie trouva les restes d'un foulard masculin qui lui confirma le sexe du mort, au même titre que la couronne de cheveux qui ornait sa calvitie.

Elle décida de ne pas aller plus avant. Exhumer le corps n'était pas une petite affaire, surtout si le mort avait été victime d'un meurtre. Elle risquait de compromettre les indices potentiels en déterrant elle-même les ossements, d'autant qu'elle n'était pas archéologue. Elle avait été formée pour analyser des restes humains en laboratoire, pas pour les exhumer sur le terrain. D'un autre côté, si elle faisait appel aux équipes scientifiques du Bureau et qu'ils se coltinaient trois heures de route à l'aller comme au retour depuis Albuquerque pour s'apercevoir que l'inconnu était mort accidentellement, on la prendrait pour une idiote. Le mieux était encore de s'adresser à un archéologue capable d'exhumer le corps dans les règles de l'art.

Elle pensa immédiatement à Nora Kelly, une conservatrice de l'Institut archéologique de Santa Fe avec qui elle avait collaboré lors de sa toute première enquête.

La seule qu'elle avait effectuée jusque-là, résolue avec les honneurs.

Accroupie près du squelette, elle s'accorda un temps de réflexion. Kelly dirigeait une expédition de fouille dans la Sierra Nevada quelques semaines plus tôt lorsque Corrie avait déboulé sur le chantier comme un chien dans un jeu de quilles, dans le cadre d'une enquête qu'elle menait sur une série de meurtres et de profanations de sépultures. Les deux femmes s'étaient prises de bec d'emblée. Il fallait bien avouer que l'archéologue avait un fichu caractère, mais jamais Corrie n'aurait remis en cause sa compétence. À tout prendre, elle ferait une excellente experte et Corrie était à peu près certaine que Morwood, qui avait déjà croisé la route de Kelly par le passé, ne verrait pas d'inconvénient à la solliciter car elle avait du « cran » pour reprendre l'expression de son chef.

Et puis l'archéologue avait une dette vis-à-vis de Corrie.

Elle acheva de prendre des photos, glissa la chevalière dans un sachet hermétique, rampa hors de la cave et retrouva le soleil éblouissant de ce mois d'octobre en papillotant des paupières. Fountain et Watts, qui discutaient un peu plus loin, se retournèrent.

— Alors, qu'en pensez-vous ? s'enquit ce dernier en retirant son chapeau afin de s'éponger le front.

— Nous allons avoir besoin d'aide extérieure. J'ai l'intention de m'adresser à une archéologue pour déterrer les restes, au cas où il s'agirait d'un meurtre.

— Pourquoi donc ? s'étonna Fountain. S'il s'agit effectivement d'un meurtre, le coupable est mort depuis longtemps.

— Sans doute, mais la loi nous y oblige. Le plus tôt sera le mieux, d'autant que le site recèle peut-être d'autres découvertes d'importance.

— Ça me paraît un bon plan, approuva le shérif avec un sourire étincelant.

Il regarda sa montre et se tourna vers Corrie.

— Je crève de faim et nous n'avons pas pris de pique-nique. Il y a un petit café sympa à Socorro. En se dépêchant, on peut arriver avant la fermeture, à 15 heures.

Corrie se demanda intérieurement s'il pouvait vraiment y avoir un café « sympa » à Socorro, mais elle était trop affamée pour se plaindre. Le déjeuner serait une pause bienvenue avant de reprendre la route d'Albuquerque.

Fountain observa ses deux compagnons, car il avait compris que l'invitation de Watts ne le concernait pas.

— Ne vous inquiétez pas pour moi, dit-il de façon laconique. De toute façon, je suis au régime.

— Je vous déposerai à votre bureau en passant, lui proposa Watts.

Remarquant le sachet hermétique que Corrie rapportait, il tendit la main et elle le lui donna.

— Dommage que les initiales ne soient pas HW, dit-il après en avoir examiné le contenu. On dirait que cette chevalière est à ma taille.

7

Les parois de la demeure troglodyte pueblo avaient été recouvertes de terre séchée avant d'être peintes en rouge, mais les sept siècles qui s'étaient écoulés depuis avaient laissé des traces. Nora Kelly examina le mur du fond à la lueur de sa lampe frontale et constata qu'une tache de suie circulaire s'y étalait. Le crépi donnait l'impression d'être plus épais à cet endroit-là. À y regarder de plus près, elle eut la conviction qu'il dissimulait une ouverture.

Bruce Adelsky, un étudiant en archéologie dont elle dirigeait la thèse, la rejoignit et s'agenouilla derrière elle.

— Ce crépi est bizarre.

— Je suis d'accord.

Elle s'empara d'une truelle et en cogna doucement le manche contre le mur. Celui-ci sonna creux.

— La vache ! s'exclama Adelsky. Il y a un trou derrière.

— Je suis persuadée qu'il s'agit d'une sépulture. Auquel cas nous n'y touchons pas.

— Comment ? Vous êtes sérieuse ? demanda le jeune chercheur sans cacher sa déception. On ne peut même pas jeter un œil ?

— Notre nouvelle présidente est encore plus à cheval que moi sur les protocoles de recherche, répondit Nora avec un léger sourire.

La réputation de l'Institut était au plus bas depuis le scandale provoqué par son ancienne dirigeante, mais le sérieux de ses équipes le tirerait rapidement de ce mauvais pas.

En attendant, l'actuel chef du département archéologique prenait sa retraite un mois plus tard et Nora était en bonne position pour lui succéder. Obtenir un tel poste n'était pas anodin, elle aurait la responsabilité des « équipes de terrain », le surnom donné aux archéologues de l'Institut, et prendrait automatiquement la direction de l'ensemble des fouilles de l'établissement. On lui avait laissé entendre qu'elle pourrait même devenir présidente de l'Institut, le jour venu. Le chantier sur lequel elle travaillait, à l'inverse du précédent qui s'était déroulé de façon désastreuse, était un succès. Elle n'avait rencontré aucun obstacle, les fouilles n'avaient fait l'objet d'aucune controverse, le conseil pueblo local lui avait apporté un soutien sans faille et les résultats étaient à la hauteur des espérances de Nora.

— C'est tout de même bizarre, cette idée d'enterrer leurs morts à l'intérieur des maisons, réagit Adelsky.

La remarque fit sourire Nora. Bruce, en plus d'être un étudiant méticuleux et fiable, ne manquait pas d'humour. Elle y voyait la preuve de sa capacité à gérer seul un chantier.

— Les peuples pueblos d'autrefois aimaient l'idée de conserver leurs défunts près d'eux. Je comprends qu'on puisse trouver ça étrange, ajouta-t-elle d'un air songeur, mais je les comprends d'une certaine façon.

Elle consulta sa montre.

— C'est l'heure de déjeuner.

Les deux archéologues se glissèrent dans la petite ouverture et Nora se redressa en se massant les lombaires. Cette pièce appartenait à la longue liste des habitations troglodytes taillées dans la roche volcanique de cette région septentrionale du Nouveau-Mexique et faisait partie d'un secteur pueblo connu sous le nom de Tsankawi. Il était voisin du Bandelier National Monument, un complexe composé de maisons en ruines construites au pied d'une mesa, de caves et d'alcôves creusées à même la falaise auxquelles on accédait par des échelles. La vue depuis le haut de la mesa était spectaculaire, preuve que les anciennes peuplades pueblos étaient sensibles au paysage qui les entourait. À une trentaine de kilomètres de là, de l'autre côté de la vallée du Rio Grande, s'étendait la chaîne des monts Sangre de Cristo que recouvraient les neiges récentes. Il était curieux de penser que le laboratoire de Los Alamos, où avait été conçue et mise au point la première bombe atomique, se trouvait tout près de là. Ce contraste entre les ruines de ces peuplades disparues et le lieu de naissance de l'ère nucléaire était pour le moins déroutant.

Nora réunissait ses affaires lorsqu'elle distingua une silhouette dans le lointain. Sans doute quelque touriste intrépide que la visite des ruines de Tsankawi intéressait. À mesure que la silhouette s'approchait, elle lui parut familière.

— Bon sang, murmura-t-elle entre ses dents.

— Tiens, tiens, fit Adelsky en ouvrant de grands yeux. La fille du FBI.

Nora épousseta son jean d'un air inquiet en se demandant ce que pouvait bien lui vouloir Corrie Swanson. Pas question qu'elle vienne perturber ses fouilles en semant la pagaille dans son sillage comme la fois précédente. Nora se dirigea à contrecœur vers la tente installée à l'écart du chantier.

Corrie la rejoignit, la main tendue.

— Salut, Nora. J'espère que je ne vous dérange pas, au moins ?

— Ça dépend de ce qui vous amène, répondit prudemment l'archéologue.

— Ma visite n'a aucun rapport avec les fouilles de l'expédition Donner, si ça peut vous rassurer.

La remarque eut le don d'agacer Nora, qui se mit instinctivement sur la défensive. *Pourquoi me rassurer ? J'ai l'air inquiète, ou quoi ?* Elle repoussa ces pensées négatives en se disant qu'elle faisait preuve d'une susceptibilité exacerbée.

— Nous allions déjeuner. Venez donc prendre un café.

— Super, merci.

Nora entraîna sa visiteuse sous la tente et remplit des gobelets à l'aide d'une thermos de grande taille.

— Asseyez-vous. Vous trouverez du lait et du sucre là-bas.

Corrie se laissa tomber sur un fauteuil pliant, l'air embarrassé. Adelsky, installé à l'écart, feignit de boire son café tout en tendant l'oreille, curieux de savoir ce qui amenait la jeune femme. En son for intérieur, Nora s'amusa de constater que Corrie avait gardé ses airs de flic débutante, il lui manquait toujours l'assurance et l'autorité dont faisaient preuve les policiers aguerris. Elle était si jeune, se retrouver dans une antenne du FBI avec des collègues nettement plus âgés ne devait pas être facile tous les jours. Pour avoir vécu elle-même ce genre d'expérience, Nora compatissait.

Dans ce cas, pourquoi était-elle pressée de voir repartir Corrie ?

— Comment va votre bras ? s'enquit-elle par courtoisie.

— Il est complètement remis, merci.

Les deux femmes se faisaient face de part et d'autre d'une table de camping et Nora n'osait pas prendre la collation qui l'attendait dans la glacière, de peur de paraître impolie. Adelsky, infiniment moins délicat, mâchait un copieux sandwich au saucisson.

Nora prit sa respiration.

— Qu'est-ce qui vous amène ici, s'il ne s'agit pas de l'expédition Donner ?

— Je suis désolée de vous tomber dessus à l'improviste. J'ai tenté de vous joindre sur votre portable, mais le signal ne passe pas jusqu'ici et ma requête était assez pressée.

Nora hocha la tête.

— J'irai droit au but, poursuivit Corrie. Nous avons découvert un corps dans une ville fantôme des monts Azul et j'ai besoin d'une personne compétente pour l'exhumer.

— Une personne compétente ? *Moi*, vous voulez dire ?

— Oui.

Nora comprit d'un seul coup ce qui la mettait mal à l'aise. Inconsciemment, elle avait eu peur que Corrie lui fasse une proposition de ce genre.

— Le FBI n'a donc pas d'équipes capables de procéder à une exhumation ?

— Si, bien sûr. Nous disposons d'unités scientifiques.

— Pourquoi ne pas s'adresser à elles ?

— Nous ne savons pas si l'individu concerné est mort accidentellement, ou bien s'il a été victime d'un meurtre. En clair, il ne s'agit pas encore d'une enquête officielle. L'exhumation n'a rien de compliqué, il y en a pour quelques heures tout au plus. Inutile de déranger pour ça toute une unité de police scientifique.

En d'autres termes, leur temps est plus précieux que le mien. Nora laissa s'écouler quelques instants avant de répondre :

— Je suis désolée, mais je suis coincée ici. Notre permis de fouilles expire le 15 octobre, ce qui coïncide en général avec l'arrivée des premières neiges. Je dois absolument tout terminer avant.

— Je comprends, mais vous n'en auriez que pour quelques heures. Je tiens uniquement à m'assurer que l'exhumation sera pratiquée dans les règles de l'art, pour ne pas compromettre les preuves éventuelles.

— Je doute que l'Institut me donne l'autorisation de tout laisser en plan, ne fût-ce que pour une journée.

— Je suis persuadée de l'inverse. Il n'est pas rare que les instituts de recherche prêtent leur concours aux autorités officielles, à titre de courtoisie.

— À titre de courtoisie, répéta Nora, agacée à l'idée qu'un refus de sa part soit mal compris.

Malgré son jeune âge, Swanson était une emmerdeuse de première.

— L'Institut en sortirait grandi, ajouta Corrie, ce qui ne lui ferait sans doute pas de mal en ce moment.

À qui la faute? faillit lui rétorquer Nora. Cette fichue gamine du FBI était aussi tenace qu'un pitbull. Nora jouait gros avec sa campagne de fouille. Elle prit son courage à deux mains.

— Désolée, Corrie. J'entends vos arguments, mais je ne vous raconte pas d'histoire quand je vous affirme que je n'ai pas le temps. Nous sommes même en retard, mentit-elle en adressant à Corrie un sourire faussement contrit.

— Connaissez-vous une ville fantôme du nom de High Lonesome? finit par demander Corrie.

— Jamais entendu parler.

— Une ancienne cité minière surplombant le désert Jornada del Muerto. Les bâtiments sont restés quasiment intacts. On y trouve un hôtel, un saloon, une église, des écuries… Un site exceptionnel, au milieu des montagnes qu'écumaient Geronimo et Cochise.

Nora secoua la tête, peu soucieuse de mordre à l'hameçon.

— Le corps en question a été découvert par un pillard dans la cave d'un bâtiment assez mystérieux, situé à l'écart, au bord de la mesa. Le mort semble avoir trouvé refuge là-bas, à moins que son corps n'ait été abandonné sur place il y a soixante ou soixante-dix ans.

— Aucune trace suspecte? ne put s'empêcher de demander Nora.

— C'est difficile à dire. Le pillard a tout juste eu le temps d'exhumer le crâne et une main avant d'être arrêté. Le corps, entièrement momifié, a été recouvert de sable. Sans être archéologue, j'ai eu l'impression qu'il était accroupi contre un mur.

— Momifié, vous dites?

Nora était intriguée, sans plus. Les arguments de Corrie ne manquaient pas de poids, mais elle n'avait tout simplement pas le temps. Le mieux était encore de mettre un terme à la conversation.

— Vous êtes tentante, Corrie, mais vous ne tombez pas au mieux. La période est mal choisie.

Corrie baissa les yeux, hésitante, avant de relever la tête. Elle commença par regarder Adelsky puis reporta son attention sur Nora.

— Moi aussi, je suis dos au mur. Je me suis foutue dans la merde au boulot.

On sentait bien qu'elle se faisait violence.

— Une sacrée merde, même. Vous êtes au courant de la fusillade qui a eu lieu dans les monts Sandia ?

— J'en ai entendu parler.

— Je me trouvais sur place et j'ai merdé dans les grandes largeurs. C'est pour ça qu'ils m'ont refilé cette enquête. C'est une sanction déguisée. Je ne serais pas étonnée que ma hiérarchie souhaite me coller dans un bureau.

Nora fronça les sourcils.

— Comment ça, vous avez merdé ? J'ai cru comprendre au contraire que le Bureau avait commis un sans-faute en sauvant cette gamine.

Corrie fit la grimace en battant des mains, comme pour chasser un souvenir douloureux.

— Je vous passe les détails, mais c'est vraiment important pour moi.

Nora ne trouva rien à répondre.

— À la suite de ce qui s'est passé dans la Sierra Nevada, je me disais…

Elle marqua une pause avant de reprendre :

— Je m'en veux de vous le rappeler, mais je vous ai quand même sauvé la vie, ce jour-là.

Nora en resta muette de saisissement, ébranlée par la franchise et le manque de tact de son interlocutrice. Brusquement, son agacement s'évapora et elle éclata de rire.

— Décidément, vous ne vous avouez jamais vaincue ! s'exclama-t-elle en secouant la tête. Vous devez vraiment vous trouver dans la merde pour en arriver là. Très bien, je vous remercie *encore* de m'avoir sauvé la vie. Au passage, je vous rappelle tout de même que c'est *moi* qui vous ai empêchée de mourir d'hypothermie.

Corrie, à son tour, ne trouva rien à répondre.

Nora écarta les mains. Comment refuser une telle supplique ? Après tout, prêter son concours au FBI pourrait bien redorer le blason de l'Institut et aider sa carrière personnelle.

— Présenté de cette façon, j'aurais mauvaise grâce à refuser. C'est bon, j'accepte. En jonglant un peu, je devrais pouvoir exhumer votre corps la semaine prochaine.

— C'est-à-dire qu'on a peur de voir débarquer d'autres chercheurs de trésor.

C'est vrai, Nora avait eu affaire à son lot de pillards sur des sites qu'elle fouillait.

— Si je comprends bien, vous êtes pressée ?

— En fait... demain serait idéal.

— *Demain ?*

Corrie rougit comme une pivoine.

— Le plus tôt serait le mieux, en tout cas.

— Mais je viens de vous expliquer...

Corrie la coupa.

— À quoi bon accepter de m'aider si tout a disparu entre-temps ? À propos, précisa-t-elle en se tournant vers Adelsky, ce que je viens de vous dire est strictement confidentiel. Le répéter à quiconque serait un... euh, un délit.

Elle ponctua sa menace d'un sourire.

— Vous voudriez que je répète quoi ? bougonna Adelsky en mordant son sandwich.

Corrie revint à sa conversation avec Nora. Pour la première fois depuis son arrivée, elle afficha une mine réjouie.

— Quitte à m'aider, autant vous débarrasser tout de suite de cette corvée. C'est bon si je passe vous prendre vers 6 heures demain matin ? À vrai dire, ce n'est pas la porte à côté.

Nora se fit la réflexion que Corrie n'avait pas tort : c'était encore le meilleur moyen de se débarrasser de cette corvée.

8

Corrie sonna à la porte de Nora dès l'aurore. Elle conduisait un énorme Navigator noir équipé de vitres teintées, la quintessence du 4×4 propre au FBI. Le compartiment arrière débordait de cartons et de boîtes en plastique dans lesquels stocker les indices recueillis sur site. Elle avait eu raison de prévenir l'archéologue que High Lonesome n'était pas « la porte à côté », il leur faudrait quatre heures pour rallier la ville fantôme en empruntant un dédale de chemins de terre à travers les montagnes. Nora aurait pu en vouloir à Corrie si la jeune femme n'avait pas fait un détour d'une heure depuis Albuquerque pour passer la prendre à Santa Fe.

Une fois passé Socorro, les deux femmes s'enfoncèrent dans les montagnes, guidées par le GPS que Corrie quittait à peine des yeux, sinon le temps de consulter les notes qu'elle avait gribouillées à la hâte. Les chemins forestiers se succédaient, toujours plus étroits et chaotiques, jusqu'à ce que Corrie arrête la voiture à un carrefour.

— Flûte. Le signal du GPS ne passe pas.

— Vous voulez dire que nous sommes perdues ? s'énerva aussitôt Nora.

— Pas du tout. C'est juste que je ne sais pas s'il faut tourner ici.

Corrie s'escrima sur son écran.

— Vacherie ! Et moi qui croyais que ce bidule fonctionnait sur satellite.

— C'est le cas, lui répondit Nora, mais il faut toujours penser à charger la bonne carte au cas où vous ne seriez plus à portée d'un émetteur. Nous autres archéologues sommes confrontés au problème assez souvent pour le savoir.

— Flûte, répéta Corrie entre ses dents.

Nora s'apprêtait à descendre du 4 × 4 lorsque sa compagne l'arrêta.

— Qu'est-ce que vous faites ?

— J'allais vous indiquer le chemin.

L'archéologue ouvrit sa portière, fit le tour du véhicule et procéda à l'examen des deux chemins possibles. Quelques instants plus tard, elle reprenait place à côté de Corrie.

— Prenez à droite.

Corrie écarquilla les yeux.

— Comment avez-vous fait ?

Nora ne put réprimer un sourire.

— J'ai examiné les traces de pneus, sachant que vous étiez passée par là tout récemment. Je doute que quelqu'un d'autre se soit aventuré dans le coin depuis. Vous n'aurez qu'à stopper à chaque carrefour, le temps que je trouve la bonne route.

Corrie hocha la tête, désarçonnée, sans que Nora puisse deviner si elle s'en voulait d'être perdue, ou bien de ne pas avoir pensé à une solution aussi simple.

L'archéologue répéta la manœuvre à plusieurs reprises, à la recherche d'empreintes de pneu dans la terre meuble. Enfin, aux environs de 11 h 30 du matin, elles découvrirent High Lonesome depuis une crête.

Nora avait vu un certain nombre de villes fantômes au cours de sa carrière, mais aucune n'était à la hauteur de celle-ci et ses regrets de participer à un tel périple s'évaporèrent instantanément.

— J'ai du mal à croire qu'un lieu comme celui-ci puisse encore exister au XXIe siècle, déclara-t-elle en observant le paysage qui s'étalait à ses pieds.

— Je me doutais que vous diriez ça.

Quelques minutes plus tard, les deux femmes remontaient la rue principale lorsque Nora s'immobilisa, plongée dans la contemplation des vieux immeubles dont certains possédaient encore leur pancarte, à l'image de celle de l'Hôtel High Lonesome, vantant ses chambres et son saloon. Des écuries, des bains publics, ainsi qu'une église dont la silhouette de pierre et d'adobe était coiffée d'un clocher en bois usé par les intempéries, aussi penché que la tour de Pise.

La cité minière, perchée au sommet d'une mesa, dominait le paysage à perte de vue. Nora reconnut dans le lointain le Jornada del Muerto, une immensité désertique ocre, rouge, noir et gris qui s'étendait jusqu'au pied des montagnes. Le ciel de cette belle journée d'automne était du même bleu pâle que celui d'un œuf de rouge-gorge, l'air frais et vivifiant. Nora se surprit à être reconnaissante à Corrie de lui avoir permis de découvrir cet endroit, et son irritation acheva de s'évaporer.

— Pas mal, non? lui demanda la jeune femme en balayant une mèche noire de son visage.

— Carrément, répondit Nora. C'est la raison pour laquelle j'aime autant le Nouveau-Mexique. Cet État regorge de trésors insoupçonnés. Vous avez de la chance d'avoir atterri au bureau d'Albuquerque.

— Vous êtes sérieuse? Albuquerque est un trou.

— Un trou qui ne manque pas de charme. Le tout est de le découvrir. Et puis vous devriez regarder la vie du bon côté, c'est une ville idéale pour vous avec son taux de criminalité stratosphérique, sa police sous-financée et son procureur incompétent.

— Dois-je détecter dans vos propos un soupçon de médisance?

Nora éclata de rire.

— Ça n'a rien de bien neuf, tout le monde le sait au Nouveau-Mexique.

Les deux femmes remontèrent dans le Navigator et parcoururent lentement la rue principale sur toute sa longueur avant de tourner à droite au niveau de l'église. Un vol de corbeaux, dérangé par leur arrivée, s'échappa du clocher en croassant son mécontentement. Le 4 × 4 longea un vieux cimetière envahi par les mauvaises herbes et parvint en vue d'un bâtiment isolé et partiellement écroulé, dont les murs en adobe ressemblaient à des dents cariées. Corrie coupa le moteur et descendit du véhicule en même temps que Nora.

— Je serais curieuse de savoir pourquoi cette maison a été construite à l'écart, s'interrogea Nora.

— Si ça se trouve, c'était le bordel local.

— Je crois bien que vous avez raison, réagit Nora en récupérant sur la banquette arrière le sac à dos contenant ses outils.

La journée s'annonçait pour le moins intéressante, même s'il était peu probable que le mort ait été assassiné. S'il n'avait pas été victime d'un accident, il serait mort de soif ou de chaleur. Elle s'intéressa longuement au bâtiment en ruine dont le toit s'était effondré dans un enchevêtrement de poutres. L'entrée de la cave était à moitié obstruée par un manteau de sable qui avait conservé des empreintes de pas récentes.

— Très bien, décida-t-elle en hochant la tête. Je vais y jeter un œil.

— Ça vous ennuie si je vous regarde travailler ? Je vous promets de ne pas vous déranger.

Nora hésita. Elle n'aimait guère qu'on lui souffle dans la nuque pendant qu'elle opérait.

— Je risque de manquer de place.

— En fait, en tant que chargée d'enquête, je suis censée rester présente. Si c'est possible.

Du Corrie tout craché. Il suffisait de lui donner le petit doigt pour qu'elle vous prenne le bras.

— D'accord, finit-elle par accepter, mais faites bien attention aux serpents à sonnettes.

Elle poussa son sac à dos à travers l'ouverture, se mit à quatre pattes et franchit l'obstacle en rampant avant de se laisser glisser sur le lit de sable. Une fois dans la pièce, elle s'aperçut qu'elle disposait d'assez de hauteur pour se tenir à peu près debout. Plusieurs débuts d'excavations signalaient le passage du chercheur d'antiquités et elle finit par distinguer dans la pénombre un trou dans le sable au niveau du mur du fond. Elle s'approcha et découvrit le crâne et le bras du mort.

— Qu'en pensez-vous ? fit la voix de Corrie derrière elle.

Nora ne répondit pas immédiatement.

— Eh bien, ce ne sera pas facile. Si je veux exhumer le corps dans les règles de l'art, je vais devoir dégager énormément de sable. Je ne suis pas certaine qu'un après-midi soit suffisant.

— Vous ne pouvez pas vous contenter de creuser autour du corps ?

Nora soupira. Ses semblables avaient trop vu de films d'Indiana Jones et ne comprenaient décidément rien à l'archéologie.

— Non, Corrie. On ne peut pas se contenter de *creuser* en pareil cas. Je pensais que vous le saviez.

Corrie afficha sa surprise.

— Il faut commencer par enlever le sable jusqu'à ce qu'on appelle « l'horizon » dans notre jargon, poursuivit Nora. C'est-à-dire le sol de la cave dans le cas présent. On peut très bien découvrir des objets par terre autour du mort. Il faut s'y prendre couche par couche, et à la brosse avec un sable aussi meuble.

— OK, c'est vous la spécialiste.

Nora s'étonna intérieurement que Corrie se montre aussi tendue. Sans doute son manque d'assurance, une fois de plus.

C'était l'une des raisons pour lesquelles Nora n'aimait guère travailler en présence de néophytes. Il fallait tout leur expliquer. Elle préféra ne rien dire et se concentra sur le chantier. La lumière ambiante était suffisante pour travailler sans lampe frontale et elle commença par disposer ses outils à l'écart : une bobine de ficelle luminescente, des piquets, un étalon, une truelle, des brosses, des genouillères, un masque, un filet à cheveux et des gants en nitrile.

— Enfilez-en une paire, ordonna-t-elle à Corrie.

— Oui, bien sûr.

En quelques gestes, Nora quadrilla le périmètre de fouille à l'aide de la ficelle et des piquets en délimitant quatre carrés d'un mètre de côté. Elle photographia le site et compléta ses observations par quelques croquis dans son carnet avant d'entrer toutes les données sur son iPad à l'aide d'un logiciel spécialisé capable de reconstituer l'espace de fouille en trois dimensions.

Armée d'un pinceau de taille moyenne, elle s'agenouilla à côté de la dépouille et entreprit de dégager le crâne. Évitant les mèches de cheveux, elle fit apparaître le visage momifié, parfaitement préservé par l'air sec du désert. La peau était fragile et elle s'efforça de la conserver intacte en s'arrêtant régulièrement pour prendre des photos.

Centimètre par centimètre, le visage du mort apparut.

— Putain de merde, murmura Corrie derrière elle. Vous avez vu son expression ? Il a dû mourir dans des souffrances atroces.

Nora était aussi surprise que sa compagne. La bouche du défunt s'ouvrait sur un hurlement muet, laissant échapper une langue brune aussi crevassée qu'une morille, ses lèvres retroussées en un rictus d'horreur et de douleur.

Au terme d'une heure d'efforts, Nora se releva en position accroupie et regarda sa montre. Bientôt 14 heures. En dépit de ce labeur macabre, elle avait faim et soif.

— On déjeune ? suggéra-t-elle à Corrie.

— D'accord.

Nora se redressa dans un craquement d'os, s'empara du sac contenant ses provisions et se glissa à l'extérieur où elle fut éblouie par le soleil. Assise sur une poutre, elle tira du sac un sandwich au rosbif préparé par son frère Skip, avec qui elle vivait en colocation à Santa Fe. En échange d'une réduction sur le loyer, Skip lui préparait à manger la plupart du temps.

Tout en avalant une bouchée, Nora coula un regard en direction de Corrie, debout à l'écart.

— Vous ne déjeunez pas ?

— Non, non. Je... je suis au régime.

Nora marqua son étonnement en la voyant si mince.

— Dites plutôt que vous avez oublié d'emporter à manger. Je me trompe ?

— Non, mais ne vous souciez pas pour moi. Tout va bien. J'ai tellement de boulot en ce moment, je n'ai pas toujours les idées en place.

Nora coupa la moitié du sandwich dégoulinant de mayonnaise et la tendit à sa compagne.

— Prenez ça. De toute façon, je ne pourrai jamais tout manger.

Après une hésitation, Corrie se laissa tenter et s'assit à côté de l'archéologue.

Nora laissa s'écouler une minute avant d'annoncer la mauvaise nouvelle :

— Je regrette de vous dire ça, mais une journée de boulot ne suffira jamais.

— Vous ne pouvez pas aller plus vite ?

— Non, répondit Nora, agacée. Vous m'avez expliqué vous-même que vous souhaitiez exhumer ce corps dans de bonnes conditions. Vous avez bien vu combien cette dépouille était fragile.

— Peut-être, mais il ne s'agit tout de même pas d'une momie préhistorique. J'ai uniquement besoin de savoir si ce type a été assassiné ou pas.

Nora la fusilla du regard.

— Je vous rends un sacré service, alors si vous voulez que je continue, je le fais à mon rythme. D'accord ?

— Il y en a pour combien de temps, à votre avis ?

Sachant qu'elle ne trouverait jamais le temps de mener l'exhumation à son terme, Nora s'efforça de ne pas brusquer son interlocutrice.

— Le temps de terminer mes propres fouilles, je dirais quinze jours.

— Quinze jours ? Vous plaisantez ? Mon patron va se taper un AVC.

— Je me fiche éperdument de votre patron et de ses AVC. Le vrai problème n'est pas là.

— Quel est le problème, alors ?

— Le problème, c'est moi. Je dois absolument achever ma propre campagne de fouille. C'est déjà bien que j'aie pris une journée pour venir ici.

— Je sais, et je vous en suis très reconnaissante, mais vous voyez bien que ce site est important.

Nora poussa un soupir.

— C'est bien possible, mais il se trouve à quatre heures et demie de route de Santa Fe et il est déjà 14 heures. Même en repartant dans une heure, je ne serai pas rentrée chez moi avant 20 heures. C'est une éternité en voiture pour trois heures de travail.

Un silence accueillit son explication.

— Voici ce que je vous propose, reprit Nora. Je suis d'accord pour revenir vous aider une fois que j'aurai fini à Tsankawi. Les fouilles là-bas sont quasiment achevées, il nous reste essentiellement à sécuriser le site et prendre des notes. Je pense avoir terminé dans quinze jours.

— Merci, se décida à répondre Corrie après un temps de réflexion, mais vous savez aussi bien que moi que d'ici quinze jours, il ne restera plus rien ici, à part des coups de pelle et des empreintes de bottes.

Nora avala une gorgée d'eau. Corrie avait sans doute raison. La nouvelle finirait par se répandre, ou bien quelqu'un tomberait sur le corps par hasard.

— Je vous en prie, Nora. Vous ne pouvez pas me laisser dans la panade.

L'archéologue secoua la tête. Pourtant l'argument de Corrie avait fait mouche. Il lui fallait bien reconnaître aussi que le visage de supplicié du mort l'intriguait. Elle jura entre ses dents. Elle n'aurait jamais dû accepter.

— J'ai peut-être une solution.

Corrie releva vivement la tête.

— Je reviens demain avec de quoi camper, ce qui me permettra de consacrer aux fouilles une douzaine d'heures par jour au lieu de trois, et de tout boucler en quarante-huit heures.

Adelsky n'aurait qu'à prendre des photos et des notes à Tsankawi pendant son absence, il possédait toutes les compétences nécessaires. L'expérience lui serait profitable.

— Vous voulez camper sur place ? Mon chef ne voudra jamais.

— Vous n'êtes pas obligée de m'accompagner, d'autant que vous n'êtes pas en capacité de m'aider.

— Vous n'allez tout de même pas camper ici toute seule !

— Je viendrai avec mon frère. Il va adorer cet endroit. En plus, il sait se servir d'un fusil. Écoutez, je ne peux rien vous promettre, je dois obtenir l'autorisation de la nouvelle présidente de l'Institut au préalable, mais ça ne devrait pas poser de problème.

— Sauf que je dois impérativement me trouver sur place. C'est un principe de base au FBI. Il va falloir que je demande l'autorisation, moi aussi.

— Alors dépêchez-vous de la demander, c'est tout ce que je peux vous proposer.

Malgré son intransigeance, Nora ne put se retenir de lancer un coup d'œil en direction de la cave et du mystère qu'elle recelait.

9

Lorsque Nora avait contacté le secrétariat de la présidente de l'Institut le lendemain matin, l'assistante de celle-ci avait eu une réaction inattendue.

— Quelle coïncidence ! J'allais vous appeler. La professeure Weingrau souhaite vous recevoir dans son bureau à 10 heures.

En se rendant à son rendez-vous à l'heure dite, elle fut prise d'une prémonition. À la suite du scandale qui avait conduit en prison l'ancienne présidente, le conseil d'administration de l'établissement avait eu toutes les peines du monde à lui trouver une remplaçante, jusqu'à ce que Marcelle Weingrau finisse par accepter. Elle occupait le poste depuis un mois seulement et n'avait pas eu l'occasion de rencontrer individuellement les membres du personnel, si bien que Nora la connaissait mal. Elle croyait deviner que Weingrau était froide et distante.

Cette professeure d'anthropologie occupait précédemment la fonction de doyenne de l'université de Boston, ce qui expliquait sans doute un formalisme propre à l'univers de la Nouvelle-Angleterre. Peut-être son arrivée dans le Sud-Ouest l'inciterait-elle à se déboutonner un peu. Son CV avait circulé au moment de son recrutement et Nora avait noté avec intérêt qu'elle avait consacré sa thèse aux peuplades mayas des hauts plateaux du Guatemala où elle avait passé plusieurs années, au point de parler couramment l'espagnol et le quiché. Au vu des publications de

Weingrau, sérieuses mais truffées de jargon, Nora était curieuse de mieux connaître sa nouvelle patronne.

— Asseyez-vous, je vous en prie, proposa l'assistante de Marcelle Weingrau en voyant arriver Nora.

La porte de la présidente était fermée, mais une voix grave d'homme s'en échappait, preuve que son occupante recevait un visiteur.

L'attente ne fut pas longue.

— Ah, Nora! la salua Weingrau en ouvrant sa porte. Ravie de vous voir. Installez-vous.

Nora s'avança dans le vénérable bureau de la présidente. Elle connaissait bien le lieu pour y avoir souvent été conviée du temps de son ancienne patronne, mais elle le trouva changé. Les poteries pueblos et autres tapis navajos empruntés aux collections de l'Institut avaient cédé la place aux diplômes encadrés de la nouvelle occupante, ainsi qu'à des photos d'elle au milieu des Mayas du Guatemala, le tout rythmé par des lithographies de Chagall et de Miró qui semblèrent hors de propos à Nora dans le décor colonial espagnol de la pièce.

Un jeune homme se leva en voyant entrer la visiteuse.

— Je souhaitais vous présenter le professeur Connor Digby, qui vient rejoindre l'équipe des conservateurs.

L'intéressé s'avança. Doté du menton carré et du charme propre aux anciens élèves des universités de l'Ivy League, il portait le blazer bleu, le pantalon de toile et la cravate de rigueur. Il tendit la main à Nora en la gratifiant d'un sourire éclatant.

— Enchantée, Connor, dit-elle en souriant à son tour, surprise qu'un nouveau poste de conservateur ait été créé.

— Connor est un éminent spécialiste de la culture mogollon. Il a réalisé de nombreuses fouilles sur le site de Casa Grandes, au Mexique, poursuivit Weingrau. Quant à Nora, c'est notre spécialiste des peuples pueblos du Sud-Ouest. Elle a également beaucoup travaillé en Californie et à New York. Je ne doute pas que vous vous trouviez de nombreux centres d'intérêt communs.

— Je n'en doute pas non plus, réagit Digby.

— Connor vient tout juste de terminer une mission pour l'Institut national d'anthropologie et d'histoire du Mexique. Il intègre l'Institut en qualité de conservateur en chef.

Conservateur en chef? Dans la mesure où c'était le poste qu'elle occupait déjà, cela signifiait probablement qu'elle allait elle-même monter en grade. Elle s'efforça de ne rien laisser paraître.

— Asseyez-vous, je vous en prie.

Elle prit place dans le fauteuil en cuir jumeau de celui de Digby, face à Weingrau.

Cette dernière poursuivit ses explications, détaillant les fonctions de Nora au sein de l'Institut avant de décrire la carrière du nouveau venu et ce que l'on attendait de lui à l'Institut en cette période particulièrement critique.

Tout en écoutant Weingrau, impatiente d'apprendre de la bouche de cette dernière qu'elle allait bénéficier d'une promotion, Nora se demanda ce que penseraient ses collègues de la nomination aussi haut dans la hiérarchie d'un chercheur venu de l'extérieur. Mais Weingrau poursuivait son monologue, précisant tout ce qu'elle attendait de la collaboration entre ses deux visiteurs, et Nora en arriva à se demander si le poste qu'elle convoitait n'allait pas lui passer sous le nez.

Weingrau enchaîna en expliquant qu'elle comptait donner à Digby le bureau voisin du sien, inoccupé depuis quelque temps. Puis elle confia à Nora le soin de faire à son nouveau collègue les honneurs de la maison, en lui présentant notamment les « équipes de terrain » avant de lui dégager de la place dans son laboratoire.

— Vous serez conduits à travailler tous les deux en étroite collaboration, conclut la présidente. Sur des projets différents, bien sûr, mais j'imagine que vous saurez trouver des synergies entre vos domaines de compétence respectifs.

Un sourire forcé aux lèvres, Nora acquiesça en veillant à donner l'impression de s'intéresser aux propos de son hôtesse. Cela signifiait-il qu'au lieu d'être nommée au poste de chef du département, elle allait devoir affronter un rival ? Non, c'était impossible, surtout à une époque où seuls comptaient le mérite et l'ancienneté. Elle possédait bien plus d'expérience que Digby et avait à son actif infiniment plus de publications, sans compter qu'elle était son aînée d'au moins cinq ans. Elle se promit de consulter le CV du nouvel arrivant à la première occasion et se rassura en se disant qu'elle n'avait rien à craindre.

La réunion terminée, Digby se leva, serra la main de Nora et se dirigea vers les réserves avec lesquelles il souhaitait se familiariser. Nora se levait à son tour lorsque Weingrau se tourna vers elle :

— J'ai cru comprendre que vous aviez demandé à me voir.

Avec toutes ces histoires, Nora avait bien failli oublier.

— Rien d'essentiel. Comme je vous l'avais expliqué, je me suis rendue hier sur un site où le FBI procède à l'exhumation d'un corps, dans les monts Azul. L'endroit est très isolé et j'aurais besoin de deux jours supplémentaires pour mener cette mission à bien, si vous n'y voyez pas d'inconvénient. Adelsky restera à Tsankawi, il a les fouilles bien en main.

— Bien sûr, approuva Weingrau. Prenez ces deux journées, et même davantage si nécessaire. C'est encore le meilleur moyen de redorer notre blason aux yeux du grand public. Le ciel soit loué de nous avoir envoyé Connor pour prendre le relais.

Cette phrase tournait en boucle dans la tête de Nora lorsqu'elle quitta le bureau de sa supérieure.

10

Corrie avait été la première surprise lorsque Morwood avait accepté sa proposition. Après réflexion, elle s'était demandé s'il n'était pas soulagé de la voir s'éloigner du bureau pendant quelques jours. Après tout, tant pis. Elle comptait bien mener son enquête comme s'il s'agissait de l'affaire du siècle, sans afficher sa frustration. De son côté, Nora avait laissé son chantier pueblo entre les mains d'Adelsky, son assistant, en lui confiant une liste de tâches qui l'occuperaient pendant deux bonnes journées.

Corrie et Nora avaient regagné la ville fantôme deux jours plus tôt en compagnie de Skip, le frère de la seconde, apportant le matériel et les provisions nécessaires. Nora avait travaillé d'arrache-pied le lendemain avant de reprendre dès 6 heures ce matin-là. Au coucher du soleil, elle avait achevé de dégager le corps et le sol autour de lui. Il était à présent 22 heures et le trio profitait du feu de camp après avoir dévoré des steaks grillés. Skip assurait l'intendance et poussait même la chansonnette le soir. Corrie le trouvait plutôt sympathique, avec sa silhouette dégingandée et sa tignasse brune mal peignée. Excellent cuisinier, il avait monté le camp au cordeau en veillant à sa bonne organisation. Et si son jeu de guitare et ses interprétations de vieux chants de cow-boy ne risquaient pas de lui assurer un contrat d'enregistrement, Corrie appréciait de l'écouter sous les étoiles à la lueur des braises, à l'accompagnement de sa Gibson désaccordée. Skip était curieux de tout et n'avait eu de cesse de visiter le cimetière en ruine en apprenant que les mineurs disparus lors de l'éboulement de la galerie y étaient enterrés virtuellement. Il avait longuement examiné chacune des tombes en bombardant Corrie de questions auxquelles elle était le plus souvent incapable de répondre.

La jeune femme était soulagée que l'exhumation du corps se termine. Elle avait cru devenir folle en constatant la lenteur avec laquelle travaillait Nora. Elle passait des heures à donner de légers coups de brosse avant de chasser les derniers grains de sable à l'aide d'un soufflet. Corrie n'en était pas moins consciente du service que lui rendait l'archéologue. Le corps entièrement dégagé offrait désormais un spectacle étrange qui ne faisait qu'épaissir le mystère de sa mort. Que faisait-il là, et comment avait-il été tué ? Le lendemain, une fois ses notes prises, Nora avait prévu de prélever la dépouille et de la placer dans des caisses avec ses attributs avant que la petite expédition ne regagne Albuquerque.

Corrie avait savouré ces quelques jours loin du bureau. C'était la première fois depuis l'incident des monts Sandia qu'elle se sentait à nouveau elle-même. Elle entretenait toutefois l'espoir que son enquête tourne court et que Morwood lui confie un dossier digne de ce nom, sa punition derrière elle.

— Bon ! déclara Skip, assis sur une bûche près du feu. À présent que la journée est terminée, que diriez-vous d'une petite goutte de sotol ?

Il tira de son sac à dos une bouteille dont le contenu brilla à la lueur des dernières flammes.

— *Beurk*, réagit Nora. Tu sais bien que je déteste ce truc.

— Du sotol ? demanda Corrie, perplexe.

Nora secoua la tête.

— Une sorte de tequila. Honnêtement, je ne vous conseille pas d'essayer. Prenez plutôt une bière, dit-elle en sortant de la glacière deux Corona fraîches.

Tentée par la bouteille humide de glace que lui tendait sa compagne, Corrie estima qu'elle n'était plus en service et l'accepta.

— Vous avez fait le bon choix, approuva Nora en portant le goulot de sa bouteille à ses lèvres. Quant à toi, Skip, n'abuse pas de cette horreur.

— Promis.

Ils se plongèrent dans la contemplation du feu dans le silence retrouvé.

— Je me demande si les squelettes des mineurs ensevelis se trouvent quelque part sous nos pieds, finit par déclarer Skip. On se trouve à peu près au-dessus de la mine d'or, non ? Quand je pense qu'ils sont morts de faim et de soif, ou par manque d'oxygène, dans le noir complet. Vous savez, ajouta-t-il d'une voix grave, l'âme des gens qui meurent de cette façon ne les laisse jamais en paix.

Nora lui lança à la figure sa capsule de bière.

— Je t'interdis de nous ressortir une de tes histoires de fantômes et de nous foutre la trouille.

— Alors, reprit Corrie, à présent que vous avez dégagé le corps, quelle est votre opinion ?

Nora médita la question avant d'y répondre.

— Je ne pense pas qu'il s'agisse d'un meurtre. Rien ne l'indique, en tout cas.

— Mais, si je comprends bien, ce n'est pas impossible ?

— Difficile à dire. Le corps se trouve en position fœtale, ce qui est étrange. Comme s'il était mort de froid, ou bien empoisonné. À la position de son bras, on pourrait croire qu'il repousse un danger, ou quelqu'un.

— Vous avez vu sa grimace ? demanda Skip qui intervenait dans la conversation chaque fois qu'il en avait l'occasion. Le meilleur logiciel au monde ne parviendrait jamais à recréer une expression aussi terrifiante.

— Nous procéderons aux examens nécessaires en laboratoire, affirma Corrie. S'il est mort empoisonné, nous le saurons.

— À moins que son mauvais goût ne l'ait tué, plaisanta Skip. Vous avez vu la chemise qu'il avait sur le dos ?

Nora préféra ignorer son frère.

— Les objets que j'ai pu découvrir près du corps méritent qu'on s'y intéresse.

— Lesquels ? demanda Corrie.

— J'ai trouvé à côté de lui une masse et une pelle pliante. Tout indique qu'il s'agissait d'un prospecteur, mais je suis surtout curieuse de voir le contenu de son sac. Peut-être nous révélera-t-il son identité.

— Nous dresserons l'inventaire de ses biens au labo, promit Corrie.

Nora sembla hésiter.

— Une autre remarque. Le sac de toile à ses pieds ? Il ne s'agit pas d'un sac à dos ordinaire, mais d'une sacoche comme en portent les mules.

Skip émit un petit sifflement.

— Tu crois que… ?

— Oui.

Corrie posa sur Nora un regard perplexe.

— Je ne comprends pas.

— Les sacoches de ce genre vont par deux : une sur chaque flanc de l'animal. Cela signifie que le jumeau de la première se trouve probablement dans les environs. Peut-être sur le squelette de la mule.

Corrie fut parcourue d'un frisson.

— Le plus simple est encore de fouiller la ville demain.

11

Les deux femmes se levèrent dès l'aube le lendemain, laissant Skip cuver le sotol dont il avait abusé, en dépit des avertissements de Nora. Corrie, frigorifiée en s'extrayant de son sac de couchage, fut reconnaissante à Nora de l'avoir précédée et d'avoir allumé le feu pour préparer du café. Assises l'une à côté de l'autre, un mug fumant à la main, elles regardèrent le soleil s'élever au-dessus des montagnes en enveloppant la ville fantôme d'une auréole d'or glacée. Corrie se serait crue dans une toile d'Edward Hopper, avec ses ombres interminables et ses fenêtres sombres.

— Essayons de retrouver la sacoche manquante, proposa Nora en posant son mug. Et la monture qui va avec.

— D'accord.

Elles décidèrent de se partager les recherches, la première fouillant une moitié de la petite ville tandis que la seconde écumait les ruines restantes. Alors que Corrie s'intéressait prioritairement aux lieux susceptibles d'accueillir des chevaux ou des mules, un vol de corbeaux s'éleva en croassant au-dessus de sa tête. Le jeune femme fut prise d'une idée : pourquoi ne pas se mettre en quête du corral de la cité minière ?

Elle découvrit celui-ci derrière les écuries. La moitié des piquets prévus pour attacher les bêtes gisaient à même la terre, mais ce n'était sûrement pas le cas un siècle plus tôt.

Le corral était envahi par les herbes sauvages, et les tumbleweeds, poussés par le vent, s'étaient accumulés le long de la palissade, au milieu des tessons de bouteille, de restes de fil de fer barbelé, de boucles de harnais rouillées et de lanières en cuir desséchées.

Elle se figea en apercevant une masse blanche dans un coin. En s'approchant, elle découvrit le crâne d'un animal de grande taille à moitié recouvert de sable, des rênes encore visibles. Elle écarta du pied les tumbleweeds et mit au jour le squelette d'un cheval ou d'une mule près duquel reposait une sacoche semblable à celle retrouvée près du corps. De vieux vêtements en lambeaux et une paire de bottes racornies se trouvaient un peu plus loin.

Corrie fit une autre découverte en poursuivant ses recherches : une corde d'alpinisme en nylon, ainsi que des pitons et des mousquetons rouillés.

Elle appela aussitôt Nora, qui poursuivait ses recherches de l'autre côté de la rue.

— Pauvre bête, quelle mort horrible, commenta l'archéologue en s'agenouillant près des ossements de l'animal.

— On commence à voir comment s'est déroulée la dernière journée de notre inconnu, enchaîna Corrie. Il a commencé par enfermer sa mule dans le corral en laissant derrière lui le harnachement de l'animal et une sacoche, puis il s'est rendu dans la cave de la maison isolée avec l'autre sacoche. C'est là qu'il est mort, manifestement dans de grandes souffrances, en abandonnant sa monture dans le corral où elle a fini par mourir.

— Pas forcément, la contredit Nora en écartant le sable qui dissimulait en partie le crâne.

— Que voulez-vous dire ?

Nora pointa du doigt la nuque de l'animal et Corrie découvrit un trou rond laissé par une balle qui s'était perdue à l'intérieur du crâne sans ressortir de l'autre côté. Nora prit le crâne délicatement et le vida du sable qu'il contenait, révélant la présence d'un projectile aplati qu'elle enferma dans un sachet transparent.

— Pour quelle raison a-t-il tué sa propre mule ? s'étonna Corrie.

— Rien ne nous dit que c'est lui. Pas plus que nous ne savons pourquoi il est mort, recroquevillé sur lui-même. Cette histoire n'a aucun sens.

Les deux femmes restèrent plongées dans un silence perplexe.

— À quoi pouvait bien servir ce matériel d'alpinisme ? finit par demander Corrie.

— Je suis prête à parier qu'il avait l'intention de fouiller l'ancienne mine dont l'ouverture se trouvait dans la falaise de la mesa.

Corrie hocha la tête.

— Le mieux est encore d'emporter toutes ces découvertes.

Quelques minutes plus tard, elles regagnaient le camp où Skip, enfin réveillé, était occupé à préparer un copieux petit-déjeuner composé d'œufs, de bacon et de pancakes aux myrtilles.

— Déplacer le corps ne sera pas une mince affaire, remarqua-t-il entre deux bouchées de bacon. Cette momie est prête à tomber en poussière.

— Nous ne serons pas trop de trois, acquiesça Nora.

Le petit-déjeuner avalé, ils gagnèrent la cave en emportant avec eux une housse mortuaire et une boîte en carton de la taille d'un cercueil qu'ils déposèrent à côté du corps recroquevillé au pied du mur. Le grand ciré, la chemise à carreaux et le pantalon de toile retenu par des bretelles tombaient en poussière, de même que les morceaux de peau restés collés aux ossements, ou encore les restes d'un chapeau de cow-boy découvert à côté de la tête du défunt.

— Nous allons procéder de la façon suivante, décida Nora. Commençons par étaler la housse mortuaire, puis nous glisserons tous les trois nos mains sous le corps. À trois, nous le soulevons et nous le déposons dans la housse avant de placer celle-ci dans le carton. D'accord ?

Ils prirent position à côté du mort, Nora au niveau des épaules et Corrie face aux hanches tandis que Skip se chargeait des genoux.

— Un, deux, *trois*!

Le corps était léger comme une plume et l'opération se déroula comme prévu. Une odeur nauséabonde s'échappa des restes de l'inconnu, comparable à celle d'un très vieux fromage, obligeant Corrie à respirer par la bouche.

— Regardez! s'écria Skip. J'ai vu un objet tomber de sa poche.

Il pointa de l'index une pochette de cuir de la taille d'une main, entourée d'une lanière.

Corrie se pencha au-dessus de la pochette et crut voir luire un éclair à travers le cuir déchiré.

— Si vous êtes d'accord, Nora, je vous propose de l'ouvrir.

— Pourquoi pas?

Corrie commença par prendre des clichés de la pochette, puis Nora ramassa celle-ci avec ses mains gantées.

— C'est lourd, remarqua-t-elle en dénouant prudemment la lanière de cuir avant de déplier lentement les rabats de la pochette, rendus rigides par le temps.

Une superbe croix en or, incrustée de pierres précieuses, apparut dans la pénombre.

— Nom de Dieu! murmura Skip.

— Magnifique, s'émerveilla Corrie.

Nora sortit de sa poche une loupe oculaire avec laquelle elle observa longuement le précieux trophée.

— C'est une vraie? lui demanda Skip.

— Elle est lourde, en tout cas, répondit sa sœur après un long silence, et n'a subi aucune ternissure. Cette croix est en or massif, ça ne fait aucun doute. Le travail d'orfèvrerie est remarquable. La granulation et le filigrane sont microscopiques. Je suis convaincue que ces pierres sont des rubis, des saphirs, des émeraudes, des turquoises et des lapislazulis véritables.

— D'où vient ce truc ? s'enquit Corrie.

Nora eut une hésitation.

— Je dirais qu'il s'agit d'un bijou de l'époque coloniale espagnole datant du XVIIe ou du XVIIIe. C'est l'un des plus beaux objets en or qu'il m'a été donné d'admirer.

— Quelle valeur peut avoir cette croix ? voulut savoir Skip.

Nora eut un petit rire moqueur.

— Je te reconnais bien là. D'un point de vue archéologique, un bijou tel que celui-ci est inestimable.

— D'accord, mais si tu décidais de le vendre, qu'en tirerais-tu ?

— Je n'en ai aucune idée. Cent mille dollars, un demimillion ? Je n'ai jamais rien vu d'aussi beau dans aucun musée.

Skip laissa échapper un sifflement.

— Que pouvait bien fabriquer ce type au milieu de nulle part avec un truc pareil dans sa poche ?

La question mérite d'être posée, pensa Corrie.

— Hé, les filles ! s'écria Skip, au comble de l'excitation. Qui nous dit qu'il n'a pas sur lui d'autres objets précieux ?

— Holà ! l'arrêta sèchement sa sœur en voyant le jeune homme tendre la main en direction du cadavre. Interdiction de fouiller le corps !

— Nous procéderons à un examen en règle de ses possessions en laboratoire, réagit Corrie. En attendant, déposons cette croix dans la boîte avec le corps et regagnons Albuquerque au plus vite. Je ne me sens pas très rassurée avec un tel trésor en notre possession.

12

— Bienvenue dans mon antre, dit aimablement Nigel Lathrop avec son accent anglais gentiment snob lorsqu'il ouvrit à Corrie la porte du laboratoire.

La jeune fille tiqua intérieurement en l'entendant s'approprier les lieux de la sorte, mais elle se garda bien de le montrer. Morwood lui avait laissé entendre que Lathrop était un drôle de fusil. Ce spécialiste d'anatomo-pathologie médico-légale travaillait depuis toujours pour l'antenne locale du FBI où il avait acquis une réputation d'excentrique inoffensif, mais Morwood avait clairement signifié à Corrie que le chercheur était un emmerdeur de première et que sa mission consisterait à l'amadouer.

— C'est un touche-à-tout qui a fait ses classes à une époque où la médecine légale n'était pas aussi spécialisée qu'aujourd'hui. Il se contentait de gérer la routine : l'analyse des fibres, des cheveux ou des taches de sang, les empreintes, tout ce qui pouvait être effectué sur place sans avoir recours à l'un des grands labos nationaux.

Morwood avait ajouté que Lathrop en voudrait à Corrie de ses connaissances en anthropologie médico-légale, au point de traîner des pieds, voire d'afficher une mine perplexe en présence d'un problème que n'importe qui d'autre aurait résolu en un instant.

La jeune femme avait promis à son chef de mettre de l'huile dans les rouages avec Lathrop, ce qui ne l'empêcha pas de se montrer à la fois inquiète et curieuse lorsqu'elle serra la main sèche de l'intéressé. Petit et maigre, le menton orné d'une barbe grise en pointe, la bouche pincée et la démarche vive, il feignit de l'accueillir avec une chaleur que contredisait son regard.

Le laboratoire, installé dans les sous-sols de l'antenne d'Albuquerque, était équipé de machines vieillissantes. Corrie suivit son hôte au milieu d'un labyrinthe de colis pas encore déballés, empilés les uns sur les autres, jusqu'au bureau trop éclairé du maître des lieux. Les trouvailles rapportées de High Lonesome étaient étalées sur trois grandes tables de dissection : sur la première reposait la momie de l'inconnu, encore enfermée dans sa housse mortuaire, sur la seconde étaient disposées les caisses en plastique contenant le squelette de la mule, et sur la troisième étaient exposées les possessions du mort.

Lathrop retira sa veste en tweed et enfila la blouse blanche accrochée à une patère, puis il s'équipa de gants en caoutchouc, d'un masque et d'un filet à cheveux. Corrie s'empressa de suivre son exemple.

— Fort bien, dit le chercheur en s'approchant de la première table. Qu'avons-nous donc ici ?

Il se pencha au-dessus de la housse, en tira la fermeture Éclair et examina le contenu en retroussant les lèvres.

— Aidez-moi à poser ceci sur la table d'examen.

Corrie s'exécuta et le corps momifié en position fœtale, un bras levé et l'autre recroquevillé, laissa échapper de petits tas de sable aux endroits où la peau desséchée s'était fissurée.

Lathrop tourna autour du corps les mains dans le dos, multipliant les *hmmm* et les *aaahhh*, puis il s'approcha de la table voisine, accorda un simple coup d'œil au squelette animal et aux deux sacoches avant de se figer devant la croix en or, posée à côté de sa pochette de cuir. Il la saisit délicatement et l'examina à la lumière.

— Remarquable ! dit-il en reposant l'objet. Je ne vais pas chômer avec tout ce travail qui m'attend.

Il se retourna vers Corrie.

— Quand souhaitez-vous recevoir mon rapport ?

La jeune femme se racla la gorge.

— À vrai dire, j'espérais assister à vos travaux.

Il haussa les sourcils.

— Allons bon.

Corrie retint sa colère.

— Je suis diplômée d'anthropologie médico-légale, ce qui explique qu'on m'ait confié cette enquête. L'inspecteur Morwood ne vous l'a pas expliqué ?

— Ah, mais si ! Toutes mes excuses. Morwood a fait allusion à votre formation. J'ai pour habitude de travailler seul, mais votre aide pourra m'être utile. Vous m'en voyez positivement ravi.

Sa mine renfrognée contredisait ses propos.

Corrie voulut se souvenir que si elle possédait un grade supérieur à celui de son interlocuteur, il œuvrait de longue date pour le Bureau alors qu'elle débutait. Sans oublier sa bévue des monts Sandia. Autant éviter une lutte stérile avec le chercheur, surtout à la lumière de ce que lui avait révélé Morwood.

— Nous voici confrontés à un joli défi, ne trouvez-vous pas ? poursuivit Lathrop en se frottant les mains d'un air gourmand.

À l'évidence, il n'avait rien d'un vieux barbon blasé que son métier n'intéressait plus.

— Je vous propose de nous mettre à l'ouvrage. Je commencerai par l'examen du corps pendant que vous vous intéresserez aux objets.

— Dans la mesure où ma spécialité est l'anthropologie biologique, dit Corrie avec assurance, tout en veillant à ne pas se montrer désagréable, peut-être pourrais-je travailler sur ces restes humains avec vous ?

Lathrop fronça les sourcils.

— Si vous le dites.

— Nous pourrions commencer par radiographier le corps. Qu'en pensez-vous ?

— Bien sûr.

Lathrop alluma son ordinateur et mit en route le logiciel concerné. En quelques clics apparurent sur l'écran les différentes parties du corps, à commencer par le crâne. Corrie aurait volontiers réalisé un scanner de la dépouille, mais Morwood avait refusé au prétexte qu'un tel examen était trop coûteux pour une enquête qui n'avait encore rien d'officiel.

— Le sujet n'a pas reçu de soins dentaires. C'est fort regrettable, ça nous aurait peut-être permis de l'identifier.

Corrie étudia longuement les images. À l'époque de ses études, elle avait pu constater combien il était facile de passer à côté d'un détail qui relevait de l'évidence, à défaut d'y accorder toute l'attention nécessaire. Elle n'avait pas l'intention de sous-estimer les remarques de Lathrop au prétexte qu'il l'agaçait.

— Regardez, dit-elle brusquement. Je me demande si ce n'est pas une trace de fracture réparée au niveau de l'os frontal. J'en distingue une autre sur le sphénoïde.

— En effet, acquiesça Lathrop en agrandissant l'image avant d'accentuer le contraste. Vous avez raison. La ligne de fracture est à peine visible, mais bien réelle.

Ils passèrent à la cage thoracique et Corrie pointa du doigt l'une des côtes.

— Là, une autre fracture.

Lathrop pianota sur son clavier et la côte s'afficha en grand sur l'écran.

— On ne remarque aucun cal fibrocartilagineux, reprit Corrie. Comme si le traumatisme avait eu lieu perimortem.

Lathrop manifesta son assentiment d'un léger grognement.

— Et là ! Un autre ! Et encore un autre. Au niveau des quatrième, cinquième et sixième côtes antérieures. Vous voyez ?

Lathrop resta sans réaction.

— Toutes ces fractures ont été provoquées *perimortem*, poursuivit Corrie d'une voix qui signalait son excitation. Comme s'il avait fait une chute juste avant de mourir. Qu'en pensez-vous ?

— Sans doute serait-il préférable d'attendre l'examen physique du sujet avant de tirer des conclusions hâtives, réagit-il avec un petit sourire narquois.

Corrie ravala son agacement.

L'examen radiographique achevé, Lathrop se tourna vers elle.

— Je vais vous montrer comment installer la caméra avant l'examen général.

Ah, voilà qui me sera utile, pensa Corrie en suivant attentivement la manœuvre.

— Nous pouvons commencer, fit-il. Nous allons tout d'abord préciser la date, l'heure et le lieu, ainsi que nos noms et fonctions respectifs. Il suffira ensuite de décrire à voix haute le détail de nos observations. Est-ce assez clair pour vous, jeune fille ?

— Très clair, approuva Corrie qui avait eu l'occasion de s'entraîner longuement à cet exercice lorsqu'elle était étudiante au John Jay College, dont les équipements étaient toutefois plus modernes.

Chacun d'un côté de la table, ils entamèrent leur examen du cadavre. Lathrop entreprit de découper le ciré du mort avec l'aide de Corrie, commençant par l'une des manches avant de passer au buste, de façon à retirer le vêtement sans risquer d'abîmer le corps. Une fois ôté, le ciré fut replié et enfermé dans un carton.

— Je note la présence d'une tache brune sur le devant de la chemise, déclara Lathrop. D'autres taches au niveau du nez, comme si le sujet avait été victime d'un saignement de nez peu avant de mourir.

Corrie allait dire qu'elle y voyait une preuve supplémentaire de chute lorsqu'elle se retint, préférant laisser à

Lathrop le soin d'enregistrer seul ses commentaires. Une fois les taches scrutées longuement et photographiées, ils découpèrent la chemise, le maillot de corps et le pantalon, qu'ils mirent sous scellés. Les bottes, déformées et ratatinées par le temps, présentèrent davantage de difficultés. Même en les cisaillant avec précaution, l'un des pieds se détacha, qu'il fallut ensuite décoller du cuir.

Corrie, qui espérait découvrir de nouveaux trésors dissimulés sur la personne du mort, voire un portefeuille ou tout autre moyen de l'identifier, s'avoua déçue lorsque de simples pièces de monnaie s'échappèrent des poches. Elle les aligna sur la table afin de les compter : deux pièces de vingt-cinq cents, quatre de cinq cents et quatre pennies. Lathrop s'apprêtait à les enfermer dans une boîte réservée lorsqu'elle prit la parole :

— Peut-être devrions-nous relever les dates.

Il la laissa examiner les pièces, porteuses de millésimes s'étalant de 1922 à 1945, dans le cas d'un penny quasiment neuf.

— Le *terminus ante quem* est l'année 1945, dit Lathrop en se penchant au-dessus de la piécette.

— Il est mort au plus tôt en 1945, ajouta Corrie.

— Ma chère, c'est précisément la signification de l'expression *terminus ante quem*, répliqua Lathrop en posant sur elle un regard supérieur, sans cacher sa déception.

Connard, pensa la jeune femme avec un large sourire. Sans doute rêvassait-elle le jour où l'un de ses profs du John Jay College avait cité l'expression. Elle se promit de la chercher sur Google à la première occasion.

Le corps reposait désormais nu sur la table. Corrie nota qu'un rongeur avait fait son nid à l'intérieur de la cavité abdominale, ainsi qu'en attestait la présence de végétaux et de brins de coton.

— Un charmant petit refuge fleurant bon le *hygge*, commenta Lathrop, qui retira précautionneusement le nid et le déposa dans une boîte.

Corrie, qui ne connaissait pas le mot *hygge*, se garda bien de demander des explications.

— Au vu de l'expression faciale du mort et de la position du corps, les examens toxicologiques seront cruciaux, suggéra-t-elle. Il s'agit de savoir si le sujet est mort empoisonné. Je propose de retirer l'estomac, le foie et les reins pour les analyser.

— C'est noté.

Lathrop s'activa au-dessus de l'abdomen et retira les organes, desséchés comme de vieilles pommes, avant de les déposer dans des récipients individuels.

— Un échantillon de cheveux, recommanda Corrie au chercheur.

Ce dernier enferma dans un tube à essai les quelques mèches encore intactes sur le crâne du mort.

— Aurez-vous besoin du cœur, du cerveau ou des poumons ? s'enquit-il.

— Pas à ce stade. À vrai dire, j'aurais volontiers interrompu l'autopsie de façon à conserver le corps dans le meilleur état possible s'il s'avère nécessaire de procéder à un scanner par la suite.

— Fort bien.

Lathrop recouvrit le cadavre d'une feuille de plastique et étiqueta soigneusement les boîtes contenant les prélèvements pendant que Corrie triait les effets du mort : quelques vêtements, une casserole noircie, une poêle cabossée, un gril, une poignée d'allumettes dans un morceau de toile cirée, une boîte de lait concentré éventrée, des haricots dans des boîtes de conserve boursouflées, des restes de viande dans un récipient, une boussole cassée, un ouvre-boîte, un canif, deux gourdes vides, une flasque de bourbon canadien Rich & Rare, également vide. Rien d'autre. Ni carnet, ni carte géographique, ni pièce d'identité, rien qui puisse éclairer Corrie sur les motivations de l'inconnu. L'ensemble trouva sa place dans des boîtes à indices.

L'heure était venue de passer au squelette de la mule, rapporté de la ville fantôme dans une grande caisse. Contrairement à celle du défunt, la dépouille de la mule ne s'était pas momifiée car elle était restée à l'air libre. Corrie s'empara du crâne et du projectile qui avait causé la mort de l'animal, une balle de calibre .22 conservée dans une enveloppe, et les déposa sur la deuxième table d'examen.

— À votre avis, cheval ou mule? demanda Lathrop en haussant les sourcils à la façon d'un maître d'école.

— Aucune idée, répondit Corrie.

Comment veut-il que je sache un truc pareil?

Le visage du chercheur s'illumina. Son front se dérida et il se pencha au-dessus de la carcasse qu'il examina sous toutes les coutures en fermant alternativement l'un et l'autre œil.

— J'ai gardé le souvenir d'une enquête il y a trente ans, s'expliqua-t-il. Le propriétaire d'une mule avait tué le voleur de son animal. Ce dernier avait trouvé la mort lors de l'altercation. L'incident s'était déroulé dans les monts Sandia et les squelettes des intéressés n'ont été découverts que vingt ans après les faits. Il n'a pas été possible d'identifier celui de l'homme, mais tout indiquait qu'il s'agissait du voleur de mule. Pour le bien de l'enquête, il était essentiel de déterminer si la victime montait un cheval ou une mule. Je me suis lancé dans un projet de recherche, une étude comparative des crânes de mule et de cheval, ce qui n'avait jamais été entrepris. Du point de vue médico-légal, j'entends.

— Comment vous y êtes-vous pris?

— Eh bien, je me suis procuré plusieurs dizaines de crânes de chevaux et de mules dont j'ai pris les mesures, ce qui m'a permis d'établir une moyenne relative à chaque espèce. Grâce à ces éléments, nous avons pu déterminer que le crâne dont nous disposions était bien celui d'une mule, ce qui a contribué à la résolution de l'enquête.

— Très fort, réagit Corrie.

— Ces mêmes éléments vont m'être utiles dans le cas présent, bien que ce crâne soit malheureusement perforé.

Lathrop fouilla dans un tiroir, à la recherche d'un pied à coulisse grâce auquel il put mesurer les dimensions du crâne en prenant des notes qu'il compara ensuite à des mesures relevées dans un vieux carnet. Il ne faisait aucun doute que l'évocation de ce triomphe passé avait dissipé sa mauvaise humeur.

— Ah ! s'écria-t-il. Je sais à présent de quel animal il s'agit.

Il marqua une pause théâtrale, la pointe de sa barbe en avant.

— Alors, mule ou cheval ?

— Aucun des deux.

Corrie en resta interloquée.

— Mais alors, de quoi s'agit-il ? D'un âne ?

— Non, d'un bardot.

— Un... qu'est-ce qu'un bardot ?

— Eh bien, répondit Lathrop sur un ton sentencieux, alors que la mule est le produit du croisement entre un âne et une jument, le bardot est le petit d'un étalon et d'une ânesse. Les bardots sont de plus petite taille que les mules et plus proches de l'âne que du cheval. Aucun doute n'est permis, nous sommes en présence d'un bardot.

Corrie dut se pincer pour ne pas rire d'une révélation aussi terne, mais la barbe de Lathrop se trémoussait de satisfaction et elle comprit qu'elle disposait d'une chance unique de se réhabiliter aux yeux du chercheur.

— C'est extraordinaire ! Je n'avais jamais entendu parler d'une telle créature. Vos recherches sur la question ont-elles été publiées ?

— J'ai rédigé à ce sujet un modeste article que je destine au *Forensic Examiner*, la publication phare des études médico-légales. Rien de révolutionnaire, ajouta-t-il d'une voix qui détonnait avec sa modestie affichée.

— Je suis persuadée que nos collègues trouveront vos recherches passionnantes.

— Mon article aurait toutefois besoin d'être relu par une personne avisée.

— J'en serais personnellement ravie, si vous me faisiez cet honneur.

— Vraiment ? Voilà qui serait formidable ! Je vous le montrerai. En attendant, reprenons notre examen de cet individu et de son *bardot*.

13

Corrie trouva Morwood perché sur le rebord de son bureau, les bras croisés, la cravate dénouée, son bouton de col ouvert, fidèle à l'habitude qui voulait que le vendredi soit moins formel dans les administrations. Elle nota la présence de son rapport près de lui.

— Asseyez-vous, je vous en prie.

Corrie obéit en espérant que son chef ne remarque pas sa nervosité.

— J'ai trouvé votre travail très intéressant, commença Morwood. Après en avoir discuté avec ma hiérarchie, je suis disposé à suivre votre recommandation d'ouvrir une enquête officielle.

Il ponctua sa déclaration par un sourire.

— Je vous remercie, monsieur. Je vous remercie.

— Ce sont deux remerciements de trop, répliqua Morwood. Il ne s'agit nullement d'une faveur, même si je vous confie l'enquête.

Corrie ravala un troisième merci.

— Il est impossible de savoir si nous sommes en présence d'un meurtre ou non, mais nous savons que cette croix a une grande valeur. Ainsi que vous le soulignez dans votre rapport, il est fort probable que cet objet ait été volé.

— Oui, monsieur.

— Je crois savoir que vous êtes en bons termes avec le shérif Watts.

— Oui, monsieur. Je n'aurai aucun mal à collaborer avec lui.

— Très bien. Je ne le répéterai jamais assez, bien s'entendre avec les forces de police locales est une priorité. Comment voyez-vous la suite de l'enquête ?

— J'aimerais confier cette croix à la professeure Kelly dans l'espoir qu'elle puisse l'identifier, si elle a bien été volée.

Morwood hocha la tête.

— Bien.

— S'il y a enquête, pensez-vous qu'il serait possible de réaliser un scanner du corps ? Comme je le note dans mon rapport, nous avons retrouvé des traces de traumatismes qui coïncident avec le décès. Les fractures du crâne et des côtes, comme l'hémorragie nasale, n'ont pas pu provoquer la mort, mais un scanner permettrait peut-être de relever d'autres blessures.

— Vous avez ma permission.

— Reste à identifier le défunt. Je pensais procéder à une analyse ADN. Les bases de données sont trop récentes pour que l'individu y figure, mais il n'est pas impossible que l'on retrouve des descendants. Cela dit, c'est un peu hasardeux, et l'opération peut prendre des mois.

— Vous êtes bien placée pour le savoir, réagit Morwood.

L'allusion à son enquête précédente était à peine voilée, mais Corrie jugea préférable de ne pas relever.

— Sinon, on peut s'intéresser aux empreintes. On nous enseignait à John Jay les techniques nécessaires, mais il faudrait procéder à l'amputation des doigts.

— Très bien.

— Si tout ça ne donne rien, je peux tenter une reconstitution faciale. C'était l'une de mes spécialités à John Jay.

— Très bien. Sinon, que pensez-vous du site où a été retrouvé le corps ?

— C'est-à-dire ?

— Vous n'estimez pas qu'il serait bon d'y poursuivre des fouilles ?

— Dans l'ensemble de la ville fantôme ?

Comme Morwood ne répondait pas, elle enchaîna.

— Oui, sans doute.

Sans vraiment se l'expliquer, cette idée ne l'emballait pas.

— Cet homme avait sur lui un objet en or d'une grande valeur, insista Morwood. D'autres reliques comparables peuvent très bien être cachées dans les environs. Pourquoi ne pas solliciter l'aide de nos équipes de police scientifique ?

— C'est une excellente idée, monsieur.

— Très bien. À part ça, comment vous sentez-vous ? Je veux dire, après la fusillade des monts Sandia.

Corrie rougit.

— Je vais très bien, je vous remercie.

— Le premier tir en service est toujours délicat, même si ce n'est pas vous qui avez… euh… abattu cet homme.

— En fait, monsieur, ce n'était pas mon premier tir, mais mon deuxième. Et le problème est précisément que je n'ai pas abattu le forcené, puisque j'ai tiré à côté.

Elle s'aperçut que Morwood l'observait avec curiosité.

— Vous n'avez pas tiré à côté. Vous l'avez déstabilisé en le touchant à l'épaule, ce qui a permis à nos collègues de l'abattre. Grâce à vous, il n'a pas pu ajuster son tir.

— Si je l'avais atteint à la tête, il n'aurait même pas eu l'occasion de tirer.

— C'est exact, reconnut Morwood, mais il est facile de vous améliorer en vous entraînant, ce que vous faites déjà.

Il laissa passer un temps d'arrêt avant d'insister :

— Alors ?

— Alors quoi, monsieur ?

— J'ai beau m'efforcer d'atténuer votre sentiment de culpabilité, votre réticence me montre que cet incident vous a marquée davantage qu'il ne le devrait. Je vais vous confier une mission que vous aurez sans doute du mal à exécuter : *arrêtez de broyer des idées noires.*

Il fit peser sur elle un regard lourd de sens.

— Est-ce clair, mademoiselle Swanson ?

— Parfaitement clair, monsieur.

Morwood laissa échapper un grognement et se redressa, signe que l'entretien était terminé.

— Lors de la prochaine réunion de service, je vous prie de présenter votre enquête à vos collègues. Elle est suffisamment atypique pour les intéresser. Et si d'aventure la professeure Kelly fait des découvertes édifiantes, n'hésitez pas à l'inviter afin qu'elle nous fasse bénéficier de ses lumières.

14

Brad Huckey, le chef de l'unité locale de police scientifique, descendit de la camionnette de service et chaussa ses lunettes de soleil afin d'observer les alentours sans être aveuglé. Milt Alfieri, son photographe, et Don Ketterman, l'un de ses subordonnés, l'imitèrent.

— On se croirait dans un décor hollywoodien, nota Alfieri.

Un Jeep Cherokee à la carrosserie ornée d'une étoile s'immobilisa derrière la camionnette. Sans doute le shérif du cru, accompagné de l'agente chargée de l'enquête. Les deux portières du véhicule s'ouvrirent en même temps et Huckey n'en crut pas ses yeux en voyant descendre, en même temps que le shérif reconnaissable à son étoile en argent, une véritable gamine. Il fallait que le Bureau soit tombé bien bas pour recruter des femmes qui n'auraient pas survécu si on leur avait demandé d'exécuter une demi-douzaine de pompes. De la discrimination positive, à coup sûr. Cela dit, la fille était mignonne.

— T'as vu ça ? glissa-t-il à Alfieri.

La gamine s'approcha en compagnie du shérif, qui paraissait aussi jeune qu'elle. Avec son pansement à l'oreille et les deux colts accrochés à sa ceinture, il avait une drôle de dégaine.

La fille tendit la main et Huckey remarqua qu'il lui manquait une phalange.

— Bonjour. Corrie Swanson.

— Brad Huckey.
— Milt Alfieri.
— Don Ketterman.
— Homère Watts.

Homère! On ne trouvait des prénoms pareils qu'à la cambrousse! C'est tout juste si Huckey ne s'attendait pas à ce qu'un grain de blé s'échappe de l'oreille blessée du type. En jetant un nouveau coup d'œil aux deux colts, il se demanda si cet olibrius avait entendu parler d'Internet. Ou même de l'électricité.

Tous échangèrent des poignées de main sous le regard des corbeaux qui croassaient au-dessus de leurs têtes.

— Merci d'avoir fait ce périple, déclara Swanson. Ce n'est pas vraiment une autoroute.

— C'est le moins qu'on puisse dire, réagit Huckey. Où se trouve la scène de crime?

Elle lui désigna un bâtiment isolé à l'extrémité du village.

— Le corps a été découvert dans la cave, mais nous n'avons aucune certitude qu'il s'agit d'un meurtre.

— Vous savez à quoi correspondait la bâtisse en question? s'enquit Huckey pendant que ses deux collègues commençaient à décharger le matériel.

— C'était probablement une maison de tolérance, répondit Watts.

Huckey éclata de rire.

— L'endroit a une drôle de gueule pour un bordel, si vous voulez mon avis. Dites-moi, Homère. C'est quoi, l'histoire de cette ville?

Watts retira brièvement son chapeau de cow-boy afin de s'éponger le front avec la manche de sa chemise.

— À l'époque où la mine d'or locale était active, c'était une bourgade très vivante. Et puis le filon a commencé à se tarir, des mineurs ont trouvé la mort dans un éboulement et la ville a rapidement été abandonnée.

— Un éboulement?

— Une douzaine de mineurs y ont trouvé la mort, prisonniers d'une galerie.

Huckey hocha la tête. Il s'était toujours intéressé aux mines d'or. Une fois sa mission terminée, il se promit de revenir se balader dans le coin. Si ça se trouve, il tomberait sur des vieilleries qu'il lui suffirait de ramasser. Grâce à son boulot, il avait le don de dénicher l'impossible. Tiens ! Ce vieux puits, par exemple, à côté des écuries. Les gens n'avaient pas idée du nombre de trésors qu'on découvrait au fond d'un puits.

Parvenu à l'entrée de la cave du bordel, il s'arrêta en constatant que l'ouverture était partiellement obstruée par du sable. Il s'accroupit et fit courir le rayon de sa lampe à l'intérieur.

— Hé, Corinne ! Expliquez-moi un peu de quoi il retourne.

Swanson le rejoignit.

— Le corps se trouvait contre le mur du fond, là où nous avons creusé. On a tamisé le sable au passage.

Huckey se retourna.

— Don ? Tu me tamises à nouveau tout ce sable, au cas où.

Il s'empara d'une pelle et se glissa à travers l'ouverture, suivi par le photographe. Ketterman, resté à l'extérieur, leur passa plusieurs autres outils.

— Allez, les gars. Tamisez-moi tout ce merdier, ordonna Huckey en enfilant un masque avant de se mettre lui-même au travail au milieu d'un nuage de poussière.

Par chance, il faisait frais ce jour-là. L'été, la chaleur aurait été insoutenable dans le sous-sol de ce boxon. À mesure que le travail progressait apparurent des tessons de bouteilles, de vieux ustensiles bon marché, des boutons, des boîtes à tabac, des clous, autant de reliques sans valeur beaucoup plus anciennes que le corps.

Un ossement se figea brusquement sur la grille du tamis.

— Regardez-moi ça ! Un humérus, annonça Huckey en se retournant vers sa jeune collègue qui l'observait depuis l'entrée de la cave. On dirait que vous avez laissé passer ça.

Elle rampa sur le tas de sable et s'approcha en enfilant des gants avant d'examiner longuement l'os que lui tendait Huckey.

— Euh… il s'agit d'un tibia de mouton.

Huckey ouvrit des yeux ronds. Cette fille était décidément incroyable. Il partit d'un rire sonore.

— Un tibia de mouton ? Vous vous foutez de moi ? J'ai passé ma vie à identifier des ossements, je sais encore reconnaître un humérus.

Il se tourna vers le photographe et lui lança l'os.

— Alfieri, mets-moi ça dans un sachet hermétique.

Il adressa à sa jeune collègue un sourire moqueur.

— Tu parles d'un tibia de mouton.

Il crut un instant qu'elle allait répliquer, mais elle eut la sagesse de la boucler. Ce n'était tout de même pas de la faute de Huckey si elle disait n'importe quoi.

— Bon, on continue. Et si ça vous gêne pas trop, on va avoir besoin d'espace.

La fille remonta à l'air libre d'où elle continua de les regarder travailler.

Une heure plus tard, ils en avaient terminé avec le sable, sans que rien d'intéressant n'ait surgi. Huckey balaya la pièce des yeux, à la recherche d'une cachette éventuelle. La plupart du temps, on faisait appel à ses équipes pour démolir des cloisons, arracher des faux plafonds, désosser des meubles ou des autos, à la recherche de drogue ou d'argent. Mais quel que soit le lieu, récent ou ancien, son flair ne lui avait jamais fait défaut.

— Jetons un œil là-dedans, décida-t-il en désignant l'ancienne chaudière à charbon.

Il tenta d'en ouvrir la porte avant de s'apercevoir que celle-ci était collée par la rouille.

— La masse, ordonna-t-il à Ketterman.

Ce dernier se retroussa les manches et s'empara de l'outil. Il avait toujours aimé les missions de ce genre et il s'en donna à cœur joie, explosant en quelques coups le couvercle en fonte. Huckey s'agenouilla au pied de la chaudière et dégagea rapidement les débris, sans rien découvrir. D'un coup d'œil circulaire, il se demanda si la cave pouvait receler une cachette.

— Un espace a été muré ici, dit-il en montrant à ses collègues un carré de briques en adobe.

Ketterman, délaissant la masse pour une hache Pulaski, défonça la paroi, découvrant une ouverture. Le faisceau de la lampe de Huckey fouilla l'obscurité, sans rien dévoiler d'autre que de vieux bocaux cassés.

Une voix interrompit ses explorations.

— Excusez-moi ?

En se retournant, Huckey vit que Swanson l'avait rejoint.

— Oui ?

— Que faites-vous ?

— À votre avis ?

— Est-il vraiment nécessaire de tout casser ?

Huckey écarquilla les yeux.

— Que voulez-vous dire ?

— Cet endroit est un site historique.

— Putain, maugréa-t-il. On est surtout des flics fédéraux sur une scène de crime. C'est comme ça qu'on procède.

La jeune femme s'éclipsa sans un mot et Huckey secoua la tête en se demandant bien pourquoi elle faisait tant de tralalas pour un vieux bordel en ruine. C'était dingue ce que le Bureau pouvait recruter comme marioles depuis quelque temps.

Huckey et ses hommes achevèrent de fouiller la pièce en démolissant un petit placard sans rien y découvrir.

— Passons au rez-de-chaussée.

Les trois hommes s'extirpèrent de la cave et franchirent l'entrée principale du bâtiment. Le plafond s'était partiellement écroulé, mais il restait de nombreuses pièces à explorer.

— Faites gaffe au plancher, il est complètement pourri, recommanda Huckey à ses hommes.

Pour un bordel, l'endroit lui paraissait plutôt minable. Il ne comptait qu'un seul salon meublé d'un bar, de quelques tables et de chaises cassées, sans parler d'un monceau de verres et de bouteilles de whisky en miettes, ainsi qu'un antique piano droit. Celui-ci offrait une cachette possible.

— Hé, Don ! décida Huckey. Tu veux pas nous faire tes gammes ?

Ketterman, armé de sa hache, visa soigneusement l'instrument dont il frappa la caisse de toutes ses forces. Un bruit de casserole lui répondit et il répéta la manœuvre jusqu'à ce que le bois finisse par céder. Il explorait l'intérieur du piano à l'aide de sa torche lorsque la voix du shérif l'arrêta.

— À quoi jouez-vous ? demanda Watts, debout sur le seuil de la pièce, la fille à ses côtés.

— À votre avis ? rétorqua Huckey que toutes ces simagrées commençaient à énerver sérieusement.

—- Nous ne sommes pas en train d'opérer une descente dans un laboratoire de drogue clandestin, poursuivit Watts. Un peu de respect.

— C'est ça. On pourrait dévisser le piano pièce par pièce et y passer la semaine, mais il se trouve qu'on ne travaille pas comme ça. De toute façon, personne n'avait l'intention de jouer *La Lettre à Élise* sur cette merde.

— Cette ville fantôme est dans un état de conservation remarquable, je ne vois pas l'intérêt de la vandaliser inutilement. Ce n'est pas parce que nous nous trouvons sur des terres fédérales que vous avez tous les droits.

— Laissez-moi vous expliquer un truc, *Homère*. Chacun sa juridiction et ici, c'est la mienne. Je dirige un service de police scientifique du FBI et c'est comme ça qu'on procède. Vous n'êtes pas le premier à vous plaindre. Personne n'aime qu'on casse tout chez lui, mais c'est la règle. Pendant ce temps-là, je vous conseille d'aller jouer avec vos six-coups.

Huckey partit d'un rire moqueur avant de poursuivre :

— J'ai plus de balles dans mon chargeur que vous dans vos pétoires.

— L'essentiel n'est pas de compter les balles, mais de tirer juste.

Les deux hommes s'affrontèrent du regard.

— Si ça peut vous rassurer, reprit Huckey en se calmant brusquement, on va y aller mollo avec le piano. Pas vrai, Don ? Sois gentil avec ce piano. Ce qu'il en reste, en tout cas.

— Pas de souci.

Les trois hommes poursuivirent leurs explorations, arrachant le plancher et éventrant les cloisons, à la recherche de cachettes potentielles. En vain.

Swanson et Watts les suivaient partout, ce qui eut le don de mettre Huckey sur les nerfs. Surtout après s'être levé à 4 heures du matin pour rejoindre ce trou, avec une gueule de bois, qui plus est.

— Allons jeter un coup d'œil aux chiottes, décida-t-il.

La cabane abritant les toilettes, à l'écart des ruines, dessinait un rectangle biscornu dans le ciel bleu. Armé de sa hache, Ketterman fit tomber la masure en quelques coups, dévoilant un trou partiellement rempli de sable.

— Il va falloir tamiser tout ça, déclara Huckey en faisant signe à ses hommes de se mettre au travail.

Le temps s'était chargé d'éliminer les déjections, mais quelques objets prometteurs restèrent coincés dans le tamis : des pièces de monnaie, des tessons de bouteille, une paire de lunettes et, soudain, un éclat doré.

— Regardez ! s'écria Ketterman en tendant le tamis en direction d'Alfieri afin que ce dernier le photographie.

Swanson et Watts s'approchèrent et reconnurent une monnaie en or ornée d'une tête de chef indien.

— Elle date de 1908, nota Huckey. Il faut croire que quelqu'un l'aura laissée tomber en allant chier.

— Il est peu probable que cette pièce ait un rapport avec le corps de notre inconnu, mais il est préférable de l'enfermer dans un sachet à indice, recommanda Swanson.

Huckey s'exécuta à contrecœur en se promettant de revenir fouiller cet endroit un jour prochain. Le mieux était de bâcler la fin des fouilles officielles pour qu'il lui en reste. Pourquoi avait-il fallu qu'il fouille ces chiottes en présence de tout le monde ?

— Je vous propose d'examiner rapidement le reste de la ville pour ne rien abîmer, conformément à vos souhaits.

— Je vous remercie, approuva le shérif.

— Commencez par nous montrer où se trouvait ce squelette de cheval avec son harnachement.

Swanson entraîna le petit groupe jusqu'au corral où Huckey repéra aussitôt le trou béant laissé par la carcasse de l'animal. Ketterman s'activa avec la pelle et le tamis sans rien découvrir d'intéressant, à l'exception de quelques ossements.

— Un autre os de mouton ? demanda Huckey en brandissant l'un d'eux sous le nez de Swanson.

— Non, celui-ci appartient à un cheval.

— Pour une fois que vous ne vous gourez pas, remarqua le chef de la brigade scientifique en se débarrassant de sa trouvaille.

Après en avoir terminé avec le corral, ils écumèrent le reste de la ville en s'intéressant aux cachettes les plus évidentes, sans zèle excessif.

De retour à la camionnette, Huckey examina son ordre de mission et constata que la partie la plus intéressante l'attendait : l'examen de la mine d'or.

— Il est précisé ici qu'à côté du corps de l'inconnu se trouvait du matériel d'alpinisme. Soit il avait déjà fait un petit tour dans la mine, soit il en avait l'intention.

Il tiqua en voyant l'une des dispositions de l'ordre de mission.

— Attendez… Il est précisé que je dois descendre dans la galerie en compagnie de Swanson ?

— Exactement, approuva la fille.

— Qui a décidé un truc pareil ?

— Moi, en rédigeant moi-même cet ordre de mission. Vous avez pensé à vous munir du matériel nécessaire, j'imagine ?

Huckey ouvrit de grands yeux.

— Bien sûr que oui, mais je pensais que c'était pour Don et moi. Vous savez faire du rappel, au moins ?

Swanson hocha la tête.

— Nom de Dieu, grommela Huckey en essayant de masquer son agacement. Alors y'a plus qu'à.

15

Les yeux rivés aux œilletons d'un microscope volontairement réglé à un faible grossissement, Nora examinait la croix en or, posée sur un plateau recouvert de velours noir. Orlando Chavez, ses longs cheveux blancs tirés en arrière, se tenait à côté d'elle. Ses traits patriciens, sa veste en tweed et la cravate mexicaine ornée d'une énorme turquoise qu'il portait autour du cou signalaient un universitaire doublé d'un natif du Sud-Ouest. Spécialiste incontesté de l'ère coloniale espagnole au sein de l'Institut, Chavez était de loin le collègue préféré de Nora, qui le connaissait depuis l'époque où elle préparait sa thèse.

— Seigneur, murmura-t-il avec un claquement de langue gourmand. Comment se fait-il que vous vous trouviez systématiquement en première ligne chaque fois qu'on découvre un trésor ? Laissez-moi regarder cette merveille.

Nora lui céda sa place et il scruta longuement le précieux objet en agitant ses sourcils broussailleux de façon comique.

— Puis-je la retourner ? s'enquit-il.

— Je préfère m'en charger, si ça ne vous ennuie pas. J'ai reçu des recommandations très strictes du FBI à ce sujet.

Elle enfila des gants en nitrile, retourna la croix, puis retira aussitôt ses gants et les jeta dans la poubelle. Nora détestait en porter.

Au terme de plusieurs minutes d'un examen poussé, Chavez recula sur son siège en papillotant des paupières.

— Qu'en pensez-vous ? lui demanda Nora.

— Eh bien…

Il ajusta sur son nez ses lunettes à monture noire et recula son siège à roulettes.

— Absolument remarquable.

Nora attendit la suite, sachant que Chavez aimait prendre son temps.

— À en juger par le style, la conception, le travail d'orfèvrerie et le reste, je dirais que cette croix a été fabriquée dans la ville de Mexico avant d'être envoyée dans une mission du Nouveau-Mexique. Il est probable qu'elle soit antérieure à la révolte pueblo de 1680.

— Peut-il s'agir d'un objet volé ? C'est l'une des questions posées par la chargée d'enquête du FBI.

— A priori, la réponse est non. Si un objet de cette qualité avait disparu récemment, je le saurais.

— Quelle est sa valeur ? C'est une autre préoccupation du FBI.

— Nous sommes en présence d'un travail d'une qualité exceptionnelle pour l'époque. Sa valeur historique est considérable. Je dirais qu'un objet tel que celui-ci vaut au moins cent mille dollars sur le marché.

Nora laissa échapper un petit sifflement.

— Que pouvez-vous me révéler d'autre ?

Chavez lissa ses longs cheveux d'une main noueuse.

— Vous aurez sans doute noté l'usure de cette croix.

— En effet.

— S'agissant d'un objet religieux attaché à une mission, c'est assez rare. Cette croix a été manifestement portée. Il n'est pas impossible qu'elle ait appartenu à un moine itinérant, mais elle peut avoir voyagé pour d'autres raisons.

— Qu'en est-il des pierres précieuses ?

Chavez se pencha à nouveau sur le microscope.

— Ce sont des gemmes magnifiques, mais grossièrement taillées, ce qui me fait dire que cette croix est antérieure à la révolte pueblo. Je crois reconnaître une émeraude, plusieurs turquoises, un jade splendide, ainsi qu'un grenat couleur sang de pigeon d'une qualité étonnante. Très probablement des pierres originaires du Nouveau Monde.

— Comment notre homme a-t-il pu se procurer cette croix ?

Chavez secoua la tête.

— Elle a fort bien pu appartenir à une vieille famille espagnole. À moins qu'un Indien de confession chrétienne ne l'ait cachée lors de la révolte pueblo et qu'elle ne se soit transmise de génération en génération. Un certain nombre d'Indiens ont continué de sacrifier à la foi chrétienne après la révolte. J'en veux pour preuve la présence dans des kivas d'objets religieux jalousement gardés aujourd'hui encore par les Pueblos.

Sentant une présence dans son dos, Nora se retourna et découvrit Connor Digby sur le seuil du laboratoire. Il les salua en s'approchant.

— J'ai entendu dire que vous aviez fait une découverte formidable. M'autorisez-vous à y jeter un œil ?

— Bien sûr, accepta Nora en lui cédant son siège.

Elle nota que son nouveau collègue s'était rapidement débarrassé de son blazer et de sa cravate au profit d'une tenue plus décontractée. Il s'était montré discret depuis son arrivée, se contentant de mettre en ordre son bureau, d'y installer ses ouvrages et ses revues. À en juger par son comportement amical et respectueux, Nora croyait deviner en lui un gentil garçon soucieux de s'entendre du mieux qu'il le pouvait avec ses collègues.

Digby marqua son admiration par un sifflement discret.

— De quand date cette croix ?

— Elle est antérieure à la révolte, lui répondit Chavez. Elle est vieille d'au moins quatre siècles.

— Incroyable, réagit Digby en se levant. Ne m'en veuillez pas de vous avoir dérangés, je voulais voir par moi-même de quoi il retournait. Je ne vous ennuierai pas plus longtemps.

— Mais vous ne nous dérangez pas, fit Nora en récupérant son siège.

Elle se tourna vers Chavez.

— Que puis-je préciser d'autre dans mon rapport ?

L'historien fit la moue.

— Pensez-vous pouvoir les convaincre de le donner à l'Institut une fois leur enquête achevée ?

Nora, perplexe, n'avait pas réfléchi à la question.

— À moins que cet objet n'ait été volé, il appartient aux descendants de notre inconnu.

— Mais oui, vous avez raison. Ah ! Un dernier détail, si vous voulez bien retourner la croix.

Nora lui obéit, intriguée.

— Voyez-vous ces poinçons ?

Nora distingua deux marques circulaires presque complètement effacées.

— Il faudrait les photographier et en réaliser un agrandissement. Cela pourrait m'aider à dater cet objet et à en déterminer l'origine.

Chavez ponctua sa requête d'un froncement de ses sourcils broussailleux.

16

Huckey déposa au bord de la mesa un sac contenant du matériel d'alpinisme. Il en sortit deux harnais, une corde, des mousquetons, un système d'assurage et des poignées bloquantes. À l'époque où le lieu était habité, un chemin escarpé permettait de descendre jusqu'au fond du canyon, mais il s'était éboulé depuis longtemps et descendre en rappel était la seule option possible. En se penchant au-dessus du vide, Corrie distingua une plate-forme rocheuse au niveau de la galerie de mine.

Elle enfila un harnais auquel elle fixa des mousquetons, puis elle ajusta un casque et des gants pendant que Huckey attachait l'extrémité de la corde au tronc d'un genévrier. Méfiante, elle s'assura que son collègue avait solidement accroché la corde.

Il s'agissait de descendre en rappel le long d'une paroi rocheuse verticale, jusqu'à la plate-forme.

— Vous savez comment faire ? lui demanda Huckey.

— Oui, répondit la jeune femme à qui l'on avait enseigné des rudiments d'alpinisme à Quantico.

Persuadée que ce sport lui serait utile dans une région aussi montagneuse, elle s'était perfectionnée depuis son arrivée à Albuquerque. Sans le regretter, elle était peu enthousiaste à l'idée de faire équipe avec Huckey.

Elle repensa aux recommandations de Morwood qui incitait ses équipes à s'entendre avec tout le monde. Travailler de concert avec un crétin pareil constituerait pour elle un test grandeur nature.

Huckey se pendit dans le vide et Corrie constata avec soulagement qu'il savait ce qu'il faisait. Sans doute était-il passé par les rangs de l'armée. Il avait le physique de l'emploi et elle se rassura en se disant que l'expérience ne serait peut-être pas aussi pénible qu'elle le redoutait.

Il prit pied sur la plate-forme, se détacha et lui fit signe de venir. Quelques minutes plus tard, ils se retrouvaient devant l'entrée de la mine.

— Vous croyez vraiment que ce type a voulu explorer la galerie ? s'enquit Huckey.

— Oui.

— Alors allons voir s'il a laissé des traces de son passage. Sans doute espérait-il retrouver les corps de ces mineurs.

Ils allumèrent leur lampe frontale et s'avancèrent l'un derrière l'autre dans le boyau, Huckey en tête. Le passage, taillé grossièrement dans la roche, s'enfonçait à l'horizontale sans que les mineurs aient jugé bon d'installer des étais. Les rails destinés aux wagonnets s'enfonçaient dans l'obscurité.

— Vous imaginez ce qu'ont dû vivre les mineurs prisonniers de la mine ? commenta Huckey. Sans nourriture, sans lumière, sans air ? Je me demande de quoi ils sont morts.

Il huma l'atmosphère.

— L'endroit ne pue pas, c'est déjà ça. J'avais peur que ça sente la chair à saucisse, ricana-t-il.

— Une douzaine de mineurs ont trouvé la mort ici. Vous pourriez montrer un peu plus de respect.

Huckey, furieux, grommela des paroles inintelligibles entre ses dents, mais il cessa ses commentaires.

Après quelques dizaines de mètres, alors que la lumière du jour commençait à s'atténuer, Huckey s'immobilisa et fit courir le faisceau de sa lampe sur la poussière et le sable.

— Je ne vois aucune empreinte de pas. Personne n'est passé par ici depuis une éternité, remarqua-t-il.

Corrie acquiesça et en profita pour prendre quelques clichés avec l'appareil fourni par le Bureau.

Ils reprirent leur route et elle continua de mitrailler le décor qui l'entourait. En dehors des rails, la galerie était vide jusqu'à ce qu'ils découvrent un wagonnet encore rempli de blocs de roche une centaine de mètres plus loin. Corrie en préleva quelques-uns aux fins d'analyse, puis elle s'intéressa à une machine rouillée, dotée d'un pilon actionné par un levier.

— Je suis prêt à parier que c'est la première fois que vous voyez un engin de ce genre, commenta Huckey.

— De quoi s'agit-il ?

— Un broyeur de minerai. On glisse un bloc de roche dedans, on tire le levier et le bloc éclate en petits morceaux sous la pression.

Ils franchirent un coude et s'enfoncèrent lentement dans le boyau à la seule lueur des lampes frontales en respirant un air de plus en plus frais, pauvre en oxygène. Cent mètres plus loin se présenta un éboulement. Corrie remarqua les traces de vains efforts tentés pour dégager la masse rocheuse.

Elle frissonna en se souvenant des paroles de Fountain, l'avocat, lui expliquant que les corps des mineurs disparus gisaient toujours sous les décombres.

— La chair à pâtée doit se trouver de l'autre côté de cet amas de roche, commenta Huckey d'un air moqueur, guettant sa réaction.

Elle prit une longue respiration afin de préserver son calme.

— Voilà qui explique probablement le drame, poursuivit Huckey en posant le rayon de sa lampe sur une caisse en bois sur laquelle s'étalaient les mots CIE MINIÈRE ATLAS – TNT.

Il repoussa du pied le couvercle de la caisse et découvrit des bâtons d'explosifs et du fil électrique.

— Seigneur, s'exclama Corrie en reculant machinalement.

— Attention, fit Huckey en lui adressant un coup d'œil. Ça pourrait exploser à tout instant, je vais l'écarter.

— Je ne suis pas certaine que ce soit bien prudent...

Sans attendre la fin de sa phrase, Huckey souleva la caisse à deux mains. Il passait à sa hauteur lorsqu'il trébucha sur un rocher. La caisse tomba aux pieds de Corrie où elle se brisa en envoyant voler dans tous les coins des bâtons de TNT.

Corrie, prise de panique, fit un bond et tomba les fesses dans le sable tandis que Huckey éclatait d'un rire tonitruant.

— C'est quoi ce bordel ! hurla-t-elle.

Huckey eut toutes les peines du monde à reprendre son sérieux.

— J'aurais aimé que vous puissiez voir votre tête quand j'ai lâché la caisse ! On aurait dit un mouton foudroyé par un éclair !

Il riait à gorge déployée.

— Je pensais bien que vous ne connaissiez rien au TNT. Contrairement à la dynamite, le TNT a besoin d'un détonateur pour exploser, sans compter qu'il perd de son efficacité avec le temps. Vous êtes sûre de ne pas vouloir passer un ou deux ans de plus à l'école du Bureau avant d'enquêter sur le terrain, *Corinne* ?

Corrie se releva, le cœur battant. À sa peur succéda une colère froide qu'elle ne put réprimer.

— Pauvre connard, gronda-t-elle.

— C'est bon ! Je déconnais gentiment, rien de plus. On a encore le droit de rigoler, non ? Il faudra vous habituer à ce que les mecs vous chambrent si vous voulez durer dans le métier.

— Les *mecs* ? s'énerva Corrie. Ceux qui ont des couilles, vous voulez dire ? Pas comme vous, en tout cas. Seul un connard sans couilles aurait trouvé drôle votre petite plaisanterie. Tout ça parce que je vous ai collé la honte en vous montrant que l'humérus dont vous étiez si fier était un os de mouton. Vous ne supportez pas qu'une fille vous fasse la leçon, mais vous avez tort parce que le jour où je serai nommée à la tête du Bureau, vous serez toujours en train d'exploser des cloisons à coups de masse comme un abruti.

Huckey blêmit sous l'insulte. Les poings serrés, il la fusilla du regard. Elle crut un instant qu'il allait l'assommer, mais il n'en fit rien.

— En attendant, reprenons nos recherches, conclut Corrie d'une voix plus calme. Et faites-moi le plaisir de ne plus m'adresser la parole.

Vexé, Huckey rebroussa chemin et la laissa poursuivre seule l'examen des lieux. Lorsqu'elle émergea à son tour de la galerie quelques minutes plus tard, il boudait dans son coin et elle en profita pour visiter la cabane de chantier installée sur la plate-forme rocheuse. Elle y découvrit toutes sortes d'outils et de machines couverts de toiles d'araignées, mais aucune trace du passage de l'inconnu retrouvé dans la cave du bordel. Après avoir photographié le tout, elle remonta sur la mesa en s'accrochant à la corde de rappel, imitée par Huckey qui ne desserrait pas les dents.

Alfieri et Ketterman les attendaient en haut.

— Alors, vous avez découvert du nouveau ? demandèrent les deux hommes, mais Huckey passa à côté d'eux sans répondre.

Il détacha son harnais, replia la corde et rangea le tout dans le sac avant de le hisser sur son épaule.

— On se casse d'ici, dit-il à ses compagnons d'un air mauvais.

17

Enveloppée dans l'atmosphère feutrée du laboratoire, Corrie recula de quelques pas afin d'admirer son œuvre. C'était la première fois qu'elle procédait à une opération de reconstruction faciale en situation réelle et elle n'était pas mécontente du résultat. Impatiente à l'idée de découvrir le visage de la victime, elle avait le sentiment presque mystique de posséder le don de ressusciter les morts.

Toutes les autres tentatives d'identification du corps avaient échoué. Corrie avait réussi à relever les empreintes de l'inconnu, mais elles ne figuraient sur aucune base de données. Quant aux empreintes dentaires, qui signalaient une bonne hygiène buccale, elles n'avaient rien donné. Les examens médicaux n'avaient rien signalé de particulier, en dehors d'une légère cirrhose hépatique, et le rapport toxicologique restait muet, tout comme l'analyse ADN. L'homme, de souche européenne, était probablement rattaché à la sphère anglo-irlandaise. La reconstruction faciale demeurait l'ultime recours et Corrie y fondait de sérieux espoirs.

Elle avait commencé par réaliser un moulage en résine du crâne en prenant soin de remplir la cavité nasale et la fissure orbitaire avec de la pâte à modeler. Elle avait ensuite ajouté des yeux de terre glaise en attendant l'étape la plus délicate : l'implantation de vingt et un bâtonnets verticaux multicolores à des endroits bien précis du crâne. Chacun de ces marqueurs correspondait à l'épaisseur tissulaire moyenne d'un individu de race blanche et de sexe masculin en tenant compte de l'âge approximatif du sujet (55 ans) et de sa silhouette (mince). Elle avait alors reconstitué les muscles faciaux en se servant de pâte à modeler dans un ordre préétabli : les muscles temporaux, le masséter, le buccinateur et le muscle occipito-frontal. Elle s'y était prise avec le plus grand soin, de la façon la plus méticuleuse possible, consciente que la plus petite erreur pouvait rendre une personne méconnaissable. Au terme de millions d'années d'évolution, le regard humain avait la capacité de noter les plus petites variations au niveau de l'anatomie du visage.

— À quoi correspondent tous ces bâtonnets ? s'éleva derrière elle une voix qui la fit sursauter.

Elle pivota sur elle-même et reconnut Lathrop.

— Vous m'avez fait peur, lui dit-elle.

— Vous étiez si bien prise par votre travail, je ne voulais pas vous déranger. Expliquez-moi donc ce que vous faites, Corinne. Ces petits bâtons permettent de mesurer l'épaisseur tissulaire ?

— Exactement, répondit Corrie en affichant un air détaché. Je suis encore loin du compte.

— Est-ce à John Jay que l'on vous a enseigné ces techniques ?

— Oui, et j'en ai fait ma spécialité. En général, ce processus nécessite l'intervention de deux personnes : un spécialiste d'anthropologie médico-légale et un sculpteur, mais j'ai appris les deux, ce qui me permet de tout réaliser seule.

— Remarquable, réagit Lathrop en tirant à lui un siège à roulettes. Si cela ne vous ennuie pas, j'aimerais vous observer. Autrefois, on n'étudiait guère la reconstruction faciale, un domaine encore balbutiant.

Corrie se serait bien passée d'un témoin pendant qu'elle travaillait, mais elle accepta avec un enthousiasme de façade.

— Utilisez-vous une méthode particulière ?

— Je me fie à celle qui est exposée dans l'ouvrage de référence publié par Taylor et Angel. Leur technique est un peu datée, mais c'est encore celle qui donne les meilleurs résultats. À mes yeux, elle est bien plus efficace que la reconstitution par ordinateur.

— Vraiment ? Et pourquoi donc ?

— Les algorithmes actuels sont nuls. Ils n'ont rien à voir avec ce qu'on vous montre dans les séries télévisées. Les visages reconstitués par ordinateur sont plus vrais que nature, au point que les gens n'arrivent pas à imaginer les variantes possibles, ce qui n'est pas le cas des modélisations. Le côté légèrement artificiel des visages en pâte à modeler joue en notre faveur. Les gens à qui on les montre vous diront volontiers : *Tiens, on dirait l'oncle Joe !*

— C'est étrange.

— Dans le cas présent, nous avions la chance de disposer d'une partie de la peau du visage et du corps. Ça m'a permis de mesurer l'épaisseur de la graisse sous-cutanée, ce qui est crucial pour garantir le réalisme du résultat final.

— L'individu concerné paraissait maigre.

— Il n'avait même aucune graisse.

— Peut-être mourait-il de faim ?

— Ce n'est pas exclu, mais on a tout de même retrouvé dans son estomac les restes d'un repas constitué de saucisson de bœuf, de haricots et de whisky.

— Le genre de repas qu'ingurgite un campeur. Pas de trace de poison ? Je n'ai pas encore reçu les résultats des examens toxicologiques.

— Les premiers étaient négatifs, mais tous les tests ne sont pas terminés.

Corrie, emportée par son élan, se montrait plus bavarde qu'elle ne l'aurait souhaité. Elle se concentra sur son labeur en achevant de poser les muscles sous le regard attentif de Lathrop avant de lisser le tout du doigt en veillant à poser la bonne épaisseur tissulaire au niveau de chacun des marqueurs.

— La façon dont le visage de cet homme prend vie est étonnante, murmura Lathrop. En quoi consiste la suite?

— Je vais devoir recréer les paupières, sculpter le nez, les lèvres et la peau du cou. Il me faudra ensuite ajouter les oreilles et vieillir les traits de notre inconnu en ajoutant les rides que l'on s'attendrait à trouver chez un homme de cinquante ans. Il ne me restera plus qu'à peindre le tout, ce qui fait toute la différence. Par chance, je dispose de nombreux éléments. Je sais notamment qu'il était partiellement chauve, avec une couronne de cheveux bruns mêlés de gris, et que son visage était tanné par le soleil à force de vivre en extérieur.

— Pensez-vous obtenir un résultat final convaincant?

— J'en suis sûre.

— Formidable.

Lathrop regarda sa montre, recula son siège à roulettes et se leva.

— Il me faut retourner chez moi préparer le repas, mais j'avoue mon impatience de voir le résultat. Pensez-vous avoir fini demain?

— Je l'espère.

Lathrop tira soudain de sa poche un dossier qu'il déposa à côté de la jeune femme.

— Il s'agit de mon article consacré aux différences entre le cheval et la mule, dit-il sur un ton badin en s'approchant de Corrie davantage qu'elle ne l'aurait souhaité.

Elle écarta le rabat du dossier et découvrit un manuscrit abondamment raturé et corrigé.

— Vous n'utilisez pas d'ordinateur? s'étonna-t-elle.

— Non, l'usage du clavier tempère ma créativité.

— Je comprends, mentit Corrie en se faisant la réflexion que l'article de son interlocuteur, dans sa forme tourmentée, relevait de la diarrhée.

— Et comme vous m'aviez proposé de remettre mon travail en forme..., dit-il en souriant de toutes ses dents.

Corrie en avala sa salive.

— C'est-à-dire... bien volontiers, mais à condition qu'il soit déjà dactylographié.

Sa réponse jeta un froid.

— J'avais cru comprendre que vous étiez disposée à m'aider.

— Bien sûr, se défendit Corrie, mais je ne suis pas secrétaire. Le mieux serait de trouver quelqu'un qui accepte de taper ce texte. Sans compter que je vais déjà passer ma nuit à terminer cette modélisation.

Lathrop récupéra le dossier et quitta la pièce sans un mot après avoir posé sur Corrie un regard désapprobateur.

18

Le Cherokee poursuivit sa course en cahotant sur le chemin de terre et franchit l'entrée d'un ranch, constituée de troncs d'arbres reliés entre eux par une traverse ornée d'un crâne de vache à longues cornes légèrement penché de côté. L'allée conduisait à un bâtiment en adobe entouré d'une clôture en bois.

Le shérif Watts se gara sur le petit parking de terre battue à côté d'une remorque à bestiaux, à l'ombre d'un bosquet de peupliers, et descendit de voiture. La portière côté passager s'ouvrit et Corrie sortit à son tour du véhicule, imitée par Fountain, installé sur la banquette arrière. Watts avait demandé à l'avocat de les accompagner afin de bénéficier, le cas échéant, de ses connaissances historiques.

— Voyons ce que grand-père peut nous apprendre, déclara Watts en se tournant vers Corrie. Il a passé toute sa vie ici et sa mémoire n'a pas pris une ride, en dépit de ses quatre-vingts ans.

— C'est gentil de votre part d'avoir proposé cet entretien avec vos proches.

— Je sais déjà que ça leur fera énormément plaisir.

Il gravit les quelques marches permettant d'accéder à la véranda, poussa la porte moustiquaire et entra dans la maison. Corrie, qui marchait dans ses pas, se retrouva brusquement plongée dans les années 1950 en découvrant une cuisine épargnée par le temps, avec ses dalles de linoléum de couleur, ses rideaux à motifs sur lesquels dansaient des cow-boys et des chevaux, son réfrigérateur ventru et sa gazinière chromée. On aurait pu se croire dans un musée dédié au design d'après-guerre. Une bonne odeur de café et de cookies tout juste sortis du four flottait dans la pièce.

— Grand-père, grand-mère ! C'est moi, Homère ! appela le jeune shérif.

Une femme potelée en robe vichy se matérialisa sur le seuil de la cuisine. Elle écarta les bras et serra Watts à l'étouffer. Le jeune homme, gêné, se dégagea prestement de son étreinte.

— Qui nous amènes-tu ?

— Je te présente Corinne Swanson, l'agente du FBI dont je t'ai déjà parlé.

La vieille dame, un instant désarçonnée, dissimula sa surprise.

— Enchantée de vous rencontrer, mademoiselle Swanson.

— C'est moi qui suis ravie, madame Watts.

— Oh, et maître Fountain ! poursuivit la vieille femme en apercevant l'avocat. Suivez-moi au salon, mon mari doit se reposer.

Corrie découvrit une pièce confortable équipée d'une cheminée de pierre au-dessus de laquelle étaient accrochés des trophées et des plaques commémoratives. Un vieil homme en chemise à carreaux et pantalon à bretelles était allongé dans un fauteuil réglable. Il actionna un levier et se retrouva en position assise.

— Ne bougez pas, je vous en prie, voulut l'arrêter Corrie, mais le vieil homme s'était déjà levé afin de lui serrer la main.

— Doris, je suis sûr que nos invités ne refuseront pas quelques cookies et un café. À moins que vous ne préfériez un verre de lait ?

— Rien du tout, je vous remercie, déclina Corrie.

— Pour ma part, je ne refuse jamais des cookies faits maison, sourit Fountain.

— Parfait. Du café, Doris. Et une assiette de cookies.

Le grand-père du shérif reprit place dans son fauteuil en s'aidant d'une canne.

— Asseyez-vous donc, jeune fille, déclara-t-il en montrant un fauteuil à Corrie avant de désigner une bergère à l'avocat.

— Maître, je vous laisse la place d'honneur.

— Je vous remercie, répondit Fountain avec un regard pétillant. Mais je vous l'ai déjà dit, en dehors du tribunal, appelez-moi Henry.

— En parlant de tribunal, je ne vous ai jamais payé pour tout le temps que vous avez consacré à ce satané dossier de préemption.

Fountain balaya la proposition d'un geste.

— La famille de mon ami Homère peut compter sur moi.

Corrie prit place sur le fauteuil indiqué en posant à ses pieds le dossier en accordéon qu'elle avait apporté. De son côté, Fountain s'installa sur une chaise à l'écart alors que Mme Watts revenait, les bras chargés d'un plateau.

— Finalement, j'accepte volontiers une tasse, déclara Corrie qui avait rêvé d'un café toute la matinée.

— À la bonne heure, s'écria le vieil homme en remplissant un mug à son intention. J'ai tout de suite vu que vous étiez amatrice de café.

Mme Watts s'assit à son tour.

— Et ton oreille ? demanda-t-elle à son petit-fils.

— Rien de grave, ça me fera un souvenir dont je pourrai me vanter le jour où j'occuperai à mon tour le fauteuil de grand-père.

— Tu ne m'ôteras pas de l'idée que tu aurais mieux fait d'abattre ce bon à rien de Rivers, bougonna le vieil homme.

Watts éclata de rire.

— Ne t'inquiète pas pour ça, il n'est pas près de sortir de prison.

Comme un silence s'installait, Corrie se lança.

— Vous avez une belle collection de médailles, monsieur Watts. Vous pratiquiez un sport de compétition autrefois ? Le football américain, peut-être ?

Fountain réprima un sourire alors que le vieil homme s'esclaffait.

— Ce n'est pas moi qui ai gagné ces médailles de tir, mais Homère.

Corrie se tourna vers le shérif qu'elle s'étonna de voir rosir.

— Il ne vous avait rien dit ? insista le vieil homme. Homère est un tireur d'exception, il a remporté pas moins de trois médailles aux championnats nationaux de la NRA.

— Ça suffit, grand-père, marmonna l'intéressé.

Le vieil homme éclata de rire.

— Figurez-vous que tous ces machins prenaient la poussière sous son lit et dans ses placards, alors je me suis dit que s'il ne voulait pas les accrocher au mur, je le ferais à sa place.

Il adressa un clin d'œil à son petit-fils.

— Il me devait bien ça, en échange de mes deux colts.

Corrie posa machinalement un regard admiratif sur les deux revolvers du shérif.

Homère se redressa sur son siège, soucieux de changer de sujet de conversation.

— L'agent Swanson aimerait vous montrer quelques photos.

— Avec plaisir, dit le vieux monsieur. Ces photos ont-elles un rapport avec ta théorie ?

— Jamais de la vie.

Corrie fronça les sourcils.

— Quelle théorie ?

Comme le jeune shérif ne répondait rien, son grand-père insista.

— Tu vas lui toucher un mot de tes idées de fou, ou bien il faut que je le fasse à ta place ?

— Ce n'est rien, répondit le shérif d'une voix timide. En fait, il y a toujours eu des pillards et des chasseurs de trésor dans la région, comme partout dans le Sud-Ouest. Je les surveille discrètement, mais depuis quelque temps, on a vu débouler sur le marché des antiquités historiques et préhistoriques dont on ignore la provenance, sans que le nombre de pillages semble augmenter pour autant.

— Il pourrait s'agir d'un collectionneur privé en mal de liquidités qui vendrait sous le manteau certaines pièces d'origine douteuse, suggéra Fountain.

Watts opina.

— C'est une possibilité.

— Ou alors le soleil a fini par taper sur le crâne de mon petit-fils, ajouta le vieux M. Watts.

— Ne t'inquiète pas pour ma tête. Je n'ai pas de théorie, je suis curieux, c'est tout. En attendant, l'homme que nous cherchons à identifier est mort depuis soixante ou soixante-dix ans.

Corrie ramassa le dossier en accordéon.

— Avant de vous montrer ces photos, je tiens à préciser qu'il s'agit d'un visage reconstitué à partir des éléments anatomiques que nous a fournis le crâne du mort. La ressemblance est probablement approximative, mais n'hésitez pas à me le signaler si ces photos évoquent quelqu'un que vous avez connu. Prenez votre temps pour les examiner.

Le vieil homme hocha la tête.

— Quand ce type est-il mort ?

— Aux alentours de 1945.

— Mais j'avais cinq ans à l'époque ! Comment voudriez-vous que je le reconnaisse ?

— C'est peu probable, en effet, mais ça ne coûte rien d'essayer.

— Je ferai de mon mieux. Montrez-moi donc vos photos.

Corrie lui tendit la première, une vue de face du visage reconstitué. Le vieil homme fronça les sourcils en remuant muettement les lèvres.

— En voici une autre, vue de trois quarts.

Une photo dans chaque main, le vieux M. Watts examina longuement les documents, la lèvre inférieure en avant.

— Vous en avez d'autres ?

Le troisième cliché était un profil.

— Désolé, je ne l'ai jamais vu, déclara le vieux monsieur en reniflant bruyamment.

— Tu es sûr, grand-père ?

— Je n'ai jamais vu ce type. Je suis désolé de vous décevoir, jeune fille.

Corrie récupéra les photos.

— Connaissez-vous des gens dans les environs qui seraient susceptibles d'avoir connu cet homme ? s'enquit Fountain. Des anciens qui n'auraient pas perdu la boule. Et qui seraient plus vieux que vous.

Le vieil homme caqueta de rire.

— Ce ne sera pas facile, finit-il par répondre.

Il resta plongé dans ses pensées un moment, puis il prit un petit carnet sur lequel il traça quelques lignes avant de déchirer la feuille et de la tendre à Corrie.

— Tenez, je vous ai indiqué deux noms. Homère saura comment les trouver, ils ont tous les deux plus de quatre-vingt-cinq ans.

Corrie vida ostensiblement son mug dans l'espoir qu'on lui propose un autre café avant de partir. Bien lui en prit, car le grand-père s'empressa de remplir le récipient d'autorité.

— Je vous remercie.

— Prenez un autre cookie.

Elle refusa poliment, mais l'avocat en attrapa quelques-uns au vol.

Quelques instants plus tard, le trio regagnait le Cherokee.

— Je regrette que grand-père n'ait pas pu identifier ce type, mais votre reconstitution est incroyable, remarqua le shérif. Sur les photos, on dirait qu'il est vivant.

— Je vous remercie. J'ai toujours adoré bricoler avec de la pâte à modeler dans les cours d'arts plastiques au lycée. Sans me douter que ça me servirait un jour.

Watts, le front barré d'un pli, examina les noms indiqués par son grand-père.

— Clark Stoudenmire et Marilou Foss, lut-il.

Corrie, déçue de disposer de ces deux seules pistes, se tourna vers Fountain.

— Et si je consultais le journal local ? Histoire de regarder les photos parues à l'époque ?

— Les locaux du *Socorro Register* ont brûlé en 1952 avec toutes les archives du journal qui n'a jamais reparu depuis, répondit l'avocat en secouant la tête d'un air désolé.

— Foss vit toujours en ville, reprit le shérif, mais Stoudenmire habite au diable, du côté des montagnes. Commençons par aller le voir.

Tandis que Fountain prenait place à l'arrière de la Jeep, Corrie s'approcha de Watts.

— Vous n'êtes pas un type ordinaire, shérif.

Watts ouvrit de grands yeux.

— Pourquoi donc ?

— Toutes ces médailles de tir. Sans parler de votre âge. Je ne sais pas comment vous faites pour vous montrer aussi modeste. Vous avez même prétendu que Rivers avait tiré le premier.

Elle crut un instant qu'il allait rougir à nouveau, mais il se contenta de lui adresser un rire moqueur.

— Rien de bien sorcier. Beaucoup de patience et d'entraînement, rien de plus. Et puis je vous ferai remarquer que vous n'êtes pas vieille non plus. Comment vous en sortez-vous dans un stand de tir ?

— Je suis nulle.

— Allons bon, vous exagérez.

Corrie s'empressa de détourner les yeux.

— Pourquoi réagir ainsi, Corrie ? lui demanda-t-il d'une voix douce.

Elle fut la première surprise de sa réaction.

— Il ne s'agit pas de mon adresse au tir, mais… d'autre chose.

— Vous voulez parler de cet incident au camping de Cedro Peak ?

Elle croisa son regard.

— Vous en avez entendu parler ?

— N'oubliez pas que je suis shérif, rétorqua Watts avec un haussement d'épaules désinvolte.

Comme le silence s'éternisait, il insista.

— Quel âge avait la petite fille ?

— Quelle petite fille ?

— Quel âge avait-elle ?

Corrie laissa s'écouler un battement avant de répondre.

— Sept ans, je crois.

— Vous avez eu sept ans un jour. Comment était votre père ?

— Gentil.

Elle hésita avant d'enchaîner :

— Mais mon oncle était un parfait salaud. Le frère de ma mère.

Watts laissa échapper un soupir.

— Corrie, je n'ai pas l'âge de vous faire la morale.

— Tant mieux.

— Que ça ne m'empêche pas de vous dire ceci : au moment d'utiliser une arme avec l'intention de tuer quelqu'un, ça fait remonter toutes sortes de trucs à la surface. Des trucs dont on n'a même pas conscience. On peut abattre cinq types sans problème avant de rater le sixième. Les flics n'aiment pas le reconnaître, mais c'est la vérité. Et je préciserai ceci : quand ça vous est arrivé une fois, ça ne se reproduit jamais. La prochaine fois, vous n'aurez pas l'ombre d'un problème. Ou alors c'est que vous n'avez pas choisi le bon métier.

Un silence gêné s'installa entre eux tandis que Fountain les observait depuis l'intérieur du 4 × 4.

Corrie prit lentement sa respiration.

— Ça va ? s'inquiéta Watts.

— Ça va, répondit-elle en plissant légèrement les paupières. Nous avons réellement eu cette conversation, ou bien j'ai rêvé ?

— Vous avez rêvé.

— C'est bien ce que je pensais.

19

Clark Stoudenmire vivait dans une grande caravane perchée sur une butte d'où il bénéficiait d'une vue spectaculaire. Comme il n'avait pas le téléphone, ses visiteurs n'avaient pu lui annoncer leur venue, mais il sortit sur le pas de sa porte en voyant arriver le Cherokee. L'homme était un géant dont les hanches étroites tranchaient avec une large carrure. Sous son crâne chauve, il affichait un visage avenant. Il mit les mains en l'air en voyant ses visiteurs descendre de voiture.

— Vous m'avez eu, shérif! Passez-moi les menottes, je me rends! Heureusement que maître Fountain obtiendra ma libération.

Il ponctua sa tirade d'un rire qui secoua son ventre.

Watts lui présenta Corrie et Stoudenmire ne cacha pas sa surprise.

— Vous faites partie du FBI? Vraiment?

Corrie serra la main qu'il lui tendait sans se démonter.

— Quel bon vent amène chez moi le FBI?

— On peut entrer? s'enquit Watts en désignant la porte.

— Bien sûr, bien sûr.

Le trio suivit le maître de maison à l'intérieur de la caravane mal éclairée qui sentait le graillon et s'installa dans un salon miteux aux meubles recouverts de tissu écossais.

— Dites-moi, monsieur Stoudenmire, se lança Watts. Êtes-vous au courant qu'on a découvert le corps d'un homme dans la vieille ville fantôme?

— Je n'ai plus vraiment l'occasion de lire les journaux.

— Alors je vous explique. Nous cherchons actuellement à identifier le cadavre de cet inconnu retrouvé à High Lonesome. La victime est morte aux alentours de 1945, mais l'agent Swanson aimerait vous montrer les photos d'une modélisation réalisée par ses soins, au cas où vous reconnaîtriez cet individu.

Stoudenmire acquiesça avec des yeux brillants d'intérêt.

Corrie lui tendit la première photo, qu'il examina longuement avant de la tapoter d'un ongle long et crasseux.

— On dirait bien le vieux cinglé qui traînait dans le coin quand j'étais gamin. J'essaye de me souvenir de son nom.

— Tenez, regardez, fit Corrie en lui glissant entre les mains le deuxième cliché.

— Ouais, c'est bien lui.

Corrie sentit son pouls s'accélérer, ravie que son travail produise des résultats aussi rapidement.

— Comment s'appelait-il ?

— Jim…

Elle attendit, suspendue à ses lèvres.

— Jim comment ? insista Watts, sur des charbons ardents.

Stoudenmire, sourcils froncés, se creusait visiblement les méninges.

— Du diable si je m'en souviens. Un vieux qu'on voyait en ville épisodiquement. Il avait toujours des idées loufoques qui ne donnaient jamais rien. Je me souviens qu'il avait acheté un troupeau de chèvres cachemire qui ont fini par mourir. Il a voulu se rattraper en achetant tout un tas de vieilleries pour les revendre.

— Vous ne vous souvenez pas de son nom de famille ?

Il secoua la tête.

— Je sais juste que tout le monde l'appelait Jim.

Corrie, se souvenant des initiales gravées dans la chevalière, voulut lui rafraîchir la mémoire.

— Son nom de famille commençait par un G.

— Un G, vous dites ? Jim… Jim Gower. C'est ça, Jim Gower !

Corrie se pencha vers le vieil homme.

— Vous en êtes sûr, monsieur Stoudenmire ?

— Absolument. Le vieux Jim Gower. C'est bien ça.

— Que pouvez-vous nous apprendre d'autre au sujet de ce Gower ? demanda Fountain.

— Il vivait tant bien que mal sur un ranch de la vallée, mais la terre ne donnait rien et il a fini par tout perdre. Par la suite, on le croisait régulièrement en ville, à moitié soûl, quand il ne dormait pas dans le parc sur un banc. Ou alors il essayait de vendre des vieilles monnaies ou des pointes de flèche dont personne ne voulait. Un vieux fou inoffensif.

Il secoua la tête.

— Jim Gower ! Son nom fait remonter bien des souvenirs.

Watts releva brusquement le menton.

— Je connais un Gower du côté de San Patricio. Jesse Gower. Un jeune type qui est écrivain ou un truc du genre. Vous croyez qu'ils sont parents ?

Le vieil homme fit non de la tête.

— Personnellement, je ne connais pas d'autre Gower dans le coin. Comme je disais, je ne pense pas qu'il avait de la famille.

***

Le soleil habillait le paysage d'une chaude couleur dorée lorsqu'ils reprirent la route de Socorro. Corrie se fit la réflexion que le désert offrait immanquablement un spectacle magnifique en fin de journée, ce qui n'était pas le cas le reste du temps tant la clarté aveuglante donnait l'impression de brûler le paysage.

— Que savez-vous exactement au sujet de ce Jesse Gower ? demanda-t-elle à Watts.

— Pas grand-chose. Je sais qu'il est originaire du coin et qu'il a poursuivi des études universitaires ailleurs avant de s'installer quelques années à New York. Il a fini par revenir au bercail avec l'intention d'écrire un roman, mais c'était il y a dix ans et je n'ai pas l'impression que ses plans aient abouti.

— Vous avez deviné juste, intervint Fountain. J'ai entendu dire qu'il s'était bagarré l'an dernier dans un bar de San Antonio et qu'il avait passé une nuit au poste. Si vous voulez mon avis, il se drogue, ou bien il boit. Je doute qu'il vous soit d'une grande utilité.

— Vous avez sans doute raison, mais je préfère lui rendre visite tout de même, répliqua Corrie. Je ne suis pas libre demain matin, je présente mon enquête en réunion à mes collègues, mais je peux l'après-midi si c'est bon pour vous.

— Parfait, répondit Watts avant d'ajouter, après une hésitation : Comme je le disais, je ne sais quasiment rien de lui.

— Vous lui rendrez visite sans moi, déclara Fountain. À en croire la rumeur, j'ai bien peur que vous soyez mal accueillis.

20

Nora avait choisi sa tenue la plus chic pour l'occasion et elle n'eut pas l'occasion de le regretter en pénétrant dans la salle de réunion de l'antenne locale du FBI. La pièce débordait de jeunes gens en tailleurs et costumes aux chaussures impeccables. Elle se trouvait à mille lieues de l'atmosphère informelle de l'Institut où le jean et la chemise ouverte étaient de règle. Le FBI tenait visiblement à sa réputation guindée, même au Nouveau-Mexique. Nora était particulièrement heureuse de cette invitation, d'autant que Mme Weingrau était venue la trouver afin de la féliciter de ses excellents rapports avec le Bureau.

— Votre action rejaillit sur l'Institut, lui avait déclaré la présidente.

Le service de presse de l'institution avait même souligné dans un communiqué cette participation volontaire à une enquête du FBI, une information que l'*Albuquerque Journal* s'était empressé de publier. À l'évidence, de nombreux détails avaient été omis, à commencer par la croix en or, le corps et le lieu où celui-ci avait été découvert, mais l'article n'en était pas moins laudateur.

Nora s'installa au fond de la salle au moment où un certain Lathrop achevait une présentation PowerPoint sur la reconstitution faciale.

— Nous avons utilisé la méthode décrite par Taylor et Angel dans leur ouvrage de référence, expliquait-il non sans prétention en jouant sur son accent anglais. Nous sommes convaincus que cette technique est porteuse de résultats plus probants que la reconstitution faciale par ordinateur. Je pense que l'agent Swanson ne me contredira pas.

L'intéressée hocha sèchement la tête et Lathrop poursuivit sa présentation illustrée.

— Nous avons pu déterminer que notre homme avait un visage émacié, était âgé d'une cinquantaine d'années, possédait une couronne de cheveux, et avait essentiellement vécu en extérieur. Autant d'éléments dont nous avons tenu compte au moment de reconstituer le visage, ce qui nous autorise à penser que le visage obtenu est ressemblant. Nous en voulons pour preuve qu'il a permis l'identification potentielle du sujet.

Il balaya son auditoire du regard.

— Des questions ?

De nombreuses mains se levèrent et Lathrop désigna le propriétaire de l'une d'elles.

— D'accord, mais s'agit-il d'un meurtre ?

Corrie s'apprêtait à répondre lorsque Lathrop l'interrompit.

— Il est trop tôt pour le dire.

— Une enquête officielle a pourtant été ouverte, s'étonna un autre intervenant.

Cette fois, Corrie prit la parole.

— C'est le cas, en effet.

Lathrop répondit avec sa suffisance coutumière à d'autres questions relatives à la technique de reconstitution faciale utilisée, jusqu'à ce que Corrie finisse par mettre un terme à son exposé.

— Je vous remercie, monsieur Lathrop, dit-elle avec une certaine brusquerie avant de prendre le relais, pendant que son collègue retournait s'asseoir, un sourire satisfait aux lèvres. Hier, poursuivit-elle, le shérif Watts et moi-même avons montré ces photos à plusieurs personnes âgées de la région de Socorro, ce qui nous a permis d'identifier potentiellement la victime, un certain James Doolin Gower. Nous disposons pour l'heure de ce seul nom, il s'agit à présent de confirmer cette identification et d'en apprendre davantage sur sa vie. À ce stade, je souhaiterais vous présenter la professeure Nora Kelly, conservateur en chef à l'Institut archéologique de Santa Fe. Nous devons à la professeure Kelly l'exhumation de la dépouille, ainsi que la découverte et l'étude des objets découverts sur le corps. Professeure, si vous voulez bien ?

Nora se leva et rejoignit le pupitre. Elle avait préparé sa propre présentation PowerPoint qu'elle mit en route à l'aide de la télécommande que lui tendait Corrie. Elle donnait suffisamment de cours à l'Institut pour s'exprimer aisément en public, et l'appréhension qu'elle pouvait éprouver en présence de tous ces agents fédéraux se dissipa rapidement.

Sur l'écran s'afficha une photographie de la croix posée sur un plateau recouvert de velours noir. Des murmures d'admiration s'élevèrent dans la salle.

— J'ai procédé à l'examen de cette croix en compagnie du professeur Orlando Chavez et nous sommes parvenus à la conclusion qu'il s'agissait d'un bijou de l'ère coloniale espagnole antérieur à la révolte pueblo, ce qui nous permet de le dater de la période allant de 1598 à 1680. Il a probablement été réalisé dans le Nouveau Monde, à partir d'or et de pierres précieuses d'origine américaine.

Elle passa à l'image suivante, un gros plan des turquoises enchâssées dans la croix.

— Ces pierres proviennent de l'ancienne mine de Chalchihuitl, située au sud de Santa Fe, dans la région de Cerrillos, d'où ont été extraites de nombreuses turquoises depuis la préhistoire. Celles-ci possèdent des marbrures et une couleur vert pâle caractéristiques. L'origine des autres gemmes enchâssées sur la croix est plus difficile à déterminer, mais le jade provient probablement de la partie centrale du Mexique. Le travail d'orfèvrerie est particulièrement délicat, il est probablement l'œuvre d'un artisan de la ville de Mexico. Tout indique que cette croix est arrivée au Nouveau-Mexique dans les bagages d'un prêtre.

Elle changea d'image.

— Vous voyez ici des traces de poinçons dont mon collègue Chavez de l'Institut s'efforce actuellement de découvrir l'origine. Pour terminer, et dans la mesure où vous êtes tous enquêteurs, cela vous intéressera sans doute de savoir que nous ignorons la provenance exacte de cet objet. Il n'appartient à aucune collection publique ou privée connue et ne semble pas davantage avoir été volé. C'est tout ce que je suis en mesure de vous dire à l'heure actuelle, mais je ne manquerai pas de revenir vers vous lorsque nous en saurons davantage sur les poinçons concernés. Je vous remercie.

Corrie s'avança.

— C'est nous qui vous remercions, professeure. Des questions ?

Une dizaine de mains se levèrent.

— Quelle est la valeur d'un tel objet ?

— D'un point de vue historique, cette croix est unique. Je n'en ai jamais vu d'aussi belle.

— Qu'en est-il sur le plan commercial ? Combien se vendrait-elle sur le marché ?

— Au moins cent mille dollars.

— Vous avez fait allusion à une révolte pueblo. Pouvez-vous nous en dire davantage ?

Nora s'était demandé quel serait le niveau de connaissance de son auditoire. À la vue des visages qui lui faisaient face, elle comprit que la majorité des agents présents dans la salle n'étaient pas originaires de la région et ne connaissaient donc pas son histoire.

— Excellente question, répondit-elle. Le plus simple est de vous fournir quelques indications historiques.

Le Nouveau-Mexique a été colonisé en 1598 par le conquistador espagnol Don Juan de Oñate. Un certain nombre d'Européens l'accompagnaient, parmi lesquels des moines qui ont entrepris de convertir au christianisme les populations pueblos nouvellement conquises. Ces religieux ont érigé plusieurs missions et les ont dotées d'objets sacrés tels que des croix, des cloches, des calices ou des statues de la Vierge. En conséquence, de nombreux artisans installés dans la ville de Mexico se sont lancés dans la fabrication d'objets divers destinés aux églises des colonies du Nord. L'afflux d'or, d'argent et de pierres précieuses en provenance des mines locales a permis l'élaboration d'objets remarquables qui ont été disséminés dans toutes les missions du Nouveau-Mexique. C'est probablement le cas de la croix qui nous occupe aujourd'hui, dont l'usure suggère qu'elle fut portée par un prêtre.

« En 1680 a eu lieu un soulèvement indien au cours duquel quatre cents colons et plusieurs dizaines de prêtres ont trouvé la mort, le reste des populations espagnoles locales ayant été chassées. Cet épisode, connu sous le nom de révolte pueblo, a permis aux Indiens d'effacer toute trace de l'occupation espagnole. Les révoltés ont rasé les maisons, brûlé les églises, détruit les croix et brisé les statues. Tous les individus qui avaient été baptisés ont été *lavés* rituellement et les mariages prononcés par les prêtres ont été dissous, ce qui explique la rareté des objets ayant survécu à ces destructions, surtout lorsqu'ils étaient en or.

— Pourquoi l'or en particulier ? s'étonna quelqu'un dans l'assistance.

— À la suite de la conquête, les Pueblos considéraient l'or comme un métal maudit au prétexte qu'il plongeait les Espagnols dans la folie. Ils le voyaient comme la cause essentielle de leur servitude au fond des mines. On raconte qu'ils auraient obstrué ou caché ces mines de sorte que les Espagnols ne puissent plus les exploiter si jamais ils revenaient. Effectivement, après le retour des Espagnols en 1692, certaines de ces mines n'ont jamais été retrouvées.

La tension était montée d'un cran au sein de l'auditoire. *L'or. Le mot magique*, pensa Nora.

— Comment expliquer que ce type ait pu se trouver en possession d'une telle croix en 1945 ?

— Nous n'en savons rien.

— Il a bien fallu qu'il la déniche quelque part.

— Il se peut qu'elle ait été transmise de génération en génération au sein de sa famille. À moins qu'il ne soit tombé dessus un jour par hasard, ou bien qu'il ne l'ait volée. Je vous l'ai dit, nous ne possédons aucune autre information, en dehors des poinçons auxquels j'ai fait allusion. Il est possible que nous ne connaissions jamais l'origine de ce bijou.

De nouvelles mains se levèrent et un murmure d'excitation envahit la salle. Morwood quitta son siège en levant les bras afin de calmer l'assistance.

— Je voudrais vous rappeler à tous que nous sommes potentiellement en présence d'un meurtre. Cette croix en or, aussi fascinante soit-elle, ne doit pas nous détourner de notre but. Rien ne prouve jusqu'à présent qu'elle soit associée à la mort de cet individu, quand bien même celui-ci aurait été assassiné. Les traces de violence retrouvées sur le corps m'intriguent davantage : la fracture au niveau du crâne, les côtes cassées, le fait que la mule ait été abattue d'une balle en pleine tête. Davantage que la croix, ce sont ces signes qui sont indicatifs d'un meurtre.

Il se tourna vers Corrie.

— À votre avis, les lésions constatées sur le corps de la victime étaient-elles graves ?

— Pour être honnête, aucune n'était fatale ou réellement handicapante. On aurait pu croire qu'il était tombé de sa mule.

La réponse de la jeune femme fit naître des rires étouffés.

— Il est trop tôt pour tirer des conclusions, reprit Morwood. L'homme a également pu se bagarrer, et rien ne nous dit qu'il n'a pas souffert de lésions internes autrement plus graves. Avez-vous exploré cette piste ?

— Oui, monsieur. Nous n'avons pas constaté d'hémorragie au niveau de la cavité péritonéale, mais nous attendons actuellement qu'un scanner du corps soit effectué, ce qui devrait nous éclairer définitivement sur ce point.

— Fort bien. En tout cas, monsieur Lathrop, je vous adresse toutes mes félicitations, ainsi qu'à Mlle Swanson, pour cette reconstitution faciale.

— Je vous remercie, s'empressa de répondre Lathrop.

***

Corrie descendit de l'estrade, soufflée que ce connard de Lathrop se soit attribué le mérite de son travail. Peut-être aurait-elle dû formuler une objection lorsque Morwood avait suggéré que la présentation de la reconstitution faciale soit effectuée par Lathrop, mais elle avait accepté et voilà qu'il tirait la couverture à lui.

Nora, en s'approchant, interrompit le cours de ses pensées.

— Bravo pour votre présentation, la félicita Corrie. C'était parfait, merci.

— Ravie d'avoir pu vous aider, répondit Nora.

Elle posa sur la jeune femme un regard surpris.

— Vous allez bien ?

— Très bien, marmonna Corrie en réunissant ses dossiers avant de ranger son ordinateur.

Les deux femmes furent interrompues par l'arrivée de Morwood.

— Professeure Kelly, je tenais à vous remercier de votre intervention.

— C'était un plaisir.

— Vous avez pu constater combien vos découvertes ont suscité l'intérêt de mes équipes.

— L'or, les pierres précieuses et les mines perdues ne manquent jamais de passionner nos semblables.

— Parfois un peu trop, commenta Morwood avant de se tourner vers Corrie. Quant à vous, bravo pour cette reconstitution faciale.

— Monsieur, je tiens à préciser que M. Lathrop s'est attribué un travail que j'ai…

Morwood l'arrêta d'un geste.

— M. Lathrop est le plus grand spécialiste au monde des différences qui peuvent exister entre un crâne de cheval et celui d'une mule. J'imagine que c'est de cela que vous souhaitiez me parler ? Je n'ai aucune envie d'entendre la moindre récrimination.

Corrie, rouge de confusion, ne répondit rien.

— Un petit conseil, poursuivit Morwood d'une voix plus douce. N'hésitez jamais à laisser d'autres s'attribuer un mérite qui ne leur revient pas. Vous verrez que votre carrière en bénéficiera.

Il se pencha vers elle.

— Je sais *très bien* qui a procédé à cette reconstitution faciale, et c'est mon avis qui compte.

— Bien, monsieur.

Nora en profita pour s'éclipser et Morwood afficha une mine grave.

— Je souhaiterais vous dire un mot au sujet de Brad Huckey.

Corrie croisa les bras.

— Je vous écoute.

— Nous avons déjà discuté ensemble de l'importance d'entretenir de bonnes relations au sein du service, même avec les collègues les plus difficiles. C'est le propre de notre métier d'entretenir des contacts avec des individus peu recommandables, louches ou même criminels.

Corrie sentit la moutarde lui monter au nez.

— De quoi s'est plaint Huckey, exactement ?

— Il m'a dit, et prenez-le avec les précautions d'usage, que vous étiez d'un abord difficile, que vous vous étiez montrée insultante et peu coopérative.

— Rien d'autre ?

— Il a ajouté que vous aviez identifié un ossement de façon erronée et que vous l'aviez empêché de mener sa tâche conformément au protocole en vigueur.

— Et vous l'avez cru ?

Corrie n'avait pas voulu user d'un ton aussi agressif et sa question prit Morwood de court.

— Non, je ne l'ai pas cru, mais je constate que vous n'avez pas réussi à vous entendre avec lui.

Corrie prit une longue respiration.

— Sachez que je suis disposée à m'entendre avec des individus peu recommandables, louches et même criminels dans le cadre de mon travail.

— Je suis heureux de l'entendre, mais…

Corrie coupa la parole à son chef.

— Excusez-moi, monsieur, mais ça ne signifie pas que je sois disposée à m'entendre avec des collègues tels que lui. Je tiens à établir des limites. Dès le départ, Huckey s'est montré vulgaire, insultant, arrogant et sexiste. Il m'a dénigrée en présence du shérif Watts, a défiguré le site sans aucun ménagement et lorsque nous nous sommes retrouvés à l'intérieur de la mine, au lieu de manifester un minimum de respect pour les victimes du drame qui s'y était déroulé, il a trouvé amusant de jeter à mes pieds une caisse de TNT. Il a fait preuve d'un manque de professionnalisme flagrant du début à la fin.

Elle reprit sa respiration.

— Me demandez-vous de supporter ce genre de comportement ?

Morwood fronça les sourcils.

— Eh bien, en principe…

— Excusez-moi de vous dire que je ne le supporterai pas. Notamment de la part de collègues, et plus particulièrement de quelqu'un qui est un subordonné. Son comportement a purement et simplement sapé mon autorité. Vous n'êtes pas d'accord, monsieur ?

Un silence interminable conclut la tirade de Corrie que son chef dévisagea longuement.

— Il s'est comporté aussi mal que ça ? finit-il par demander.

— Et même pire. J'ajouterai que je n'en ai pas fait état, à l'inverse de Huckey qui a jugé bon de se plaindre à vous.

— Il affirme que vous l'avez traité de « connard sans couilles », ce qui n'est pas très professionnel de votre part, vous en conviendrez.

— Peut-être pas, mais je n'en démords pas. S'il avait osé se comporter avec un mec de la façon dont il m'a traitée, il se serait fait casser la figure.

Morwood hocha lentement la tête, le front barré d'un pli.

— Très bien, j'entends vos arguments. Je ne veux pas que mes agents aient à subir un comportement de ce genre.

— Je vous remercie, monsieur.

Elle faillit demander à son chef ce qu'il comptait dire à Huckey avant de comprendre qu'elle donnerait l'impression d'exiger une sanction. En toute honnêteté, elle se contrefichait de ce qu'il adviendrait de Huckey tant qu'on ne lui demandait plus de travailler avec lui. Les mecs de son espèce ne changeaient jamais.

Morwood hocha la tête d'un mouvement raide et quitta la salle pendant que Corrie achevait de réunir ses affaires, le cœur battant. Peut-être venait-elle de foutre sa carrière en l'air. Avait-elle raison de se défendre ? En tout cas, elle n'accepterait jamais plus de se laisser maltraiter par une brute de cour d'école comme Huckey. Cet incident lui rappelait trop ses années de lycée, une période avec laquelle elle s'était juré de rompre définitivement.

Nora l'attendait dans le couloir et elle commença par s'excuser.

— Je suis désolée de vous avoir fait attendre.

— Aucun souci.

— Que faites-vous tout de suite ?

— Je comptais reprendre la route de Sante Fe. Et vous ?

— J'ai rendez-vous avec un type qui pourrait bien être apparenté à Gower et qui vit dans un trou paumé. Vous m'accompagnez ? lui proposa-t-elle spontanément.

Nora fut prise d'une hésitation.

— Volontiers, acquiesça-t-elle. Pourquoi pas ?

21

Jesse Gower habitait un cabanon au toit en zinc perdu au milieu des pins, face aux monts Magdalena. De l'autre côté d'une cour de terre battue, près d'une cabane à outils, se dressait la silhouette bancale d'un vieux poulailler encore occupé, à en juger par les caquètements qui s'en échappaient. L'endroit aurait pu avoir du charme si la cour ne débordait pas de carcasses de voitures près desquelles montaient la garde deux antiques frigos, un lave-linge, des rouleaux de fil de fer barbelé, une barrière cassée et d'autres rebuts de la même espèce. Comme le téléphone de Gower était coupé, le shérif Watts avait suggéré de lui rendre visite, dans l'espoir qu'il se trouve chez lui.

Nora avait été frappée par la jeunesse comme par la désinvolture apparente du shérif Homère Watts, plus encore par son impressionnant chapeau de cow-boy. Elle crut reconnaître un Beaver du chapelier Resistol qui avait dû lui coûter plus de mille dollars. Watts bichonnait son couvre-chef qu'il époussetait à tout bout de champ. Rien d'étonnant à cela, se dit-elle, puisqu'il lui donnait l'allure d'un tout jeune Gary Cooper. Elle se demanda même si le côté formel avec lequel se parlaient le shérif et Corrie ne cachait pas des liens personnels nettement plus resserrés.

Le shérif arrêta son véhicule devant le cabanon.

— Mieux vaut ne pas descendre tout de suite, recommanda-t-il à ses passagères. Inutile d'affoler l'oiseau.

Ils patientèrent longuement sans que personne ne se manifeste. Seules les poules signalaient leur présence en caquetant. Un quart d'heure s'était écoulé lorsque Watts prit une décision :

— Vous n'avez qu'à rester dans la voiture pendant que je toque à la porte.

— Je ferais mieux d'y aller, suggéra Corrie. Je risque moins de l'effrayer que vous avec votre taille et votre uniforme.

— C'est-à-dire…

Watts laissa sa phrase en suspens, mais il était clair que l'idée ne le séduisait guère.

— Je suis armée, insista Corrie.

Watts éclata de rire.

— Je me demandais juste de quoi j'aurais l'air si jamais les gens du coin apprenaient qu'on vous avait tiré dessus pendant que j'étais tranquillement assis derrière mon volant.

— Toutes les ligues féministes vous accorderont une médaille pour avoir respecté l'égalité des sexes, répondit Corrie en ouvrant sa portière.

Nora, enfermée dans le Cherokee avec Watts, regarda Corrie s'approcher lentement de la masure et s'arrêter devant les marches de la véranda.

— Jesse Gower ? Vous êtes là ?

Pas de réponse.

Elle prit pied sur la véranda et toqua à la porte.

— Jesse, vous êtes là ? Je m'appelle Corrie Swanson.

Le battant s'écarta lentement et un épouvantail humain se matérialisa sur le seuil. Les traits creusés, pas rasé depuis des jours, ses cheveux d'un blond filasse maladroitement tirés en arrière en une queue de cheval qui atteignait presque ses reins, il avait un nez tordu, comme s'il avait été cassé et mal réparé. *Ce gars est toxico*, se dit Nora. *Il se pique à l'héro, ou bien il prend de la meth. Voire les deux.*

— Qui ça ? demanda-t-il.

— Je suis Corrie Swanson, du FBI.

Nora la vit sortir son badge, le montrer à son interlocuteur et lui tendre une main qu'il observa avec étonnement.

— Vous pouvez pas entrer, déclara-t-il en faisant mine de battre en retraite.

— Pas de souci, je n'ai pas besoin d'entrer chez vous, je voulais juste vous poser quelques questions...

Elle n'eut pas le temps d'achever sa phrase, Gower avait déjà refermé la porte et donné un tour de clé.

Je suis curieuse de voir la suite, sourit Nora intérieurement.

Le shérif Watts ouvrit sa portière, mais Corrie lui fit signe de ne pas bouger.

— Monsieur Gower ? cria-t-elle à travers la porte. Nous avons découvert le corps d'un certain James Gower et nous voudrions vous poser quelques questions à ce sujet.

Pas de réaction.

— Il a été trouvé en possession d'un objet de grande valeur.

Toujours pas de réaction.

— Seriez-vous l'un de ses descendants ? Nous sommes à la recherche de son héritier.

Cette fois, la porte s'ouvrit à nouveau et le spectre se dressa sur le seuil.

— Quel objet ?

— Si vous m'autorisez à m'asseoir dans votre véranda avec mes collègues, nous serons mieux à même d'en discuter.

Il signala son accord d'un geste lent.

Watts descendit du 4 × 4 et se coiffa de son superbe chapeau. Nora sortit à son tour et les deux nouveaux venus rejoignirent la véranda où les attendait un canapé déchiré, entouré de quelques chaises usées. Les trois visiteurs s'installèrent tandis que Gower se posait sur un tabouret, ses genoux noueux émergeant de son jean troué. Un courant d'air frais porteur d'effluves de pin traversait agréablement la véranda et l'endroit ne manquait pas de charme, à condition d'oublier le bazar accumulé dans la cour.

Nora s'intéressa de plus près à Jesse Gower. Il avait les pupilles dilatées et semblait en manque. Les lieux étaient si solitaires que c'était à se demander comment il pouvait se procurer la drogue dont il avait besoin.

— Parlez-moi de cet objet.

— En tout premier chef, j'ai besoin de savoir si vous êtes apparenté à James Doolin Gower.

— Je veux d'abord en savoir plus sur cet « objet de grande valeur ».

— Je vous en parlerai une fois établie la preuve que vous êtes apparenté à James Doolin Gower, si c'est le cas.

Le ton officiel sur lequel s'était exprimée Corrie sembla tirer le reclus de sa léthargie et il se leva d'un bloc.

— Allez tous vous faire foutre.

— Très bien, réagit Corrie. Allons-y, il n'a manifestement rien à voir avec Jim Gower ou ce bijou en or.

Le jeune homme se figea.

— Un bijou en or ?

Corrie lui adressa un regard de défiance.

— Avant de vous répondre, monsieur Gower, j'ai besoin de savoir si vous êtes disposé à coopérer.

— Bien sûr que oui, s'empressa-t-il de répondre en reprenant place sur le tabouret. James Doolin Gower était mon arrière-grand-père.

Corrie sortit une photo.

— Connaissez-vous cet homme ?

Gower s'empara du cliché d'une main tremblante en écarquillant les yeux.

— Où avez-vous trouvé ça ?

— Il s'agit d'une reconstitution faciale exécutée à partir d'un crâne d'homme découvert dans une ville fantôme à quelques kilomètres d'ici. Nous croyons savoir qu'il s'appelait James Gower.

— C'est assez ressemblant. Oui, c'est bien lui.

— J'ai besoin que vous en soyez sûr. Veuillez regarder ces deux autres clichés.

Gower les examina attentivement.

— Oui, j'en suis sûr. Il est mort avant ma naissance, mais on m'a montré suffisamment de portraits de lui.

— Que savez-vous à son sujet? demanda Corrie en récupérant les photos.

— Presque rien. Il possédait un vieux ranch dans les monts San Andres que le gouvernement lui a confisqué, en même temps que toutes les fermes voisines, pour construire la base de White Sands.

— Vous dites que le gouvernement lui a pris son ranch?

— Ouais. Même que ces salauds lui en ont donné une bouchée de pain et qu'il a ramé pour boucler ses fins de mois jusqu'à la fin de sa vie. C'est ce que mon père m'a raconté, en tout cas. Son grand-père était convaincu que le gouvernement convoitait ses terres parce qu'elles recelaient du pétrole, ou peut-être de l'or. Mon arrière-grand-mère l'a quitté, et puis il a disparu un beau jour et plus personne n'a entendu parler de lui.

— À quand remonte sa disparition?

— Deux ou trois ans après qu'on lui a piqué son ranch.

Gower prit le temps de réfléchir.

— Je dirais vers le milieu des années 1940, d'après ce que m'a raconté mon père.

— S'est-on inquiété de sa disparition?

— Les autorités fédérales et le shérif ont fait semblant de le chercher pendant quelques jours avant de renoncer. Vous dites que vous avez retrouvé son corps à High Lonesome?

— Pourquoi High Lonesome?

— Vous venez de m'expliquer qu'on avait retrouvé son corps dans une ville fantôme à quelques kilomètres d'ici. À part High Lonesome, je ne vois rien d'autre.

— C'est exact. Le corps a été découvert par un chercheur de trésor.

— Que faisait-il là-bas ?

— C'est ce que nous aimerions savoir, répondit Corrie. Vous auriez une idée sur la question ?

Il fit non de la tête.

— Aucune. De quoi est-il mort ?

— C'est l'objet de notre enquête. Nous ne savons pas encore s'il est décédé accidentellement, ou bien s'il a été assassiné. Que disait la rumeur familiale à ce sujet ?

Il posa sur Corrie un regard soupçonneux. *À moins qu'il ne soit paranoïaque*, pensa Nora.

— Rien de particulier. Vous dites qu'il avait sur lui un objet précieux. Sa montre en or ?

— Quelle montre en or ?

— Une montre gousset, avec les constellations gravées sur le couvercle arrière. Un chronomètre flyback.

— Un quoi ? s'enquit Watts.

— Un chronomètre flyback. C'est comme ça qu'on appelait dans les années 1920 les chronomètres capables de se remettre à zéro sans arrêter le comptage initial.

— Vous semblez bien informé, remarqua Corrie.

Le jeune homme haussa les épaules.

— Mon père s'y connaissait en montres. Mon arrière-grand-père tenait énormément à la sienne, elle valait beaucoup d'argent.

Corrie laissa s'écouler un court silence avant de reprendre :

— Nous avons trouvé un objet en or, mais ce n'est pas une montre. Il s'agit d'une croix.

— Une *croix* ?

À l'évidence, Gower imaginait mal son aïeul en possession d'un objet religieux.

— Elle vaut combien, cette croix ?

— Nous sommes en train de nous renseigner.

— Comme je suis son seul descendant, elle m'appartient. C'est vous-même qui me l'avez dit.

Nora jugea opportun de s'interposer.

— Nous avons besoin d'en savoir davantage sur votre famille. Un arbre généalogique nous serait très utile.

— Mon arrière-grand-père, celui dont vous avez retrouvé le corps, n'a eu qu'un seul enfant, Murphy Gower. Celui-ci a été pris en charge par sa mère qui l'a élevé dans la ferme de ses parents, c'est-à-dire ici, le jour où elle s'est séparée de son mari. Murphy Gower était mon grand-père. Il a hérité de cet endroit, s'est marié avec ma grand-mère, Eliza Horner, et ils ont eu un enfant : mon père, qui s'appelait également Jesse. Il a vécu un temps à Culver City, en Californie, avant de revenir ici et d'épouser ma mère, qui se prénommait Millicent. Ils se sont occupés d'un ranch à l'extérieur de San Patricio où j'ai vécu jusqu'à mes douze ans. Quand le ranch a périclité, ma mère est partie, j'ai obtenu une bourse d'études à Harvard, et puis mon père est mort et j'ai arrêté mes études.

— Harvard ? s'écria Nora.

— Parfaitement, *Harvard.* N'ayez pas l'air si étonnée. J'ai passé deux années là-bas et j'ai même très bien réussi, figurez-vous.

Pour la première fois depuis le début de l'entretien, le visage de Gower se colora sous l'effet de la gêne.

— Poursuivez, fit Corrie.

— J'ai vécu un temps à New York où j'ai tenté de me lancer dans une carrière d'écrivain, sans succès. J'avais besoin de paix et de calme, alors je suis rentré ici pour écrire un roman auquel je travaille encore.

— Comment s'intitule votre roman ? demanda Corrie après un silence.

— *Lamentable.*

Un silence plus prolongé s'installa.

— Et que vous est-il arrivé ensuite ? reprit Corrie.

Le visage de Gower se marbra de taches rouges.

— C'est quoi, cette question ? Il ne m'est rien arrivé du tout. J'écris mon roman en me nourrissant avec les œufs de mes poules.

— Depuis dix ans ?

Il afficha son malaise.

— James Joyce a mis sept ans à écrire *Finnegans Wake.*

Corrie se pencha vers lui.

— Vous n'avez pas compris ma question. Je voulais savoir à quel moment vous étiez tombé dans la drogue.

Gower bondit sur ses jambes, furieux.

— Cassez-vous tous d'ici.

Corrie se leva, imitée par ses compagnons.

— Je vous conseille de suivre une cure de désintoxication si vous ne voulez pas mourir.

— Et ma croix ? s'enquit Gower d'une voix rauque.

— Nous vous indiquerons la procédure qui vous permettra d'en prendre possession lorsque l'enquête sera terminée. Si vous êtes bien l'unique descendant de James Gower. Et si vous n'êtes pas mort d'ici là.

Le trio regagna le Cherokee sous le regard hostile du jeune homme.

— Seigneur, déclara Watts en prenant place derrière le volant. Vous n'y êtes pas allée de main morte.

Il posa délicatement son chapeau et observa Corrie avec curiosité, tout comme Nora.

— Obtenir une bourse à Harvard pour en arriver là ? Quel scandale. Pour tout vous dire…

Voyant qu'elle laissait sa phrase en suspens, Nora l'aiguillonna :

— On vous écoute.

— Je… j'ai assisté à des conneries de ce genre dans ma famille. Je ne supporte pas ça.

22

L'immeuble abritant les services fédéraux d'Albuquerque paraissait endormi. Aucune lumière ne brillait aux fenêtres et le parking était vide, ce qui n'avait rien de surprenant puisqu'il était 5 heures du matin. Corrie, qui s'était réveillée en sursaut à cause d'un mauvais rêve lié à sa mésaventure des monts Sandia, n'avait pu retrouver le sommeil. De guerre lasse, elle s'était levée, douchée, puis avait avalé une barre énergétique avec deux tasses de café noir et gagné sa voiture. Le squelette de la mule l'intriguait depuis le début de l'enquête, sans qu'elle puisse l'examiner de près tant Lathrop se montrait jaloux de ses prérogatives. C'est tout juste si le scientifique la laissait regarder les ossements par-dessus son épaule pendant qu'il les manipulait. Elle n'avait rien dit sur le moment, préférant concentrer son attention sur l'examen du cadavre de Gower, mais plusieurs questions la taraudaient. Elle voulait comprendre pourquoi l'animal avait été abattu. Pour le savoir, elle avait besoin de prendre son temps sans avoir Lathrop sur le dos.

Elle descendit au sous-sol du bâtiment, pénétra dans le laboratoire à l'aide de son passe électronique et alluma les lumières. L'entrée de la pièce était à moitié obstruée par des piles de cartons, ce qu'expliquait sans mal la disposition des lieux : le quai de chargement du bâtiment côtoyait le labo, de sorte que les fournitures à peine déchargées se trouvaient stockées là, par facilité. Lathrop portait sa part de responsabilité, à en juger par le nombre de colis destinés à son service.

Elle se fraya un chemin jusqu'à la partie centrale de la pièce où s'accumulaient les civières, les tables d'examen et du matériel en tout genre. Au fond de la pièce s'alignaient les rangées de tiroirs de l'armoire réfrigérée dans laquelle étaient stockés les restes de Gower ainsi que ceux de la mule. Ou plutôt du *bardot*. Bordel, jamais Corrie n'arriverait à se souvenir spontanément de ce putain de terme ridicule.

Le temps d'enfiler une blouse, des gants, un masque et une charlotte, elle tira une table à roulettes jusqu'à l'armoire et ouvrit le tiroir contenant l'animal. Contrairement à Gower, il ne restait de la mule qu'un squelette. Corrie posa le tiroir sur la table, mais avant de pousser celle-ci sous les projecteurs et d'entamer l'examen des ossements, elle décida d'ouvrir le tiroir contenant la dépouille de Gower afin de s'y intéresser sans être dérangée par Lathrop. Le corps momifié, privé d'une partie de ses organes, avait conservé sa position fœtale d'origine, un bras tendu en avant, et Corrie fut frappée une nouvelle fois par cette étrange posture. Qui aurait voulu se recroqueviller de la sorte au moment de mourir ? Quant à la peau parcheminée du mort qui se détachait par plaques, elle était tout aussi étrange. Était-ce vraiment la conséquence d'une momification en milieu aride ?

Elle reporta son attention sur les ossements de la mule en commençant par les pattes et les sabots. Curieuse de savoir si l'animal n'avait pas été abattu parce qu'il était blessé, elle se mit au travail dans le silence pesant du laboratoire. Elle avait beau être habituée à l'univers très particulier des morgues, elle n'avait jamais pu s'ôter de l'idée que leurs occupants, loin d'être morts, dormaient. Voire qu'ils l'écoutaient sans bouger.

Elle chassa cette impression idiote et poursuivit l'examen général des membres sans découvrir de fracture. Le pelvis était tout aussi normal, mais elle fit une découverte intéressante au niveau de la cage thoracique : des taches à peine visibles marbraient les troisième et quatrième côtes postérieures gauches. Elle les observa longuement avant d'aller chercher un casque loupe dans l'un des placards de l'entrée. Évidemment, des cartons empêchaient d'y accéder, et elle dut les déplacer pour accéder au bon tiroir. Elle choisit des loupes binoculaires Galilée 2.5x qu'elle ajusta sur son crâne. Elle adaptait les lanières frontales lorsqu'elle crut percevoir un bip au loin. Un camion UPS reculant vers le quai de chargement, peut-être ? Non, il était beaucoup trop tôt. Aucune importance. Elle referma le tiroir, repoussa les cartons et regagna le centre de la pièce.

Grâce aux loupes, elle constata qu'elle ne s'était pas trompée. Ce qui ressemblait à une simple tache au niveau des côtes blanchies par le soleil était une ligne de fracture n'ayant pas eu le temps de cicatriser. Comme celles de Gower auxquelles elles ressemblaient étrangement, les fractures avaient été infligées au moment de la mort. La coïncidence était pour le moins étrange. La mule et son cavalier auraient donc été tous les deux victimes d'une chute ? C'était la seule hypothèse plausible, sans expliquer pour autant que l'animal ait été abattu.

Corrie se pencha sur le trou d'entrée de la balle, entre les deux yeux. Les loupes binoculaires révélèrent de minuscules crénelages sur la circonférence du trou, preuve que la mule avait été tuée à bout portant. Le coup n'était pas assez puissant et la balle de calibre .22, faute d'élan, avait ricoché à l'intérieur de la boîte crânienne en provoquant la mort instantanée de l'animal.

Corrie se redressa lentement en retirant son casque binoculaire. Elle ne comprenait toujours pas pour quelle raison on avait abattu cette mule. Contrariée, elle recouvrit le squelette de l'animal et tira en pleine lumière la table roulante sur laquelle reposait la momie de Gower. Un nouveau bip étouffé se fit entendre. Au comble de l'agacement, elle chercha l'origine du bruit, convaincue cette fois qu'il provenait du labo lui-même. Quelqu'un aurait-il oublié un portable dont l'alarme se serait déclenchée ?

Guidée par le son, elle s'approcha d'une empilement de cartons près du placard de l'entrée, écartant au passage la table sur laquelle reposait le squelette du bardot.

Au même instant, le bip se tut, mais elle avait eu le temps de repérer son origine : le colis posé au-dessus de la pile.

Une bombe ? L'idée était idiote, les bombes n'émettent un bip qu'au cinéma. Elle souleva le paquet, le secoua puis le porta à son oreille.

Rien.

L'entrée du labo était plongée dans la pénombre, le mieux était encore d'emporter sa trouvaille sous les projecteurs afin de lire l'étiquette.

Elle regagnait le centre de la pièce lorsque le bip se déclencha de nouveau à l'intérieur du carton. Elle recula de quelques pas et le bip se tut.

Elle examina l'étiquette et constata que le paquet provenait d'un laboratoire du Michigan :

> SOCIÉTÉ 4-C – ÉQUIPEMENTS SCIENTIFIQUES
> 12 DOSIMÈTRES RADEX ÉLECTRONIQUES
> MESURES DE RADIATION EN μSv/h POUR RAYONS β-, y ET X
> (avec piles)

Sans se poser de question, elle ouvrit le paquet et découvrit douze coffrets de petite taille contenant chacun un dosimètre. Déchirant l'emballage du premier, elle trouva un petit appareil équipé d'un écran numérique, doté d'une agrafe pour l'accrocher à un vêtement. Elle prit le dosimètre d'une main tremblante et s'approcha de la table sur laquelle reposaient les restes du bardot.

L'intensité et le rythme des bips augmentèrent sensiblement, jusqu'à se transformer en un sifflement aigu lorsqu'elle parvint à hauteur du crâne, tandis que l'écran de l'appareil devenait rouge et clignotait.

— Putain de merde, s'écria Corrie en reculant vivement jusqu'à ce que les bips s'éteignent.

Toujours armée du dosimètre, elle se dirigea vers la table sur laquelle reposaient les restes de Gower. Cette fois encore, l'appareil s'affola.

Tétanisée d'horreur pendant une ou deux secondes, Corrie recula machinalement jusqu'à la porte du laboratoire, l'ouvrit, et s'enfuit à toutes jambes.

23

Penchée au-dessus d'une table recouverte de tessons de poterie, Nora Kelly dressa l'oreille en entendant des sirènes. Le phénomène n'aurait rien eu d'exceptionnel si les hululements, au lieu de s'éloigner, ne s'étaient pas rapprochés. Elle comprit soudain qu'ils venaient du parking de l'Institut.

Une minute plus tard, une main toqua sans ménagement et la porte de son bureau s'ouvrit, laissant passer Corrie Swanson, l'agent Morwood et la professeure Weingrau, le visage inquiet, accompagnée par deux hommes en costume dont l'un tenait à la main un boîtier métallique.

— Que se… ? balbutia Nora.

— Le FBI est venu chercher la croix en or, la coupa Weingrau.

La silhouette intriguée de Digby se profila derrière la présidente de l'Institut.

— J'aurais dû vous appeler, intervint Corrie, mais il y avait urgence.

— Urgence de quoi ?

— Nous soupçonnons la croix d'être radioactive.

— Radioactive ?!! C'est une plaisanterie ?

— Son degré de radioactivité est sans doute peu élevé, s'empressa de préciser Corrie, mais il est plus prudent de l'enfermer dans le compartiment en plomb de notre salle des scellés. Où se trouve-t-elle ?

Nora, sous le choc, se tourna vers Morwood, mais son visage restait impénétrable.

— Si ça ne vous ennuie pas de me fournir quelques explications. Comment cette croix…

— Il sera toujours temps de répondre à vos questions lorsque nous serons à Albuquerque, la coupa Morwood. En attendant, il est urgent d'enfermer la croix dans ce boîtier.

— Elle se trouve dans mon coffre. Je vais l'ouvrir.

Morwood l'arrêta d'un geste.

— Non, mes hommes vont s'en charger. Veuillez tous reculer.

Les gorilles en costume s'approchèrent du petit coffre mural dont Nora leur indiqua la combinaison, puis ils ouvrirent la porte, saisirent la croix dans son étui de cuir usé et la déposèrent délicatement dans le boîtier en plomb qu'ils refermèrent aussitôt.

Corrie posa plusieurs documents sur le bureau de Nora.

— Voici le reçu et la décharge que je vous demanderai de signer.

Nora, prise dans un tourbillon, obtempéra machinalement.

— Où comptez-vous la mettre ?

— Elle sera entreposée à l'antenne d'Albuquerque. Si vous souhaitez nous accompagner, je vous expliquerai de quoi il retourne.

Nora adressa un coup d'œil à Weingrau qui hocha la tête.

— Vous me ferez un rapport à votre retour, Nora. Cette péripétie est pour le moins inquiétante.

***

L'archéologue n'avait pas pris place dans le même véhicule que Corrie, si bien qu'elle dut attendre leur arrivée à Albuquerque, une heure plus tard, pour espérer obtenir l'explication qu'elle attendait.

— Je vais me réveiller demain matin avec deux têtes? demanda-t-elle à Corrie et Morwood tandis que les deux hommes en costume s'éloignaient rapidement en emportant le coffret en plomb. Tout le monde s'excite, d'un seul coup, mais je vous ferai remarquer que cette croix se trouvait en ma possession depuis plusieurs semaines et qu'elle a circulé de main en main.

— Les radiations sont peu dangereuses, répondit Corrie. Je regrette tout ce cinéma, mais c'est la règle en pareil cas. Croyez-moi, j'ai été la première à paniquer quand je me suis aperçue que la croix était radioactive. D'après ce qu'on m'a expliqué, ce n'est pas plus grave qu'effectuer un vol de quelques heures en altitude.

— Dans ce cas, pourquoi tant d'hystérie?

— Le principe de précaution, d'autant que nous ne savons pas comment cette croix a été contaminée.

— Personne n'invoquait le principe de précaution quand j'ai rapporté ce truc à Santa Fe au risque d'irradier tout l'Institut! s'énerva Nora.

Elle se reprit aussitôt.

— Désolée, je suis un peu à cran en ce moment, avec tous les changements qui interviennent actuellement au sein de l'établissement.

— Je comprends, dit Corrie.

Le petit groupe se dirigea en silence vers le bâtiment.

— Je ne vois toujours pas comment c'est possible, reprit Nora.

— Moi non plus. Je sais juste que le squelette de la mule, le corps de Gower et tout ce qu'il transportait sont radioactifs.

***

À la suite des hommes en costume, le trio gagna le sous-sol du bâtiment, emprunta un dédale de couloirs aux murs en parpaing et s'arrêta devant une porte. Morwood composa un code sur un clavier et le battant s'ouvrit sur un immense espace meublé du sol au plafond de rayonnages sur lesquels étaient entreposés des objets de toutes formes et de toutes tailles, enveloppés dans du plastique. Au passage, Nora identifia un pare-chocs de voiture, un morceau de plancher découpé à la scie, une fenêtre criblée de balles, ou encore une mitraillette à l'ancienne, reconnaissable à son chargeur tambour.

— La chambre des scellés, expliqua Corrie.

— On dirait un musée, s'étonna Nora.

— *C'est* un musée, répliqua Morwood. Et comme tout musée qui se respecte, on ne jette jamais rien.

Au fond de la pièce s'ouvrait une porte blindée, ornée du symbole de la radioactivité, devant laquelle se tenaient les deux hommes en noir.

Le battant s'ouvrit avec un soupir pneumatique et des néons aveuglants s'allumèrent en clignotant, révélant une pièce quasiment vide. Les deux hommes entrèrent et la porte se referma derrière eux.

— Après les attentats du 11 Septembre, expliqua Morwood, quelques antennes du FBI ont été équipées de chambres fortes comme celle-ci, dont la nôtre.

Il se racla la gorge.

— À présent que la croix est en sécurité, je vous propose de discuter de tout ça dans mon bureau.

***

Morwood s'installa confortablement dans son fauteuil, croisa les mains sur sa table et se pencha vers les deux femmes.

— L'une de vous deux a-t-elle la plus petite idée de la façon dont Gower a pu être irradié ?

— Vous voulez dire que les squelettes, les objets et les vêtements, tout est radioactif? s'enquit Nora.

— Oui, répondit Corrie.

— Comment est-ce possible ? Notre homme a disparu il y a soixante-quinze ans, à une époque où il n'y avait ni centrales nucléaires ni bombes atomiques. Comment diable… ?

Elle s'arrêta brusquement au milieu de sa phrase et se tourna vers Morwood, une lueur dans les yeux.

— Pour quelle raison l'antenne d'Albuquerque a-t-elle été dotée d'une chambre forte destinée aux produits radioactifs ?

Un petit sourire étira les lèvres de Morwood.

— Les laboratoires de Los Alamos et de Sandia National se trouvent dans notre zone géographique.

— Los Alamos ! s'exclama Nora, confirmée dans son intuition.

Elle se tourna d'un bloc vers Corrie.

— À quelle date exacte a été signalée la disparition de Gower ?

Corrie consulta sa tablette.

— Le 15 juillet 1945.

Le pouls de Nora s'accéléra.

— Je viens de vous dire qu'il n'existait pas de bombe atomique à l'époque, mais c'est faux. Il y en avait une. La *toute première*, expérimentée ici même, au Nouveau-Mexique, dans une région désertique au sud de High Lonesome. Corrie, regardez donc sur votre iPad à quelle date a eu lieu Trinity, le premier essai nucléaire.

Corrie s'activa sur son écran et ouvrit la page Wikipedia concernée.

— *Trinity est le nom de code du premier essai nucléaire réalisé par les forces armées des États-Unis à 5 h 29, au matin du 16 juillet 1945.*

Elle releva vivement la tête.

— Le lendemain de la disparition de Gower !

— Lisez-nous la suite, lui demanda Morwood.

— Le test fut réalisé sur le champ de tir d'Alamogordo dans le désert Jornada del Muerto, à une cinquantaine de kilomètres de la ville de Socorro, au Nouveau-Mexique.

Corrie reposa sa tablette dans un silence électrique.

— Gower aura été irradié lors de cet essai nucléaire.

— Irradié et *tué*, précisa Corrie. Voilà qui explique ces fractures étranges et les lambeaux de peau qui se détachent, les vêtements à moitié brûlés.

— Exactement, approuva Nora.

— Ou encore les côtes fracturées de la mule ! La vague provoquée par la détonation a dû projeter à terre Gower et sa mule.

— Si Gower s'était trouvé sur le site même de l'explosion, reprit Nora, il aurait été littéralement vaporisé. Au lieu de quoi il a survécu quelques minutes à ses blessures, ce qui lui a permis de regagner son campement avant de mourir.

— Après avoir abattu sa mule afin de lui épargner des souffrances inutiles, ajouta Corrie.

— C'est extraordinaire, déclara Morwood. Ce premier essai nucléaire a fait une victime sans que quiconque n'en sache rien.

Il tapota d'un doigt sur son bureau, l'air pensif.

— Dans la mesure où le drame a eu lieu en zone militaire, il nous faut alerter l'armée. Je vous propose de prendre contact avec le polygone d'essais de missiles de White Sands.

Il posa son regard sur Nora.

— Ces informations doivent rester confidentielles. Je vous prie de ne pas en souffler mot à vos collègues.

L'archéologue acquiesça tout en se demandant comment réagirait Weingrau lorsqu'elle apprendrait la vérité.

— Reste à découvrir ce que Gower pouvait bien fabriquer dans le coin, déclara Corrie.

— C'est la question à laquelle va devoir répondre votre enquête, dit Nora.

24

Corrie fut étonnée de découvrir une véritable ville en plein désert à son arrivée au quartier général de la base de White Sands, en compagnie de Morwood et Nora. Le shérif Watts, au comble de la surprise lorsqu'il avait appris la vérité, suivait le 4 × 4 noir du FBI au volant de son Cherokee.

Les deux véhicules s'immobilisèrent à hauteur d'un poste de contrôle. Là, deux soldats à bord d'une Jeep les attendaient, qui les escortèrent au milieu des baraquements. Ils passèrent devant un château d'eau, un terrain de golf et un champ d'antennes paraboliques avant de s'arrêter devant un bâtiment tout en longueur de couleur ocre.

Corrie prit une longue respiration en descendant de voiture. On avait beau être en septembre, la température devait frôler les quarante degrés. Des ondes de chaleur s'élevaient du macadam et un tourbillon de sable s'élevait dans le lointain, en plein désert. L'endroit manquait singulièrement de charme, en dépit du décor montagneux qui l'entourait.

Un planton les attendait à l'entrée. Il les invita à pénétrer dans un sas à la fraîcheur bienvenue avant de leur faire franchir la sécurité et de les entraîner dans un couloir interminable.

Le commandant de la base se leva en les voyant entrer dans son bureau.

— Général Mark McGurk, se présenta-t-il en contournant sa table de travail, main tendue.

L'homme ne correspondait guère à l'idée que Corrie entretenait d'un haut gradé. À commencer par sa petite taille et son visage poupin. Loin d'être en grand uniforme, il portait une tenue camouflage fripée et seule la présence d'une modeste étoile noire sur sa poche de poitrine gauche rappelait son grade.

— Je vous présente mon assistante, le lieutenant Woodbridge.

Cette dernière, une Afro-Américaine à l'élégance élancée, dépassait le général d'une bonne vingtaine de centimètres.

Les visiteurs s'installèrent face à leur hôte. La pièce était fonctionnelle, avec des portraits de la femme et des enfants de McGurk, des plaques commémoratives et autres titres honorifiques accrochés aux murs à côté de nombreuses photos de missiles à divers stades de leur utilisation, du lancement à l'explosion. La bannière étoilée et le drapeau du Nouveau-Mexique, un soleil zia sur fond jaune, montaient la garde de part et d'autre de la table de travail du général.

— Je dois avouer que la découverte d'une victime de Trinity nous a stupéfiés, déclara le général McGurk en se rasseyant. J'ai transmis l'information à ma hiérarchie qui s'est montrée à la fois intéressée et *inquiète*. Bien que ce drame soit survenu il y a soixante-quinze ans, je vous laisse imaginer toute la publicité négative qui pourrait en découler. Tout ce qui touche au nucléaire est sujet à controverse.

— Nous partageons cette inquiétude, approuva Morwood. C'est la raison pour laquelle nous avons gardé l'information secrète.

— Sage mesure. J'ajouterai que l'armée est reconnaissante au FBI de l'avoir alertée aussi rapidement.

— Nous savons donc que la victime n'est pas morte assassinée, mais il reste bien des mystères à éclaircir.

Le général hocha la tête.

— L'agent Corinne Swanson, qui est chargée de l'enquête, va vous éclairer, suggéra Morwood en se tournant vers sa subordonnée.

Le visage du général resta impassible, mais Corrie lut la surprise dans ses yeux. Comme d'habitude, sa jeunesse et son sexe déroutaient.

Elle tira de son attaché-case un épais dossier et le posa sur le bureau du général.

— J'ai réuni à votre intention des copies de tous les documents susceptibles de vous intéresser.

— Merci.

— Je me contenterai de résumer l'affaire dans ses grandes lignes, poursuivit Corrie d'une voix faussement assurée. Et si cela ne vous dérange pas, mon général, j'aimerais poser quelques questions.

— C'est tout naturel.

Corrie commença par détailler les circonstances de la découverte du corps, précisant le rôle joué par l'archéologue, puis elle aborda le point le plus mystérieux.

— Les lésions constatées sur le corps s'expliquent à présent que nous connaissons les circonstances dans lesquelles est morte la victime, mais notre plus grande surprise a été la découverte sur le corps d'un objet de grande valeur.

Elle feuilleta le dossier et tendit au général les photographies de la croix.

— Sait-on pourquoi il avait un tel objet en sa possession ? demanda le général.

— Nous n'en avons aucune idée, d'autant qu'il ne s'agit manifestement pas d'un objet volé. À ce stade, nous n'en savons pas davantage, mais peut-être la professeure Kelly souhaite-t-elle ajouter un mot ?

— Oui, volontiers. Nous espérons pouvoir retrouver l'origine de cette croix grâce à ses poinçons. Nous sommes convaincus qu'elle a été fabriquée à Mexico au début du XVIIe siècle et qu'elle serait arrivée jusqu'ici par le Camino Real.

Le général afficha un sourire.

— J'espère que vos recherches aboutiront. En attendant, avez-vous pu identifier la victime, et savez-vous pour quelle raison elle se trouvait dans ce coin de désert au matin du 16 juillet 1945 ?

Corrie reprit la parole.

— L'homme s'appelait James Doolin Gower et vivait dans un ranch situé au pied des monts San Andres dont lui et les siens avaient été expropriés par le gouvernement en 1942. Le jour de l'essai nucléaire, il se trouvait à proximité de l'ancienne propriété familiale.

Une lueur brilla dans les yeux du général.

— Vous avez bien dit Gower ? Ce type serait donc l'un des anciens occupants de ce que nous appelons la ferme Gower ?

— Précisément, acquiesça Morwood.

— Ça alors ! s'exclama le général. C'est un lieu chargé d'histoire, vous savez. Les responsables du projet Manhattan s'en sont servis comme QG pendant les jours qui ont précédé Trinity. Le professeur Oppenheimer et quelques-uns de ses collègues ont même dormi sur place le soir qui a précédé l'explosion de la première bombe.

Il laissa s'écouler un bref silence, le front barré d'un pli.

— Je connais assez bien l'histoire de Trinity, mais je n'ai jamais entendu dire qu'il avait fallu éloigner des importuns. Il est vrai que la zone est aussi vaste que déserte. Vous pensez que Gower aurait pu tenter de retourner dans le ranch familial ce matin fatidique ?

— Excellente question. Nous savons juste qu'il en voulait au gouvernement de s'être approprié ses terres.

— On l'aurait été à moins, reconnut McGurk. La plupart des fermiers expropriés ont manifesté leur mécontentement et il faut bien reconnaître que les dirigeants de l'époque les ont très mal dédommagés. On a rectifié le tir par la suite, mais très tardivement.

— Général, savez-vous si les archives de cette base contiennent des informations sur l'expropriation de la ferme Gower ?

— Il m'est difficile de vous répondre de but en blanc, mais les archives officielles sont généralement bien conservées. Je vous ferai parvenir les informations dont nous disposons dans les meilleurs délais.

— Vous dites que personne n'a tenté de pénétrer dans la zone de tir au moment de l'essai. Il n'y aurait donc pas eu d'autre victime ?

Le général répondit par la négative d'un mouvement de tête

— Certains riverains atteints de cancer ont intenté des procès par la suite, mais ces litiges ont tous été réglés en leur temps. En dehors de ça, je ne vois rien.

— Savez-vous si des membres de la famille Gower ont participé à ces actions en justice ?

— Il m'est facile de vérifier, répondit McGurk en se tournant vers son assistante, occupée à prendre des notes : Lieutenant, vous procéderez aux recherches nécessaires sans attendre.

— Bien, mon général.

— Une toute dernière question, conclut Corrie. Serait-il possible de visiter la ferme Gower ?

Morwood lui adressa un coup d'œil en coin. Corrie, de peur que son chef ne refuse, ne l'avait pas averti de cette requête.

Le général hocha la tête.

— Avec plaisir. À ma connaissance, le ranch a été conservé en l'état, avec son mobilier d'origine. Sans doute n'a-t-on pas jugé utile de tout déménager. Mes hommes ont rarement l'occasion de se rendre dans cette partie de la base de nos jours. Je crois me souvenir que le toit a été remplacé une ou deux fois, mais l'endroit n'a guère changé.

— Quand pourrions-nous effectuer cette visite ? insista Corrie.

— Tout de suite, si vous le souhaitez.

Il se tourna vers Woodbridge.

— Lieutenant, faites préparer deux Jeep.

Il reporta son attention sur Corrie.

— La ferme se trouve à une cinquantaine de kilomètres d'ici, vous aurez l'occasion de découvrir une bonne partie de la base et des monts San Andres. Les visiteurs ont rarement l'occasion d'admirer les lieux.

25

Le général prit place derrière le volant de la Jeep de tête et invita Corrie à s'asseoir à côté de lui tandis que Watts et Nora montaient à l'arrière. De son côté, le lieutenant Woodbridge prenait possession du second véhicule en compagnie de Morwood.

Quelques instants plus tard, les deux Jeep s'élançaient sur une route gravillonnée en direction du nord, au milieu d'un paysage sauvage d'une beauté spectaculaire.

— Où sont les cratères des missiles ? demanda Corrie.

La question amusa le général.

— Cette base est la plus grande installation militaire des États-Unis. Elle possède la taille du Rhode Island et du Delaware réunis, mais les zones de tir représentent à peine un millième de la surface totale. Vous avez devant vous l'une des régions les mieux préservées du Sud-Ouest.

— Comment expliquer ce paradoxe ?

— Lorsque l'armée a établi cette base en 1942, le pâturage libre s'est arrêté du jour au lendemain et la nature a repris ses droits. C'est un peu comme si vous découvriez le Nouveau-Mexique avant l'arrivée des premiers colons avec leurs troupeaux. Le contraste est flagrant de part et d'autre de la clôture qui entoure la base. De ce côté-ci, les herbes sauvages vous arrivent à la taille, alors que de l'autre côté ne poussent que des cactus, des tumbleweeds et des arbres à créosote. Le pâturage libre a causé des ravages en l'espace de deux siècles.

Corrie secoua la tête.

— On se croirait en Afrique.

— C'est exactement ça, approuva le général. Vous ne trouverez aucun endroit aussi bien préservé dans tout l'Ouest. Avec un peu de chance, vous pourrez même voir des oryx.

— Des oryx ?

— Une sorte d'antilope à longues cornes. Les premiers spécimens se sont échappés d'un ranch de chasse dans les années 1930 et ils n'ont eu aucun mal à prospérer car ils ont besoin de très peu d'eau.

Le caractère avenant du général et la facilité avec laquelle il répondait à ses question incitèrent Corrie à s'enhardir.

— Excusez mon ignorance, mais à quoi sert cette base, précisément ?

— La question n'est pas aussi simple qu'il y paraît. Par où pourrais-je commencer ? White Sands sert à la mise au point des missiles à courte et moyenne portée depuis la fin de la guerre. Tout a commencé avec les V2 récupérés en Allemagne au moment de la défaite nazie, et l'histoire s'est poursuivie depuis avec les fusées Viking, les missiles Nike et Patriot. De nos jours, on teste de nombreux drones en partenariat avec la base aérienne de Holloman, voisine de celle-ci. Nous abritons également le port spatial de White Sands qui dispose de deux gigantesques pistes destinées aux navettes spatiales, ainsi qu'une aire d'atterrissage d'urgence. Entre autres activités, nous formons les astronautes. Sans oublier les chiens renifleurs de missiles.

— Des chiens renifleurs de missiles ? intervint Watts.

Un sourire éclaira le visage du général.

— Les missiles se montrent parfois capricieux, en particulier lors des phases de test. Il leur arrive d'exploser en plein vol et de projeter dans toutes les directions des débris qu'il est très difficile de retrouver, quand ils ne s'enfoncent pas dans le sable au moment de l'impact. Pour régler le problème, nous enduisons les parties les plus sensibles d'huile de foie de requin. Il suffit alors de déposer par hélicoptère nos chiens avec leurs maîtres-chiens dans la zone où sont tombés les débris, et ils se chargent de les retrouver en un clin d'œil.

— C'est incroyable, s'enthousiasma Corrie.

De l'huile de foie de requin. Qui aurait pu imaginer un truc pareil ? Le général était un puits d'information, il ne faisait aucun doute qu'il adorait parler de sa base. Sans doute les frictions intervenant épisodiquement entre l'armée et le FBI incitaient-elles le général à se montrer aussi avenant.

À l'approche des montagnes, baignées dans une lumière mauve d'automne, la route bifurqua en direction d'un long canyon.

— Nous allons traverser les monts San Andres, expliqua le général. De l'autre côté se trouve le désert Jornada del Muerto où a été testée la première bombe atomique.

La route grimpa jusqu'à un col avant de redescendre au milieu de collines verdoyantes.

— Sur votre droite, vous apercevez le bassin de l'Hembrillo, dit le général en désignant une chaîne de monts peu élevés. C'est là que s'est déroulée la plus grande bataille à cheval des guerres apaches, en 1880, lorsque le grand chef Victorio a affronté les célèbres Buffalo Soldiers, l'unité afro-américaine du 9e régiment de cavalerie. Cette région se trouvait au cœur du pays apache, mais sa défaite a contraint Victorio à se réfugier au Mexique où il a été tué.

— Vous êtes un fin connaisseur de l'histoire locale, remarqua Nora.

— Je serais un piètre commandant de base si ce n'était pas le cas, mais j'avoue que l'histoire de l'Ouest me passionne. Soyons franc, cette base est essentiellement un site de recherche, ce qui me laisse tout le loisir de lire entre deux coups de feu. L'Histoire m'a ouvert les yeux sur bien des vérités. Les Apaches se battaient pour conserver leurs terres, au même titre que nos ancêtres lors de la révolution américaine. Nous avons mal agi avec les Apaches, ce qui constitue une tache indélébile… Oh ! Regardez ! Un troupeau d'oryx !

Corrie tourna la tête et vit des bêtes à longues cornes ressemblant à des antilopes au milieu de la savane.

— On se croirait vraiment en Afrique, murmura-t-elle.

— Je vous l'avais dit. Ah, voici notre embranchement.

McGurk tourna à gauche sur un mauvais chemin de terre qui l'obligea à ralentir considérablement. La Jeep suivit la petite route jusqu'à une vallée herbeuse au centre de laquelle se dressait la silhouette solitaire d'un ranch. La ferme se protégeait derrière une enceinte en adobe au-delà de laquelle on apercevait un vieux corral et les ruines d'une grange de pierre.

— Voici la ferme Gower, annonça le général.

Il arrêta la Jeep devant le bâtiment et Corrie bondit hors du véhicule, ravie de trouver un peu de fraîcheur grâce à l'altitude, entre des collines en demi-lune et la masse impressionnante des monts San Andres qui préservaient le ranch du vent et des éléments. Un ruisseau de montagne courait un peu plus loin en chantant avant de traverser la vallée et de se diriger vers le Rio Grande, loin de là.

Les occupants de la seconde Jeep se mêlèrent au premier groupe.

— Nom de Dieu ! fit Watts en ôtant son chapeau, émerveillé par le site qui l'entourait. Ils avaient tout pour être heureux !

— C'est vrai, ces gens ne manquaient de rien, acquiesça le général. Ils disposaient même d'une source d'eau chaude.

Il pointa du doigt un bosquet de peupliers à flanc de colline.

— Je comprends que Gower ait été furieux d'avoir été exproprié, remarqua Nora.

— Pour le moins, approuva Watts. Un vrai petit paradis.

Le général poussa une barrière cassée et se dirigea vers la porte d'entrée. Il sortit de sa poche une clé, la glissa dans la serrure et invita les visiteurs à pénétrer dans la maison.

L'air était frais à l'intérieur du ranch, imprégné d'une forte odeur de poussière et de vieux tissus. Les rideaux tirés avaient été brûlés par le soleil dont les rayons dessinaient des traits de lumière dans la pièce. L'endroit, par sa simplicité, respirait la dignité. Le petit living-room était meublé d'un canapé attaqué par les rongeurs, de deux chaises en bois et d'une table cassée. Un antique poêle en faïence blanche aux arêtes chromées trônait dans la cuisine, près d'une table et d'une chaise. Quelques couvertures de magazines et des photos découpées dans des journaux étaient accrochées aux murs dans des cadres.

— On croirait remonter dans le temps, dit Nora en contemplant le décor qui l'entourait.

— Regardez, fit Watts, désignant une étagère en hauteur sur laquelle était posé à l'envers un chapeau de cow-boy tout mité, à côté d'un vieux jeu de Parcheesi.

Une demi-douzaine de *Life* et de *National Geographic* défraîchis étaient empilés sur le rayonnage inférieur.

— Où se trouve exactement le lieu où a été testée la première bombe ? s'enquit Nora.

— Trinity a eu lieu à une petite quinzaine de kilomètres d'ici, répondit McGurk. Comme je vous le précisais tout à l'heure, le professeur Oppenheimer a dormi ici la nuit précédente. Sans doute sur le lit de camp qui se trouve dans la chambre du fond.

— Les Monuments historiques n'ont pas apposé de plaque commémorative ? plaisanta Watts, provoquant l'hilarité générale.

La visite se poursuivit en silence, au milieu des grains de poussière mis en évidence par les rais de lumière. Corrie prit soin d'examiner les lieux en détail, au cas où le ranch aurait pu expliquer la présence de Gower à High Lonesome le jour de sa mort, mais les murs de la vieille maison ne trahissaient que l'abandon et l'existence rude de ses derniers occupants.

— À la vue de cette ferme, finit-elle par penser à voix haute, comment imaginer qu'un homme aussi pauvre que Gower ait pu se retrouver en possession d'une croix en or ?

— Il est peut-être tombé sur le trésor de Victorio Peak, suggéra Watts.

Le général gloussa, imité par ses compagnons.

— Attendez une seconde, sursauta Corrie. De quel trésor parlez-vous ?

— Il s'agit d'une vieille légende, lui expliqua le lieutenant Woodbridge. Une légende parmi beaucoup d'autres. La rumeur prétend que deux milliards de dollars en or sont enterrés à Victorio Peak. Nous sommes passés tout près en venant.

Corrie interrogea Nora et Watts du regard.

— Comment se fait-il que personne ne m'ait rien dit à ce sujet ?

Watts haussa les épaules.

— Je plaisantais il y a un instant, se défendit le shérif. Cette histoire a été inventée de toutes pièces dans les années 1930 par un dénommé Doc Noss qui affirmait avoir découvert un énorme stock d'or à Victorio Peak. Il a passé le restant de ses jours à réunir l'argent nécessaire à ses fouilles, sans jamais trouver un sou.

Le général acquiesça.

— Noss était un escroc de la vieille école. Il avait inventé cette histoire pour soutirer de l'argent aux plus crédules en les associant à ses prétendues chasses au trésor. Il faut bien avouer que l'or de Victorio Peak était sa plus belle opération. Il est mort assassiné par l'une de ses victimes qui l'a abattu en pleine colline.

— Comment pouvez-vous être sûr que cet or n'existe pas ? l'interrogea Corrie.

Morwood se chargea de lui répondre.

— Vous savez, mademoiselle Swanson, le Nouveau-Mexique regorge de légendes de ce type, dont l'immense majorité sont fausses.

— En quoi consiste *précisément* la légende en question ? s'entêta Corrie, agacée que personne n'ait cru bon de lui parler de cet or.

— Lors de la révolte pueblo, lui expliqua Watts, les prêtres espagnols auraient réuni toutes les richesses accumulées dans leurs églises avec l'intention de les mettre en sécurité au Mexique lorsqu'ils auraient été attaqués par les Apaches. En désespoir de cause, ils se seraient éloignés de leur route initiale afin de cacher leur trésor dans cette région. En 1930, l'escroc auquel il a été fait allusion, Doc Noss, a prétendu avoir retrouvé le trésor dans une galerie de mine de Victorio Peak qu'il aurait accidentellement bouchée en voulant en élargir l'entrée à la dynamite.

— Vous avez eu raison d'utiliser le mot *prétendu*, intervint le général. Savez-vous combien pèsent deux milliards en or ?

— Soixante tonnes, répondit aussitôt Woodbridge.

McGurk laissa échapper un gloussement.

— Mon assistante m'a entendu poser la question suffisamment souvent, dit-il en adressant à l'intéressée un regard ironique. Ce n'était pas à vous que je m'adressais.

La jeune femme se raidit.

— Bien, mon général.

McGurk se tourna vers ses visiteurs.

— Elle n'en a pas moins raison. Deux milliards en or pèsent *soixante tonnes*. À raison de cinquante kilos par mule, il faudrait un convoi de mille deux cents mules pour transporter le tout ! Quand bien même le Nouveau-Mexique aurait compté autant d'animaux de bât en 1680, rien ne prouve que les Espagnols aient découvert autant d'or dans tout le Sud-Ouest. Sans oublier qu'on ne connaît aucune galerie de mine à Victorio Peak, dont la composition géologique exclut toute présence d'un filon aurifère. Malgré tout, des nuées de chercheurs de trésor se sont intéressés à la question depuis près d'un siècle, et ce serait bien le diable si l'un d'eux n'avait pas découvert un indice, au cas où cette légende reposerait sur une bribe de vérité !

Il dévisagea ses interlocuteurs.

— Je me montre peut-être un peu trop véhément. Cette légende m'a intéressé à mon arrivée dans la région, car elle est fascinante, mais je n'ai pas tardé à m'apercevoir que le « trésor » de Victorio Peak était une épine dans le pied de la base de White Sands. Noss et ses émules ont passé plus de dix ans à dynamiter le Peak sans résultat, mais depuis que le gouvernement a pris possession des lieux en 1942, nous avons été harcelés de demandes de fouilles. L'armée a bien tenté de calmer le jeu en accordant des permis à quatre ou cinq entreprises spécialisées dans ce genre de recherches, sans résultat. Ils se sont contentés de dévaster la colline, il suffit de la survoler pour s'en apercevoir.

Corrie lança un coup d'œil en direction de Nora.

— Vous étiez au courant ?

Nora lui sourit.

— Tout le monde au Nouveau-Mexique est au courant, Corrie.

— Dommage, regretta la jeune femme. Voilà qui aurait eu le mérite d'expliquer la présence de cette croix en or.

— Ne perdons pas de vue la réalité de cette enquête, déclara sèchement Morwood.

Corrie se sentit rougir.

— Accordez-moi un instant, le temps de refermer la maison avec le lieutenant Woodbridge, décida le général. Nous vous rejoignons tout de suite.

Corrie, Morwood, Nora et Watts s'éloignèrent en direction des deux Jeep.

— Je commence à connaître l'agent Swanson, remarqua Morwood. Je vois à son expression qu'elle n'est pas satisfaite.

— Ce n'est qu'un vieux ranch, intervint Watts. Je suis ravi d'avoir pu le visiter, mais je ne m'attendais pas vraiment à y découvrir des indices, trois quarts de siècle après les faits.

— Ce lieu appartient à l'Histoire, approuva Nora, et je dois dire que le général s'est montré un guide idéal. Je le trouve particulièrement accueillant, sachant qu'il devait avoir d'autres chats à fouetter.

— Peut-être même un peu *trop* accueillant, réagit Corrie.

— Ah ! Voilà qui explique l'insatisfaction à laquelle je faisais allusion, sourit Morwood. J'avoue n'avoir jamais croisé la route d'une jeune recrue aussi méfiante que Corrie. C'est un trait de caractère appréciable. Jusqu'à un certain point.

— Merci du compliment, monsieur, rétorqua avec humour Corrie qui souhaitait conserver à la conversation un tour plaisant.

***

À l'intérieur de la vieille maison, le général McGurk se posta face à une fenêtre et croisa les bras, le regard perdu du côté des montagnes. Il laissa s'écouler une minute en contemplant le paysage majestueux, puis il se tourna vers son assistante :

— Nous allons devoir régler ce problème, dit-il d'une voix sourde. Et *sans attendre*.

26

Corrie remonta au pas de course le couloir du Presbyterian Hospital, zigzaguant entre les patients et les obstacles de tous ordres, et ralentit à l'approche de la chambre de Rivers. À son grand dépit, son chef avait réussi à la devancer. Morwood était en grande discussion avec un médecin, une infirmière et deux agents du BLM. Elle reconnut celui qui montait la garde lors de sa précédente visite. La porte de la chambre était entrouverte.

— Que s'est-il passé ? s'enquit-elle, essoufflée.

Les membres du petit groupe, interrompus, se tournèrent vers elle l'un après l'autre.

— Le prisonnier est mort, répondit Morwood.

Les craintes de Corrie se confirmèrent. Elle s'était ruée au chevet du pillard lorsqu'elle avait appris qu'il avait été victime d'une crise cardiaque.

— Sait-on ce qui s'est passé ? demanda-t-elle au médecin. Il était pourtant hospitalisé pour une blessure à la jambe.

Le praticien, les traits tirés, battit des paupières.

— Il est trop tôt pour le dire. Arrêt cardiaque subit, apparemment.

Corrie dévisagea ses interlocuteurs l'un après l'autre dans l'espoir que l'un d'eux lui fournisse une réponse plus satisfaisante.

— Arrêt cardiaque subit ? Ça ne veut rien dire.

— L'ACS est pourtant la cause de décès naturel la plus fréquente en Amérique, réagit le médecin d'une voix lasse.

— Je vous rappelle qu'il était hospitalisé. J'imagine que vous lui aviez fait subir des tests, que ce n'est pas survenu tout seul.

— Ce genre d'affection ne prévient pas, répliqua le médecin. En apparence, tout du moins. Comme le patient n'était pas relié à un électrocardiographe, il est impossible de savoir si le décès résulte d'une fibrillation ventriculaire ou d'une forme d'arythmie latente. Son taux de cholestérol était anormalement élevé, sans doute à cause d'une affection héréditaire, de sorte qu'une cardiomyopathie relève du possible. En tout état de cause, nous pouvons affirmer sans nous tromper que le décès est dû à un désordre de la fonction cardiaque.

— Corrie, intervint Morwood. Nous avons demandé une autopsie. Elle nous apportera les réponses à toutes ces questions.

Corrie se tourna vers les deux agents du BLM.

— Vous étiez en service au moment des faits ?

— Moi oui, répondit l'un des deux hommes, celui qu'elle avait déjà croisé.

Il paraissait peu fier de lui. Son nom, *Akime*, était brodé sur sa veste d'uniforme.

— Quand est-ce arrivé ?

— À 5 heures du matin. L'infirmière est entrée dans la chambre pour s'assurer que tout allait bien. Elle est ressortie en courant une minute plus tard.

Il posa les yeux sur l'infirmière qui se tenait près du docteur.

— Arrêt cardiaque, déclara-t-elle. Le patient était inanimé.

— Nous avons aussitôt pris toutes les mesures nécessaires, ajouta le médecin, mais l'arrêt cardiaque avait sans doute provoqué un IDM et il était trop tard.

— Un IDM ? s'enquit Corrie.

— Infarctus du myocarde. Une fois que l'irrigation sanguine du cerveau n'est plus assurée, ma foi…

Le médecin secoua la tête.

— Mais enfin, il se trouvait dans un hôpital, répéta Corrie en se tournant vers l'agent du BLM. Vous étiez censé assurer la surveillance du prisonnier.

L'intéressé se dandina d'une jambe sur l'autre en coulant un regard furtif en direction de l'infirmière, comme si elle pouvait l'empêcher de se noyer.

— Nous ne sommes pas dans un service de réanimation cardiaque, réagit la femme. Le patient était en convalescence à cause d'une blessure par balle et il avait été placé sous surveillance dans une chambre individuelle sécurisée.

— Voilà qui est bien pratique, s'agaça Corrie.

La main de Morwood se posa sur son épaule.

— Agent Swanson ? Je souhaiterais m'entretenir avec vous quelques instants.

Résistant à son invitation, elle s'adressa à l'agent en uniforme :

— Puis-je voir le registre des visites ?

Le garde le lui tendit. Corrie s'en empara et s'éloigna à la suite de son chef en jetant un coup d'œil au passage à la chambre de Rivers. Le lit, défait, était vide.

Ils se réfugièrent sur le palier de la cage d'escalier, en quête d'une oasis de calme.

— J'imagine que vous avez conscience de l'erreur que vous avez commise ? demanda Morwood sur un ton de reproche.

Corrie prit sa respiration.

— Que voulez-vous dire, monsieur ?

Elle se doutait de la suite, mais la prudence lui dictait de laisser son chef s'expliquer.

— Vous avez perdu votre sang-froid, emportée par votre impatience. Vous avez purement et simplement remis en cause les compétences de ce médecin et des deux hommes du BLM. C'est le plus sûr moyen de ne pas obtenir leur pleine et entière coopération. Vous n'êtes pas un loup solitaire. Tant que vous portez un badge, vous représentez le FBI. La cause du décès me semble claire, ce qui ne nous empêchera pas de pratiquer une autopsie.

Il laissa s'écouler un battement.

— J'ai conscience que vous êtes agacée de n'avoir pu soutirer aucune information à cet homme. Je suis agacé, moi aussi. Mais vous en prendre à autrui ne réglera en rien le problème.

Corrie baissa la tête.

— Vous avez raison. Je suis désolée.

Il serait toujours temps de voir par la suite si elle regrettait vraiment de s'être comportée de la sorte.

— J'ai bien conscience que le médecin et l'infirmière ont fait tout leur possible, mais je m'interroge sur le garde forestier. Il ne m'a pas fait très bonne impression lors de ma visite précédente. Je ne serais pas étonnée d'apprendre qu'il dormait quand...

— Quand quoi ? la coupa Morwood. Quand quelqu'un s'est introduit subrepticement dans la chambre ? Il est surprenant que cet individu ait survécu aussi longtemps. Et puis vous avez entendu l'infirmière. La porte était verrouillée. Les gardes avaient uniquement pour mission de s'assurer que seuls des visiteurs autorisés pénétraient dans cette chambre.

Il tendit l'index en direction du registre.

— Ces types du BLM ne sont peut-être pas des lumières, mais vous n'aviez aucune raison de remettre en cause leur professio...

— Regardez ! le coupa Corrie en lui tendant le registre.

Morwood déchiffra les noms des visiteurs.

— Shérif Watts. Laforge, BLM. Ratner, FBI, pour interrogatoire. Swanson, FBI, pour interrogatoire...

Corrie posa un doigt sur le dernier nom de la liste.

— Bellingame, police militaire, FORSCOM, interrogatoire, lut Morwood en fronçant les sourcils.

— À quoi correspond le sigle FORSCOM ?

— Il s'agit du Commandement des forces armées, répondit Morwood.

— Un envoyé de la base de White Sands. Pourquoi la police militaire souhaitait-elle interroger Rivers ?

— Ce type ne venait pas de White Sands. Le QG du FORSCOM le plus proche se trouve à Fort Bliss, à côté du polygone d'essai de missiles.

— Une base voisine, donc. Il faudra m'expliquer pourquoi ces gens s'intéressaient à Rivers.

— Fort Bliss et White Sands n'ont aucun rapport. Le premier abrite plusieurs divisions blindées et une unité de défense aérienne. Fort Bliss est une base ultra protégée. On n'y entre pas comme dans un moulin.

— Raison de moins pour interroger Rivers.

— Inutile de perdre notre temps en vaines spéculations. Ce type a pu être envoyé par Fort Bliss comme par Fort Bragg. Ou même Fort Knox, plaisanta Morwood avant de s'éloigner à grandes enjambées, Corrie sur ses talons.

Le médecin et l'infirmière, qui s'apprêtaient à repartir, s'immobilisèrent en voyant Morwood s'approcher du garde forestier.

— Akime ?

— Oui, monsieur ?

Morwood lui montra le registre.

— Le dernier nom de la liste, ce Bellingame de la police militaire. Je note qu'il s'est présenté hier soir à 23 h 15.

Le garde ouvrit de grands yeux.

— Vous étiez en service ?

— Oui, monsieur.

— Vous avez donc vu cet homme.

— Oui, monsieur.

— Et vous l'avez laissé entrer.

— Il disait vouloir interroger le prisonnier, monsieur.

— Vous a-t-il précisé d'où il venait précisément, et qui l'envoyait ?

— Non, monsieur. Il m'a juste montré ses papiers, qui avaient l'air en règle. Je... je n'ai pas fait attention à sa base de rattachement.

— Vous n'avez pas demandé à voir son ordre de mission ?

— Ça ne fait pas partie du protocole, monsieur.

Morwood serra les mâchoires.

— Combien de temps est-il resté ?

Akime prit le temps de réfléchir.

— Une dizaine de minutes.

— Était-il seul avec le prisonnier ?

— Oui, monsieur.

— Avez-vous remarqué quelque chose d'anormal au cours de cette visite ? Un bruit de voix, par exemple ?

— Non, rien du tout.

— Avez-vous entendu cet homme poser des questions au prisonnier ?

La question fut accueillie par un long silence.

— Non, monsieur.

— Vous n'avez pas trouvé étrange que l'on vienne interroger un prisonnier à 23 heures ?

— Ce n'est pas à moi de décider, monsieur.

— Vous êtes-vous assuré que le prisonnier se portait bien après le départ de cet homme de la police militaire ?

— Oui, répondit le garde en dansant d'un pied sur l'autre. Un quart d'heure plus tard. À peu près.

— Que faisait-il ?

— Il dormait.

— Ne bougez pas d'ici, lui ordonna Morwood, qui se dirigea vers le bureau des infirmières.

— Quelle mesure comptez-vous prendre, monsieur ? lui demanda Corrie.

— Je compte m'assurer que personne n'efface les images de la caméra de surveillance à l'heure où ce Bellingame rendait visite au prisonnier. Et veiller à ce que l'autopsie de Rivers soit pratiquée le plus scrupuleusement du monde.

Je voudrais surtout savoir pourquoi cette demande d'interrogatoire n'a pas suivi la voie hiérarchique, et la nature des questions que la police militaire souhaitait poser au prisonnier.

Il s'arrêta et ajouta avec raideur :

— Je vous félicite, Corrie, pour avoir pensé à consulter ce registre.

La jeune femme, qui avait depuis la veille une requête délicate qu'elle n'osait pas exposer à son chef, jugea le moment propice.

— Une autre requête, monsieur.

— Je vous écoute ?

Elle prit longuement sa respiration.

— Faites perquisitionner la ferme Gower.

— Mais enfin… nous l'avons visitée ensemble hier.

— C'est vrai, mais je parle d'une perquisition en bonne et due forme.

Morwood posa sur elle un regard surpris.

— Mais pourquoi diable ?

— Parce que je suis convaincue que nous y découvrirons des indices d'importance relatifs au corps, monsieur. Un corps *radioactif.*

— Vous avez vu l'endroit comme moi. De nombreuses personnes ont arpenté les lieux après l'expulsion des Gower. Y compris Robert Oppenheimer en personne. Sans parler des travaux réalisés au niveau du toit, comme nous l'a précisé le général McGurk. Vous imaginez bien qu'ils n'auraient pas entrepris de tels travaux si la toiture ne fuyait pas. Ce ranch a subi les assauts des éléments et des militaires depuis soixante-quinze ans.

Corrie connaissait suffisamment Morwood pour savoir qu'il n'en avait pas terminé. Elle préféra le laisser poursuivre.

— Surtout, il nous faudrait un mandat pour perquisitionner les lieux. Le général a eu la gentillesse de nous conduire lui-même sur place, comment croyez-vous qu'il réagira si nous le remercions en lui brandissant un mandat sous le nez ?

— Il me semble qu'il pourrait comprendre, à la lumière des derniers développements et des circonstances dans lesquelles s'est déroulé l'ultime interrogatoire de Rivers.

— Que cherchez-vous exactement ?

— Il fallait que Gower ait une bonne raison pour s'introduire sur une base militaire, aussi près du ranch familial. Je pensais que nous trouverions peut-être au fond d'un tiroir des lettres ou des documents susceptibles de nous éclairer.

Morwood poussa un soupir d'exaspération.

— Il me faut d'abord passer des coups de fil. Je réfléchirai ensuite à votre requête. J'y *réfléchirai.*

— Je vous remercie, monsieur.

— Il est trop tôt pour me remercier. Et si jamais j'accédais à votre demande et que nous obtenions le mandat nécessaire, je compte sur vous pour vous prosterner devant McGurk dans l'espoir d'échapper à sa fureur. La base de White Sands n'est pas une petite affaire dans le coin.

— Je comprends.

— En attendant, calmez vos nerfs en remplissant de la paperasse. C'est un remède souverain.

Sur ces mots, il lui tourna le dos et Corrie jugea plus prudent de s'éclipser sans demander son reste.

27

Installée sur le siège passager d'une Jeep, le vent dans les cheveux, Corrie retrouvait avec satisfaction la savane de la base de White Sands. Tout était allé très vite. En l'espace de vingt-quatre heures, Morwood avait accédé à sa requête et McGurk n'avait apparemment soulevé aucune objection puisqu'elle avait été admise sans encombre à l'intérieur de la base. Elle n'avait même pas eu l'occasion d'exprimer sa gratitude au général, faute de l'avoir croisé lors de son bref passage au QG. C'est tout juste si elle avait patienté quelques minutes avant qu'une Jeep conduite par un soldat en uniforme passe la prendre. Après une heure de route, Corrie et son compagnon parvenaient enfin en vue de la vallée au creux de laquelle se nichait le ranch.

Si le paysage était toujours aussi impressionnant, il faisait plus frais que lors de sa visite précédente, l'automne avançant ses pions. Le chauffeur immobilisa la Jeep devant la vieille ferme en tirant brusquement le frein à main et Corrie descendit du véhicule après avoir remercié son guide.

— Je risque d'en avoir pour un bon moment, le prévint-elle.

— Pas de souci, madame. Je vous attends dans la véranda.

Il grimpa les quelques marches qui grincèrent sous son poids, s'installa dans un fauteuil à bascule fatigué et se plongea dans la lecture du magazine de bateaux dont il s'était muni. Corrie sourit intérieurement à l'idée qu'on puisse s'intéresser à la navigation au milieu d'un paysage aussi aride.

Elle récupéra à l'arrière de la Jeep le sac contenant tout son matériel et prit le temps d'examiner en détail le ranch, conformément à ce qu'on lui avait enseigné à Quantico, comme lors des fouilles archéologiques auxquelles elle avait assisté à l'occasion de sa rencontre initiale avec Nora Kelly. Curieusement, les circonstances lui semblaient fort différentes cette fois. Peut-être était-ce la solitude du lieu ou, plus probablement, l'intuition qu'elle perdait son temps. En dépit des arguments avancés auprès de Morwood, les objections de ce dernier la taraudaient. Procéder à la fouille en règle d'un lieu abandonné depuis si longtemps n'était guère engageant. D'autant que Gower avait été contraint d'abandonner son ranch trois ans avant sa mort. Depuis, l'endroit avait servi de dortoir aux pères de la bombe atomique avant d'être plus ou moins délaissé.

Corrie pressentait néanmoins, à certains détails, que ses soupçons n'étaient pas infondés. Gower n'avait pas décidé de traîner dans le coin sans raison avant d'être rattrapé par les retombées de l'explosion, une croix ancienne dans sa poche. Où l'avait-il trouvée ? Pour quelle raison la conservait-il sur lui ? Sans oublier que l'individu qui avait exhumé son cadavre était lui-même mort dans des circonstances troubles. Le FBI n'avait pas réussi à retrouver le dernier visiteur de Rivers. Aucun membre de la police militaire du nom de Bellingame ne figurait dans les registres de l'armée, à Fort Bliss ou ailleurs. Quant aux images des caméras de surveillance de l'hôpital, elles montraient un Afro-Américain en grand uniforme, une casquette blanche d'officier de la police militaire dissimulant ses traits. Il semblait connaître l'emplacement précis des caméras. À son entrée comme à sa sortie de l'établissement, il tournait fort opportunément la tête de façon qu'il soit impossible de voir son visage. Morwood lui-même s'en était étonné, au point de harceler le bureau du médecin légiste chargé de l'autopsie.

Elle revint à la tâche qui l'attendait en s'interrogeant sur la meilleure façon de fouiller les lieux. Elle commença par s'intéresser au corral, sans y découvrir ne fût-ce qu'un vieux crottin de cheval, avant de passer à la grange en ruine qu'elle photographia sous toutes les coutures. Une forte odeur de poussière et de paille flottait à l'intérieur. De vieux outils étaient encore accrochés sur le mur du fond et les box à chevaux étaient vides, à l'exception de quelques bottes de fourrage en piteux état. Elle sonda en plusieurs endroits le sol de terre battue, sans succès. L'une des cloisons avait servi de cible à un jeu de fléchettes dont les projectiles rouillés, munis à l'ancienne d'un empennage en plume, restaient fichés dans le bois. Rien de rien.

Il était temps de passer à l'habitation.

Elle traversa la véranda en adressant un signe de tête à son chauffeur, occupé à admirer la photo d'une vedette de luxe, puis elle déverrouilla la porte et pénétra dans la maison. La petite entrée, le salon et la cuisine lui parurent incroyablement familiers, et pas parce qu'elle se trouvait là deux jours plus tôt. Tout lui rappelait le mobile-home de Medicine Creek dans lequel elle avait grandi auprès de sa mère. Le même sentiment oppressant de solitude et de désespoir lui monta à la gorge. L'impression que l'avenir lui glissait entre les doigts comme une poignée de sable. En s'avançant dans la cuisine, un souvenir douloureux lui remonta à la mémoire, un soir où elle rentrait tard en espérant vainement ne pas réveiller sa mère alcoolique.

Tu crois peut-être que tu peux vivre ici aux frais de la princesse en allant et venant comme tu en as envie ?... Tu ne sais rien faire !... Tu ne t'en vas pas quand je te parle, ma fille !!

Sa mère était loin à présent, Corrie s'en était probablement débarrassée à tout jamais. Elle avait réussi à renouer avec Jack, son père, qui vivait en Pennsylvanie et avait un boulot stable. Le père et la fille avaient fini par renouer et leur relation se consolidait peu à peu sur des fondations stables.

Elle chassa ces souvenirs de sa tête et procéda à l'examen de l'habitation. Gower avait-il voulu venir là dans l'intention de récupérer un objet quelconque, avant d'en être dissuadé par la présence des acteurs du projet Trinity ?

Le mieux était encore de procéder par ordre, de commencer par les pièces du fond et de regagner progressivement l'entrée. Elle s'attaqua en premier à la cuisine, explora les placards et les tiroirs dans lesquels elle ne trouva rien, hormis de vieux couverts, une boîte à sel et des pièges à souris rouillés. Le poêle en émail était vide, le plancher sur lequel il reposait couvert d'une épaisse couche de poussière. L'électricité était coupée de longue date, mais elle ouvrit le réfrigérateur qui contenait une antique bouteille de lait au contenu desséché. Elle repoussa le frigo et découvrit dessous un amas de poussière. Le lino de la cuisine, d'un horrible motif aux couleurs passées, était collé au plancher.

Elle passa à la salle de bains, qu'elle fouilla dans le moindre recoin, puis à la petite chambre. Celle-ci était encore meublée d'une commode qui réveilla brièvement ses espoirs avant d'y découvrir un paquet de cigarettes de guerre vide, ainsi qu'un *Almanach agricole* de 1938 aux pages jaunies et cornées.

Elle le feuilleta et remarqua quelques annotations au crayon à peine lisibles. Plusieurs dates étaient soulignées.

En 1938, Gower était encore propriétaire de son ranch. Quand bien même ces notes n'étaient pas de sa main, qui sait si elles ne dissimulaient pas des informations essentielles ? Elle sortit de son sac un sachet en plastique, y enferma l'almanach, puis retourna dans le salon après s'être assurée qu'elle ne négligeait rien.

Il ne restait plus que cette pièce. À travers les rideaux déchirés, elle devina la présence du soldat feuilletant sa revue. Elle fit le vide dans sa tête afin de mieux s'imaginer à quoi ressemblait ce lieu soixante-quinze ans plus tôt, lorsqu'une famille y vivait. Elle balaya du regard chaque meuble et chaque objet : le canapé défraîchi, la table et les deux chaises, les cadres accrochés aux murs fissurés, les bibelots sur les étagères.

Elle commença par celles-ci en examinant attentivement chaque objet : de vieux exemplaires du *Reader's Digest*, quelques livres, des bouteilles de vin vides dont la forme avait dû plaire aux occupants du ranch, des piles de magazines, un chapeau de cow-boy, le jeu de Parcheesi qui avait suscité la curiosité de Watts.

Corrie caressa d'un doigt les reliures poussiéreuses des livres. Quelques westerns de Louis L'Amour, d'autres signés Zane Grey, une bible récupérée dans une chambre de motel, un exemplaire lu et relu des *Légendes de l'Ouest* par un certain Hyman S. Zim. Elle le feuilleta sans trouver cette fois d'annotations dans les marges. L'ouvrage avait pourtant appartenu à Gower, il pouvait à ce titre receler des informations utiles et elle le glissa dans un sachet en plastique. Elle s'approchait du canapé lorsqu'elle se souvint qu'il était rongé par les rats. Elle préféra s'asseoir à la table bancale dont le plateau était couvert de petits dessins et d'inscriptions. Sans doute le travail de plantons désœuvrés à l'époque de l'opération Trinity. Certains graffitis gravés dans le bois étaient pour le moins crus, et les inscriptions du type *Kilroy est passé par là* ne manquaient pas, mais Corrie photographia le tout par précaution avant de reposer son appareil photo.

Elle ne regrettait nullement d'avoir insisté pour obtenir ce mandat, ne fût-ce que pour ne pas se le reprocher plus tard. Il semblait pourtant évident que Gower était parti avec toutes ses possessions de valeur le jour de son expropriation.

Après tout, en était-elle vraiment sûre ? Si c'était le cas, comment expliquer sa présence à proximité du ranch le 15 juillet 1945 ?

Corrie s'était renseignée sur White Sands et le projet Trinity depuis sa visite de la base. Malgré les dires de son arrière-petit-fils, les terres de Gower avaient initialement été louées par le gouvernement à leur propriétaire. Les mesures d'expropriation n'étaient intervenues que plus tard, jusqu'à ce que le ranch tout entier soit incorporé à la base dans les années 1970. En 1942, lorsque lui et les siens en avaient été chassés, Gower avait tout lieu de croire qu'il rentrerait rapidement en possession de sa ferme. Personne ne pouvait se douter que le gouvernement procéderait à un essai nucléaire dans la région. Il avait donc fort bien pu cacher un objet en prévision de son retour.

Autant d'hypothèses, toutes au conditionnel. Corrie devait s'y résoudre, elle avait fait chou blanc.

Elle s'apprêtait à repartir lorsque son regard se posa sur les deux couvertures de magazines accrochées au mur. Elles étaient exposées dans des cadres artisanaux similaires à ceux que son propre père avait fabriqués pour décorer leur mobile-home.

Elle s'approcha, intriguée. Même les illustrations que sa mère accrochait au mur n'étaient pas aussi kitsch. Pourquoi Gower avait-il pris la peine d'encadrer un vieux numéro d'*Arizona Highways* sur lequel s'affichait une photo du cratère Sunset ? Elle reconnaissait le volcan pour avoir vu les clichés rapportés par ses camarades de classe d'un voyage scolaire dans le Grand Canyon auquel sa mère avait refusé de l'inscrire, au prétexte que ça coûtait trop cher. Pas question de dépenser de l'argent autrement qu'en achetant de l'alcool et des cigarettes.

Le second cadre abritait un numéro du *Saturday Evening Post* datant de 1936. La une de cet hebdomadaire fondé par Benjamin Franklin, à en croire le bandeau traversant la couverture, était une illustration d'un cavalier dans un décor de western, face à un serpent à sonnettes.

Corrie décrochait le cadre afin de l'examiner de plus près lorsque ses doigts rencontrèrent un objet scotché à l'arrière. Elle retourna le cadre et découvrit une photo à l'envers qui se détacha lorsque le scotch tomba en poussière entre ses mains. Un vieux cliché aérien d'un paysage désertique constitué de vallées, de canyons et d'arroyos.

Elle s'empressa de glisser la photo dans un sachet hermétique puis photographia le vieux cadre, de dos comme de face, ainsi que le rectangle dessiné par son emplacement sur le mur. Elle raccrocha le cadre à son clou et fit une dernière fois des yeux le tour de la pièce. Convaincue que celle-ci lui avait livré tous ses secrets, elle ramassa son sac et quitta la vieille maison.

28

Dans son bureau spacieux de l'Institut de Santa Fe, Nora Kelly commença par enfiler une paire de gants en nitrile avant de sortir la photo de son sachet en plastique.

— S'agit-il du document original ? demanda-t-elle à Corrie.

Cette dernière acquiesça.

— Je tenais à ce que vous l'examiniez, au cas où un détail quelconque aurait disparu sur une reproduction.

Nora tourna et retourna la photo à plusieurs reprises, la regarda de près sous des angles divers, la renifla délicatement.

— Du papier photo à l'ancienne. D'apparence ordinaire, même à l'odeur.

— Les gens du labo estiment que ce document est vieux de soixante-dix ou quatre-vingts ans, précisa Corrie. Ils devraient me fournir davantage de détails quand je le leur rapporterai.

C'est donc pour ça qu'elle est si pressée, pensa Nora. Lorsqu'elle avait reçu l'appel de Corrie, elle était en pleine rédaction de son rapport consacré aux fouilles de Tsankawi. Faute de trouver le temps de se rendre à Albuquerque, elle avait proposé à la jeune agente de lui apporter sa trouvaille à Santa Fe.

— Et ça ? demanda-t-elle en désignant des restes de scotch au dos de la photo.

— Du ruban adhésif fabriqué vers 1940 par la Minnesota Mining & Manufacturing Company.

Nora hocha la tête tout en poursuivant son examen.

— Pour être capable d'obtenir une datation aussi précise, il faut que vous ayez accès à un excellent labo.

— Il n'y en a pas de meilleur.

La remarque fit sourire Nora.

— Savez-vous pourquoi la compagnie 3M a donné le nom de Scotch à son ruban adhésif?

— Aucune idée.

— À l'époque de la mise au point de ce produit, seuls les bords étaient adhésifs. Un plaisantin a remarqué que cette radinerie était digne des Écossais, conformément à un stéréotype courant, et le nom Scotch est resté.

— Holà, rit Corrie. J'ai des origines écossaises.

— Dans les années 1950, la compagnie Studebaker a sorti une voiture d'entrée de gamme qu'elle a baptisée Scotsman.

— Je vous laisse imaginer les réactions des gens si une entreprise faisait ça aujourd'hui. Mais comment connaissez-vous ces anecdotes ?

— Nous autres Kelly sommes originaires de Dublin, répondit Nora avec un fort accent irlandais. On ne manquait jamais une occasion de se moquer de nos voisins écossais.

Elle reporta son attention sur la photo.

— Dommage qu'aucune légende au verso ne précise l'origine de ce document.

— Le technicien de notre labo de Phoenix était déçu de ne trouver aucune mention manuscrite. Il aurait pu dater l'encre, ainsi que l'époque de l'inscription. Autre détail intéressant, il n'y avait aucune empreinte sur la photo.

— C'est bizarre, non ? déclara Nora d'un air songeur. Vous pensez qu'elle a pu être scotchée au dos de ce cadre par James Gower ?

— Lui, ou l'un des siens qui l'a peut-être cachée là en attendant de pouvoir revenir au ranch.

— Le pauvre vieux, soupira Nora. En attendant, vous m'apportez cette photo dans l'espoir que je puisse identifier le lieu, j'imagine ?

— Le cliché est légèrement flou, mais vous connaissez le Nouveau-Mexique comme votre poche.

— Vile flatteuse. Voyons ça de plus près.

Elle posa délicatement la photo devant elle.

— C'est un paysage typique du Nouveau-Mexique, à en juger par l'abondance de pins et de genévriers. Le cliché a été pris approximativement à mille mètres d'altitude.

Le front plissé, elle s'attarda longuement sur le cliché à l'aide d'une loupe éclairante, de si près que la surface glacée du papier s'embuait. Elle laissa soudain échapper un juron entre ses dents.

— Quoi ? fit la voix de Corrie derrière elle.

— Je ne sais pas. Ce n'est pas normal.

— Qu'est-ce qui n'est pas normal ? La prise de vue est floue, mais...

— Non, ce n'est pas ça. Je devrais reconnaître cet endroit, et pourtant...

Elle releva brusquement la tête et reposa sa loupe en éclatant de rire.

— Quelle idiote je fais !

— Je vous demande pardon ?

— Vous m'avez précisé que la photo était scotchée *à l'envers*.

Nora retourna la photo qu'elle étudia de plus belle.

— Voilà qui change tout, à présent que le nord est en haut. Ces mesas, ici, et ce canyon aux circonvolutions caractéristiques... Aucun doute, il s'agit du canyon d'Anzuelo et du massif de Navajo Ridge.

— Où est-ce ?

— À un peu moins de deux cents kilomètres de White Sands et de High Lonesome à vol d'oiseau. Tenez, regardez.

Corrie se pencha sur le cliché.

— Vous voyez cette étroite ligne incurvée, qui se termine en boucle serrée ? C'est ce que l'on appelle un canyon en fente, c'est-à-dire une fissure extrêmement étroite et très profonde dans la roche. Un phénomène assez courant dans le Sud-Ouest.

Elle tapota de son doigt ganté l'extrémité recourbée du canyon.

— Cette partie porte le nom d'El Anzuelo, c'est-à-dire « l'hameçon » en espagnol, pour des raisons évidentes. Et ces monts à l'est correspondent au massif du Navajo Ridge.

— Quelle raison pouvait bien avoir Gower de dissimuler cette mauvaise photo aérienne au dos d'un cadre ?

— Vous m'en demandez trop.

— Y aurait-il d'autres détails historiques ou géologiques d'importance sur ce cliché ?

Nora répondit par la négative d'un mouvement de tête.

— Seul le canyon d'Anzuelo est digne d'intérêt car il abrite à son sommet de vieilles ruines tewas, celles de Tziguma.

Les deux femmes observèrent la photo en silence.

— Nous avons une certitude, en tout cas, finit par dire Corrie. Si c'est bien lui, mais je ne vois pas qui d'autre, Gower avait forcément une bonne raison de cacher ce cliché aérien.

— Nous sommes d'accord, approuva Nora. Reste à déterminer laquelle.

***

— Bien, conclut Nora en se massant les reins face à la masse des cartes et des ouvrages historiques étalés devant elle dans la superbe bibliothèque de l'Institut. Tziguma, le village indien dont je vous parlais tout à l'heure, aurait été construit sur l'emplacement d'une ancienne mission espagnole.

— À l'extrémité de ce canyon en forme d'hameçon ?, réagit Corrie.

— Oui. Les Tewas, qui avaient rejoint la révolte pueblo, ont tué le prêtre qui avait la charge de cette mission. Lors du retour des Espagnols en 1692, ils ont voulu résister et leur village a été détruit. Il n'en reste que des ruines qui, à ma connaissance, n'ont jamais fait l'objet de fouilles.

— Des ruines qui n'ont jamais fait l'objet de fouilles, répéta Corrie. La rumeur prétend pourtant qu'un trésor y est enterré.

— C'est le cas de la moitié des missions en ruines et des villages indiens abandonnés du Sud-Ouest.

— À la différence près qu'il est fait mention de cette rumeur dans trois ouvrages différents, à commencer par celui-ci, répliqua Corrie en montrant du doigt l'exemplaire des *Légendes de l'Ouest* qu'elle avait trouvé dans le vieux ranch.

— C'est vrai, reconnut Nora en repliant les cartes. Quelle suite comptez-vous donner à tout ça ? Vous avez l'intention d'en référer à votre chef ?

— Morwood ? répondit Corrie en secouant la tête. Il me dira que ce sont de simples spéculations. Je crois avoir poussé le bouchon assez loin avec lui ces derniers jours. Je compte d'abord me rendre sur place avant de l'alerter si mes recherches sont prometteuses.

— Peut-être, mais vous avez un problème de taille. Comment diable comptez-vous retrouver toute seule le canyon d'Anzuelo. Ce n'est pas votre copain Watts qui…

Elle laissa sa phrase en suspens.

— Je crois que j'aurais été mieux inspirée de me taire, ajouta-t-elle, penaude.

Corrie éclata de rire.

— Vous avez mis le pied dedans ! Merci, en tout cas. Je serai ravie de vous accompagner là-bas.

De rares chercheurs travaillaient dans la bibliothèque à cette heure-là, mais toutes les têtes se tournèrent vers elles lorsque Nora laissa échapper un chapelet d'injures.

29

Le petit chemin n'allait pas plus loin et Nora immobilisa son véhicule à l'entrée du canyon avant d'ouvrir sa portière. Une forte odeur d'armoise et de bigelovie en fleur flottait dans l'air vif, sous un ciel traversé de bancs de nuages pommelés dont les ombres se déplaçaient lentement sur le paysage. *Une journée idéale pour une randonnée*, pensa l'archéologue en contemplant le canyon Anzuelo en contrebas.

Il avait été décidé qu'elles prendraient la voiture de Nora puisque Corrie, faute d'être missionnée officiellement, ne pouvait emprunter un véhicule de service. Surtout un jour de repos.

— Génial, s'émerveilla la jeune femme.

Nora, son portable à la main, cliqua sur une appli GPS.

— Nous sommes à un peu plus de trois kilomètres des ruines.

Un sac sur le dos, elles s'engagèrent sur un sentier à peine visible qui se faufilait à l'intérieur du canyon en suivant le lit sinueux d'un ruisseau asséché. À mesure qu'elles progressaient, le canyon se referma sur elles.

— C'est la première fois que je vois un canyon en fente, remarqua Corrie.

— J'avoue que c'est impressionnant, reconnut sa compagne. Ça peut se révéler dangereux. Un jour en Utah, je me suis retrouvée prise au piège par un orage, je n'ai jamais eu aussi peur de ma vie.

— Que s'est-il passé, exactement ?

— Je dirigeais une expédition archéologique dans un site troglodytique préhistorique auquel on accédait uniquement par un canyon très étroit. L'eau s'est mise à dévaler d'un seul coup, une crue d'une violence effrayante, aussi puissante qu'une douzaine de trains de marchandises…

Elle se figea au milieu de son explication en se demandant ce qui pouvait bien la pousser à raconter un truc pareil, à cette fille du FBI qui plus est.

— Quoi qu'il en soit, reprit-elle vivement, on n'annonce pas de précipitations aujourd'hui, j'ai vérifié ce matin. Sans compter que les ruines sont juchées au sommet du canyon, et non au fond.

Les deux femmes se trouvaient désormais emprisonnées entre les deux parois rocheuses, dans une pénombre porteuse d'un parfum de grès. Elles auraient pu se croire au fond d'une grotte éclairée indirectement par la lumière du soleil.

— Que pouvez-vous me dire au sujet de ce village ? s'enquit Corrie.

— L'endroit a été abandonné après la révolte pueblo et personne ne s'y est intéressé depuis. À part quelques chercheurs de trésor, peut-être. La communauté scientifique n'a jamais estimé qu'il s'agissait d'un site d'importance.

Parvenues au fond du défilé, les deux femmes progressaient sur un petit chemin de sable tortueux entre des falaises polies par les crues successives lorsque Corrie tendit les bras.

— C'est incroyable, on peut toucher les deux parois à la fois.

— Nous sommes au niveau de l'*hameçon* à proprement parler. À la sortie du canyon nous attend un sentier qui grimpe jusqu'au sommet de la mesa où sont les ruines.

Moins de cinq cents mètres plus loin, le défilé s'élargissait brusquement et les randonneuses regagnèrent le soleil.

— Je n'arrive pas à m'ôter de l'idée que Gower a forcément découvert cette croix en cherchant un trésor. Peut-être bien dans les restes de cette ancienne mission.

— J'en doute personnellement. Cet endroit se trouve au diable par rapport à High Lonesome.

Le sentier quitta le lit du torrent asséché en s'élevant progressivement et les deux femmes entamèrent l'escalade d'un chemin escarpé qui les conduisit jusqu'au sommet de la mesa, une fois franchie une ultime barrière rocheuse.

— Nous y sommes, dit Nora. Les ruines sont situées un peu plus loin sur notre droite.

— Je ne vois rien.

— Vous apercevez ces cactus et ces buissons sur cette butte de terre et de roche ? C'est là.

— Mais où est l'église ? s'étonna Corrie en tirant de son sac à dos un exemplaire de la photo aérienne.

Nora, par-dessus son épaule, lui montra un petit monticule. Corrie rangea le cliché et se dirigea vers les ruines avec sa compagne. Le sol était jonché de tessons de poteries, de pierres taillées et de fourmilières.

— Regardez ! s'écria Corrie en ramassant un éclat de terre cuite peint à la main.

— Magnifique, mais vous allez devoir le remettre à sa place. Nous ne sommes pas autorisées à toucher quoi que ce soit.

— Oups, désolée, s'excusa Corrie en s'empressant de reposer sa trouvaille.

De plus près, elles distinguèrent un mur d'adobe écroulé, recouvert d'arroches. Seul un pilier restait encore debout. Elles grimpèrent sur la petite éminence, dérangeant au passage un vol de corbeaux qui s'éloignèrent à tire-d'aile en croassant puis se posèrent sur un pin voisin.

Elles s'avancèrent dans ce qui avait été la nef du sanctuaire.

— Vous avez vu ces excavations ? remarqua Corrie. Certaines de ces fouilles sont récentes.

— Je ne suis pas surprise, réagit Nora. La plupart des sites archéologiques du Nouveau-Mexique attirent les pillards.

— Vous croyez qu'ils cherchaient un trésor ? Gower aurait-il pu trouver cette croix ici ?

— C'est possible. Ça aurait le mérite d'expliquer pourquoi il avait caché cette photo aérienne.

Un claquement sec traversa l'air et Nora vit un nuage de poussière s'élever sur leur droite.

— Couchez-vous ! hurla Corrie.

Nora s'était déjà mise à l'abri derrière les restes d'un muret. Corrie atterrit à côté d'elle au milieu des buissons alors que deux autres détonations déchiraient le silence. La première balle frappa de plein fouet le pilier en adobe tandis que la seconde s'enfonçait au milieu des épineux.

— Par ici !

Corrie, son arme au poing, tira brutalement Nora, et les deux femmes se réfugièrent derrière l'épais pilier.

Le souffle court, elles attendirent.

— Les coups de feu proviennent de la crête que vous apercevez un peu plus loin, expliqua Corrie.

— Vous ne voulez tout de même pas dire qu'on nous tire dessus ? s'étrangla Nora.

— Bien sûr que si.

— Mais pourquoi ? fit Nora d'une voix paniquée.

Corrie, au lieu de lui répondre, rampa jusqu'à l'extrémité du pilier afin de jeter un regard entre les épineux. Elle recula précipitamment alors que résonnait un nouveau coup de feu.

— Et merde ! On est coincées ici, gronda-t-elle en s'assurant que son arme était chargée.

— Comment fait-on ?

Corrie secoua la tête.

— Si le tireur entend nous débusquer, il va devoir s'exposer.

— Vous comptez riposter ?

— J'espère bien ne pas en arriver là. Vous n'imaginez pas la paperasse que je devrai remplir si je fais usage de mon arme de service.

Elle omit de préciser qu'elle n'avait rien d'une tireuse d'élite et que l'adversaire, muni d'un fusil, se trouvait trop loin pour qu'elle puisse l'atteindre.

— Alors que fait-on ? répéta Nora.

— Laissez-moi le temps de réfléchir.

Nora, adossée au pilier, s'efforça de calmer sa respiration. Corrie hasarda un nouveau regard à travers les buissons, et plusieurs minutes s'écoulèrent dans un silence pesant.

— Je pense qu'il est reparti.

— Qu'en savez-vous ? s'étonna Nora.

— J'ai cru voir un nuage de poussière de l'autre côté de la crête. Comme celui qu'aurait soulevé un véhicule en s'éloignant.

— C'est bien vague.

Corrie sortit de son sac à dos une veste, l'enroula autour d'un branchage mort et la coiffa de sa casquette. Elle poussa prudemment son mannequin improvisé le long du pilier sans que rien ne se passe.

— Si le tireur était encore là, il aurait réagi, dit-elle. Il est sûrement reparti. Voici ce que je vous propose : vous allez courir en direction de l'arroyo.

— Jamais de la vie !

— Je vous couvre en tirant sur lui s'il fait mine d'ouvrir le feu, et puis je vous rejoins. Nous serons en sécurité dans ce lit de torrent, et je pourrai le prendre à revers si jamais il est resté planqué. Mais j'en doute.

Nora coula un regard le long du pilier. Corrie avait raison, le tireur s'était certainement enfui.

— Vous êtes prête ? l'interrogea la jeune femme accroupie derrière les buissons, en position de tir.

Nora acquiesça, le cœur battant.

— Je compte jusqu'à trois. Un, deux, *trois* !

Nora se releva d'un bond et traversa les quelques mètres dégagés qui la séparaient de l'arroyo sans que retentisse le moindre coup de feu. Quelques instants plus tard, Corrie la rejoignait et elles restèrent longtemps accroupies l'une à côté de l'autre, essoufflées.

— Pour l'instant, tout va bien, fit Corrie. On ferait mieux de ne pas traîner ici au cas où il déciderait de nous poursuivre.

Elles longèrent le lit de l'arroyo en silence, plaquées contre la paroi rocheuse, et atteignirent enfin les éboulements à l'entrée du petit sentier qu'elles dévalèrent jusqu'à l'*hameçon* avant de traverser le canyon. Un quart d'heure plus tard, elles retrouvaient la voiture dans laquelle elles s'éloignèrent en toute hâte.

Corrie rengaina son arme.

— Cette photo aérienne. C'est elle qui nous a conduites jusqu'ici où quelqu'un nous attendait en embuscade.

— Vous voulez dire que cette photo était un piège? Qu'on s'était arrangé pour que vous la découvriez? demanda Nora d'un air pensif. Non, la ferme Gower est totalement inaccessible, en dehors des militaires. Et puis, comment aurait-on pu se douter que nous viendrions aujourd'hui? Je vois mal un ennemi quelconque poster un tireur ici en permanence.

— La photo a été cachée exprès. Ce McGurk m'a déplu dès la première minute. Il est parfaitement capable de nous avoir fait suivre.

— Nous avoir fait suivre avec l'intention de nous *tirer dessus*?

— C'est possible.

— Mais pourquoi?

— Je ne sais pas.

Nora eut une hésitation. L'hypothèse de Corrie était tirée par les cheveux, au point de confiner à la parano. L'imagination de la jeune femme lui jouait des tours, elle n'avait aucune raison de soupçonner McGurk.

— Ça n'a aucun sens, finit-elle par réagir. Réfléchissez une minute. Quelle serait sa motivation? Tuer un agent fédéral n'est pas une petite affaire, ce serait encore le meilleur moyen d'attirer l'attention sur lui. Quant à la possibilité que cette photo ait été dissimulée *à dessein*? Comment pouvait-il se douter que vous regarderiez derrière ce cadre, que vous trouveriez ensuite le lieu concerné et que vous décideriez de vous y rendre? Et à quel moment? Personne ne nous a suivies. De toute façon, si l'armée avait chargé un tireur d'élite de nous tendre un piège, nous serions mortes. L'inconnu se trouvait à cent mètres de nous, cent cinquante tout au plus, et les balles sont passées loin de nous. Le tireur est peut-être un chasseur myope. Ou alors un chercheur de trésor mécontent d'être dérangé. Ou encore un cinglé. Ce n'est pas ça qui manque dans ces coins perdus.

Corrie se mura dans le silence.

— Vos arguments tiennent la route, finit-elle par reconnaître. Il faut croire que je n'aime vraiment pas ce général. Il m'a paru… je ne sais pas. *Trop aimable.*

— Vous auriez préféré avoir affaire à un connard?

Corrie secoua la tête.

— Comptez-vous signaler cet incident à votre hiérarchie?

— Jamais de la vie! Si on apprenait que je suis venue ici un jour de repos, sans autorisation, en compagnie d'une civile, je me retrouverais dans la mouise.

— Alors, quelle autre solution?

Corrie fit la moue.

— Je compte demander au shérif Watts de venir jeter un coup d'œil par ici. À l'entendre, c'est un excellent pisteur.

Un sourire éclaira le visage de Nora.

— Il est surtout très mignon.

— Oh, c'est bon! s'agaça Corrie avant d'ajouter sur un ton sarcastique: Vous n'aurez qu'à nous servir de chaperon.

30

La porte du bureau était entrouverte. En l'absence de la secrétaire du shérif, Corrie se hasarda à toquer.

— Entrez, fit la voix de Watts.

Corrie écarta le battant et s'avança. C'était la première fois qu'elle visitait l'antre du shérif et le décor qui l'attendait la surprit. Si le bâtiment lui-même était assez quelconque, la pièce ressemblait à un chalet de montagne avec ses murs en rondins, ses tapis navajos et sa tête d'élan empaillée accrochée au-dessus d'une cheminée en brique. Plusieurs classeurs métalliques étaient sagement alignés le long d'un mur et la table de travail de l'occupant des lieux était impeccablement rangée.

— Quelle bonne surprise ! Ravi de vous accueillir ici par ce beau lundi matin, agent Swanson. Vous aussi, professeure Kelly. Vous tombez bien, je m'apprêtais à partir déjeuner. En quoi puis-je vous aider ? Mais je manque à tous mes devoirs. Asseyez-vous, je vous en prie.

Les deux femmes s'installèrent en face du shérif.

— Du nouveau ? demanda ce dernier.

— Oui, répondit Corrie, mais j'aimerais que cette conversation reste confidentielle jusqu'à nouvel ordre.

Watts hocha la tête et croisa les mains en attendant la suite avec intérêt.

— Connaissez-vous le canyon Anzuelo ?

— J'en ai déjà entendu parler. Il se trouve du côté de Pie Town, c'est bien ça ?

— Exactement, acquiesça Nora. Il abrite à son sommet un ancien village indien du nom de Tziguma.

— Je ne connais pas.
Corrie sortit la photo et la posa sur le bureau de Watts.
— Il s'agit d'un cliché aérien du secteur en question.
Watts s'empara du document.
— Une photo ancienne, visiblement.
— Elle date approximativement de 1940.
— Il s'agit du canyon Anzuelo, j'imagine ?
— Oui, répondit Nora, et ces ruines correspondent à l'ancienne mission de Tziguma, détruite lors de la révolte pueblo.
Il opina.
— Où avez-vous découvert cette photo ?
— En fouillant la ferme Gower, cachée au dos d'un vieux cadre.
— Intéressant.
— Nous nous sommes rendues sur place hier après-midi.
— Qu'avez-vous trouvé ?
— Rien. Nous n'en avons pas eu le temps, on nous a tiré dessus.
Watts sursauta violemment.
— On vous a tiré dessus ?
Corrie lui relata les faits. Elle n'avait pas achevé son récit que Watts se levait et récupérait son chapeau.
— Allons-y.
— Et votre déjeuner ?
Watts balaya l'argument d'un geste.
— J'imagine que vous avez repéré l'endroit où s'était posté le tireur ? Il y a fort à parier qu'il aura laissé derrière lui des traces, peut-être même des indices. Il faut battre le fer tant qu'il est chaud.
Il se coiffa de son précieux chapeau, décrocha son ceinturon à revolvers pendu à une patère et le passa autour de sa taille.
— Nous prenons mon véhicule.

***

Le soleil venait de franchir son zénith lorsqu'ils arrivèrent au sommet du canyon, de petites poches d'ombre commençaient à se former au pied des rochers.

Watts étudia la topographie du lieu sur la carte numérique de son portable.

— Je vous propose de contourner l'endroit de l'embuscade. C'est un peu plus long et la végétation est plus dense, mais ce sera plus sûr.

Les deux femmes longeaient le bord du défilé à sa suite depuis près d'un kilomètre lorsqu'il s'immobilisa en écartant les bras.

Il s'agenouilla lentement afin d'examiner le sol, puis il fit signe à ses compagnes de le rejoindre.

— Vous voyez ? dit-il en pointant du doigt des traces récentes sur le sable. Quelqu'un est passé par ici. Un homme imposant qui chausse du quarante-cinq. Ces empreintes sont vieilles de moins d'un jour.

— À votre avis, ce sont celles du tireur ?

— Il suffit de les suivre pour voir où elles nous mènent.

Si les marques étaient aisément identifiables dans le sable, il n'en était pas de même sur les parties rocheuses, mais Watts se jouait manifestement du terrain.

— Comment faites-vous ? s'enquit Nora, impressionnée par ses talents de pisteur.

— Le grès est une matière friable et notre homme y a laissé de la poussière. Tenez, regardez.

Corrie se mit à genoux.

— Je ne vois rien du tout.

Watts caressa d'un doigt la surface rocheuse.

— Vous voyez ces grains de poussière ? Il n'y en a pas ailleurs.

— Je ne vois toujours rien.

— C'est facile quand on a passé son enfance à courir après les vaches perdues, réagit-il en riant. C'est pour ça que je suis flic aujourd'hui, au lieu de vivre sur un ranch. J'ai décidé que j'en avais assez de pister les troupeaux.

La piste se poursuivait le long du canyon, contournait le défilé et repartait dans l'autre sens jusqu'à la mesa.

— C'est là qu'il s'était embusqué, s'écria Corrie.

— Ne bougez pas d'ici pendant que je vais voir. Je vous ferai signe.

Watts, courbé en deux, se coula dans le sillage des empreintes avant de disparaître derrière un amas rocheux pendant une dizaine de minutes.

— Vous pouvez venir, retentit soudain sa voix.

Il prenait des photos à l'aide de son portable lorsque les deux femmes le rejoignirent.

— Faites le tour par ici, je voudrais vous montrer quelque chose.

Corrie et Nora obtempérèrent.

— Voici comment se sont déroulés les faits. Notre homme a emprunté le même chemin que nous. Il était armé d'un fusil, on distingue ici le creux laissé par la crosse dans le sable lorsqu'il l'a posé contre ce rocher. Il a patienté un moment, puis il a récupéré son fusil, s'est agenouillé à cet endroit et a tiré à sept reprises.

— À sept reprises, répéta Corrie. C'est exact. Comment pouvez-vous le savoir ?

— Il a laissé sept douilles que vous apercevez un peu plus loin, enfoncées dans le sable.

— Exact, reconnut Corrie qui s'en voulait de ne pas les avoir repérées.

Watts s'approcha et ramassa l'une d'elles avec la pointe d'un crayon. Il tira de sa poche un sachet hermétique dans lequel il enferma la douille puis répéta l'opération avec les six autres.

— Au cas où il aurait laissé ses empreintes, expliqua-t-il.

— Ces douilles sont énormes, remarqua Nora.

— Et comment ! Il s'agit de cartouches 56-56 destinées à un vieux Spencer à répétition.

— N'est-ce pas une arme dont on se servait pendant la guerre de Sécession ?

— Exactement. Un fusil de gros calibre, à courte portée et haute vélocité. L'arme idéale pour tuer un ennemi à distance.

Il fourra le sachet en plastique au fond de sa poche.

— Après avoir tiré, l'inconnu s'est relevé et on voit ses traces repartir dans une autre direction que celle par laquelle il était venu.

— Quelle mouche a pu piquer ce cinglé pour qu'il tire dans notre direction avec un fusil de collection ? s'étonna Nora.

Watts secoua la tête.

— Je dirais surtout que c'est un âne quelconque qui a voulu s'entraîner. Il ne vous a sans doute pas vues.

Corrie écarquilla les yeux.

— Vous plaisantez ? Les balles volaient tout autour de nous.

— À quelle distance ?

— Dans les trois mètres.

Watts eut un petit sourire.

— Trois mètres, dites-vous ? Suivez-moi.

Corrie s'approcha.

— C'est là qu'il s'est agenouillé pour tirer. Faites de même.

Il posa ses mains sur les épaules de Corrie afin de lui maintenir le dos bien droit.

— À présent, allongez les bras en position de tir en visant les ruines.

Il l'aida à se mettre dans la bonne posture en lui encerclant la taille.

— Que voyez-vous ?

— Presque rien, à part le pilier en adobe.

— Exactement. Il visait le pilier derrière lequel vous étiez cachées, sans qu'il s'en doute.

— N'importe quoi. Je vous dis qu'il nous a tiré dessus.

Watts se tourna vers Nora.

— Qu'en pensez-vous ?

L'archéologue sembla hésiter.

— Difficile à dire.

Corrie comprit que Nora ne voulait pas lui donner ouvertement tort, mais qu'elle souscrivait à la théorie de Watts.

— Le chargeur d'un fusil Spencer contient sept balles et notre homme a tiré à sept reprises. À mon sens, il est venu ici pour tester l'arme puis il est reparti. Les balles anciennes de ce genre coûtent trente-cinq dollars pièce. Elles ne sont plus fabriquées de nos jours. Le type en question était un collectionneur, pas un tireur d'élite.

— Les collectionneurs se servent souvent de leurs armes ?

— Bien sûr. Les mordus tiennent à utiliser leurs fusils de collection au moins une fois pour voir quel effet ça leur procure. Avec un peu de chance, les empreintes relevées sur les douilles parleront, à moins que vous ne souhaitiez les confier au labo du Bureau.

— Jamais de la vie ! s'exclama Corrie. Je n'ai aucune envie qu'ils soient au courant de ma venue ici. Ou que je me suis fait tirer dessus par un cow-boy de carnaval.

— Si je comprends bien, vous vous rangez à mon avis.

— Ouais, répondit Corrie à regret. Ça n'explique pas pourquoi il n'a pas ramassé les douilles, s'il s'agit bien d'un collectionneur.

— Tout simplement parce qu'elles n'ont aucune valeur.

— On pourrait s'imaginer qu'il les garderait en souvenir. À moins qu'il n'ait *voulu* qu'on les découvre.

— Vous réfléchissez trop, agent Swanson. Si je puis me permettre.

Corrie se serait volontiers passée d'un tel commentaire, mais elle ne laissa rien paraître. Au même instant, la sonnerie de son portable se déclencha.

— Je ne pensais pas que ça capterait ici, dit-elle en voyant le nom de son chef s'afficher sur l'écran.

— Corrie ? déclara Morwood d'une voix inhabituelle qui la fit tiquer intérieurement.

— Oui, monsieur ?

— Je viens d'apprendre que le corps de votre collègue Huckey a été retrouvé à High Lonesome, au fond d'un ancien puits. Tout indique qu'il s'agit d'un accident, mais j'ai envoyé une équipe de l'identité judiciaire sur place.

— Que fabriquait-il là-bas ? s'enquit Corrie, stupéfaite.

— Il semble qu'il… euh, qu'il pillait la ville fantôme. Je pars à l'instant, retrouvez-moi là-bas le plus vite possible.

31

Au terme d'un long périple sur de mauvaises routes, Corrie ne fut pas fâchée de descendre de la Jeep du shérif Watts à leur arrivée à High Lonesome. L'après-midi touchait à sa fin et le soleil s'était couché derrière un banc de nuages, projetant une lumière rouge irréelle sur le paysage désertique. De la bande jaune de police barrait l'entrée de la ville fantôme et plusieurs véhicules stationnaient déjà là.

La bourgade abandonnée grouillait de monde. De loin, Corrie vit son chef en grande conversation avec les techniciens de l'identité judiciaire, à côté d'un puits. En s'approchant, elle fut surprise de percevoir des éclats de voix. Quand il l'aperçut, Morwood quitta ses interlocuteurs et s'approcha.

— Vous n'êtes pas seule ? demanda-t-il sur un ton agacé en voyant Nora et Watts. J'espérais ne pas ébruiter l'affaire !

Tant de véhémence déstabilisa Corrie.

— Nous enquêtions sur un autre volet de l'enquête lorsque j'ai reçu votre appel. J'ai préféré venir directement.

Morwood, calmé par l'explication, se tourna vers les intrus.

— Cette enquête est strictement confidentielle.

— Compris, acquiesça Nora.

— Suivez-moi, dit Morwood.

Il se rendit au puits près duquel reposait une civière tachée de sang, accrochée à un palan. Le couvercle vermoulu du puits avait manifestement cédé et le corps sans vie de

Huckey gisait tout près dans une housse mortuaire entrouverte, le visage recouvert d'un plastique replié.

— Vous avez senti ? reprit Morwood en désignant le corps.

Corrie, jugeant la question étrange, hésita.

— Approchez-vous, insista son chef.

Elle s'exécuta et une forte odeur d'alcool lui emplit les narines.

— Il avait bu, à votre avis ?

— On dirait bien, répondit Morwood.

Il tendit le bras en direction d'un espace vierge.

— Il campait là-bas. On a retrouvé une montagne de mignonnettes de Southern Comfort près de ses affaires, et d'autres pleines dans son sac à dos. J'ai demandé à ce qu'on procède à une prise de sang.

— Comment l'a-t-on découvert ? s'enquit Nora.

— Il ne s'est pas présenté à son poste ce matin. Sa femme, qui l'attendait dimanche soir, était affolée. Nous avons réussi à localiser son téléphone, ce qui n'a pas été facile dans un lieu aussi isolé.

Il se tourna vers l'un des techniciens.

— Tom, où sont les objets retrouvés sur le corps ?

— Dans une caisse à indices, monsieur.

— Venez voir avec moi, décréta Morwood en entraînant Corrie et ses compagnons vers la caisse concernée.

Plusieurs sachets hermétiques étaient alignés à l'intérieur.

— Il s'agit du contenu de ses poches : une pièce en or, une bague, de vieilles clés. Les pièces plus volumineuses sont restées dans son campement. Il ne fait aucun doute qu'il pillait le site. On a retrouvé un détecteur de métaux et des trous un peu partout.

Watts afficha un air désolé.

— Pourquoi diable le FBI employait-il un type pareil ? J'ai deviné que c'était un drôle d'oiseau la première fois que je l'ai vu. À la façon dont il démolissait tout sur son passage, on sentait bien qu'il n'avait aucun respect pour ce lieu.

Morwood se tourna vers le shérif.

— Veuillez garder vos opinions pour vous, monsieur Watts, dit-il sèchement.

Watts retira son couvre-chef et se lissa les cheveux avant de se recouvrir.

— Ce n'est pas vraiment mon genre, monsieur Morwood.

Ce dernier lui tourna le dos et reprit ses explications à l'adresse de Corrie.

— Je vais vous montrer les principaux endroits qu'il a fouillés. Venez.

Il fit signe à la jeune femme de le suivre. Corrie, à qui Watts et Nora avaient emboîté le pas, pria le ciel que le shérif tienne sa langue. Elle n'avait jamais vu Morwood dans un tel état.

Elle découvrit les restes d'un mur fraîchement démoli et constata que Huckey avait également creusé à plusieurs reprises les fondations en adobe de la petite église. Fort heureusement, il n'avait pas eu le temps d'abîmer véritablement le site avant de tomber au fond du puits. Morwood entraîna le petit groupe à l'extérieur du village où d'autres fouilles sauvages avaient été entamées.

Nora s'agenouilla au bord des excavations.

— À en juger par la présence de tous ces tessons, cet endroit servait de dépotoir.

— Allons voir ce que raconte Alfieri, décida Morwood en se dirigeant d'un pas vif vers la rue principale où le photographe, le visage rouge et couvert de sueur, était occupé à s'extraire de sa combinaison stérile.

— Je vous écoute, Milt.

— Ça paraît assez simple. Tout indique que Huckey était seul. Il a écumé les lieux avec un détecteur de métaux, creusant à chaque fois que l'appareil grésillait. Il avait beaucoup bu, nous avons retrouvé des mignonnettes un peu partout. À un moment, hébété par l'alcool, il s'est aventuré sur le couvercle de ce vieux puits qui a lâché sous son poids et il a fait une chute de plus de trente mètres. Le drame semble s'être déroulé de nuit car on a retrouvé sa torche brisée à côté de lui.

— Le puits était-il à sec ? s'enquit Corrie.

— Oui. Et il est tombé la tête la première.

Pas étonnant qu'ils aient dissimulé son visage, se dit Corrie.

— Où se trouvait son campement ? s'enquit-elle.

— Suivez-moi, répondit Morwood.

Huckey avait planté sa tente derrière l'un des murs de l'église, à l'abri du vent. Un cercle de pierres délimitait son feu de camp près duquel montaient la garde une gamelle, une boîte de conserve vide, d'autres mignonnettes de Southern Comfort, des mégots de cigarettes et divers détritus. Les trouvailles du mort étaient alignées sur une vieille planche : un mors de cheval orné d'une plaque en argent, un étrier en laiton, de vieux flacons, une assiette en porcelaine, quelques couverts, des serrures et diverses pièces de quincaillerie arrachées à leurs portes, des touches de piano en ivoire, plusieurs pièces de monnaie.

Nora s'agenouilla afin de les examiner de près.

— Pourriez-vous me donner une paire de gants, s'il vous plaît ?

Alfieri lui en tendit une ; elle l'enfila et prit l'un des vieux flacons.

— Rich & Rare, lut-elle sur l'étiquette. Gower avait une bouteille de la même marque dans son sac.

Elle passa en revue les autres objets et ramassa une pièce de cinq cents.

— Celle-ci date de 1936. Je ne serais pas étonnée qu'elle ait été laissée là par Gower. Ces indices sont importants.

— Pour quelle raison ? lui demanda Corrie.

— Cela pourrait signifier que Huckey a découvert l'ancien campement de Gower. Si ça ne vous ennuie pas, j'aimerais examiner plus en détail certaines de ses fouilles.

— Bonne idée, s'empressa d'accepter Corrie en lançant à son chef un regard en coin.

— M. Alfieri va vous montrer les trous que nous avons retrouvés, acquiesça Morwood.

— Avec plaisir.

Le technicien sortit un croquis de la ville sur lequel il avait indiqué les emplacements des recherches effectuées par Huckey. Le petit groupe se mit en route et traversa lentement la ville fantôme d'une extrémité à l'autre, jusqu'à la bande de police jaune.

À chaque fois qu'ils arrivaient en vue d'une excavation, Nora s'agenouillait et procédait à un examen poussé du site.

— Il n'a pas chômé, murmura-t-elle.

À l'approche des écuries, elle fit halte au bord d'un trou plus large et profond que les précédents, situé en bordure du corral dans lequel avait été retrouvé le squelette de la mule. Nora prit dans le creux de sa main des tessons de bouteilles.

— Un autre flacon Rich & Rare, nota-t-elle. Et voici les pierres en cercle de son feu de camp.

Elle chassa de la main un vieux tumbleweed.

— Regardez ! s'exclama-t-elle en extirpant de la terre une boîte de tabac à chiquer rouillée sur laquelle était gravée la mention *Brevet déposé 1940*.

Nora se releva.

— De toute évidence, Gower campait ici. Vous avez sans doute remarqué ce morceau de toile moisie qui émerge du sable ? Je suis prête à parier qu'il s'agit de sa tente.

Elle dévisagea successivement Corrie et Morwood.

— Il faudrait entreprendre des fouilles. On pourrait sans doute découvrir des indices importants. Sans compter…

Elle fut prise d'une hésitation.

— Sans compter que si Gower avait découvert d'autres trésors, il a fort bien pu les enterrer ici.

— Votre avis ? s'enquit Morwood à l'adresse de Corrie.

— Je suis d'accord.

Morwood hocha la tête.

— Moi aussi. À bien y réfléchir, dit-il en s'adressant à Nora, je suis heureux de votre présence ici. Je vous prie de me pardonner l'accueil que je vous ai réservé tout à l'heure. Le mieux serait d'entamer les fouilles au plus vite. Quand pouvez-vous commencer ?

Corrie retint son souffle en voyant Nora réfléchir, sachant à quel point l'archéologue était prise par ses recherches à l'Institut.

— J'aurai besoin d'une journée pour réunir le nécessaire et m'assurer que mon assistant ne rencontre pas de difficultés majeures à Tsankawi. Je peux m'y mettre après-demain, mais je devrai dormir sur place car une seule journée ne suffira pas. Sauf objection de votre part, j'aimerais solliciter l'aide de mon frère Skip.

Au grand étonnement de Corrie, Morwood fronça les sourcils, mais il n'émit aucune objection.

32

Assis au volant de sa camionnette M1079, le sergent-chef Antonio Roman regardait d'un air morne le paysage dénudé qui l'entourait. Un univers triste et tourmenté, un océan de sable tavelé de touffes d'herbes sauvages, cerné par des pics acérés dans le lointain. D'autres véhicules étaient rangés en arc de cercle autour du sien : deux blindés M113, deux Humvee lourds M1123, ainsi qu'un M1079A2 de chargement. Un QG provisoire avait été érigé un peu plus loin, dans lequel une demi-douzaine de membres de son peloton achevaient de préparer la mission impromptue qui leur avait été confiée. Une remorque équipée d'une plate-forme de lancement pneumatique, actuellement vide, stationnait à l'écart.

Sa radio grésilla.

— Victor 9-9 pour Tango 1. Victor 9-9 pour Tango 1, à vous.

Un appel du spécialiste de troisième classe Hudson, chargé de piloter à distance Nightwarden. Même sur cette base de lancement de missiles, dénuée du moindre ennemi à plusieurs milliers de kilomètres à la ronde, Hudson ne pouvait s'empêcher de jouer au petit soldat. Roman décrocha le micro de sa radio.

— Tango 1, bien reçu.

— Dernier passage négatif. Demande l'autorisation de programmer le retour.

— Toutes les informations bien réceptionnées ?

— Toutes les informations bien réceptionnées, sergent.

— Parfait, Victor 9-9. Autorisation d'atterrissage accordée. Terminé.

— Bien reçu, Tango 1, atterrissage programmé. Terminé.

Roman prit quelques notes sur sa tablette, puis il observa à nouveau les alentours. Il était 16 heures passées et le soleil ne tarderait pas à s'effacer à l'horizon derrière les montagnes. Il ne l'aurait jamais reconnu en présence de ses hommes, mais il en avait marre de cette exercice de merde et ne serait pas mécontent de regagner la base. Le dernier épisode de la nouvelle saison de *Westworld* passait à la télé ce soir-là et il comptait bien le regarder.

Pour la énième fois, Roman se demanda ce qui avait bien pu démanger le vieux à ce point, aussi soudainement. À l'image de n'importe quelle base militaire, White Sands connaissait son lot d'exercices et d'essais, mais on aurait pu croire depuis quelques jours que la compagnie se préparait pour le Débarquement. Plusieurs missions de reconnaissance avaient été programmées à l'improviste, il avait fallu mettre à jour d'urgence les cartes aériennes à très haute définition, on leur avait même demandé d'effectuer des recherches de munitions non explosées sur le terrain. Roman avait beau savoir que de nombreux essais s'étaient déroulés à White Sands depuis des décennies, le terrain avait toujours été scrupuleusement nettoyé et ce genre de corvée n'avait pas grand sens au XXIe siècle. Le plus curieux était encore la mission d'aujourd'hui. On lui avait demandé de rechercher, à l'aide d'un drone de reconnaissance RQ-7, un missile qui serait tombé sans exploser du côté de Victorio Peak. Et pas n'importe quel RQ-7. Un Nightwarden, un engin dernier cri équipé d'un radar à synthèse d'ouverture, d'un sonar basse fréquence et d'une connexion SATCOM. Il n'en existait qu'un seul sur la base et Roman s'étonnait qu'on puisse l'utiliser pour une mission aussi basique.

Un second drone, un RQ-7A Shadow, plus courant, avait été prévu en secours.

Roman reposa sa tablette et fixa son attention sur le minuscule point noir qui grossissait à l'horizon dans le crépuscule. Si ça se trouve, il se passait un truc dont seules les huiles étaient au courant. Un exercice de grande ampleur avec les autres bases, par exemple. Sauf que cette recherche soudaine d'un MIM-23 disparu il y a plusieurs mois lui paraissait pour le moins étrange. On avait conclu à l'époque que l'engin s'était autodétruit en vol, sans compter que l'engin ne volait pas dans le coin le jour de sa disparition.

À la vitesse à laquelle il se déplaçait, le Nightwarden ne tarderait pas à rentrer au bercail. Hudson, de l'autre côté de la vitre dans le QG de campagne, s'activait sur ses manettes en prévision de l'atterrissage. Tout en surveillant l'opération, Roman finit par se dire que tout ça n'avait pas d'importance. Le général n'était pas un mauvais bougre, mais il avait ses lubies, comme tous ses semblables. Ça allait avec le boulot. McGurk n'avait rien d'un Hitler de carnaval, Roman ne l'avait jamais vu se mettre en colère. Et si son excentricité se limitait à sa passion pour l'histoire nucléaire, il y avait pire. Ça expliquerait même pourquoi McGurk avait demandé à prendre la direction de White Sands dix-huit mois plus tôt, en dépit de son grade puisque ce poste était normalement attribué à un colonel. De toute façon, Roman aimait autant que…

Le cours de ses pensées fut interrompu par l'irruption de deux Jeep dans son rétroviseur. *C'est quoi, ce bordel?* Son étonnement fut à son comble lorsqu'il remarqua la présence d'une étoile sur la portière du véhicule de tête.

Il bondit hors du M1079 à l'instant où les Jeep s'arrêtaient à sa hauteur dans un nuage de poussière. Le Nightwarden venait d'atterrir et les hommes de Roman chargés de fixer le drone sur sa plate-forme s'arrêtèrent, interloqués. Deux types de la police militaire avaient pris place à bord du second véhicule et l'assistante de McGurk, le lieutenant Woodbridge, conduisait la première Jeep. Elle en descendit d'un air martial et se planta face à Roman. Avec ses pommettes saillantes, son teint cuivré, ses yeux couleur ambre et ses lèvres charnues qui ne souriaient jamais, elle avait tout d'une reine égyptienne. Roman ne s'était jamais senti à l'aise en sa présence. Tout l'inverse de McGurk.

Le général descendit à son tour de la Jeep et s'approcha d'un pas vif, une expression inhabituelle sur ses traits. Roman se mit au garde-à-vous, mais McGurk passa à côté de lui sans un regard et s'arrêta devant Hudson.

— Votre rapport, lui ordonna-t-il sèchement.

Hudson, qui avait rarement l'habitude de voir un haut gradé s'adresser à lui, se leva précipitamment.

— Mission de reconnaissance terminée, mon général. Sans résultat.

— Montrez-moi ça.

McGurk lui prit la tablette des mains, examina longuement l'écran en cliquant à plusieurs reprises avec le doigt.

— Vous avez uniquement survolé les sections C-12 à F-14.

— Oui, mon général. Conformément à mon ordre de mission.

— C'est moins de la moitié de la zone ! déclara McGurk en tendant une main en direction de Victorio Peak.

— Mon général, les calculs balistiques montrent que le MIM-23 aurait uniquement pu s'écraser de ce côté de la…

— Je me fiche des calculs balistiques, le coupa le général.

Pas un instant il n'avait élevé la voix, mais son visage s'était empourpré.

— Depuis quand un ordinateur est-il capable de calculer la course d'un missile défectueux ?

— Je comprends, mon général.

— Pouvez-vous m'affirmer *avec certitude* que ce missile ne s'est pas écrasé de l'autre côté de la montagne ?

— Non, mon général.

— Alors qu'est-ce que vous attendez, nom de Dieu ? Vous en profiterez pour élargir de trois kilomètres le périmètre des recherches. Et envoyez-moi les résultats directement.

— Mon général…, tenta Hudson, mais McGurk lui tournait déjà le dos et regagnait sa Jeep, adressant au passage un regard noir à Roman.

L'incident s'était produit si vite, et de façon si inattendue, que ce dernier restait sans réaction. Le général reprit place à bord du véhicule de tête, imité par Woodbridge, et les deux Jeep repartirent sur les chapeaux de roues sous le regard ébahi du sergent. Jamais un officier supérieur n'aurait dû s'adresser directement à l'un de ses hommes. C'était contraire à tous les règlements. De toute façon, la présence du commandant de la base sur le site d'une mission de routine était parfaitement incongrue. Ce n'était plus une puce qui démangeait le vieux, mais un rhinocéros.

Roman sentit une présence derrière lui.

— Sergent ? fit la voix de Hudson dans son dos. Je me suis contenté de respecter les paramètres qui…

— Vous avez entendu le général ? l'interrompit Roman. On reprend les recherches demain matin à 6 heures en élargissant le périmètre d'action.

33

Lorsque Corrie Swanson arriva en vue du cabanon au toit de tôle, elle constata que Jesse Gower l'attendait sur le pas de sa porte. Elle descendit de voiture, zigzagua entre les décombres entassés devant la maison et s'arrêta au pied des marches de la véranda.

Vêtu de la même tenue miteuse que lors de sa visite précédente, le jeune homme l'observait, assis sur l'un des vieux fauteuils. Peut-être n'était-ce qu'une impression, mais elle crut deviner qu'il s'était lavé et peigné les cheveux. Il ne faisait aucun doute, en revanche, qu'il s'était rasé.

— J'ai entendu vos deux messages, se lança Corrie.

Jesse Gower les avait laissés sur son répondeur professionnel, soucieux de savoir si l'enquête progressait et ce qu'il en était de la croix en or.

Comme il ne répondait rien, elle enchaîna.

— Je peux monter ?

Il lui fit signe de le rejoindre et elle se posa sur un tabouret.

Ils s'observèrent en silence pendant un moment. Les paroles dures qu'elle avait prononcées lors de sa première visite lui revinrent à l'esprit sans crier gare. Sans doute voyait-elle en lui une forme de réplique de sa mère. Un être égocentré, pétri d'addictions, qui en voulait à la terre entière. De façon dérangeante, elle se reconnaissait en lui. Plus exactement, il incarnait ce qu'elle aurait pu devenir.

— Écoutez, finit-elle par dire. Je ne suis pas venue vous interroger, perquisitionner votre domicile ou vous arrêter. J'essaye uniquement de savoir ce qui est arrivé à votre arrière-grand-père. Nous avons le même but, vous et moi. Nous ne sommes pas des adversaires. Et puis…

Elle laissa s'écouler un battement avant d'achever sa phrase :

— Je regrette ce que je vous ai dit la dernière fois. Juste avant de partir.

Jesse Gower l'avait écoutée sans rien trahir de ses sentiments.

— Et la croix ?

— Elle fait partie des éléments d'enquête. On l'a retrouvée en même temps que le corps, en terrain fédéral. Elle est immobilisée pour l'heure, ni moi ni personne n'y pouvons rien. Nous verrons s'il est possible de vous la donner une fois l'enquête bouclée. La procédure n'est pas simple. Sans oublier…

Elle hésita à lui expliquer que l'objet était radioactif, tout en sachant que l'information était confidentielle.

— Je ferai tout mon possible, je vous le promets.

Gower l'avait écoutée sans réagir. Il était clair qu'il avait pris le temps de réfléchir à la question.

— Et moi, je n'aurais pas dû vous parler comme à la dernière des connasses. C'est juste que…

Il embrassa d'un geste vague les objets rouillés qui l'entouraient, incarnations de ses rêves inaboutis. Corrie le comprit instantanément. Obtenir une bourse dans une université de la prestigieuse Ivy League après avoir grandi dans un tel décor relevait de l'exploit, mais le monde de Gower s'était écroulé et voilà qu'il se retrouvait enfermé dans une existence plus pitoyable encore.

— J'ai grandi au Kansas, avoua Corrie. Dans un patelin à peine plus grand et moins moche que ce trou.

Elle se reprit aussitôt.

— Je ne voulais pas dire ça…

— Non, vous avez raison. C'est un trou horrible. Je n'en ai pas cru mes yeux en arrivant à Harvard. Je n'imaginais pas que le monde puisse être aussi vert.

— Le vert a ses défauts, répliqua Corrie. J'ai grandi au milieu d'un océan de champs de maïs à n'en plus finir. Un véritable enfer.

Ils conservèrent le silence pendant quelques minutes. Gower finit par le briser.

— Je peux vous proposer un verre d'eau ? Je suis désolé, je n'ai presque…

— C'est bon, je vous remercie.

Le silence reprit ses droits tandis que leurs yeux se perdaient dans l'immensité désertique. Corrie prit longuement sa respiration, sa décision prise.

— Votre arrière-grand-père a été tué lors de l'opération Trinity. Il effectuait des recherches dans le Jornada del Muerto. Il cherchait des objets anciens, probablement. Il se trouvait sur place au moment de l'explosion. Il a trouvé la force de regagner son campement de High Lonesome avant de mourir peu après.

— Seigneur ! murmura Gower, incrédule. Vous voulez dire que son corps était enterré là-bas depuis l'explosion de cette bombe ?

— Oui. Nous avons probablement retrouvé son campement ; nous le fouillons actuellement.

— Que savez-vous d'autre au sujet de cette croix ?

Corrie hésita. Elle ne voulait pas lui donner de faux espoirs, consciente qu'il lui faudrait du temps et de la chance s'il entendait récupérer l'objet.

— Elle a été irradiée puisqu'il l'avait sur lui au moment de la détonation. À part ça, nous ne savons presque rien, sinon qu'il s'agit d'un objet ancien de grande valeur. Sans doute appartenait-elle à un moine espagnol chargé d'évangéliser les populations locales.

— À quel degré a-t-elle été irradiée ?

— Rien de bien méchant. Elle émet l'équivalent de ce que reçoit quelqu'un volant à dix mille mètres d'altitude.

Jesse s'enfonça dans son fauteuil en soupirant.

— Vous n'avez pas retrouvé sa montre gousset ?
— Non. Pourquoi cette question ?
— Je m'étonne qu'on ait retrouvé cette croix sur lui, et pas sa montre. C'était l'un des deux objets auxquels il tenait le plus. Une sorte de bijou de famille qu'on se transmettait de génération en génération chez les Gower, et qui a disparu avec lui.
Il réfléchit aux informations que venait de lui fournir Corrie.
— Une croix espagnole. En or. Ça fait tout de suite penser à un trésor. Vous croyez qu'il a pu mettre la main sur le trésor de Victorio Peak avant de mourir ?
Corrie ne répondit pas. Jesse Gower remettait en place les pièces du puzzle avec une rapidité stupéfiante. Un peu trop stupéfiante, même. Pourquoi diable était-elle revenue le voir ? À cause des messages qu'il avait laissés sur son répondeur, sans doute, mais pas seulement. Si son intuition ne la trompait pas, il en savait davantage qu'il voulait bien le dire.
Un caquètement troua le silence du côté du poulailler.
— Oui, ma Pertelote ! s'écria Gower.
Il se tourna vers Corrie.
— Elle m'annonce mon dîner.
— Pertelote ?
— Je les reconnais toutes à leur gloussement. Ce sont des petites bêtes excentriques.
— Oui, mais pourquoi lui avoir donné un nom pareil ?
— Des restes de mon éducation, répondit-il après un instant. À force d'observer mon environnement depuis cette véranda, j'ai fini par donner aux objets et aux êtres qui m'entouraient des noms tirés de la littérature anglaise. Une occupation comme une autre. Chanteclerc et Pertelote sont le coq et la poule d'un texte de Chaucer. Comme dans le conte, Pertelote était la préférée de mon coq, jusqu'au jour où il a disparu. Il a sans doute été dévoré par un raton

laveur. Toutes mes poules portent un nom. Le poulailler se nomme Canterbury et ce vieil arbre est le Childe Harold de Lord Byron. Je vois dans sa forme torturée un chevalier en piteux état. Quant à l'immensité qui sépare la clôture de la route, je l'ai baptisée la Terre vaine. Pas besoin d'avoir lu le poème de T. S. Eliot pour comprendre l'allusion.

Corrie avait du mal à dissimuler sa surprise. Ce Jesse Gower n'avait rien d'un imbécile. Elle éprouva l'envie soudaine de l'interroger au sujet du roman qu'il écrivait, avant de se mordre la langue pour savoir, depuis sa visite précédente, que c'était un sujet sensible. Elle préféra pointer du doigt la vieille cabane à outils dont les ouvertures étaient aveuglées par des planches clouées.

— Quel nom lui avez-vous donné? s'enquit-elle.

— Aucun, rétorqua-t-il sur un ton sec.

Il s'était refermé si soudainement qu'elle comprit qu'elle avait par accident touché un point sensible. Elle s'empressa de changer de conversation.

— Au sujet de cette montre gousset, pourriez-vous m'en dire plus?

— C'était un chronomètre flyback en or.

— Mais encore?

— C'est ce qu'on appelle une « complication » en horologie. C'est-à-dire une fonction autre que celle consistant à indiquer les heures et les minutes. Il peut s'agir des secondes, par exemple. En termes simples, un chronomètre de type flyback est capable de remettre la trotteuse à zéro automatiquement sans qu'il soit besoin d'arrêter le décompte du temps écoulé.

— L'horologie? Drôle de terme, on croirait une maladie.

Pour la première fois, un sourire éclaira le visage de Jesse.

— Je vous le disais la dernière fois, mon père s'y connaissait en montres. On lui confiait généralement des Timex de basse qualité, mais je me souviens que quelqu'un lui a demandé un jour de nettoyer et de régler une vieille

Patek Philippe. Il m'a montré comment fonctionnait le mécanisme. Un univers miniature de rouages, de rotors, de ressorts et de rubis. Je n'ai jamais vu mon père aussi excité que ce jour-là. Pour la première et unique fois de sa vie, il avait l'occasion de se pencher sur une montre de la Sainte Trinité.

— La *quoi* ?

— C'est le surnom qu'on donne aux trois plus grands horlogers traditionnels suisses : Patek Philippe, Vacheron Constantin et Audemars Piguet. Chacune de leurs montres était constituée de plusieurs centaines de pièces assemblées avec la plus grande méticulosité. Le tout dissimulé à la vue, parfaitement assemblé et réglé.

Gower s'était exprimé avec emphase, une lueur dans les yeux.

— Je croyais que les plus belles montres étaient des Rolex, s'étonna Corrie.

— Leur design est très reconnaissable, mais ce sont essentiellement des montres industrielles. Elles ne sont pas assemblées avec le même amour, elles ne possèdent pas de fonctions comme un calendrier perpétuel ou encore…

Il se tut en voyant que Corrie l'écoutait en ouvrant de grands yeux.

— Poursuivez, je vous en prie.

Il haussa les épaules.

— À quoi bon ? Jamais je ne pourrais me payer une montre pareille. Pas même en vendant…

Il n'acheva pas sa phrase. Corrie jugea préférable de laisser traîner le silence. Ce type vivait seul avec ses pensées, il n'avait pas l'habitude de les partager avec quiconque.

— Vous m'avez dit tout à l'heure que votre arrière-grand-père possédait deux objets auxquels il tenait plus que tout, finit-elle par demander. Quel était le second ?

Il la dévisagea longuement, hésitant à laisser le besoin de parler prendre le pas sur sa méfiance.

— Un vieux dessin, répondit-il après une longue hésitation.

— En quoi était-il si précieux ?

— Qui sait ? Encore un truc qui se transmettait de père en fils dans la famille, à la façon d'une sainte relique. Ma mère a porté toute sa vie un camée dont on a su par la suite qu'il s'agissait d'un faux. Les gens s'attachent aux objets. De toute façon, ajouta Gower après une hésitation, ce dessin a disparu depuis longtemps.

Corrie le sentit se refermer comme une huître. Elle en profita pour réfléchir aux informations qu'il venait de lui fournir. *On a su par la suite qu'il s'agissait d'un faux...*

Son regard se posa une nouvelle fois sur la cabane à outils. Elle avait bien perçu que Gower était sur la défensive lorsqu'elle lui en avait parlé. En outre, la porte était étrangement munie d'un cadenas neuf.

— Cette cabane à outils... Ça vous ennuierait de l'ouvrir ?

— Pourquoi ? s'énerva aussitôt Gower. C'est la deuxième fois que vous m'en parlez.

— Elle a une drôle d'allure, je me demandais simplement...

— Vous vous demandiez simplement ! Vous vous demandiez surtout si vous ne pouviez pas venir jusqu'ici me titiller avec de vagues promesses au sujet de cette croix tout en me bombardant de questions. Vous vous imaginez que je cache quoi, dans cette cabane ? Un labo clandestin ?

— Pas du tout, je...

— Tous vos sous-entendus de merde sur nos expériences communes et vos souvenirs du Kansas, votre intérêt feint pour les montres... tout ça pour me tirer les vers du nez ! Vous êtes bien tous les mêmes, vous autres putains de flics !

Il s'était levé et hurlait à présent, les yeux embués de larmes.

— Quand je pense que j'ai failli tomber dans le panneau ! Dehors ! Dehors tout de suite et ne vous avisez jamais de refoutre les pieds ici !

Corrie comprit qu'il serait sourd à ses explications, emporté par un accès de rage irrationnel digne d'un patient bipolaire. Ce n'était pas la première fois qu'elle se retrouvait en face d'un individu de cet acabit, la seule option possible en pareil cas était la fuite. Elle se leva, descendit les marches de la véranda et regagna précipitamment sa voiture sous les imprécations de Gower.

34

Nora, accroupie au bord du trou, contempla son œuvre. Les fouilles du campement de Gower à High Lonesome étaient achevées. Elle avait tamisé un rectangle de six mètres carrés au centre duquel elle avait pu mettre au jour le feu de camp, l'endroit où il déposait ses détritus, une tente en lambeaux et un nombre impressionnant de bouteilles vides de whisky Rich & Rare. La météo ne l'avait pas aidée, le soleil était resté voilé depuis le matin et de fortes rafales de vent balayaient les ruines de la ville fantôme en recouvrant tout, à commencer par ses cheveux et ses yeux, d'une fine pellicule de poussière.

À l'inverse, ses recherches s'étaient parfaitement bien déroulées, beaucoup plus rapidement qu'elle ne l'espérait, ce dont elle était satisfaite. Weingrau n'avait rien dit lorsqu'elle lui avait annoncé son intention de s'absenter, mais elle avait bien senti que l'enthousiasme de la présidente de l'Institut montrait des signes d'érosion. Adelsky s'en était fort bien tiré sur le site de Tsankawi, mais il avait pris du retard en son absence, ce qui était inévitable. Dans le même temps, Connor Digby prenait ses aises à l'Institut, au point d'assumer une partie des responsabilités administratives de Nora, avec un certain brio.

Elle s'obligea à ne plus y penser. Cela faisait une décennie qu'elle était en poste alors que Digby venait d'arriver. Il avait dix ans de moins qu'elle et le nombre de ses publications, sans être négligeable, était loin d'égaler le sien.

Jamais on ne lui confierait la direction du département, pas question de laisser la mesquinerie et la parano prendre le pas sur la raison.

Elle recentra son attention sur le site. La plupart des objets retrouvés avaient été photographiés et enfermés dans des caisses, à commencer par un étrange sac médecine amérindien. En moins de douze heures, Skip et elle avaient réalisé le travail de deux journées, avec des résultats spectaculaires. Leurs découvertes remettaient en cause les conclusion précédentes, au point de bouleverser l'enquête.

Un peu plus loin, Skip rangeait les derniers outils.

— Que dirais-tu d'une bonne mousse bien fraîche pour fêter ça ? proposa-t-il.

Nora ne put retenir un sourire. Son frère ne manquait jamais une occasion de décapsuler une bière, mais elle devait admettre que sa suggestion prenait tout son sens au terme d'une journée aussi productive.

— Je ne dis pas non.

— Tout de suite.

— On ferait peut-être mieux de recouvrir la fosse.

— C'est toi la patronne.

Le frère et la sœur étendirent une bâche en plastique au-dessus du site de fouille, la fixèrent à l'aide de piquets, puis se retirèrent dans leur propre campement, à cinquante mètres de là. Nora n'était pas mécontente que le vent se soit enfin calmé, ce qui leur permettrait de passer une soirée agréable sans respirer de poussière.

Skip ouvrit la glacière et revint avec deux bouteilles glacées de Dragon's Milk. Il les décapsula d'un geste théâtral, en tendit une à Nora et s'assit en tailleur à côté d'elle.

— À la réussite de cette campagne de fouille, déclara-t-il en levant sa bouteille.

Ils trinquèrent et portèrent le goulot à leurs lèvres.

— Alors ? demanda Skip. Quel est ton sentiment ?

— Tout d'abord, il ne fait aucun doute que Gower n'était pas seul, puisque nous avons retrouvé deux sacs de couchage dans les restes de la tente. La quantité de charbon de bois qui se trouvait dans le feu de camp et la montagne de détritus retrouvés nous signalent que les deux hommes ont campé dans le coin assez longtemps. Probablement quinze jours.

Skip acquiesça.

— Et le sac médecine ?

Celui-ci, une poche en daim à franges usée par le temps et les éléments, avait été découvert à l'intérieur de la tente écroulée. Nora, en l'ouvrant avec mille précautions, y avait découvert une pointe de flèche préhistorique, une amulette fétiche en agate figurant un loup, des brins de foin tressés dont les Indiens se servaient couramment comme encens, un grigri réalisé à l'aide de petites plumes d'oiseaux et de sauge, ainsi que cinq minuscules sachets de cuir remplis de terre séchée.

— Ce sac médecine appartenait probablement au compagnon de Gower, ce qui me fait dire que c'était un Amérindien. Un Apache, probablement.

— Comment le sais-tu ?

— Ces cinq sachets sont caractéristiques. Les quatre premiers contiennent de la terre prélevée au sommet des quatre montagnes sacrées tandis que le cinquième renferme un peu du sol natal de l'intéressé. Seuls les Apaches et les Navajos en possèdent. Je ne serais pas étonnée que le compagnon de Gower ait été un Mescalero, dans la mesure où cette région était la leur.

— Qu'est devenu ce type, à ton avis ?

Nora médita longuement la question avant de répondre :

— Il a dû se carapater à toute vitesse. Il fallait qu'il soit paniqué pour abandonner son sac médecine, sans venir le rechercher par la suite.

Elle avala une gorgée de sa bière brune.

— Les découvertes faites aujourd'hui me donnent une bien meilleure idée de la dernière journée de Gower.

— Super! s'écria Skip en se frottant les mains.

Le soleil avait disparu derrière les monts San Pasqual et une brume mauve flottait au-dessus du désert. Les nuages noirs continuaient de filer dans le ciel, ne laissant apparaître qu'une mince bande claire qui finit par s'effacer à son tour. Des éclairs de chaleur traversaient la nuit tombante à l'horizon, trop loin pour que l'écho du tonnerre puisse leur parvenir, et la température baissait rapidement. Une soirée sombre de fin du monde.

— Commençons par allumer un feu, je t'exposerai ensuite mes théories, suggéra Nora.

— Marché conclu.

Skip s'empressa de ramasser du bois et de couper des broussailles bien sèches. En quelques instants, les flammes d'un brasier dansaient joyeusement dans la nuit.

— Le 15 juillet 1945 au matin, se lança Nora, Gower et son compagnon...

— Attends, l'arrêta son frère. Il faut qu'on donne un nom au type en question, sinon ce ne serait pas une histoire dans les règles.

— Très bien, alors appelons-le X.

— Non, ça ne va pas du tout. C'est bien trop cliché. Appelons-le A, puisque c'est un Apache.

Nora leva les yeux au ciel.

— Quoi qu'il en soit, ils campent ici depuis une quinzaine de jours, à la recherche d'un objet caché dans le désert de Jornada del Muerto ou bien dans les collines de San Andres.

— *Un trésor!* s'exclama Skip en décapsulant une nouvelle bière.

— Qui sait? Ou alors une mine abandonnée, ou quelque autre objet de valeur qui se trouvait dans la ferme Gower. Toujours est-il que nos deux lascars ont campé ici cette nuit-là. J'imagine A en train d'admirer le paysage qui nous entoure. Je me représente volontiers une soirée comme celle-ci, avec des nuages et des éclairs. En me renseignant sur l'opération Trinity, j'ai appris que l'explosion avait été retardée à cause d'un orage.

— Ils ont sans doute eu peur que la foudre s'abatte sur la bombe, commenta Skip, les yeux brillants à la lueur du feu.

— Exactement. Voilà donc Gower qui s'éloigne dans le désert sur sa mule en laissant A attendre son retour au campement. Dans le même temps, à leur insu, le projet Manhattan entame une phase secrète décisive avec le premier essai d'explosion d'une bombe atomique.

« Les heures s'écoulent et le hasard veut que Gower s'approche sans le savoir du lieu de l'explosion. La bombe a été hissée en haut d'une tour métallique de trente mètres de hauteur, tout est prêt pour le test final. Les scientifiques se sont réfugiés dans un bunker en attendant la fin de l'orage. À l'aube, le ciel se dégage enfin, il est 5 h 29 lorsqu'ils appuient sur le bouton et que la bombe explose. L'essai est une réussite, à un détail près : les scientifiques ne se doutent pas que Gower a été touché par les effets des radiations. A, qui l'attend à High Lonesome à une trentaine de kilomètres de là, assiste à l'explosion en direct puisqu'on domine d'ici le site choisi pour l'opération Trinity.

D'un geste, elle montra à son frère l'immensité teintée de mauve qui s'étendait jusqu'à l'horizon montagneux. À l'idée que l'un des épisodes les plus marquants de l'histoire humaine ait pu se dérouler là, elle en avait la chair de poule.

— Notre ami A a sûrement eu la trouille de sa vie, acquiesça Skip.

— C'est un euphémisme. Imagine un peu ce qu'il a dû ressentir en voyant cet éclair aveuglant, suivi d'une boule de feu de la taille d'une ville partant à l'assaut du ciel, sans parler de l'onde de chaleur. Le vacarme terrifiant de l'explosion a dû parvenir jusqu'à lui une minute plus tard, avec une augmentation inouïe de la pression atmosphérique.

Une première dans l'histoire de l'humanité. Même les scientifiques qui savaient à quoi s'attendre en sont restés abasourdis. Oppenheimer a parlé d'une lumière équivalente à celle de « mille soleils ».

Elle se tut, le regard perdu dans l'immensité du désert.

— Gower est grièvement blessé par les radiations. Il a eu de la chance que ses yeux n'aient pas fondu, ce qui est arrivé à un grand nombre d'habitants d'Hiroshima ayant levé les yeux au moment de l'explosion.

— À ton avis, comment a réagi A ?

— Il n'a pas eu d'autre choix que d'attendre le retour de son compagnon. Il lui a fallu un cran *dingue*. J'imagine que Gower a mis une bonne dizaine d'heures à regagner High Lonesome. A découvre un spectacle terrifiant : Gower saigne, sa peau rougie par les radiations se détache par plaques, ses cheveux et ses vêtements sont brûlés. La mule est en piteux état, elle aussi, couverte de sang, le poil roussi. L'homme et l'animal, gravement irradiés, sont au seuil de la mort. Sans compter les effets secondaires produits par les radiations : une grande confusion mentale, une soif ardente. Gower est à moitié fou. A aura bien tenté de lui venir en aide, mais Gower ne tarde pas à mourir en poussant des cris d'agonie.

— Seigneur.

— Je n'ose imaginer ce qu'a ressenti son compagnon, après avoir assisté à l'explosion, en voyant Gower réduit au rang de monstre bredouillant des paroles incohérentes. Il a dû croire à une intervention diabolique.

— Comment peux-tu affirmer que A n'a pas pris la poudre d'escampette au moment de l'explosion ?

— Je te l'ai dit, il n'a sans doute pas voulu abandonner son compagnon, d'autant que c'était un être doté d'une forte spiritualité apache, ainsi qu'en apporte la preuve ce sac médecine. Les Apaches ont le devoir sacré d'enterrer les morts, et A s'est plié à cette tradition en inhumant Gower.

— Tu crois vraiment que Gower a été enterré volontairement dans cette cave ?

— Absolument. Il a choisi cet endroit parce que le vent l'avait rempli de sable meuble, facile à creuser. La position du corps aurait dû m'alerter, puisque les Apaches enterrent leurs morts recroquevillés sur eux-mêmes. L'un des bras a dû se redresser au moment où A poussait le corps dans le trou. L'inhumation achevée, A s'enfuit. Il est terrifié au point de tout abandonner dans son sillage : la tente, les sacs de couchage, les objets que nous avons retrouvés dans les vestiges du campements, et même son sac médecine. Il est pris d'un ultime réflexe avant de partir, il abat la mule afin de mettre un terme à son calvaire, et puis il prend la fuite et ne revient jamais.

— Qu'est-il advenu de lui ?

Nora conserva le silence un petit moment avant de répondre.

— Les faits se sont déroulés il y a trois quarts de siècle. A est probablement mort, mais nul besoin d'être devin pour savoir qu'un tel événement a bouleversé le cours de son existence.

— En a-t-il seulement parlé à quelqu'un ?

— J'en doute. D'abord parce qu'ils s'étaient enfoncés en toute illégalité dans une zone militaire interdite. Ensuite, parce que la disparition de Gower est restée inexpliquée à l'époque. Je suis convaincue qu'il a emporté son secret dans la tombe.

Skip vida sa bière.

— Miam ! Tu sais bien que les histoires flippantes me donnent toujours faim. On dîne ?

— Avec plaisir.

Une lune quasiment pleine, se faufilant entre les nuages, apparut au-dessus des sommets.

— Une autre bière, Nora ?

— Non. Après tout, si. On ne vit qu'une fois.

Nora regarda son frère étaler les braises et poser deux steaks sur la grille, avec des piments poblanos et des épis de maïs. Installés dans leurs fauteuils pliants, ils attendirent en silence que la viande grille, Skip se chargeant de retourner les steaks et les piments à mi-cuisson.

Il se figea brusquement.

— J'ai vu une ombre, chuchota-t-il. Elle se découpait à la lueur de la lune.

Nora se leva et regarda dans la direction indiquée.

— Une ombre comment ?

— Une ombre humaine.

— Tu es sûr qu'il ne s'agissait pas d'un animal ?

Skip plissa les yeux alors que la lune se cachait derrière un nuage.

— Peut-être, mais c'était très élancé pour un animal.

Nora scruta en vain le paysage montagneux dans l'obscurité retrouvée.

— Je ne vois pas qui pourrait se balader dans le coin à une heure pareille.

— Si quelqu'un a décidé de nous rendre une petite visite, je serai ravi de le saluer avec mon Remington 870.

— Évite de chatouiller inutilement la détente, lui recommanda Nora, mais tu as raison. Garde ce fusil chargé dans ta tente, à portée de main.

— Promis, je dormirai serré contre lui, plaisanta Skip.

Le jeune homme en profita pour servir les steaks. Nora mangea avec appétit, d'autant que son frère, comme à son habitude, avait cuit la viande à la perfection. Les steaks saignants étaient juteux, les piments grillés comme il se doit, et le maïs délicieux une fois débarrassé de ses feuilles et enduit de beurre. Au cours du repas, repensant à l'incident, elle sonda l'obscurité sans distinguer l'ombre d'un mouvement.

— Dis donc, Skip, demanda-t-elle à son frère à la fin du repas. Sors donc ta Gibson et chante-nous une chanson.

Ça nous remontera le moral. L'histoire Gower m'a fichu les jetons.

— Pas de souci, répondit Skip en se dirigeant vers sa tente. Ma version d'*Old Chisholm Trail* te remettra d'aplomb.

35

Nora se réveilla en pleine nuit, le cœur battant. La nuit était d'encre au-dessus de la tente, la lune dissimulée derrière les nuages.

— C'est moi, murmura la voix de Skip dans l'obscurité. Il est plus prudent de chuchoter.

Elle se mit en position assise.

— Que se passe-t-il ?

— Il y a du monde dehors.

— Tu es sûr ?

— J'ai entendu des voix. Habille-toi.

Nora s'extirpa de son duvet et s'empressa d'enfiler un jean et une chemise. Elle passa la tête à l'extérieur. Skip, accroupi à l'entrée de la tente, tenait son fusil à deux mains. Le feu avait fini par s'éteindre et l'obscurité était totale.

— Où sont-ils ?

— De ce côté-là, répondit Skip dans un souffle en tendant l'index dans le noir. Écoute.

Elle tendit l'oreille, sans distinguer le moindre bruit en dehors du vent qui caressait la toile de tente. À force de scruter la nuit, elle aperçut un éclair de lumière, comme si quelqu'un avait frotté une allumette avant de l'éteindre aussitôt.

— Putain, tu as vu ça ? murmura Skip.

— Oui.

Ils attendirent sans bouger. Le cœur de Nora battait fort, au point qu'elle n'entendait rien d'autre. Les secondes s'égrenèrent.

Une brindille craqua dans la nuit.

Nora retint son souffle dans l'espoir de calmer son rythme cardiaque tandis que Skip braquait le canon de son fusil dans la direction de la lumière fugitive.

— À moins qu'ils ne soient équipés de lunettes de vision nocturne, ce dont je doute, ils ne peuvent pas nous voir.

— Que fait-on ? demanda Nora.

Skip ne répondit pas. L'instant suivant, Nora crut entendre un léger murmure.

— Je vais essayer de les contourner pour les prendre à revers, lui glissa son frère à l'oreille.

Un nouveau craquement troua le silence.

— Pourquoi dis-tu *les* ? s'étonna Nora en posant une main sur le bras de son frère. Tu crois qu'ils sont plusieurs ?

— J'en suis certain et ils sont en train de se rapprocher.

Il se releva, prêt à s'éloigner.

— Le mieux est encore de passer à l'offensive. Ne bouge surtout pas. Dis-toi bien qu'ils sont aussi aveugles que nous.

Nora lui serra le bras en signe d'acquiescement et il s'éloigna furtivement dans l'obscurité.

L'archéologue, restée seule, ne quittait pas des yeux la direction des craquements, sans rien distinguer pour autant. Un crissement de semelle se fit entendre à moins de cinq mètres. Skip avait raison, l'adversaire essayait de les prendre par surprise.

Nora comprit qu'elle ne pouvait pas rester les bras croisés, à servir de cible à l'ennemi. Elle chercha des doigts son couteau et sa torche électrique, posa cette dernière à côté de son pied droit et déplia le couteau, un Zero Tolerance 0888 invisible dans la nuit, avec un clic à peine perceptible. Si quelqu'un l'approchait, elle lui ferait amèrement regretter sa témérité.

Un nouveau murmure lui parvint, plus proche encore. Putain de nuit noire. Elle tendit le bras, le poing serré autour du manche de titane, prête à passer à l'attaque. L'arme, rassurante, lui avait été envoyée par un correspondant anonyme à la suite de ses aventures précédentes liées à l'expédition Donner, avec Corrie Swanson.

Que pouvait bien fabriquer Skip ? Le sang lui martelait les oreilles et l'obscurité était telle que l'adversaire pouvait fort bien se trouver à quelques centimètres sans qu'elle s'en doute. Son bras armé du couteau décrivit un arc de cercle devant elle sans rencontrer d'obstacle.

Les secondes s'écoulaient impitoyablement. Elle aurait pu allumer sa torche et la jeter au loin. Non, c'était le meilleur moyen de trahir sa position. Elle envisagea plusieurs scénarios dans sa tête, mais aucun de ceux-ci n'aurait pu réussir. Elle allait devoir se fier à son frère, puisqu'il disposait d'un fusil.

Un murmure s'éleva dans la nuit, si proche qu'elle crut sentir sur son visage le souffle de l'inconnu. Elle troua la nuit à l'aide de son couteau, en vain.

La tension à son comble, elle peinait à respirer.

Une main rêche effleura soudain son visage.

Elle laissa échapper un cri et fendit l'air dans tous les sens avec sa lame en titane. Cette fois, le couteau s'enfonça dans une surface dure. Un cri de douleur retentit. Elle recula précipitamment tout en continuant à mouliner l'air et tomba à la renverse contre la toile de tente alors qu'une détonation ébranlait la nuit. Le coup de feu éclaira brièvement la scène en révélant quatre silhouettes : deux hommes face à elle, un troisième quelques pas plus loin, et Skip sur le côté, le canon de son fusil en avant. Il tira à nouveau et l'écho de la détonation roula longuement entre les parois rocheuses au milieu des cris poussés par les inconnus qui battaient précipitamment en retraite.

Nora alluma sa torche juste à temps pour voir deux individus disparaître dans un ravin voisin. Skip se précipita et passa un bras autour de sa taille.

— Tout va bien ? s'inquiéta-t-il.

Nora hocha la tête.

— Oui, haleta-t-elle. Tu les as vus ? Tu en as touché un ?

— Ils étaient trois, mais tout est allé si vite que je ne pourrais pas les reconnaître. J'ai volontairement tiré en l'air. Aucune envie de tuer quelqu'un, sauf en cas de besoin. Il me restait encore trois balles si les deux premières n'avaient pas douché leurs ardeurs.

— Tu as bien fait, approuva Nora qui commençait à retrouver une respiration normale.

Elle brandit son couteau.

— Je crois avoir blessé l'un d'eux.

— Et comment ! s'écria Skip en éclairant la lame ensanglantée avec sa torche. Bande de salopards. J'avais tort de penser que tu étais cinglée de te balader avec un Zero Tolerance comme s'il s'agissait d'un simple canif. Je suis content que tu l'aies eu sur toi cette nuit. Je me demande bien à quoi jouaient ces types.

Nora en avait encore la gorge nouée.

— Je n'en ai aucune idée, mais je n'ai pas envie de traîner dans le coin pour le savoir.

— Ce n'est pas moi qui vais te contredire.

En l'espace de quelques minutes, ils avaient plié bagage, Nora se chargeant d'empiler toutes leurs affaires à l'arrière du véhicule, éclairée par la torche que tenait Skip d'une main, le fusil dans l'autre.

Les précieuses reliques retrouvées sur le site de fouille soigneusement rangées dans leurs caisses, elle se glissa derrière le volant, son frère à côté d'elle, et ils quittèrent la ville fantôme comme si le diable était à leurs trousses.

36

— Vous dites que vous avez blessé l'un d'eux ? s'enquit Corrie.

Il n'était pas encore 5 heures du matin et le coup de fil de Nora l'avait tirée d'un sommeil profond.

— Oui, j'en suis sûre, répondit l'archéologue. Je l'ai même bien entaillé.

— À quel endroit. Au visage ? Au bras.

— Aucune idée.

— J'ai peut-être une chance de l'identifier en contactant les hôpitaux et les dispensaires de la région. Mais tout ça ne me dit pas ce qu'ils fichaient là. Vous croyez qu'ils vous en voulaient personnellement ?

— Ils étaient armés, c'est tout ce que je sais. En même temps, s'ils avaient vraiment voulu nous éliminer, je ne discuterais pas avec vous à l'heure qu'il est. À mon avis, ils sont allés à High Lonesome avec l'intention de récupérer je ne sais quoi et notre présence les a surpris. Peut-être ont-ils uniquement voulu nous effrayer.

— En tout cas, je vais vous demander de venir faire une déposition en bonne et due forme chez nous.

Nora hésita avant de répondre.

— Vous savez, Corrie. On a fait des découvertes importantes lors des fouilles.

— Lesquelles ?

Nora expliqua à son interlocutrice les circonstances dans lesquelles elle avait retrouvé le sac médecine.

— Un *quoi* ?

— Un sac médecine. Une sorte de talisman contenant des pierres, des herbes et autres objets dotés de pouvoirs surnaturels. Le compagnon de Gower n'aura pas abandonné sans raison un objet aussi précieux.

— De même qu'il n'a pas pensé à récupérer la croix en or.

— Absolument. En temps normal, j'aurais laissé ce sac médecine sur place, mais la présence de ces types cette nuit m'en a dissuadée.

Comme Corrie ne disait rien, Nora poursuivit.

— Je pense pouvoir retrouver le compagnon de Gower.

— Après tout ce temps ? Il est certainement mort.

— Probablement, mais savoir ce qu'il est advenu de lui par la suite peut éclairer notre lanterne. Les petits sachets de terre découverts sur place sont uniques, ils devraient me permettre de circonscrire les recherches.

— Sauf que ce talisman constitue une preuve matérielle dans le cadre d'une enquête officielle.

— Si jamais je retrouve la trace de cet Apache et qu'il est encore en vie, il nous expliquera ce qui s'est réellement passé. Peut-être même pourra-t-il nous conduire au trésor.

Corrie soupira.

— Très bien. Je vous propose de passer au bureau vers 11 heures avec Skip. Je recueillerai vos dépositions et j'en profiterai pour réaliser des photos de ce sac médecine après en avoir détaillé le contenu.

— Il n'est pas question de photos et de contenu détaillé, Corrie. J'ai besoin de ce sac médecine intact.

— Vous plaisantez ou quoi ? Je ne peux pas vous le laisser, il sera placé sous scellés dès que je l'aurai récupéré.

— Excusez-moi, Corrie, mais c'est vous qui m'avez suppliée de vous aider à un moment qui tombait particulièrement mal par rapport à ma carrière. Alors si vous souhaitez vraiment découvrir ce qui s'est passé, vous arrêtez de me mettre des bâtons dans les roues, sinon j'abandonne.

— Seigneur !

Corrie laissa retomber sa tête sur l'oreiller.

— Bon, je trouverai un moyen, OK ? En attendant, prenez un peu de repos, nous ne risquons pas de chômer dans les temps à venir, toutes les deux. Et soignez prudente.

Sur ces mots, elle raccrocha.

***

À une trentaine de kilomètres de là, dans une petite pièce insonorisée débordant de matériel électronique, le lieutenant Woodbridge arrêta l'enregistrement d'un clic de souris, puis elle se tourna vers le général McGurk.

— Bravo, la communication passait cinq sur cinq.

Elle remonta le curseur en arrière sur l'écran et la voix de Nora Kelly s'échappa du haut-parleur de l'ordinateur : *Si jamais je retrouve la trace de cet Apache et qu'il est encore en vie, il nous expliquera ce qui s'est réellement passé. Peut-être même pourra-t-il nous conduire au trésor.*

— Formidable, lieutenant, réagit le général. Formidable.

— Que faisons-nous s'ils découvrent le lieu, mon général ?

— Dans ce cas, je veillerai à ce qu'ils n'aient jamais l'occasion d'en parler à quiconque, répondit McGurk d'une voix sourde.

37

— Vous dites que Gower avait un complice, c'est bien ça ? demanda Morwood.

— Oui, monsieur, répondit Corrie.

On était en tout début d'après-midi et Morwood feuilletait la déposition de Nora et Skip Kelly, recueillie le matin comme prévu.

— Un complice qui n'aurait pas accompagné Gower ce jour-là, mais qui s'enfuit comme un voleur en voyant son compagnon revenir à l'article de la mort.

— C'est ce que pense la professeure Kelly.

— Il n'en trouve pas moins le temps d'enterrer Gower et d'abattre la mule tout en abandonnant cette croix en or derrière lui.

Corrie soupira intérieurement. C'est vrai, ce détail était pour le moins curieux et les doutes de Morwood pouvaient se comprendre.

— De toute façon, les découvertes de la professeure Kelly ne semblent avoir aucun rapport avec l'agression de la nuit dernière.

— Aucun lien n'a pu être établi entre les deux, en effet.

Morwood, qui regardait les photos annexées au dossier, se figea brusquement.

— Seigneur ! Je rêve, ou bien ceci est un couteau Zero Tolerance ?

— C'est le cas, monsieur.

— Votre archéologue avait emporté une arme pareille ?

— Oui, monsieur.

— Ce couteau est un objet de collection. Il mériterait d'être conservé dans une vitrine, et non au fond d'une poche.

— En tout cas, cette arme lui a permis de blesser l'un de ses agresseurs. Nous avons recueilli le sang et les tissus humains qui se trouvaient sur la lame dans l'espoir d'identifier l'intéressé.

Corrie omit consciencieusement de préciser que Nora avait refusé que son précieux couteau soit placé sous scellés.

— Si cette femme sait se servir d'un couteau, c'est un sérieux atout. Nous ne devrions pas avoir de mal à remonter la piste, déclara Morwood en reposant le rapport avant d'en saisir un autre sur son bureau. J'ai envoyé une équipe sur place afin de sécuriser le site.

— De quel site parlez-vous ? High Lonesome ?

Morwood hocha la tête d'un mouvement sec.

— Je compte m'y rendre personnellement dès demain matin.

Corrie se retint de poser la question qui lui brûlait les lèvres. De toute façon, Morwood en avait deviné la teneur.

— Oui, je reprends en main l'enquête.

Un silence consterné accueillit sa déclaration et il en profita pour ouvrir le document dont il venait de s'emparer.

— Je viens de recevoir le rapport d'autopsie de Rivers. Les analyses sanguines et toxicologiques montrent qu'il a été victime du...

Il consulta brièvement le document.

— ... du syndrome de Brugada.

— Le syndrome de Brugada ? répéta Corrie.

— Je n'en avais jamais entendu parler, moi non plus. Le rapport évoque un « syndrome de Brugada, provoqué par une injection de carbamazépine ». De ce que j'ai cru comprendre, certains individus souffrant de problèmes cardiaques, ce qui était le cas de notre ami Rivers, peuvent être victimes de graves arythmies si on leur injecte un bloqueur des canaux sodiques comme la carbamazépine. Le rapport d'autopsie regorge de jargon scientifique : il parle de tachycardie ventriculaire polymorphe, de canaux sodiques dépendants du voltage, de cardiomyopathie dilatée. Libre à vous de vous plonger dans cette prose, ajouta-t-il en se débarrassant du rapport qui atterrit sur celui de Corrie. Toujours est-il que nous sommes en présence d'un meurtre. Rivers a été assassiné, sans doute par quelqu'un qui connaissait son état de santé. Il a trempé dans un certain nombre de trafics louches, notamment celui des antiquités. Nous avons la conviction que la silhouette aperçue sur les vidéos de surveillance de l'hôpital est celle du meurtrier. Le fait que Rivers ait été assassiné vient sérieusement compliquer le dossier, et j'ai décidé de m'y impliquer.

— Vous me retirez l'enquête ?

Corrie s'en voulut aussitôt d'avoir posé une question pareille, au risque de passer pour une pleurnicharde.

— Ne le prenez pas personnellement, Corrie. La procédure veut qu'une enquête placée sous la responsabilité d'un agent en période probatoire soit reprise par son responsable dans certaines circonstances.

Il ponctua sa phrase d'un coup de poing sur les rapports.

— Vous avez toutes les raisons d'être fière de ce travail. En particulier des découvertes initiales relatives à Gower. Votre intuition ne vous a jamais trompée, en particulier à l'hôpital, mais il est nécessaire de passer à la vitesse supérieure, même s'il est difficile de savoir si les deux affaires sont liées entre elles. Vous me comprenez, j'espère ?

— Oui, monsieur, répondit machinalement Corrie d'une voix lointaine.

Morwood afficha un petit sourire.

— Vous me comprenez, mais vous êtes furieuse. Je le serais également, à votre place. Je ne peux que vous inciter à regarder le bon côté de la situation : vous participez aujourd'hui à une enquête autrement plus importante que ce que vous imaginiez le jour de votre premier déplacement à High Lonesome. Sans compter que vous continuerez de suivre des pistes d'une importance vitale : je veux parler des aspects médico-légaux, du corps irradié, de l'origine de cette croix en or. Autant de domaines dans lesquels vous excellez, comme vous me l'avez rappelé à diverses reprises. Croyez-moi, vous avez du pain sur la planche.

Regarder le bon côté de la situation.

— Je vous remercie, monsieur, dit Corrie avec un hochement de tête.

— Il est trop tôt pour me remercier. Nous ne sommes pas au bout de nos peines.

— Mais…

En dépit du choc qu'elle venait de recevoir, Corrie avait mille questions à poser : Rivers travaillait-il pour le compte de quelqu'un d'autre ? Quel rôle jouaient le général McGurk et la base de White Sands dans ce mystère ? L'autoriserait-on à sortir le sac médecine des scellés pour le confier à Nora Kelly ? Le regard impatient que posait Morwood sur elle lui indiqua qu'il était temps de se lever, de saluer son chef et de s'éclipser.

Le sac médecine et le reste attendraient.

38

Corrie Swanson trouva une place à quelques mètres du Space Harbor Bar. Elle descendit de voiture aux dernières lueurs du couchant et commença par examiner la façade. Alamogordo, étalée au pied des monts Sacramento, était une bourgade nettement plus importante qu'elle l'imaginait. Une ville de militaires et de fonctionnaires dépourvue de charme.

On lui avait expliqué que le Space Harbor Bar était le rendez-vous de prédilection des soldats de White Sands et du personnel de l'Air Force basés à Holloman. Elle hésita à repartir, persuadée d'avoir été mal inspirée en venant jusque-là. D'un autre côté, Morwood ne lui avait pas interdit de s'intéresser à White Sands, à condition de rester discrète. Il lui fallait bien avancer, elle ne disposait d'aucun indice nouveau, le vieil almanach découvert à la ferme Gower ne présentait finalement aucun intérêt. Et puis rien n'interdisait à une jeune femme de son âge d'aller boire quelques verres dans un bar, qu'elle fasse partie ou non du FBI.

Comme Morwood s'était montré peu bavard sur l'enquête, autant qu'elle aille à la pêche elle-même. Une pêche en plein désert.

Elle prit longuement sa respiration, lissa sa jupe, s'ébouriffa les cheveux et se dirigea d'un pas décidé vers l'établissement dont le néon clignotant figurait une navette spatiale au décollage. Elle s'arrêta sur le seuil, prit la mesure du décor ambiant et se demanda une fois encore quelle était la meilleure façon de s'y prendre. Il était à peine 20 heures et le lieu débordait de monde. La clientèle de ce mardi soir était essentiellement constituée de soldats en uniforme et elle se rassura en constatant que nombre d'entre eux étaient des femmes. L'endroit manquait de charme, avec son curieux mélange de chrome et de skaï, mais tout indiquait un établissement correct, à l'atmosphère à la fois vivante et sage.

Elle s'approcha du bar et un militaire descendit aussitôt de son tabouret.

— Je peux vous offrir un siège ?

Corrie lui adressa un sourire encourageant.

— Oui, volontiers, répondit-elle en se hissant sur l'assise encore chaude.

— Je m'appelle Billy, poursuivit le jeune soldat.

Un gamin de vingt-deux ou vingt-trois ans tout au plus, propre sur lui avec la coupe en brosse de rigueur. Corrie se força à se souvenir qu'elle était à peine plus vieille que lui.

— Et moi Corrie.

— Enchanté, Corrie. Je peux vous proposer un verre ?

— Pourquoi pas ? Je veux bien une Alamogordo Pilsner, décida-t-elle en posant les yeux sur les sigles accrochés aux leviers de bière pression.

Le jeune militaire relaya la commande et signala au barman de le resservir en posant un billet de vingt sur le comptoir. On sentait qu'il avait déjà bien entamé la soirée.

— Vous vivez dans le coin ? s'enquit Billy en collant Corrie d'un peu trop près.

— Je suis d'Albuquerque.

— C'est pas la porte à côté. Vous faites quoi dans la région ?

— Je suis là pour mon travail.

Il hocha la tête, vida sa bière et en commanda une autre. Corrie, qui avait à peine trempé les lèvres dans son verre, s'empressa de changer de sujet.

— Vous êtes basé à White Sands ?

— Eh oui. Je suis technicien SNE.

— SNE ?

— Service de neutralisation d'explosifs. On démine les bombes et les explosifs à l'aide de robots, ou bien en combinaison spéciale. Je suis actuellement en formation à White Sands avant d'être réaffecté ailleurs par la suite.

— Ça doit être super intéressant.

Billy, qui avait vidé sa nouvelle bière, entama la suivante. Corrie n'avait jamais vu quelqu'un doté d'une telle descente.

— Carrément intéressant, même.

Il se pencha vers Corrie.

— Vous créchez où ?

Toi, il ne t'aura pas fallu longtemps, se dit Corrie.

— Chez mon père.

— Ah, vous avez de la famille par ici ? demanda-t-il en vidant son verre.

Il était temps de penser à son enquête.

— Technicien SNE ? Quel effet ça fait de vivre sur une base comme White Sands ? Vous voyez souvent le général McGurk ?

— Le général McGurk ? répéta le jeune soldat, perdu. Vous rigolez ? On le voit jamais.

Il leva le bras en agitant la main en l'air.

— Il est tout en haut de la pyramide.

— Pas mal de rumeurs circulent pourtant à son sujet.

— Ah bon ? Première nouvelle. Dites-moi, Corrie, poursuivit-il en l'asphyxiant de son haleine chargée de bière. Je suis d'accord pour parler de McGurk ou de ce que vous voulez, mais pas ici.

Il tituba et elle crut qu'il allait tomber sur elle.

— Pourquoi ? C'est cool, ici.

— Allez, mon pick-up est garé…

Corrie avala une dernière gorgée de bière, reposa le verre sur le comptoir et se leva.

— Non merci.

— Allez, ma chérie… hé ! Ne partez pas !

Il s'écroula au pied du tabouret et Corrie fut contrainte d'exécuter un écart pour l'éviter. Dans la confusion, un officier s'interposa entre elle et Billy qui tentait péniblement de se relever.

— Je suis désolé, s'excusa-t-il en l'entraînant, une main dans le creux de ses reins. Mieux vaut ne pas rester là.

Les copains de Billy, attroupés autour de lui, l'aidèrent à épousseter son uniforme tandis que le barman leur demandait en termes clairs de quitter son établissement.

L'officier conduisit habilement Corrie jusqu'à une table.

— Vous prendrez bien un verre avec moi.

— Bien sûr, accepta-t-elle.

Il l'installa sur une chaise et s'assit en face d'elle. Il portait une barrette argentée sur chacune des pointes de col de sa chemise kaki, différente des tenues camouflages de la majorité des occupants du bar. Proche de la trentaine, des yeux d'un bleu intense, musclé et joli garçon, il se tenait avec une raideur toute militaire. Une proie nettement plus intéressante que le malheureux Billy.

— Je m'appelle Ben. Ben Morse.

— Corrie Swanson.

— Les crétins de son espèce font honte à l'armée. Je devrais peut-être en parler à sa hiérarchie.

— Ne faites pas ça, il est inoffensif.

Pas question de se laisser entraîner dans un pataquès disciplinaire quelconque.

Il lui sourit.

— D'accord, mais c'est bien parce que vous me le demandez.

Une serveuse s'approcha, à laquelle Corrie commanda une autre bière alors que Morse choisissait un gin tonic. Pas question de boire davantage avec la route qui l'attendait. Il lui fallait entrer dans le vif du sujet et elle lui adressa son plus beau sourire.

— Je n'y connais rien aux grades militaires. À quoi correspondent ces barrettes sur votre chemise ?

— Ce sont celles de lieutenant. Lieutenant Morse à votre service, plaisanta-t-il en se mettant au garde-à-vous.

— Alors vous êtes officier.

— Sous-officier, plus exactement. Plus pour longtemps, je m'envole pour San Diego dans deux jours.

San Diego ?!

— Vous voulez dire que vous êtes d'active dans la Marine ?

Un grand sourire illumina son visage.

— Bien sûr, pourquoi ?

— Je ne sais pas..., hésita Corrie. Je croyais qu'il n'y avait que des bases de l'armée et de l'Air Force ici. Surtout en plein désert. Le navire le plus proche se trouve à plusieurs centaines de kilomètres.

— On ne se contente pas de naviguer dans la Marine. Si on prend mon exemple, je travaille comme opérateur radio. Je suis en poste sur la base, à une dizaine de kilomètres au nord-est du site de Trinity. Juste à côté de Picacho Peak.

La serveuse revenait au même instant avec la commande et ils trinquèrent.

— Communication radio ? Vous passez quoi comme musique ? Le Top 50 ?

Morse pouffa de rire.

— Notre auditoire se limite aux sous-mariniers.

— Vous plaisantez ?

Morse répondit par la négative d'un mouvement de tête.

— Les ondes radio à basse fréquence ont la capacité de se déplacer aussi bien dans l'eau que dans la terre. C'est grâce à cette propriété qu'on reste en communication avec les sous-marins. Les conditions sont idéales pour ça localement, ce qui explique la présence d'une unité navale dans une base de l'armée de terre.

Il marqua une pause.

— Désolé, mais je ne suis pas autorisé à en dire davantage.

— Aucun souci, je comprends très bien.

Corrie comprenait surtout, à la façon amère dont il avait évoqué son « unité navale », qu'il n'était pas heureux de son affectation.

— Je me trompe peut-être, mais ça ne doit pas être drôle tous les jours de se retrouver en poste aussi loin de la mer, dans un coin paumé au milieu de Terriens qui considèrent probablement leurs collègues de la Marine comme des intrus.

— Ce n'est pas si terrible, répliqua-t-il sur un ton qui trahissait son acrimonie.

— Il vous arrive de croiser le général McGurk ? s'enquit-elle le plus naturellement du monde, dans l'espoir qu'il ne s'aperçoive de rien.

Le verre du jeune lieutenant se figea dans sa main.

— Vous le connaissez ?

— Non, pas du tout. C'est juste que j'avais un ami, officier lui aussi, qui n'avait pas beaucoup d'admiration pour lui.

— Ça ne m'étonne pas.

— Pourquoi dites-vous ça ?

— Je n'aime pas déblatérer sur mes collègues, mais…

Corrie attendit la suite, le cœur battant. Contre toute attente, l'opération de ce soir allait porter ses fruits.

— Le commandement de White Sands change souvent, et la plupart de ces types ont au moins la notion que le protocole a son utilité dans l'armée. Comme le père de McGurk a servi sur la base comme lieutenant dans les années 1960, son fils est persuadé d'avoir tous les droits.

Voilà une information à laquelle Corrie ne s'attendait pas. Le père du général était déjà en poste sur cette base. Elle dissimula sa surprise.

— Ça confirme ce que disait mon ami. Quand vous dites qu'il est persuadé d'avoir tous les droits, de quelle façon se comporte-t-il exactement ?

Le lieutenant avala une petite gorgée.

— Depuis son arrivée, il y a un peu plus d'un an, il a complètement bouleversé le déroulement des essais et des exercices. Il a même modifié les cibles, histoire d'affirmer son pouvoir.

— Pour quelle raison, exactement ?

Morse observa Corrie en plissant les yeux.

— Pourquoi vous intéressez-vous à tout ça ?

Comprenant qu'elle était allée trop loin, elle prit soudain une décision, sans savoir si elle avait tort ou raison. Elle tira de sa poche son badge et sa carte professionnelle du Bureau et les posa sur la table sans un mot. Morse resta un long moment comme hypnotisé, puis il releva la tête.

— Vous faites vraiment partie du FBI ?

— Oui, je suis enquêtrice.

Il la dévisagea d'un air ébahi avant de se reprendre en rougissant.

— Ne m'en veuillez pas, mais je suis sur les fesses. Vous ne...

Il laissa sa phrase en suspens.

— Je ne ressemble pas à un agent du FBI, c'est ça ? Pas de souci, vous n'êtes pas le premier.

Tout en parlant, elle réfléchissait au meilleur moyen de tirer avantage de la situation.

— C'est l'une de mes premières enquêtes, précisa-t-elle dans un souffle. Je vous serais très reconnaissante si vous acceptiez de m'aider.

Il se remplit longuement les poumons.

— De quoi s'agit-il ?

— Puis-je vous demander de garder notre entretien confidentiel ?

— Pas tant que je ne saurai pas de quoi relève votre enquête.

OK, il était temps de changer d'approche.

— Nous enquêtons actuellement sur un décès lié à la base de White Sands, se lança-t-elle d'une voix qu'elle voulait pleine d'assurance. Sans être en mesure de vous fournir plus de détails, je tiens à préciser que personne sur la base n'est soupçonné de rien, le général McGurk pas plus qu'un autre. Je peux vous assurer que tout ce que vous pourrez me dire restera entre nous.

Un pli barra le front de Morse.

— À mon tour de vous donner une précision, de sorte que vous ne preniez pas en mauvaise part ce que je vais vous expliquer. Vous l'avez deviné, il existe des frictions entre mon unité et l'armée. McGurk nous considère comme de vulgaires squatters et je sais que les types de l'Air Force sur la base d'Holloman ne le voient pas non plus d'un très bon œil. Il passe son temps à marcher sur les plates-bandes des autres et Woodbridge, la femme lieutenant qui lui sert de pitbull, est un animal à sang froid aussi avenant qu'un crotale. Comme vous pouvez l'imaginer, les rumeurs vont bon train, mais je serais infichu de vous dire si elles sont fondées ou non.

— Merci de votre franchise. Je suis curieuse d'en savoir davantage sur le père de McGurk.

Le lieutenant jeta un regard autour de lui et se pencha vers Corrie.

— Je ne sais *rien* à proprement parler, en dehors de ce qui se raconte.

— Parlez sans crainte. Tout ça est officieux, je ne prends même pas de notes.

Morse parut soulagé.

— Certaines rumeurs sont ridicules.

— Ce sont précisément celles qui m'intéressent.

Le jeune officier fut pris d'une nouvelle hésitation.

— Où êtes-vous en poste ? À Albuquerque ?

— Oui.

— Depuis longtemps ?

— Quelques mois.

— Avez-vous déjà entendu parler du trésor de Victorio Peak ?

Un frisson parcourut la colonne vertébrale de Corrie.

— Oui, un peu.

— À l'époque où Lyndon Johnson était président, il aurait entendu parler de cette légende. Avec le secrétaire aux Armées et le gouverneur du Texas, ils auraient mis sur pied une opération secrète dans l'espoir de retrouver ce trésor grâce à des technologies de pointe, en y associant des officiers de White Sands et d'Holloman.

— Dois-je deviner que le père de McGurk en faisait partie ?

— C'est ce qu'on dit.

— Leurs recherches ont-elles… abouti ?

— Ça dépend des versions. Certains disent que oui, d'autres affirment qu'ils n'ont rien trouvé, en dépit des nombreux forages effectués un peu partout dans la montagne. Tout simplement parce que ce trésor n'existe pas.

Il vida son verre.

— Et le général McGurk, dans tout ça ?

Morse haussa les épaules.

— On prétend qu'il aurait fait des pieds et des mains pour obtenir le poste de commandant de White Sands dans le seul but de réussir là où son père avait échoué. Ce qui expliquerait les changements intervenus au niveau des sites de test. Il profiterait des essais pour mener sa course au trésor. Chaque fois que les équipes du SNE interviennent, elles font exploser sur place les missiles qui n'ont pas fonctionné. On raconte que McGurk envoie des missiles bidons exprès pour provoquer des explosions susceptibles de révéler l'emplacement de la grotte dans laquelle est prétendument enterré l'or.

— Seigneur, murmura Corrie.

— Je ne vous le fais pas dire. Je vous avais bien précisé que ces histoires étaient ridicules. Je n'en sais pas plus.

Il tapota du doigt le verre vide de Corrie.

— Une autre ? J'ai juste le temps d'une petite dernière avant de repartir à la base.

39

— Il serait sans doute préférable que vous vous rendiez seule sur place, dit Watts, installé derrière son vieux bureau au plateau éraflé. Si vous êtes accompagnée d'un flic, on risque de vous regarder de travers.

— Vous connaissez des gens à Mescalero, rétorqua Nora Kelly. Fournissez-moi au moins quelques noms. Je ne peux pas arriver chez ces gens comme une fleur.

Watts hocha la tête.

— D'accord, je peux vous fournir un nom.

Il feuilleta l'antique classeur rotatif posé devant lui et griffonna quelques lignes sur une feuille qu'il tendit à l'archéologue.

— Emmaline Eskaminzin. Elle est membre du conseil tribal, et c'est également une avocate qui s'est occupée de plusieurs cas de femmes indiennes disparues. Je lui ai prêté assistance en enquêtant dans le comté de Socorro.

— Je vous remercie.

— Pour ne rien gâcher, c'est une arrière-arrière-arrière-petite-fille de Geronimo.

— Waouh !

— Un conseil, ne lui en parlez pas, à moins qu'elle n'aborde elle-même le sujet.

Le shérif croisa les mains derrière la nuque et se pencha en arrière en faisant grincer son vénérable fauteuil en bois.

— Le contenu de ce sac médecine est sacré, vous savez. Vous risquez d'avoir le plus grand mal à délier la langue de ces gens.

Comme Nora ne disait rien, il enchaîna :

— Ça tiendrait du miracle que vous parveniez à identifier le propriétaire de ce sac. Et quand bien même, l'intéressé est mort depuis belle lurette.

Nora réunit les photos qu'elle avait apportées et les glissa dans leur enveloppe de papier kraft.

— Ce sera toujours une occasion de quitter cette fichue région.

Le sourire de Watts s'effaça et son front se plissa.

— Toujours rien au sujet de ces types qui vous ont tendu une embuscade à High Lonesome ?

— Pas à ma connaissance. Corrie me dit qu'ils n'ont laissé aucune trace derrière eux, ce qui tendrait à prouver que nous sommes en présence de pros.

— J'ai entendu dire que vous leur aviez laissé un petit souvenir. Un souvenir durable, espérons-le.

Watts marqua un léger temps d'arrêt avant de poursuivre :

— Je me trompe, ou vous vous impliquez beaucoup dans ce projet ? Car il ne s'agit pas d'archéologie à proprement parler.

Comme si je ne le savais pas. Nora parvint à refréner son envie de répondre à voix haute. Son permis de fouille à Tsankawi arrivait à échéance. Adelsky avait fait son possible, mais il attendait impatiemment son retour. Quant à l'Institut, elle y brillait par son absence.

— À votre place, shérif, je tirerais les conclusions de ce qui m'est arrivé. Si Corrie Swanson requiert votre aide, réfléchissez à deux fois avant d'accepter. J'ai personnellement mis le doigt dans l'engrenage en acceptant une simple visite à High Lonesome. Voyez où ça m'a conduite. Il faut bien reconnaître que ce mystère est prenant, reconnut-elle.

Le visage de Watts se dérida à nouveau.

— Alors il ne me reste plus qu'à vous souhaiter bonne chance.

La ville de Mescalero, à l'est de la base de White Sands, se nichait au creux d'une vallée montagneuse entourée de collines couvertes de pins. Nora se fit la réflexion qu'elle aurait pu se trouver dans le Wyoming, ou même au Canada, en ralentissant à l'approche de la bourgade. Elle peinait à croire que le désert commençait à trente kilomètres de là.

Elle remonta la rue principale jusqu'au parking de la modeste bâtisse abritant le conseil tribal. Elle récupéra son sac à dos posé sur le siège voisin et gagna le bâtiment.

— J'ai rendez-vous avec Emmaline Eskaminzin, signala-t-elle à la femme en poste à l'accueil.

— Troisième porte à droite.

Elle s'engagea dans le couloir en s'efforçant de tempérer sa nervosité. La porte de la pièce indiquée était ouverte et la femme installée derrière son bureau se leva. Grande et musclée, la trentaine, la juriste était vêtue du costume strict et du chemisier de soie de rigueur. Les deux nattes attachées dans son dos avec un ruban de couleur étaient sa seule concession à ses origines apaches.

— Professeure Kelly ? Asseyez-vous, je vous en prie.

Nora s'installa sur le siège indiqué.

— Que puis-je pour vous ? s'enquit la femme en croisant les mains devant elle, un sourire aux lèvres. Je vous ai trouvée bien mystérieuse au téléphone.

Elle s'exprimait d'une voix grave et feutrée. Nora avait réfléchi aux diverses façons de présenter sa requête, mais à la vue de son interlocutrice, elle estima que le plus sage était encore de se montrer franche.

— Je suis archéologue de métier, ce qui m'a conduite à entreprendre un travail de consultante pour le FBI. Dans le cadre de cette mission, j'essaye actuellement d'identifier le propriétaire d'un sac médecine retrouvé récemment sur un site de fouille. Tout indique qu'il appartenait à un Apache.

— Un sac médecine ? demanda Eskaminzin. Comment savez-vous qu'il était la propriété d'un Apache ?

— Je n'en ai pas la certitude, mais les reliques qu'il contient semblent être d'origine apache.

— L'avez-vous apporté ?

Nora sortit de son sac une boîte qu'elle posa sur le bureau. L'avocate ne saurait jamais quels trésors d'inventivité il lui avait fallu pour convaincre Corrie de la lui confier.

Eskaminzin examina la boîte sans y toucher.

— Puis-je vous demander où vous avez trouvé cet objet ?

— Dans une ville fantôme nommée High Lonesome, au pied des monts San Andres, au nord du Jornada del Muerto. Mais vous connaissez peut-être l'endroit ?

— J'en ai entendu parler. Vous avez parlé du FBI. S'agit-il d'une enquête criminelle ?

— Non, répondit Nora. Pas pour l'heure, tout du moins. Le propriétaire de ce sac médecine n'est impliqué dans aucun délit. En outre, le sac médecine était enterré depuis soixante-quinze ans.

Eskaminzin fit la moue, hypnotisée par la boîte, et un profond silence retomba sur la pièce. Nora comprit que son interlocutrice n'était pas femme à parler avant d'avoir mûrement réfléchi.

— Dans la culture apache, dit-elle d'une voix lente, le sac médecine est un objet intime que l'on ne montre à personne. Je m'étonne que celui-ci ait pu être abandonné.

Nora hocha la tête.

— Je comprends.

— Peut-être pouvez-vous m'expliquer pourquoi il est si important d'identifier son propriétaire ?

— C'est une curieuse histoire. Au mois de juillet 1945, le propriétaire de ce talisman et un individu du nom de James Gower sont partis camper à High Lonesome, à la recherche d'un objet indéterminé dans le désert. Là réside le mystère, nous ne savons pas ce qu'ils cherchaient. À l'aube du 16 juillet, Gower traversait le désert à dos de mule au moment où a été déclenchée l'opération Trinity. Connaissez-vous l'histoire de cet essai nucléaire?

— Je connais même extrêmement bien cet épisode, répondit Eskaminzin. La bombe a explosé sur nos terres ancestrales et en a contaminé une bonne partie. Poursuivez, je vous en prie.

— Gower a réussi à regagner High Lonesome, mais la dose de radiations qu'il avait reçue était létale et il est mort très vite. Son compagnon l'a enterré selon la coutume apache, recroquevillé sur lui-même, puis il a pris la fuite en abandonnant son sac médecine.

— Il faut qu'il ait été effrayé à l'extrême pour agir de la sorte.

— Il a assisté à l'explosion.

— Vous voulez dire qu'il l'a *vue*?

— Le lieu de la détonation se trouvait au pied des collines sur lesquelles il campait.

— Quelle horreur.

— Il y a quelques semaines, le corps de Gower a été découvert à High Lonesome. Comme le lieu est la propriété de l'État fédéral, le FBI a ouvert une enquête. On m'a demandé d'exhumer le corps et de fouiller l'ancien campement, où j'ai retrouvé ce talisman.

Eskaminzin observa un long silence sans rien trahir de ses émotions.

— Ouvrez la boîte, s'il vous plaît, finit-elle par demander.

Nora souleva le couvercle, sortit le sac médecine et le tendit à Eskaminzin. Celle-ci prit à deux mains la pochette en daim qu'elle examina sur toutes ses faces avant de l'ouvrir et d'aligner son contenu sur le bureau. Elle s'empara des reliques une à une afin de les observer en détail. Son examen achevé, elle reposa la dernière et releva les yeux.

— Nantan Taza.

— Je vous demande pardon?

— Ce sac médecine appartenait à Nantan Taza.

— Comment le savez-vous ?

— Chaque sac médecine est composé de reliques propres à un clan. Nantan Taza était le frère de mon grand-père. La coïncidence peut paraître troublante, mais notre tribu compte un nombre limité de familles.

Nora n'en revenait pas que la chance ait pu lui sourire de la sorte.

— Que pouvez-vous me dire au sujet de Nantan Taza ?

Eskaminzin croisa les mains.

— Ce que vous venez de me raconter au sujet de l'explosion atomique éclaire son histoire d'un jour nouveau. Nous nous sommes longtemps interrogés sur son comportement étrange.

— C'est-à-dire ?

— Tout le monde s'accorde à reconnaître que Nantan était un adolescent rêveur et insouciant. Jusqu'au jour où il s'est brusquement renfermé sur lui-même.

— Cette métamorphose est-elle survenue au moment de l'essai atomique ?

— Oui. Il ne s'est jamais marié, n'a jamais eu d'enfant, il s'est contenté de vivre des terres sur lesquelles il élevait du bétail. C'était également un bon chasseur. Il se distinguait des autres par sa nature solitaire, mais aussi par ses pouvoirs divinatoires. Du moins est-ce ce qu'on m'a rapporté. On allait parfois le consulter pour prédire l'avenir, ou recueillir des conseils d'ordre spirituel. C'était un personnage très sombre. Le rire et l'humour occupent une place importante dans la culture apache, mais je ne l'ai jamais vu ne serait-ce que sourire. On aurait pu croire qu'il avait croisé le chemin du diable. À vous entendre, ce n'est pas loin de la vérité.

— Qu'est-il devenu ?

— Il nous a quittés il y a une dizaine d'années.

— Vous voulez dire qu'il est mort ?

— Non, il est parti.

— Où ?

— Personne ne le sait.

— Il est parti tout seul ? À l'âge de quatre-vingt-cinq ans ?

— Laissez-moi vous expliquer. Nantan Taza a longtemps été un individu très respecté. Le temps passant, les plus jeunes ont commencé à douter de ses pouvoirs, ils ne voulaient voir en lui qu'un vieil homme grincheux. Certains se sont moqués de lui, au point que plus personne ne venait le consulter. J'imagine qu'il se sera senti inutile. Un beau jour, il a réuni ses possessions dans un sac, pris son fusil et son cheval, et il s'est enfoncé dans la montagne.

Nora afficha une mine perplexe.

— Pourquoi prendre une telle décision ?

— À l'époque où la tribu était nomade, il arrivait qu'un ancien choisisse de s'exiler plutôt que de représenter un poids pour la communauté. C'était en particulier le cas à l'époque de la lutte contre les Mexicains et les Américains, lorsqu'il nous fallait nous déplacer constamment. Le geste de mon grand-oncle est sans doute anachronique, mais il n'est pas inhabituel en soi.

— Il est donc parti tout seul. Savez-vous s'il est mort ?

— Personne ne le sait. La réserve s'étend sur plus de deux mille kilomètres carrés. On y trouve du gibier et de l'eau à profusion, il a fort bien pu se retirer dans un canyon éloigné sans que personne ne le sache.

— Cela signifierait qu'il serait âgé de quatre-vingt-quinze ans aujourd'hui ? Seul en pleine nature depuis une décennie… ? J'ai du mal à croire qu'il ait pu survivre.

Eskaminzin lui adressa un sourire indulgent.

— Nous sommes les héritiers de Geronimo, de Cochise et de Victorio. Nous sommes un peuple de survivants.

— S'il est encore en vie… y aurait-il un moyen de savoir où il se trouve ?

Eskaminzin médita longtemps la question.

— Au cours des dernières années de son séjour ici, il se faisait aider par un jeune garçon qui lui apportait ses courses, coupait du bois, s'occupait du bétail. En échange, Nantan lui racontait des histoires. Lorsqu'il a disparu, ce garçon a été très perturbé.

— Pourrais-je lui parler ?

— C'est un jeune homme à présent. Vous le trouverez à Albuquerque, il travaille dans une banque.

Elle traça quelques mots sur une feuille qu'elle tendit à Nora.

— Il se nomme Nick Espejo.

Nora se leva.

— Vous m'avez apporté une aide précieuse. Je vous en saurai gré.

Elle rassembla dans la poche en daim les reliques alignées sur le bureau et replaça le tout dans la boîte. Elle allait quitter la pièce lorsque l'avocate l'interpella.

— Je vous prie de traiter ce sac médecine avec le plus grand respect.

40

— Ne raccrochez pas ! implora la voix à l'instant où Corrie prit la communication. Je vous en prie…

Elle n'avait eu aucun mal à identifier son interlocuteur. Elle aurait volontiers raccroché, mais elle était ravie d'avoir une telle occasion de dire à Jesse Gower qu'il remportait la palme de tous les losers, ringards, connards, toxicos et autres pervers dont elle avait pu croiser la route. Elle se mordit la langue en se souvenant que l'enquête n'était pas bouclée et que Gower était un témoin de premier plan.

— Écoutez, je tiens à m'excuser, même si j'ai conscience que ça ne sert à rien, enchaîna Gower. Vous savez comme moi que je ne suis pas bien dans ma tête. Ce n'est pas un alibi, juste une explication. J'ai beaucoup de mal à accorder ma confiance à tous ceux qui figurent l'autorité. Je tiens ça de mon père, qui le tenait de mon grand-père. Chaque fois qu'un flic s'adresse à moi, je suis persuadé qu'il cherche à me piéger. Quand vous êtes venue l'autre jour, je n'avais pas eu de conversation aussi longue avec quelqu'un depuis une demi-douzaine d'années. Ça vous donne une idée de l'existence pathétique que je mène. Les questions que vous m'avez posées, l'intérêt que vous avez manifesté, tout ça, je ne suis pas habitué. J'ai fait une crise de parano. En général, les gens s'intéressent uniquement à moi pour me réclamer du fric.

Il ponctua sa tirade d'un rire sans joie.

Corrie choisit de rester silencieuse, même si l'excuse tenait la route. Du moins paraissait-elle sincère. Elle avait toutefois réfléchi depuis qu'il l'avait chassée de son ranch. Il en avait révélé davantage qu'il ne le croyait pendant leur conversation. Aux yeux de Corrie, il était évident que Gower avait mis en gage certains objets. L'allusion au camée de sa mère en était la preuve. Elle n'aurait pas été surprise d'apprendre qu'il vendait des objets anciens. S'il se montrait aussi susceptible au sujet de sa cabane à outils, sans doute était-ce parce qu'elle lui servait de dépôt. Et puis il y avait cette phrase qu'il avait laissée en suspens, de façon très significative...

— Oui ? dit-elle en s'apercevant qu'il s'était arrêté de parler.

— Je vous demandais si vous accepteriez un gage de réconciliation ?

— Lequel ? Une provision de drogue ? Désolée, je ne mange pas de ce pain-là.

— Vous êtes injuste, se plaignit-il d'une voix amère.

Elle soupira.

— À quel gage de réconciliation pensez-vous ?

— Je ne vais pas vous le dire au téléphone, ça gâcherait la surprise.

— Écoutez, Jesse. Vous vivez au bout du monde et j'ai déjà fait le voyage à deux reprises, tout ça pour que vous me jetiez dehors. Vous allez devoir consentir un petit effort si vous souhaitez que je revienne.

— Très bien. Je ne disais pas tout à fait la vérité en vous affirmant que l'autre objet précieux de mon arrière-grand-père avait disparu depuis belle lurette.

Comme Corrie restait sans réaction, il insista :

— Eh bien ?

— Eh bien quoi ?

— Vous ne me remerciez pas ? Je vous fournis pourtant un indice.

— Un indice de quoi ? J'étais déjà au courant.

— Ah bon ? On vous enseigne la télépathie au FBI ?

— Non, mais on nous apprend à nous intéresser aux phrases inachevées.

— En tant que romancier, je veille toujours à terminer mes phrases.

— Cela ne vous a pas empêché d'en laisser une en l'air la dernière fois.

— Ah ouais ? Et laquelle ?

Il s'était arrêté brusquement après avoir dit : « pas même en vendant… », mais elle n'avait pas l'intention de le lui rappeler.

— Quand j'ai su que votre arrière-grand-père possédait un autre objet de valeur que son chronomètre en or, j'ai compris que vous aviez envisagé de le vendre. Cela signifiait clairement que vous l'aviez encore en votre possession.

Contre toute attente, Jesse éclata de rire. Corrie, les sourcils froncés, attendit qu'il se reprenne.

— Je suis désolé, s'excusa-t-il. Je ne me moquais pas de vous. Plutôt de la façon dont vous aviez dérapé dans vos conclusions.

— De quelle façon ?

— Vous avez parlé d'un « objet de valeur » alors qu'il s'agit en réalité d'un « objet précieux ». La subtilité vous avait échappé, pas vrai ?

Il repartit d'un grand rire.

— La montre a disparu avec mon arrière-grand-père, mais pas cet autre objet. Personne n'a jamais compris pourquoi il y tenait tant. On aurait pu croire qu'il lui attribuait une valeur sacrée, personne n'avait le droit d'y toucher. Alors quand sa montre a disparu, l'objet en question a pris sa place en devenant une sorte de curiosité familiale. Alors, qu'en pensez-vous ?

— Je ne sais pas, répondit Corrie qui peinait à suivre ses divagations.

— Vous étiez pourtant sur la bonne piste, poursuivit Jesse. À l'époque de mon arrière-grand-père, ce précieux trésor était tout juste bon à finir en cage. Avec le temps, il a pris de la valeur. Peut-être *beaucoup* de valeur, même si Pertelote est la seule à en profiter.

— Vous n'avez jamais voulu vous en séparer alors que vous vendiez tout le contenu de votre cabane à outils ?

— Vous cherchez à m'énerver, ou quoi ? Juste au moment où je vous propose un gage de réconciliation.

— Vous dites que cet objet pourrait m'aider dans mon enquête ?

— Il ne pourrait certainement pas lui nuire.

Corrie soupira.

— Pourquoi ne pas me dire de quoi il s'agit, Jesse, au lieu de me servir toutes ces conneries ?

— Si vous voulez comprendre, vous devez voir par vous-même l'objet en question.

Elle hésita, se demandant si cela méritait un nouvelle expédition.

— Très bien. J'ai de la paperasse à remplir, mais je pars d'ici une heure.

— Je vous préparerai des œufs sur le plat pour votre peine. Si vous avez envie de boire autre chose que de l'eau ou de la bière, il vous faudra l'apporter vous-même.

41

Corrie passa en fin de compte deux bonnes heures à mettre à jour son rapport d'enquête avant de le transmettre à son chef. Son labeur achevé, elle quitta son box, gagna le parking et quitta la ville en se demandant si « l'objet précieux » de Gower n'était pas une connerie de plus.

Le trajet ne lui parut pas plus court que les fois précédentes, mais elle parvint à ne pas se perdre dans la nuit. Arrivée sur les ultimes chemins de terre battue, elle croisa un énorme Ford F-250 qui roulait bien trop vite. Furieuse, elle voulut relever la plaque d'immatriculation, mais celle-ci était couverte de boue et elle se contenta d'adresser un coup de klaxon rageur au conducteur du 4 × 4 qui disparut dans son rétroviseur au milieu d'un nuage de poussière. Jamais elle ne s'habituerait au désert ; à côté du Nouveau-Mexique, le Kansas était un paradis tropical.

Elle ralentit à l'approche du cabanon de Gower qu'elle s'étonna de trouver plongé dans le noir. Elle descendit de voiture et s'avança prudemment. Tout était silencieux.

— Gower ?

Pas de réponse.

— Jesse ? Vous êtes là ?

Comme le romancier ne se manifestait toujours pas, elle revient sur ses pas pour chercher une torche dans la voiture et s'assura que son arme était chargée avant de retourner au cabanon.

— Jesse ?

Où pouvait-il bien être ? La propriété était suffisamment petite pour qu'il l'entende, où qu'il soit. Ou alors, complètement défoncé, un casque sur les oreilles, il avait oublié sa venue.

Elle l'appela une nouvelle fois, sans plus de succès. Les marches de la véranda grincèrent sous son poids et elle s'aperçut à la lueur de la torche que la porte était entrouverte. Elle l'écarta de la pointe du pied, pénétra dans la maison, s'immobilisa dans le salon et le balaya avec le faisceau de sa lampe.

On aurait dit qu'une tornade avait traversé la pièce. Les vieux canapés, éventrés, vomissaient leur rembourrage. Les étagères avaient été arrachées et une montagne de livres, annotés d'une main qui devait être celle de Jesse, gisaient sur le plancher. Les tiroirs de la commode avaient été vidés, leur contenu sauvagement éparpillé. Les pages d'un manuscrit avaient volé dans tous les coins, les cadres avaient été décrochés, les lampadaires étaient renversés, tout comme la télé.

Elle enjamba comme elle le pouvait ce chantier indescriptible en continuant de fouiller les recoins à l'aide de sa torche et s'aventura dans la cuisine. Celle-ci n'était pas en meilleur état et elle tiqua en apercevant quatre œufs cassés au pied de l'antique cuisinière.

Je vous préparerai des œufs sur le plat pour votre peine. Si vous avez envie de boire autre chose que de l'eau ou de la bière, il vous faudra l'apporter vous-même.

Elle fit demi-tour et regagna la véranda, guidée par son instinct. Celui-ci lui soufflait que Jesse ne se trouvait pas dans la maison. Qui avait bien pu commettre un acte pareil ? Un dealer mécontent ? Un créancier furieux de ne pas être remboursé ? Le cabanon avait visiblement servi de théâtre à une sérieuse altercation avant d'être fouillé de fond en comble. Peut-être Jesse avait-il réussi à s'échapper par la porte de derrière, à moins qu'il n'ait été enlevé.

Elle repensa brusquement au 4 × 4 croisé un peu plus tôt.

Elle descendit les marches et fit courir autour d'elle le faisceau de la lampe. Si le poulailler paraissait intact, le cadenas de la cabane à outils avait été cisaillé.

Elle sortit son pistolet et s'immobilisa au milieu d'un silence de mort. Seule sa torche trouait la nuit et elle l'éteignit afin de s'habituer à l'obscurité. Elle ne tarda pas à distinguer la silhouette de la cabane dans le noir. Elle s'en approcha sans bruit, avec une infinie lenteur.

À part les battements de son cœur, tout était silencieux. Elle ouvrit le battant d'un grand coup de pied, s'accroupit aussitôt en position défensive et balaya l'intérieur de la cabane avec son arme.

— FBI, personne ne bouge ! aboya-t-elle.

Seul l'écho de sa voix lui répondit, auquel se mêla le léger grincement des gonds.

Corrie se relevait lentement lorsque son coude heurta accidentellement un interrupteur à l'ancienne.

L'ampoule nue qui pendait du plafond s'alluma, révélant le même spectacle de désolation qu'à l'intérieur de la maison. À un détail près : la présence de Jesse Gower, garrotté à une chaise contre le mur du fond. Sa tête était anormalement penchée en arrière, ce qui n'empêcha pas Corrie de voir qu'il avait le visage ensanglanté. Sa chemise et son vieux short étaient également couverts de sang et des taches rouge sombre marbraient le sol autour de la chaise, au milieu desquelles surnageaient quelques dents.

— Jesse ? appela-t-elle d'une voix douce.

Elle avait déjà compris qu'il ne lui répondrait pas. Ses yeux grands ouverts étaient vitreux et il ne respirait plus. Elle posa un doigt sur sa carotide et constata qu'elle ne battait plus. La peau commençait à refroidir.

Elle recula de quelques pas, le cœur au bord des lèvres, et fit des yeux le tour de la cabane. Des rayonnages de bois brut meublaient deux des quatre murs, le reste de la pièce accueillait des amas de vieux outils, de pièces d'automobiles, de boîtes de conserve rouillées, de panneaux de signalisation et de déchets qu'un inconnu avait déplacés sans précautions en procédant à une fouille en règle.

Corrie parvint à une conclusion simple : s'ils n'avaient pas découvert ce qu'ils cherchaient, elle n'y parviendrait pas davantage.

42

À 22 heures le même soir, le « ranch » de Jesse Gower s'était transformé en scène de crime surpeuplée. Des spots portatifs éclairaient d'une lumière crue la maison et la cabane à outils, des techniciens vêtus de blouses et de combinaisons s'agitaient dans tous les sens, munis d'appareils photo, de boîtes à indices, d'appareils scientifiques de toutes sortes.

Corrie Swanson observait tout ce remue-ménage de loin, adossée contre l'une des camionnettes de l'identité judiciaire entre Morwood et le shérif Watts, qui venait d'arriver.

Il retira son chapeau qu'il brossa méticuleusement afin de le débarrasser d'un grain de poussière invisible avant de s'en recoiffer.

— Que comptait-il vous montrer, précisément ?

— Il m'a uniquement parlé d'un « objet précieux » dont personne ne voyait vraiment l'intérêt, en dehors de son arrière-grand-père.

— Avez-vous eu l'impression qu'il se moquait de vous ?

— Pas vraiment.

Morwood les interrompit en adressant un signe au médecin légiste dont la blouse blanche brillait de façon presque surnaturelle à la lueur des projecteurs.

— Qu'avez-vous découvert, docteur ?

— Il s'agit d'un simple rapport préliminaire. La victime est probablement morte d'une fracture des cervicales due à une hyperextension radicale.

— Vous voulez dire qu'on lui a brisé le cou, c'est ça ? dit Morwood. J'ai comme l'impression qu'il a été sérieusement tabassé.

— L'autopsie nous en révélera davantage, répondit le légiste.

— Très bien, je vous remercie.

Morwood se retourna vers Corrie.

— Toutes mes félicitations, agent Swanson. Vous avez géré une scène de crime difficile avec toute la compétence requise.

— Je vous remercie, monsieur.

— Veuillez m'adresser votre rapport complet dès demain. Je m'intéresse tout particulièrement aux conversations que vous avez eues avec Jesse Gower, ainsi qu'aux raisons qui vous ont poussée à revenir ici ce soir.

— Bien, monsieur.

— Je serais curieux de savoir si les tueurs recherchaient l'objet en question et s'ils ont voulu délier la langue de Gower avant de le tuer, s'interrogea Watts.

— Tout indique qu'on a voulu l'obliger à révéler un secret en effet, approuva Morwood. Reste à savoir lequel. On peut imaginer qu'il vendait des objets anciens pour s'acheter de la drogue. Nous n'avons pas encore procédé à l'inventaire complet de cette cabane, mais il est clair qu'elle recelait toutes sortes d'objets dont certains étaient présentés de façon à paraître anciens.

— Des faux, vous voulez dire ? intervint Watts.

— Tout l'indique, mais les agresseurs de Gower pouvaient lui en vouloir pour d'autres raisons : l'argent, la drogue, des informations. Allez savoir.

— Nous n'avons aucun moyen de savoir s'ils sont arrivés à leurs fins, déclara Corrie.

— Je ne comprends pas, s'étonna Morwood.

— Il se peut que la mort de Gower soit accidentelle.

— Accidentelle ? Vous voulez savoir combien de molaires j'ai retrouvé dans cette cabane ?

— Ce n'est pas ce que j'ai voulu dire, monsieur. Je pense qu'ils ont très bien pu lui briser la nuque sans le vouloir. Si leur intention était de le tuer, il aurait été infiniment plus facile de l'abattre. Rien ne nous dit qu'il a parlé avant de mourir.

— C'est possible. Nous verrons bien ce que nous révèle le rapport d'autopsie.

Il se tourna vers Watts.

— Dites-moi, shérif. Tout indique que vous avez un meurtre sur les bras, puisque ce domicile se trouve dans votre comté. Le FBI prend la direction de l'enquête, mais votre expertise nous sera précieuse. Vous êtes mieux à même que nous d'en apprendre davantage sur Gower, sa propriété, les individus qu'il fréquentait. Je sais que vous collaborez déjà avec l'agent Swanson, elle m'a vanté vos mérites et je compte bien travailler main dans la main avec vous sur ce nouveau dossier.

— J'en serai ravi. Travailler avec l'agent Swanson a été un plaisir.

— Vous m'en voyez heureux. À présent, sans doute souhaitez-vous visiter la scène de crime ?

Il mit Watts entre les mains de l'un des techniciens et resta seul avec Corrie.

Celle-ci se fit amèrement la réflexion qu'après s'être accaparé l'enquête, Morwood s'appropriait cette fois Watts.

— Si je comprends bien, le shérif n'est plus censé collaborer avec moi ? Vous le gardez pour vous tout seul ?

— La soirée a été éprouvante, Swanson, rétorqua Morwood. Je vais feindre de n'avoir rien entendu.

Corrie rougit en prenant conscience de la façon dont elle avait parlé à son chef.

— Je ne me plains pas que Watts soit affecté à l'enquête, monsieur. C'est juste qu'on travaillait bien ensemble, je savais pouvoir m'appuyer sur sa connaissance du terrain.

— Rien ne vous empêche de continuer à le solliciter, après en avoir référé auprès de moi.

Cette fois, il fallut à Corrie une bonne dose de sang-froid pour ne pas répondre.

— J'ai le sentiment d'avoir perdu votre confiance, monsieur Morwood.

L'intéressé serra les paupières, comme s'il comptait jusque dix, avant de s'exprimer :

— Le général McGurk m'a donné à comprendre que la fouille de la ferme Gower avait produit certains éléments dont vous n'avez pas cru bon de me parler.

Corrie devint écarlate.

— Je n'ai pas voulu les intégrer à l'enquête tant que je n'étais pas sûre de leur pertinence.

— Quels sont les éléments en question ?

— Une photo aérienne, un almanach et un livre.

— Quelles informations avez-vous pu en tirer ?

— Eh bien, la photo aérienne était dissimulée au dos d'un cadre, l'almanach portait des annotations et le livre, un ouvrage intitulé *Légendes de l'Ouest*, évoquait certains trésors cachés. J'espérais y découvrir des indices sur la nature des recherches de Gower.

— Je vois.

— Le général a donc pris contact avec vous ?

— Il m'a téléphoné aujourd'hui, mais je n'ai pas su quoi lui répondre.

— Vous ne trouvez pas ça curieux, cet appel aujourd'hui ?

Morwood soutint son regard.

— Qu'entendez-vous par là ?

— Je suis convaincue que le général a décidé de me discréditer.

— Pour quelle raison ?

— En quoi les éléments recueillis à la ferme Gower seraient-ils susceptibles de l'intéresser ?

— Je ne vois rien de déraisonnable au fait qu'il s'intéresse à l'enquête.

— Je ne suis pas de cet avis. À bien y réfléchir, monsieur, on est en présence d'un scandale potentiel lié à la mort d'un individu lors de l'opération Trinity. Dans le même temps, un individu se réclamant de la police militaire assassine l'un de nos suspects, et voilà ce soir que l'un de nos informateurs est tué après avoir été torturé. Je trouve cet enchaînement extrêmement suspect.

Morwood secoua la tête.

— Vous soupçonnez le général McGurk ? Vous n'êtes pas sérieuse.

— Je ne prétends pas qu'il soit impliqué directement, se justifia Corrie. Mais je constate que la base de White Sands constitue une pièce essentielle du puzzle.

En voyant l'expression de son chef, elle se retint juste à temps de lui rapporter sa conversation avec le lieutenant de marine.

— Vous savez, Swanson, les jeunes recrues ont toujours tendance à trop réfléchir. Je suis habituellement le dernier à réfuter une théorie, mais j'avoue que dans le cas présent, vous décrochez la timbale, déclara-t-il sur un ton neutre qui laissa Corrie perplexe. Reste à savoir ce que contiendra la timbale en question le jour venu, mais un fait est sûr : si jamais il se murmure que le FBI soupçonne le général McGurk, nous sommes cuits, sauf si vous disposez de preuves en béton. Je vous laisse toute liberté de suivre les pistes qui vous semblent pertinentes, mais veillez à opérer dans la plus grande discrétion. En outre, j'exige un retour d'enquête hebdomadaire jusqu'à nouvel ordre. Me suis-je bien fait comprendre ?

— Oui, monsieur.

— Parfait. Je vous invite à rentrer chez vous prendre un peu de repos. Votre rapport sur les événements de ce soir attendra demain.

Avant qu'elle ait pu ouvrir la bouche, Morwood tournait les talons et retournait dans la ruche bourdonnante qui entourait la cabane à outils du malheureux Jesse Gower.

43

Nora s'arrêta devant le battant ouvert du petit bureau qu'occupait Nick Espejo dans les locaux de la Bank of Albuquerque. Avec son costume bleu, ses chaussures parfaitement cirées et ses cheveux coupés très courts, il avait tout d'un banquier modèle. Il ne devait pas avoir dépassé la vingtaine depuis longtemps.

Elle toqua à la porte et le jeune homme l'accueillit avec un large sourire.

— Je vous en prie, asseyez-vous, professeure Kelly. Que puis-je pour vous ? Les taux d'intérêt sont au plus bas et…

— Je ne viens pas pour un prêt, l'interrompit-elle. Je travaille à l'Institut archéologique de Santa Fe en qualité de chercheuse.

Le sourire de son interlocuteur se crispa et une lueur de méfiance s'alluma dans ses yeux.

— Excusez ma méprise.

— Je viens vous voir sur les conseils de Mme Eskaminzin. Elle pense que vous pourriez m'aider.

Les traits du jeune banquier s'adoucirent.

— Très volontiers. Je vous écoute.

— Je souhaite vous parler de Nantan Taza.

Le visage de son interlocuteur se métamorphosa instantanément. À la surprise se mêla un profond chagrin dans son regard noir.

— Oh… Serait-il… Que s'est-il passé ?

— Rien à ma connaissance, mais je voudrais m'expliquer rapidement.

En quelques mots, elle lui rapporta la découverte du corps de James Gower, les circonstances de sa mort et la découverte de la présence sur les lieux de Nantan Taza. Le jeune homme l'écouta avec attention en manifestant son étonnement à plusieurs reprises.

— J'entretenais l'espoir qu'il vous ait parlé de Gower, ou de quelque chose d'autre susceptible de nous éclairer sur les événements de cette journée terrible.

Espejo baissa les yeux.

— Le seul fait d'y penser me fait mal au cœur. Il m'a raconté de nombreuses histoires, mais toujours liées aux Apaches. Des fables et des légendes mescaleros. C'était un être d'une grande bonté, mais doté d'une vision sombre de l'existence. Sans être cynique, il était persuadé que notre espèce était irrémédiablement condamnée. Je comprends pourquoi à présent. Mon Dieu… vous pensez qu'il a *réellement* assisté à l'explosion ?

Nora acquiesça. Eskaminzin avait également usé du mot *sombre* lorsqu'elle lui avait décrit le vieil homme.

Espejo resta un moment plongé dans ses pensées.

— J'avais onze ou douze ans, finit-il par dire. Nantan vivait à l'extérieur de Mescalero, dans un vieux cabanon proche de Graveyard Spring. Il vivait en autarcie. Il chassait, séchait lui-même sa viande, et disposait d'un petit jardin. Je l'ai rencontré par hasard, un jour où j'ai dérangé ses bêtes en me promenant à cheval dans le canyon. Il était furieux et je me suis rattrapé en coupant son bois. De fil en aiguille, je suis revenu régulièrement m'occuper de son bois. Au début, il me faisait peur. Il parlait peu et ne souriait jamais, et puis j'ai fini par m'habituer à son comportement et il m'a chargé d'autres petites tâches. Mais il m'a toujours traité en égal, comme un adulte.

— Vous dites qu'il vous rapportait des fables et des légendes. De quoi parliez-vous d'autre ?

— Des croyances traditionnelles apaches. De la façon de mener une vie heureuse. De l'importance de considérer comme sacrés tous les éléments qui constituent le monde.

Il marqua un temps d'arrêt, plongé dans ses souvenirs, avant de reprendre :

— Par la suite, quand je l'ai mieux connu, il a évoqué à plusieurs reprises son intention de partir, sans jamais me dire où, ni pourquoi. Je ne l'ai pas pris au sérieux, jusqu'au jour où je l'ai trouvé en train de seller son cheval. Il a attaché un sac à l'arrière de la selle et glissé son fusil dans l'une de ses bottes. Je lui ai demandé où il allait, il m'a répondu que l'heure était venue pour lui de s'en aller dans les montagnes. J'ai tenté de comprendre, mais il a refusé de répondre à mes questions. J'ai eu beau pleurer et le supplier, sa décision était irrévocable. J'ai voulu repartir chercher mon cheval pour l'accompagner, mais il s'est montré très ferme et m'a obligé à promettre de ne pas le suivre. Et puis il est parti.

— Je suis désolée. J'imagine que c'était un peu comme perdre votre père.

— Mon père… et mon meilleur ami. Je n'ai pris la pleine mesure de cette perte qu'après son départ. Aujourd'hui encore, j'essaye de me convaincre qu'il est toujours là, à travers ses enseignements, mais j'ai du mal.

Nora posa la question suivante sur un ton hésitant.

— Savez-vous où il est allé ?

— Il n'a pas voulu me le dire.

— J'imagine que vous avez une petite idée ?

Espejo dévisagea Nora.

— Pourquoi cette question ?

— Je me demandais s'il était toujours en vie.

— Il aurait quatre-vingt-quatorze ans.

Nora hocha la tête.

— Il aurait fallu qu'il survive dans les montagnes pendant dix ans, poursuivit Espejo. Vous croyez que c'est possible ?

— Et vous ?

Le jeune homme resta un instant silencieux.

— S'il est mort, il a rejoint la terre des esprits. Et s'il est vivant, il ne souhaitera pas qu'on le dérange. Je lui ai promis de ne jamais chercher à le retrouver.

— Il serait pourtant en mesure de résoudre cette énigme. Nous expliquer ce qui est arrivé ce jour-là, ce que lui et Gower cherchaient.

Espejo observa longuement son interlocutrice.

— Si je vous disais où il s'est réfugié à mon avis, que feriez-vous ?

— Je tenterais de m'y rendre.

Espejo secoua la tête en laissant échapper un soupir et il médita longuement, les yeux rivés sur sa table.

— Il m'a parlé une fois d'un endroit en m'expliquant qu'à l'adolescence, lors d'un orage particulièrement violent, il avait été contaminé par un mal aussi tenace que la mort dont seul un périple spirituel avait pu le délivrer. D'après ce que vous m'avez appris, il faisait certainement allusion à cette bombe. Quoi qu'il en soit, il s'était retiré dans une contrée sauvage à la recherche d'un lieu sacré, Ojo Escondido. Il y avait jeûné cinq jours durant avant d'avoir une vision. Il n'a pas voulu me la décrire et m'a interdit de jamais lui en reparler. J'ai cru deviner qu'il avait acquis à cette occasion une profonde connaissance du monde, mais que celle-ci était trop puissante, ou peut-être dangereuse, pour être partagée avec un jeune garçon.

— Et vous pensez que c'est là qu'il s'est réfugié ?

— J'en ai toujours été convaincu.

— Vous avez cité le nom d'Ojo Escondido. Vous savez où se trouve cet endroit ?

Espejo haussa les épaules.

— J'ai souvenir d'avoir entendu les anciens dire que c'était du côté de la Sierra Blanca, dans le nord de la réserve, mais ils en parlaient comme d'un lieu mythique.

— Ojo Escondido, répéta Nora d'un air songeur. L'Œil caché.

— Dans la langue des vieux Espagnols, le mot *ojo* désigne aussi la source.

— Accepteriez-vous de m'y conduire ? Ou de me dire dans quel coin précis pourrait se trouver cet endroit ?

Le silence qui accueillit sa requête plongea Nora dans l'embarras.

— Je suis désolée, dit-elle. J'ai bien conscience d'aller trop loin.

— J'aimerais vous aider, répliqua Espejo, mais je ne peux pas. Je lui ai fait une promesse.

— Même à la lumière de ce que vous savez désormais ?

Le jeune homme regarda longuement ses mains.

— Ça ne change rien.

Nora resta un moment immobile sur son siège, puis elle ramassa le petit sac à dos posé à ses pieds, ouvrit la fermeture Éclair et posa sur le bureau la boîte qu'il contenait.

Espejo releva la tête.

— De quoi s'agit-il ?

Nora souleva le couvercle et sortit de la boîte le sac médecine. Espejo sursauta violemment, comme fouetté par une décharge électrique.

— Où l'avez-vous trouvé ?

— Il s'agit du sac médecine de Nantan.

— Je m'en doute, mais où l'avez-vous trouvé ?

— Il l'a laissé à High Lonesome.

Espejo se vida lentement les poumons.

— Le soir où il a évoqué sa retraite à Ojo Escondido, il a employé une expression étrange. Il m'a dit qu'il était « orphelin sur le plan spirituel ». Je comprends à présent. Reste à savoir pourquoi il n'est jamais retourné le chercher.

— L'explosion de cette bombe atomique l'a certainement effrayé.

— À en croire votre récit, il s'est pourtant occupé de son ami, allant jusqu'à l'inhumer conformément à la tradition.

Son front se plissa.

— Ce n'était donc pas de la peur. Je ne comprends pas. Personne ne laisse derrière lui un tel objet.

Son regard se perdit dans le vague.

— Nantan m'a appris que rien ne survenait jamais sans raison. Le hasard n'existe pas. Le fait que vous m'apportez ce sac médecine n'est pas anodin.

Il se redressa sur son siège.

— Très bien. J'accepte de vous conduire là-bas. Tout du moins le plus loin possible, sans revenir sur ma promesse. S'il est encore là-bas, mort ou vif, je vous laisserai parcourir seule le dernier kilomètre.

44

Allongée dans son lit, les yeux rivés au plafond, Corrie ne parvenait pas à trouver le sommeil. Elle avait passé sa journée au bureau à rêvasser sans parvenir à se concentrer sur sa tâche, et voilà qu'elle n'arrivait pas à s'endormir.

Elle prit son téléphone sur la table de nuit et éteignit l'album *Deep Frieze* de SleepResearch Facility qu'elle avait mis en sourdine dans l'espoir de s'assoupir. Quitte à ne pas dormir, autant réfléchir.

Sa dernière visite au cabanon de Jesse Gower la taraudait. Se sentait-elle coupable de la façon dont elle lui avait parlé au téléphone ? Sans doute un peu, mais il l'avait bien cherché. Était-elle traumatisée par la scène de crime ? Sûrement pas, elle avait malheureusement vu pire à l'époque où elle faisait son stage à Quantico, sans parler du monstre au visage lunaire couvert de sang qui avait tenté de s'emparer d'elle à Medicine Creek[1]...

Elle s'empressa de chasser ce souvenir et reprit le fil des événements.

Jesse n'avait pas été torturé et tué pour rien. À l'évidence, son bourreau cherchait un objet précis. Mais lequel ? De l'argent ? De la drogue ?

Elle repassa dans sa tête leur ultime conversation téléphonique. C'est tout juste si Jesse ne l'avait pas suppliée

1. Lire *Les Croassements de la nuit* (L'Archipel, 2005).

de venir lui rendre visite en agitant devant elle le trésor de son arrière-grand-père, ce « vieux dessin » auquel il avait brièvement fait allusion la fois précédente.

On aurait pu croire qu'il lui attribuait une valeur sacrée.

Jesse avait insisté sur le fait que ce mystérieux objet n'avait aucune valeur intrinsèque.

Un objet précieux plus qu'un objet de valeur. Qu'avait-il voulu dire ?

Les yeux grands ouverts dans le noir, elle tenta de se remémorer les paroles exactes de Gower. *À l'époque de mon arrière-grand-père, ce précieux trésor était tout juste bon à finir en cage. Avec le temps, il a pris de la valeur. Peut-être beaucoup de valeur, même si Pertelote est la seule à en profiter.*

Ce satané romancier avait la mauvaise habitude de s'exprimer de façon elliptique, de multiplier les digressions, de toucher du doigt la cicatrice sensible de ses brillantes études de littérature à Harvard.

De quelle cage voulait-il parler ? Et qui était cette fichue Pertelote ?

Pertelote. Ce nom ne lui était pas étranger, Jesse y avait fait allusion le jour où il lui avait brusquement ordonné de déguerpir.

Des restes de mon éducation. Il avait prononcé cette phrase, avant d'ajouter : *J'ai fini par donner aux objets et aux êtres qui m'entouraient des noms tirés de la littérature anglaise.*

Corrie eut un éclair. Ils étaient installés dans la véranda lorsqu'un caquètement les avait interrompus. *Oui, ma Pertelote !* Gower, un sourire aux lèvres, s'était tourné vers sa visiteuse : *Elle m'annonce mon dîner.*

Corrie bondit hors de son lit. Moins de dix minutes plus tard, elle montait dans sa voiture.

À 2 heures du matin, elle se garait devant la bicoque de Gower.

Elle éteignit ses phares, coupa le moteur et attendit que retombe la poussière soulevée par son arrivée. À condition d'oublier la bande jaune de police et la porte de la cabane à outils qui avait disparu, la scène n'était guère différente de celle qui l'attendait la veille lorsqu'elle était arrivée à son rendez-vous.

Armée de sa torche, son pistolet à portée de main dans son étui, elle ouvrit sa portière.

Guidée par la lune pour ne pas allumer sa lampe, elle se glissa sous la bande jaune, se dirigea vers le poulailler et s'immobilisa devant.

N'ayant jamais côtoyé de poules, elle ne savait pas comment s'y prendre. La cabane réservée aux volailles de Gower, coiffée d'un toit en bardeaux, ne possédait qu'une minuscule fenêtre. Une rampe inclinée menait à l'unique porte dont elle examina le loquet en allumant sa torche. Une odeur pestilentielle lui envahit les narines.

... Même si Pertelote est la seule à en profiter...

Le précieux trésor de Gower était caché dans le poulailler. C'était la seule explication, d'autant que ni l'assassin ni la police n'avait prêté la moindre attention à cette cabane nauséabonde.

Corrie prit sa respiration, souleva le loquet de bois et passa la tête à travers l'ouverture en faisant glisser le faisceau de sa lampe à l'intérieur. Le long du mur du fond étaient alignés des pondoirs, pleins pour une moitié d'entre eux, au-dessus desquels dormaient les poules sur leurs perchoirs. Une demi-douzaine de regards accusateurs se posèrent sur l'intruse qu'accueillit un concert de caquètements agacés.

— Ce n'est pas non plus une partie de plaisir pour moi, mesdames, s'excusa Corrie en cherchant des yeux laquelle des gallinacées pouvait bien être Pertelote.

La plus proche sur sa droite, plus grosse et moins apeurée que les autres, bénéficiait du pondoir le plus usagé et Corrie crut deviner qu'il s'agissait de la poule préférée de Jesse.

Elle enfouit sa main dans la paille et fut récompensée de son geste par un cri outragé et un coup de bec furieux au niveau du poignet.

— Putain ! s'exclama-t-elle.

Elle n'aurait jamais pensé que ces volatiles puissent se défendre. De toute façon, elle avait eu le temps de sentir que rien n'était dissimulé sous le lit de paille.

Elle ressortit vivement du poulailler, examina son poignet à la lumière de la lampe et découvrit un trou comme celui qu'aurait pu laisser un clou. Pas question de recommencer.

La cabane était construite sur pilotis, sans doute pour protéger ses habitantes des prédateurs, et sous chacun des perchoirs était posée une corbeille censée recueillir les déjections des poules.

— Merci, Jesse, maugréa la jeune femme en comprenant que le maître des lieux n'avait pas vidé les écuelles depuis longtemps.

Elle prit sa respiration, glissa une main entre les pilotis et fouilla consciencieusement la litière pleine de Pertelote, le cœur au bord des lèvres. En vain.

— Vacherie ! grommela Corrie en détournant la tête pour ne pas être asphyxiée par la puanteur.

Restait à savoir si ce sacrifice n'était pas inutile. Si jamais Morwood l'avait vue…

Au moment de retirer sa main, elle sentit la litière glisser légèrement. Surprise, elle l'agrippa, la tira et la poussa sans résultat avant de la soulever.

Ses efforts furent récompensés, l'extrémité de la litière se souleva de quelques centimètres, suffisamment pour que les doigts poisseux de Corrie sentent un vieux carré de toile replié. De peur de l'abîmer en le sortant, elle arracha une partie des pilotis et récupéra sa trouvaille.

Quelques minutes plus tard, après s'être abondamment lavé les mains dans la cuisine en ruine de Jesse, elle s'installa dans la véranda, sa découverte sur les genoux, et sortit son téléphone.

Au dernier moment, elle remisa le portable au fond de sa poche, regagna sa voiture, posa délicatement le carré de toile sur le siège passager, mit le contact et s'éloigna dans la nuit.

45

Ils avaient chargé à l'aube des chevaux dans un van au domicile des parents d'Espejo avant de s'enfoncer pendant deux heures dans un labyrinthe de routes de montagne moins praticables les unes que les autres. Ils avaient fini par abandonner le véhicule à l'extrémité d'un cul-de-sac, au niveau d'un hameau abandonné baptisé Muleshoe. Pendant que son compagnon sortait les chevaux, Nora contempla les sommets enneigés de la Sierra Blanca, à plus de trois mille six cents mètres d'altitude. Quelques instants plus tard, ils s'engageaient sur un petit sentier bordé de pins au milieu des collines.

Ce périple à cheval rappela à Nora les fouilles dont elle avait assuré la direction quelques mois plus tôt dans la Sierra Nevada. En compagnie de l'équipe qu'elle dirigeait, elle avait réussi à mettre au jour un campement perdu de la tristement célèbre expédition Donner. L'aventure s'était révélée traumatisante, sans entamer pour autant son goût des longues randonnées à cheval.

Les immenses sapins dressaient une nef de cathédrale au-dessus de leurs têtes, le murmure d'un ruisseau berçait leur chevauchée et l'air vif était porteur d'une puissante odeur de sève et de géraniums vivaces. Par chance, Espejo respectait le silence, à la grande satisfaction de Nora qui n'aimait guère chevaucher en compagnie de cavaliers bruyants.

Elle s'interrogea brusquement sur l'inanité d'une telle expédition, à un moment où ses recherches à Tsankawi prenaient du retard. Elle avait été obligée de demander à Weingrau la permission de prendre une nouvelle journée et la présidente de l'Institut n'avait pas fait mystère cette fois de son mécontentement.

À force d'avancer dans son enquête, Nora perdait toute notion de la réalité. Elle n'avait pas averti Corrie de cette randonnée dont tout indiquait qu'elle déboucherait sur un fiasco. Comment imaginer que Nantan soit encore en vie? Si d'aventure ils parvenaient à retrouver son campement, seul un squelette les accueillerait.

À midi, une fois franchie la barre des trois mille mètres, le sentier se perdait au milieu des pins, le ruisseau n'était plus qu'un ruisselet habité par les fleurs sauvages, et les sommets de la Sierra Blanca dessinaient des pics acérés au-dessus d'eux. Au sortir de la forêt les attendaient de riches alpages dominant à perte de vue un paysage vierge. Nora se fit la réflexion qu'ils étaient sûrement les seuls êtres humains dans un rayon de trente kilomètres. À moins que Nantan Taza ne soit encore vivant, bien entendu.

Espejo, qui chevauchait en tête, fit halte et Nora immobilisa sa monture à côté de la sienne.

— Vous apercevez ces étroits canyons parallèles? lui montra-t-il du doigt. La source Escondido est censée être celle du milieu, à huit kilomètres d'ici.

— Je doute qu'un cheval puisse s'y faufiler.

— À en croire ce que m'en a dit Nantan autrefois, c'est impossible en effet. Nous irons le plus loin possible.

Il franchit le col et entama prudemment la descente du versant opposé. Le sentier n'était plus qu'un souvenir depuis longtemps et les bêtes suivirent d'instinct les pistes laissées par les élans à travers les alpages jusqu'à l'entrée du canyon où le paysage se fit rapidement plus escarpé.

— Il est préférable de poursuivre à pied, suggéra Espejo.

Au lieu d'attacher les chevaux, le jeune homme réunit leurs rênes et fixa une clochette autour de l'encolure de l'un des animaux, laissant les bêtes libres de paître à leur gré. L'opération achevée, il se tourna vers Nora.

— Je vous laisse continuer.

L'archéologue tiqua.

— Vous ne souhaitez vraiment pas m'accompagner ?

— Je ne vais pas plus loin. Vous n'avez qu'à suivre le canyon, je doute qu'Ojo Escondido se trouve à plus de trois kilomètres.

Nora enfila son sac à dos et s'engagea dans le défilé dont les parois de granit ne tardèrent pas à se refermer sur elle. Le lit du torrent était à sec, seuls poussaient de rares buissons entre les pierres roulées dont les plus grosses avaient retenu les troncs morts entraînés par les crues. L'après-midi était entamé et Nora se demanda s'ils parviendraient à regagner le van avant la tombée de la nuit. Du moins bénéficieraient-ils de la pleine lune si ce n'était pas le cas.

Le canyon était parfois si étroit que Nora pouvait en toucher les parois en étendant les bras. Les falaises s'écartèrent soudain, laissant place à un pré d'une centaine de mètres de largeur peuplé d'énormes peupliers aux feuilles rendues translucides par les rayons du soleil, tels les vitraux d'une cathédrale. Une mare verdoyante bordée de saules signalait la présence de la source qui avait donné son nom au lieu. Un peu plus loin, adossée à la paroi du canyon, se dressait une structure de rondins près de laquelle avaient été érigées des latrines, en bordure d'un enclos à moutons. Nul signe de vie ne s'échappait de la cabane.

Nora se figea, la gorge nouée. Avait-elle vraiment découvert le refuge du vieillard ? Il était difficile d'imaginer lieu plus retiré, mais tout paraissait abandonné. Comment un homme aussi âgé aurait-il pu survivre dans ces conditions ? Elle redouta le spectacle qui l'attendait à l'intérieur du cabanon, mais il était trop tard pour reculer.

— Holà !

Son appel se répercuta sur les parois du canyon.

— Nantan Taza ?

Comme personne ne répondait, elle s'approcha à pas comptés et s'aperçut que la porte était entrouverte. Interloquée, elle toqua.

Pas de réponse.

— Holà, il y a quelqu'un ?

Face au silence, elle poussa le battant qui s'écarta en grinçant et pénétra à l'intérieur du cabanon. Le temps que ses yeux s'habituent à la pénombre, elle découvrit une pièce d'une simplicité absolue avec ses murs de rondins cimentés à la boue, son sol de terre battue, son âtre en pierre, une table rudimentaire, une chaise, quelques pierres plates en guise d'assiette, ainsi qu'un grabat de bois brut dans un coin. Nora ne comprit pas immédiatement qu'une silhouette y reposait sous un amas de peaux de bête crasseuses. L'homme, d'un âge indéterminé, avait un visage tanné encadré de longs cheveux blancs. Le cœur de Nora fit un bond dans sa poitrine. Était-il mort, ou bien vivant ?

— Monsieur Taza ?

La tête pivota lentement dans sa direction et une main parcheminée sortit des couvertures, lui faisant signe d'approcher. Elle s'approcha de la couche du vieil homme et se débarrassa de son sac à dos qu'elle posa sur le sol.

— Qui... ? demanda le vieillard.

Nora, stupéfaite que son interlocuteur ait pu survivre aussi longtemps à le voir dans cet état, rassembla ses pensées.

— Je m'appelle Nora Kelly.

— Pourquoi êtes-vous là ?

— Je suis archéologue et nous avons retrouvé le corps de James Gower. C'est moi qui l'ai exhumé.

L'expression de Nantan changea sans qu'elle puisse deviner ce qu'il ressentait.

— Comment m'avez-vous retrouvé ?

— C'est votre ami Nick Espejo qui m'a guidée. Il est resté à l'entrée du canyon pour ne pas rompre la promesse qu'il vous avait faite. Je suis venue seule.

— *Pourquoi* êtes-vous là ? répéta le vieil homme dans un souffle à peine audible.

— Je comptais sur vous pour m'expliquer ce qui vous était arrivé. Et puis…

Elle hésita et le silence reprit possession du cabanon. Nora eut l'intuition que son interlocuteur était dans l'attente ; elle comprit en posant machinalement les yeux sur son sac.

Corrie serait furieuse. Nora risquait des poursuites, mais elle n'en avait cure. Elle avait toujours su inconsciemment qu'elle devrait affronter un choix de cette nature en entreprenant ce périple.

Avant de changer d'avis, elle sortit la boîte du sac à dos, l'ouvrit et tendit le sac médecine à Nantan Taza.

Ce dernier écarquilla les yeux. Il tendit les deux mains et Nora lui donna le talisman. Il le serra quelques instants entre ses paumes, puis le posa respectueusement sur le lit à côté de lui, à la façon d'un enfant avec son ours en peluche.

— J'attendais depuis longtemps un messager, mais je n'imaginais pas qu'il vous ressemblerait.

— Un messager ?

— Oui. On m'a puni en m'accordant une très longue vie parce que j'avais refusé de raconter cette histoire… mais à présent que vous êtes ici, l'heure est venue.

Il tendit un doigt tremblant en direction d'un coin de la pièce.

— Apportez-moi ce coffre en bois.

Nora, obéissant, lui rapporta un coffret grossièrement taillé au couvercle mal ajusté.

— Ouvrez-le.

Elle s'exécuta et découvrit un carré de daim contenant un objet indéterminé, ainsi qu'un parflèche indien en peau.

— Ouvrez-les, répéta-t-il.

Elle dénoua les lanières de cuir et vit apparaître entre les replis du carré de daim une montre en or à l'ancienne sur le boîtier usé duquel étaient gravées des constellations. Quant au parflèche, il contenait un parchemin orné d'un dessin apache représentant quatre cavaliers sur leurs montures.

— Ces objets vous appartiennent à présent.

— De quoi s'agit-il ? s'enquit Nora, la gorge sèche.

Il baissa les paupières, prit sa respiration à plusieurs reprises, et ouvrit la bouche.

— Je vais vous révéler ce que vous êtes venue chercher. Ensuite, je serai enfin libre de partir.

46

Corrie Swanson, installée dans sa cuisine alors que l'après-midi touchait à sa fin, posa délicatement devant elle la feuille d'aluminium préparée dès son retour la nuit précédente. Après avoir enfilé des gants en caoutchouc, elle souleva le couvercle de la boîte à indice, sortit la toile contenant le morceau de parchemin et examina le tout à l'aide d'une loupe.

L'emballage était un carré de toile ciré à l'ancienne, raidi par le temps. Elle le déplia, à la recherche d'inscriptions ou de dessins sans en découvrir aucun sous l'épaisse couche de crasse qui le recouvrait.

Elle s'intéressa ensuite au parchemin, un carré de vingt-cinq centimètres de côté, jauni par le temps, que recouvrait une écriture ancienne. Trois des côtés du texte étaient usés alors que le quatrième avait visiblement été découpé à une époque récente. L'œil collé à la loupe, elle vit clairement les traces laissées par la lame, comme si le document avait été coupé en deux.

Elle retourna le parchemin et découvrit au dos un dessin réalisé avec ce qui devait être des crayons de couleur et des aquarelles. Cette fois encore, il manquait la moitié de l'illustration. La partie restante représentait deux Indiens en train de galoper, le premier sur un cheval à la robe blanche tachée de points noirs, le second sur un rouan. Ils étaient armés d'arcs et poursuivaient un officier de cavalerie fuyant sur sa monture. Le dessin était à la fois enfantin et d'une grande minutie dans le rendu des détails : les peintures de guerre sur les visages des Indiens, le harnachement des chevaux, l'uniforme du soldat poursuivi. D'une grande vivacité, la peinture n'avait rien perdu de sa fraîcheur malgré les années.

Le texte figurant au verso, dont Corrie crut comprendre qu'il était écrit en espagnol, paraissait beaucoup plus ancien, au point d'être à peine lisible. Des ratures et des taches montraient que son auteur l'avait rédigé à la hâte d'une écriture indéchiffrable. Corrie peinait même à identifier les lettres tant elles étaient tarabiscotées.

Elle recula sur son siège d'un air songeur. De toute évidence, elle avait découvert le précieux objet auquel avait fait allusion Jesse. Restait à savoir si l'arrière-grand-père de ce dernier tenait tant à ce parchemin pour son illustration, ou pour son texte en espagnol. Pourquoi pas les deux, après tout ? Une rapide recherche sur Internet lui avait appris que les dessins indiens de ce genre, figurant souvent des batailles importantes ou des scènes amoureuses, avaient une grande valeur. Corrie s'étonna que Jesse ne l'ait jamais vendu alors qu'il manquait cruellement d'argent pour sa consommation de drogue.

Elle poussa un soupir. Ce parchemin constituait un élément d'enquête crucial, il était de son devoir de le mettre sous scellés afin qu'il soit examiné par les spécialistes du Bureau et traduit par un expert, mais le ressentiment qu'elle éprouvait à l'endroit de son chef l'avait empêchée de s'y résoudre jusque-là.

Qui sait si Morwood n'afficherait pas la même désinvolture avec laquelle il avait balayé ses soupçons relatifs au général ? Il était même capable de la chapitrer en l'accusant de s'être emballée une nouvelle fois. Elle finit par chasser ces hésitations, les jugeant indignes d'une enquêtrice du FBI, et prit la décision d'avertir Morwood, en dépit du fait qu'il était tard un vendredi soir.

Elle composa le numéro de portable de son supérieur. Celui-ci décrocha à la deuxième sonnerie.

— Oui, Corrie ?

Elle lui fit part de son intuition, de sa visite nocturne au « ranch » de Gower et de la découverte du parchemin. Il accueillit cette révélation par un long silence. Corrie, qui s'attendait à une réprimande, fut surprise par sa réaction.

— Pourriez-vous prendre des photos de ce document avec votre téléphone et me les envoyer ? Je reste en ligne.

— Tout de suite, monsieur.

Elle mitrailla aussitôt la toile cirée, le vieux morceau de corde qui avait servi à emballer le paquet et les deux faces du parchemin, puis elle expédia le tout.

— Parfait, je viens de les recevoir, dit Morwood quelques instants plus tard.

Le long silence qui suivit confirma à Corrie qu'il examinait les photos avec attention.

— À votre avis, quelle est la valeur de ce dessin ? finit-il par demander.

— J'ai cru comprendre sur le Net que les œuvres de ce genre se vendaient très cher. De l'ordre de dix mille dollars.

— Et ce manuscrit en espagnol ?

— Je ne sais pas du tout à quoi il correspond.

— Nous sommes en présence d'un indice de poids, Corrie. L'avez-vous déjà mis sous scellés ?

— Pas encore. Je me suis contentée pour l'instant de l'examiner en suivant le protocole de façon à en réaliser une description détaillée.

— Très bien. Je vous demande de l'apporter au bureau demain et de le placer sous scellés. Le texte devrait apparaître de façon plus lisible aux ultraviolets. Contactez ensuite la professeure Kelly et demandez-lui de le montrer à son spécialiste de la période espagnole à l'Institut afin qu'il le traduise. Il serait peut-être également bon de le montrer à un spécialiste d'art indien.

— Bien, monsieur.
Il laissa s'écouler un battement avant de conclure.
— Excellent boulot, Corrie.
— Je vous remercie, monsieur, réagit-elle, à la fois fière et surprise.
Une fois raccroché, elle se pencha derechef sur le document. Elle tenta d'appeler Nora, mais l'appel bascula directement sur sa messagerie. L'archéologue lui avait annoncé son intention de se rendre dans la réserve mescalero dans l'espoir d'identifier le compagnon apache de Gower, sans doute n'était-elle pas encore rentrée. Cette pensée mit Corrie mal à l'aise. Nora avait insisté pour emporter avec elle le sac médecine et Corrie avait accepté, contre toutes les règles. Un tel manquement au protocole mettait à mal les compliments qu'elle venait de recevoir de son chef. Pourvu que Nora revienne vite…
Soudain pressée, Corrie replaça la toile, la corde et le parchemin dans leur boîte et scella celle-ci en notant soigneusement l'heure et la date sur le couvercle. Pas question de merder cette fois-ci.
Sa conversation avec le jeune lieutenant de vaisseau lui revint en mémoire. Si le général McGurk s'était bien mis en quête du trésor de Victorio Peak, elle allait devoir trouver des preuves contre lui. Elle entendait déjà le laïus que Morwood lui servirait sur le danger de se laisser influencer par la rumeur lors d'une enquête. Elle avait pourtant l'intime conviction que les pièces du puzzle se mettaient enfin en place. Gower avait trouvé le trésor, la croix en or en était la preuve. Son arrière-petit-fils avait été torturé et tué, son cabanon saccagé, par des inconnus à la recherche d'un objet mystérieux. Pouvait-il s'agir du parchemin ? Le général était-il mêlé à toute cette histoire ?
McGurk avait à peu près quarante-cinq ans, de sorte qu'il n'était pas encore né à l'époque où son père avait été affecté à White Sands au début des années 1960, mais il

avait très bien pu entendre son père évoquer cette légende. Le mieux était peut-être de se renseigner sur McGurk père. Le FBI n'aurait aucune peine à se procurer son dossier militaire, mais Morwood risquait de grimper aux rideaux si elle lui en faisait la demande. Il était suffisamment occupé par son enquête sur la mort de Rivers.

Rivers… Une autre pièce du puzzle. Pourquoi l'avait-on assassiné ? Que faisait-il à High Lonesome ? Cherchait-il le trésor, lui aussi ?

Mais assez gambergé. Elle se promit de faire traduire le parchemin le lendemain, mais pas avant d'avoir récupéré le sac médecine et de l'avoir remis à sa place.

47

Maître Henry Fountain disposait de locaux agréables dans un vénérable immeuble du centre-ville, au-dessus d'un petit restaurant, le Sage Diner, où chacun savait pouvoir le trouver la plupart du temps. Installé dans un box à l'écart, il y menait volontiers ses affaires lorsqu'il ne discutait pas avec ses connaissances. C'est là que Watts et Morwood le retrouvèrent cet après-midi-là devant une cafetière pleine, des documents étalés sous les yeux.

Il afficha un large sourire et tendit la main à ses visiteurs.

— Bonjour, shérif. J'imagine que vous êtes l'inspecteur Morwood ? Vous ne m'en voudrez pas de rester assis, mais à mon âge, je suis victime d'une terrible maladie, la *bedainite aiguë*.

Sa taille, à peine arrondie, contredisait ses dires, mais il ponctua sa plaisanterie d'un petit rire et fit signe aux nouveaux arrivants de prendre place sur la banquette qui lui faisait face.

— Du café ?

— Avec plaisir.

Il adressa un signe à la serveuse et celle-ci apporta deux mugs que Fountain remplit lui-même.

— Vous excuserez toutes ces paperasses, dit-il en ramassant ses dossiers avant de les glisser dans une serviette déjà bien remplie. Un bureau en chantier est un signe de prospérité. Du moins l'ai-je lu dans l'une de ces maximes que l'on trouve dans les biscuits chinois, c'est donc forcément vrai.

Watts, s'apercevant qu'il avait toujours son chapeau, le retira et le posa devant lui après s'être assuré que la table était propre. Morwood lui avait demandé de mener la discussion, puisqu'il connaissait Fountain de longue date, et il prit dans sa poche un bloc sur lequel étaient gribouillées quelques questions.

— Merci de nous recevoir, maître.

— Depuis combien d'années se connaît-on, Homère? Appelez-moi Henry. Vous aussi, inspecteur.

Watts accepta d'un hochement de tête.

— Nous avons certaines questions à vous poser au sujet du meurtre de Jesse Gower. En fouillant sa maison, nous avons cru deviner qu'il vendait des antiquités. Sans doute pour s'acheter de la drogue.

Fountain acquiesça d'un air entendu.

— Son arrière-grand-père était lui-même alcoolique.

— Exactement. La plupart des antiquités en question étaient apparemment des objets collectionnés par l'arrière-grand-père en question et dormaient dans une vieille cabane. Il se peut que le grand-père et le père de Gower aient enrichi tout ce bric-à-brac, toujours est-il que Jesse le vendait au fur et à mesure de ses besoins.

— Quand je pense que ce garçon avait commencé des études à Harvard, nota Fountain d'un air désolé. Il était décidément tombé bien bas.

Watts laissa s'écouler un bref silence puis il reprit:

— Vous avez dû noter récemment une recrudescence du nombre des antiquités qui circulent sous le manteau. Le phénomène est suffisamment marqué pour que je m'en inquiète. Tout indique qu'il s'agit d'objets pillés en toute discrétion sur des sites historiques et préhistoriques. Les pillards habituels ne rebouchent pas les trous de leurs excavations, ce qui n'est pas le cas de ceux-ci puisqu'on ne retrouve pas trace de leurs méfaits.

— Intéressant, nota Fountain, qui avala une gorgée de café. Pour fonctionner, un tel racket nécessite une organisation sophistiquée et je vois mal ces gens s'acoquiner avec Jesse Gower. Sans compter que les antiquités auxquelles vous faites allusion sont des objets précieux, ce qui n'était pas le cas des babioles récupérées par le vieux Gower.

Un sourire grave étira les lèvres de Watts.

— Nous nous demandions si vous saviez à qui Jesse vendait sa brocante.

Fountain se cala confortablement contre le dossier du box.

— Quel type d'objets avez-vous découvert sur place, shérif ?

— Des balles et des boutons d'uniforme datant de la guerre de Sécession, des bouteilles, des pointes de flèches, de vieux livres et des magazines périmés, quelques banjos crevés.

— Pas de reçus ?

— Aucun.

— Dommage, dit Fountain en faisant la moue. Vous ne pensez tout de même pas que Gower pouvait négocier des objets de grande valeur ? Son arrière-grand-père récupérait de la camelote, pour être aimable.

— Ce qui était de la camelote il y a soixante-quinze ans a pu prendre de la valeur depuis.

Morwood décida d'intervenir dans la conversation :

— À ce propos, on a retrouvé une peinture amérindienne du XIXe siècle, dissimulée dans le poulailler.

Fountain haussa ses sourcils broussailleux.

— Vraiment ? C'est intéressant. Ce genre d'objet a de la valeur. Reste à savoir si Jesse était au courant de son existence. J'en doute, sinon il l'aurait vendue.

— Un autre détail susceptible de vous intéresser, poursuivit Morwood. L'information reste confidentielle, mais Rivers a été assassiné.

Le visage de Fountain, qui respirait habituellement la bonne humeur, se figea.

— Assassiné ? Vous voulez dire, *à l'hôpital* ?

— Oui. On a injecté un produit mortel dans sa perfusion. Le coupable, qui portait un uniforme de la police militaire, a demandé à interroger le malade et on l'a laissé entrer. Nous avons récupéré les images des caméras de surveillance.

— L'avez-vous identifié ?

— Non. On sait juste qu'il s'agit d'un Afro-Américain grand et mince. Sans doute avait-il repéré l'emplacement des caméras car il a soigneusement veillé à dissimuler son visage. Il n'en reste pas moins que Rivers et le jeune Gower, tous deux mêlés à un trafic d'objets anciens, ont été assassinés. Nous essayons d'établir un lien entre eux.

Fountain reposa son mug après y avoir trempé les lèvres.

— Vous vous souvenez peut-être qu'on a retrouvé il y a quelques mois des sépultures préhistoriques à Bonito Canyon ?

Watts hocha la tête.

— Personne ne se serait aperçu que le lieu avait été pillé si un photographe ayant pris des clichés du site à un mois d'écart n'avait pas noté de légères différences. Un travail de professionnels, seule une bande organisée comme celle à laquelle vous faisiez allusion aurait pu commettre un tel acte. Mais je le répète, je vois mal des gens de cette espèce s'acoquiner avec un toxicomane notoire tel que Gower ou un repris de justice comme Rivers.

— C'est une piste que nous explorons, dit Watts. Vous n'auriez pas entendu courir de rumeurs susceptibles de nous aider ?

— Rien de probant, mais je reste convaincu que les pillards en question ne sont pas des gens d'ici.

— Pour quelle raison ? demanda Morwood.

Fountain gloussa.

— En tant qu'avocat criminaliste, je crois connaître tous les individus plus ou moins louches de ce comté. J'ai évité la prison à plusieurs d'entre eux. Si nous avions affaire à des gens du cru, j'en aurais entendu parler.

Il vida son mug et le remplit aussitôt.

— Ce qui ne m'empêchera pas de tâter le terrain. Gower se procurait sans doute sa drogue à Albuquerque et je ne serais pas étonné que les individus auxquels vous vous intéressez viennent d'une grande ville.

Il posa un regard songeur sur son café.

— Je pense à une piste qui pourrait vous intéresser. Un bar de San Pasqual, la Cascabel Tavern. Rivers y avait ses habitudes avant de se réformer, et il a toujours eu tendance à trop parler. Je ne vous garantis rien, mais vous pourriez y tenter votre chance.

— Je vous remercie du tuyau.

— Soyez prudents. Ce bar est fréquenté par des survivalistes et autres ennemis des autorités fédérales.

— Merci du conseil, dit Morwood en se levant. Nous ajouterons la Cascabel Tavern à notre liste de lieux à explorer. Avec High Lonesome.

— High Lonesome ? s'étonna Fountain.

— Le village fantôme se trouve au centre du mystère qui nous intéresse. Comme les cadavres commencent à s'accumuler, le FBI a décidé d'envoyer sur place une nouvelle équipe de police scientifique afin de procéder à des fouilles en règle. J'ai l'intention de passer le lieu au peigne fin, en remuant chaque pierre s'il le faut.

— Ce serait dommage, regretta Fountain, tandis que le visage de Watts s'allongeait.

— Je suis d'accord. Espérons ne pas avoir à en arriver à une telle extrémité. Je vous remercie infiniment, maître.

— Appelez-moi Henry. Bonne chance, en tout cas. À vous aussi, shérif.

Watts, inquiet à l'idée que les fédéraux puissent saccager High Lonesome, ne répondit pas.

48

Orlando Chavez et Nora y avaient passé la nuit. L'archéologue avait réveillé son collègue à 1 heure du matin ce samedi-là, à son retour d'Ojo Escondido, lui enjoignant de venir la retrouver à l'Institut. Assis l'un à côté de l'autre, ils avaient les yeux rivés sur l'écran de l'ordinateur où s'affichait le texte du parchemin de Nantan Taza.

— Ah, on arrive enfin à y voir plus clair, se réjouit Chavez.

Ils avaient passé des heures à photographier le document sous une lampe à rayons ultraviolets avant d'en améliorer la qualité à l'aide de logiciels spécialisés.

— Nous sommes en présence d'un document espagnol du XVIIe siècle rédigé en écriture *cortesana*. Le néophyte n'y comprend rien, mais la langue castillane n'a guère évolué depuis, le plus dur est de déchiffrer la calligraphie. J'y suis habitué, fort heureusement, précisa-t-il sur un ton docte, et vous allez voir qu'il existe sur le Net des répertoires alphabétiques correspondant aux anciennes écritures du monde espagnol.

Il fit pivoter son siège en direction d'un autre ordinateur sur le clavier duquel il pianota longuement, puis il fit apparaître à l'écran des tableaux détaillant les variantes manuscrites de l'alphabet, en majuscules comme en minuscules.

— Prenons la lettre A majuscule, proposa-t-il. Vous découvrez ici les diverses façons de la dessiner en écriture *cortesana*. Quelle merveille ! Certaines n'ont plus rien de commun avec le A que nous connaissons ! Quant au B...

Nora, refrénant difficilement son impatience, l'interrompit :

— C'est fascinant, en effet, mais revenons au texte.

— Le texte ! Oui, bien sûr. À présent qu'il est lisible, voyons un peu ce qu'il nous révèle...

Chavez contempla le parchemin en silence tandis que Nora rongeait son frein.

— *Madre de dios*, murmura-t-il soudain.

— Que dit le texte ?

— Il est difficile d'en percer la teneur exacte puisque nous ne disposons que de la moitié gauche du parchemin, mais le sens général demeure néanmoins édifiant.

— Et alors ? insista Nora.

— Je vous propose une traduction mot à mot. Il n'est nullement dans mon intention de prolonger le suspense, mais... enfin, vous jugerez par vous-même :

« *S.C.C. Majestad...* »

Il se tourna vers sa collègue.

— Ces initiales correspondent à *Sacra Cesarea Cathólica Majestad*, « Votre sainte Majesté catholique romaine ». Voilà qui est curieux. Tout indique que cette missive était adressée, non pas au vice-roi de Mexico, mais au roi d'Espagne en personne, Charles II. Cela vous donne une idée de l'importance de cette lettre. Poursuivons :

« *En ce vingtième jour du mois d'août 1680, je rédige la présente en toute hâte...*
chevauchant sur le Camino Real. Le dixième jour d'a... »

— C'est le 10 août 1680 que s'est déclenchée la révolte Pueblo. Je reprends :

« de nombreux pères. Ayant anticipé… »

Il releva à nouveau la tête.

— Sans doute l'auteur fait-il allusion à la révolte. L'un des membres du complot, trahissant ses compagnons, a prévenu les moines de l'imminence de la rébellion. Je poursuis :

« Angelico, frère Bartolomé et les soldats…
de la cathédrale, des églises et des miss…
avec le trésor avant de fuir vers le sud. Une fois sur le Ca… »

Nora l'interrompit.

— Le mot « trésor » figure bien dans le texte ?

— Absolument. Le terme castillan, *tesoro*, ne laisse planer aucun doute. *Une fois sur le Ca…* est à n'en pas douter une allusion au Camino Real, cette voie royale reliant Santa Fe à Mexico que les moines ont empruntée lors de la révolte.

— Que penser de toutes ces parties de phrases manquantes ?

— Cela confirme qu'un fragment nous manque, ce qui n'a rien de surprenant, quand on réfléchit à l'âge de ce document. Je vous traduis la suite :

« attaqués par les sauvages Indiens Apachus qui nous repoussèrent vers l'est…
le trésor dans l'ancienne mine Reina de Oro qui se…
Sierra Oscura. Nous dissimulâmes l'entrée sud…
une roche à cinq pas sur la droite. Au pied de l'E…
sur une grande roche juste en dessous. Nous dissi…
Nous sommes toujours attaqués par les Apachus et je…
que vous la receviez, et que le saint très…
Majesté très catholique lors de la reconquête…

L'humble serviteur et vassal de Votre Majes…
Frère Bartolomé d'Aragon »

Il se tut, les yeux brillants derrière ses épais verres.

— Nora, vous avez pris la mesure de cette découverte, n'est-ce pas ? Nous avons entre les mains un compte rendu historique relatif au trésor de Victorio Peak.

— Ce n'est pas tout : les détails de la cachette du trésor figurent dans ce document.

— On y parle de la Sierra Oscura, une chaîne de montagnes située au *nord* de Victorio Peak. C'est tout simplement incroyable. Nous tenons la preuve que Doc Noss était un imposteur puisqu'il affirmait avoir découvert le trésor à Victorio Peak !

Le chercheur prit un air songeur.

— *Au pied de l'E…* Il pourrait bien s'agir d'une colline ou d'un point de repère de la Sierra Oscura.

— Le lieu fait-il partie de la base de White Sands ? s'enquit Nora.

— Oui, mais à son extrémité nord, du côté du Jornada del Muerto, pas très loin du site où s'est déroulée l'opération Trinity.

Le site de l'opération Trinity.

— Avez-vous déjà entendu parler de cette mine Reina de Oro ?

— Non. Il s'agit à l'évidence d'une mine exploitée avant 1680, dont on aura perdu toute trace historique à la suite de la révolte.

Chavez retira les lunettes et les nettoya à l'aide de son mouchoir.

— Je tenais en réserve un détail intéressant, mais la découverte de ce document bouleverse mes plans.

— De quoi s'agit-il ?

— C'est au sujet de la croix retrouvée sur James Gower. Je pensais à une simple spéculation de ma part, mais à présent…

Il reposa ses lunettes sur son nez.

— Je commencerai par vous fournir certains éléments de contexte. Comme vous le savez, Hernán Cortés a débarqué sur la côte mexicaine en 1519 et s'est lancé aussitôt dans la conquête de Tenochtitlán, la capitale aztèque qui était à l'époque la plus grande cité du Nouveau Monde. Elle était gouvernée par l'empereur Moctezuma dont le trésor était constitué d'une immense quantité d'or, d'argent et d'objets précieux. Les Espagnols se sont emparés du trésor et ont détruit Tenochtitlán en 1521. La quasi-totalité a été fondue et transformée en lingots, plus faciles à remporter en Espagne, mais une petite partie de cet or a servi à façonner des objets sacrés destinés à la pratique du culte dans le Nouveau Monde.

Il mit les mains en pointe et poursuivit d'une voix grave :

— Moctezuma était coiffé d'une grande tiare en or sertie de pierres précieuses figurant le dieu Quetzalcoatl. Ses sujets y voyaient le symbole de son autorité divine. Après la mort de Moctezuma, les Espagnols ont retiré les joyaux de ce bijou et fondu l'or qui le composait afin de fabriquer une croix. Tout un symbole, comme vous pouvez l'imaginer. De la même façon, ils ont construit des églises au-dessus des temples et des lieux sacrés aztèques, de façon à transformer ces symboles du paganisme en lieux de culte chrétiens.

— Vous pensez que la croix en question est celle retrouvée sur Gower ?

— C'est mon avis. Je suis convaincu qu'il s'agit de la croix que chercheurs et historiens croyaient perdue. Si tant est qu'elle ait existé.

— Pourquoi *cette* croix en particulier ?

— Ces poinçons qui m'intriguaient tant ? Ceux que j'attribuais à l'orfèvre qui aurait créé ce bijou ? Il s'agit en vérité de signes nahuatl : le premier désigne Moctezuma, le second Jésus. Lorsque je l'ai compris, j'ai tout de suite pensé à cette croix, mais l'hypothèse était si audacieuse, il me fallait des preuves. Cette lettre en est une. On pense que cette croix a été emportée au Nouveau-Mexique vers 1600, ce qui expliquerait sa présence dans un trésor ecclésiastique.

Il tapota l'écran de l'index.

— Ce trésor-là.

On frappa légèrement à la porte et l'assistante de Weingrau ouvrit.

— Que faites-vous ici un samedi ? s'étonna Chavez.

— J'avais du travail en retard. Désolée de vous déranger, mais je cherchais Nora.

Elle se tourna vers l'archéologue.

— Cette jeune agente du FBI a tenté de vous joindre sur votre portable toute la matinée. Elle a fini par tenter sa chance à l'Institut. Elle souhaite vous parler de toute urgence.

— Mon portable ? s'étonna Nora.

Elle sortit l'appareil de sa poche et constata qu'il s'était déchargé au cours de la nuit.

— Je vous remercie.

Après avoir félicité chaleureusement Chavez en lui promettant une bouteille de Dom Pérignon, elle regagna son bureau et composa le numéro de Corrie sur sa ligne fixe.

— Nora ! Je ne savais plus comment vous joindre !

— J'ai des nouvelles incroyables, Corrie. J'ai réussi à retrouver Nantan Taza, le vieil Apache qui accompagnait Gower dans son équipée. Il est vivant et il m'a donné…

— Une seconde, Nora, la coupa aussitôt Corrie.

— Que se passe-t-il ?

— Je ne suis pas certaine qu'il soit très prudent de discuter de tout ça par téléphone. Il est préférable de se retrouver dans un endroit sûr.

— Pouvez-vous venir à l'Institut ?

— Oui. Et puis non, ce n'est pas assez sûr. Je préfère que vous veniez chez moi, à Albuquerque.

— Quand ?

— Tout de suite. Je vous en prie.

49

— J'aime autant vous prévenir, dit Watts en se tournant vers Morwood. La police est très mal vue dans cet endroit.

Les deux hommes se trouvaient sur le parking de la Cascabel Tavern dont le néon en forme de cactus les inondait de lumière.

— Vous me l'avez déjà précisé, répliqua Morwood en sortant de sa poche une photo de Rivers et une autre de l'assassin de ce dernier, en tenue de la police militaire.

Il les tendit au shérif.

— Je vous laisse interroger ces gens. Vous faites davantage couleur locale que moi.

— J'étais persuadé que vous viendriez en jean, avec un Stetson sur la tête, plaisanta Watts avec un sourire amusé.

— Le jour où les poules auront des dents, rétorqua Morwood.

Des cris résonnèrent au fond du parking de terre battue, suivis par une voix féminine perçante. Deux types se faisaient face, poings levés, pour le plus grand plaisir de la fille qui les accompagnait.

— Ils se battent déjà à 18 heures ? s'étonna Morwood.

— Il n'y a pas d'heure pour les braves à la Cascabel Tavern. J'aime autant venir à cette heure qu'à minuit, dit Watts, qui ajusta son chapeau et se dirigea vers l'entrée du bar.

Il poussa les portes de saloon de l'établissement et Morwood, qui le suivait, fut assailli par une odeur entêtante de parfum bon marché et de bière renversée.

Un épais nuage de fumée flottait à l'intérieur de la pièce alors que la cigarette était proscrite dans les débits de boisson du Nouveau-Mexique depuis quinze ans.

Watts se dirigea vers le comptoir où il commanda un café pendant que son compagnon demandait une eau minérale.

Le barman, un géant d'un mètre quatre-vingt-dix, large comme un poêle à bois, avec une épaisse barbe noire et une queue de cheval, leur opposa une mine renfrognée.

Watts sortit son étoile de shérif et la posa sur le bar.

— Et alors ? fit le barman.

— J'ai quelques questions à vous poser au sujet d'un de vos anciens clients. Pick Rivers.

Le barman le dévisagea d'un air mauvais, puis il posa les yeux sur le badge que Morwood portait autour du cou, attaché à une lanière.

— Z'êtes un féd ?

— FBI.

— Vous avez pas l'air trop cons, tous les deux. Un petit conseil : videz vos consos et décampez. C'est pas un endroit pour vous.

— Pas avant de vous avoir posé quelques questions.

— Non merci, sans façon.

— Vous n'êtes pas curieux de savoir pourquoi nous nous intéressons à Rivers ?

— Pas particulièrement. C'est un connard et une grande gueule.

— Ce n'est pas bien de dire du mal des morts.

Le silence du barman indiqua qu'il brûlait du désir de savoir comment Rivers était mort, sans vouloir poser la question.

— Il a été assassiné, précisa le shérif.

Voyant son interlocuteur de plus en plus intrigué, il lui tendit la main.

— Je suis le shérif Homère Watts.

Le barman, pris de court, lui serra la main.

— Bob Glen.

— Rivers a effectivement été assassiné, reprit Watts. Lors d'un séjour à l'hôpital, qui plus est, par un inconnu qui a injecté un produit mortel dans sa perfusion.

Comme Glen ne disait rien, il lui tendit la photo du tueur.

— C'est lui.

— On voit rien, sur votre photo, réagit Glen.

— C'est bien le problème. Écoutez, on n'est pas là pour vous emmerder, on veut juste savoir qui a tué Rivers.

Glen se pencha vers le shérif.

— Si j'accepte de répondre à vos questions, lui glissa-t-il à voix basse, vous vous cassez ensuite ? J'ai assez d'ennuis comme ça.

— Topez là, répondit Watts. Savez-vous si Rivers était mêlé à un trafic d'antiquités ?

— Ouais, il se vantait d'avoir découvert des poteries et autres merdes du même genre dans des ruines.

— Qui étaient ses clients, et avec qui travaillait-il ?

— J'ai cru comprendre qu'il faisait ça tout seul. Au départ, il était trop naze pour que quelqu'un accepte de bosser avec lui. Ensuite, à sa sortie de l'hôtel Ballon Cinq Étoiles, on l'a plus vu. J'ai pensé qu'il s'était rangé des mobylettes et…

— Tralalalère ! s'éleva une voix derrière les trois hommes.

Watts se retourna et découvrit trois énergumènes déguisés en cow-boy, avec bottes et éperons. Il reconnut les frères Sturgis à leurs têtes rubicondes d'alcooliques. Retranchés dans un ranch d'Arabela, ils s'étaient construit des bunkers bétonnés et un stand de tir, le tout agrémenté de pièges et alimenté en électricité par des panneaux solaires, sans parler d'une cuve de quarante mille litres d'essence et d'un arsenal impressionnant en prévision de l'apocalypse. Leur allure de cow-boys d'opérette dissimulait un trio de survivalistes qui grugeaient allègrement l'État.

Des ennemis déclarés du système qui vivaient aux crochets du système.

— Ça sent le féd, dans le coin, railla l'un des Sturgis d'une voix pâteuse en s'approchant de Morwood, aussitôt imité par ses frères.

L'inspecteur le regarda de la tête aux pieds sans un mot.

Les conversations s'étaient tues dans le bar et tous les regards étaient braqués sur le petit groupe. Certains s'étaient même levés pour ne rien rater de la scène.

— Holà, Sturgis, dit Watts. On ne veut pas d'histoires, compris ? On est venus poser quelques questions au sujet d'un meurtre. On cherche ce type.

Il fourra le portrait de l'inconnu sous le nez de l'ivrogne.

Sturgis lui arracha des mains la photo et l'envoya voler à travers la pièce, à la façon d'un frisbee.

Morwood se leva et Watts se sentit soulagé d'avoir ses deux six-coups à la ceinture en constatant que les trois frères étaient armés, comme tous les autres clients du bar.

— Vous avez vraiment envie de jouer à ce petit jeu-là, monsieur Sturgis ? demanda Morwood avec un calme surprenant pour un sexagénaire au physique nettement moins impressionnant que celui du gorille auquel il s'adressait.

— Figure-toi que oui.

Les deux hommes s'affrontèrent du regard jusqu'au moment où Sturgis saisit le badge que son adversaire portait autour du cou.

— Souviens-toi de Ruby Ridge[1], gronda-t-il avant de cracher sur le badge.

1. Ruby Ridge est le nom du lieu-dit de l'État d'Idaho où s'est déroulée en 1992 une confrontation meurtrière entre le FBI et un clan de survivalistes proches de l'organisation suprématiste Aryan Nations.

On aurait entendu voler une mouche dans le bar. Watts, les nerfs tendus à bloc, se tenait prêt à tirer, faute de savoir comment Morwood comptait gérer la crise.

Avec une infinie lenteur, ce dernier passa la lanière autour de sa tête et fit un pas en direction du gorille en écartant les bras d'un geste pacifique.

— Personnellement, je n'ai aucune envie de jouer. Nous partons, mais peut-être aura-t-on l'occasion de se revoir.

Tout en parlant, Morwood avait trouvé le moyen d'essuyer discrètement son badge sur le pan de chemise de Sturgis. Au milieu d'un silence de mort, il tourna le dos à son adversaire et se dirigea vers la porte, suivi par Watts. Une pluie de sifflets et de quolibets accompagna la retraite des deux policiers. Au moment de franchir le seuil de l'établissement, Morwood se retourna.

— Souvenez-vous d'Oklahoma City[1], dit-il d'une voix forte.

Quelques instants plus tard, Morwood s'installait derrière le volant de son 4 × 4 pendant que le shérif prenait place sur le siège passager. Watts attendit qu'ils aient repris la route pour observer son compagnon. Ce dernier, serein, paraissait parfaitement calme.

— Bravo pour votre sang-froid.

— Merci.

— C'était une agression en bonne et due forme.

— Absolument.

— Si je puis me permettre, comment comptez-vous réagir ?

— Disons qu'une avalanche de merde va tomber sur la figure de M. Sturgis. Reste à déterminer avec quelle force. Cela dit, mon badge avait besoin d'un bon nettoyage. En

1. L'attentat d'Oklahoma City, perpétré par un activiste survivaliste partiellement en réaction au drame de Ruby Ridge, a causé la mort de 168 personnes en 1995.

attendant, nous avons d'autres chats à fouetter, répondit-il en bifurquant sur la Highway 380 en direction de l'est.

Le soleil approchait de l'horizon lorsque le véhicule franchit le col des monts San Pasqual. Soudain, Watts remarqua un nuage de poussière dans le lointain, au niveau du chemin de terre conduisant à High Lonesome.

— Inspecteur ?

Morwood l'interrogea du regard.

— Vos gens ont déjà commencé leurs fouilles à High Lonesome ?

— Pas encore.

— Alors je crois bien que nous avons un problème.

50

Nora se présenta à l'appartement de Corrie soixante-quinze minutes plus tard, alors que le soleil se couchait au-dessus de Sandia Crest. Elle était pressée de partager les nouvelles avec la jeune agente, mais celle-ci commença par l'entraîner vers la chambre d'amis transformée en bureau. La poubelle débordait de papiers et des dossiers étaient entassés dans tous les coins.

— Je suis désolée, dit Corrie en faisant de la place à l'archéologue. Cette enquête occupe tout mon temps, je n'ai pas le loisir de rien ranger. Vous n'imaginez pas la paperasse qu'on nous impose au FBI.

Elle prit une chaise et l'installa près de sa table de travail, face à un trépied sur lequel était fixé son téléphone portable.

— Asseyez-vous, Nora. Je vais prendre des notes tout en enregistrant notre conversation en vidéo.

— Moi qui ai toujours rêvé de devenir une star sur les réseaux sociaux, plaisanta l'archéologue, sans parvenir à dérider Corrie.

— Commencez par me raconter votre rencontre avec Nantan Taza et ce que vous avez découvert dans sa retraite. Vos déclarations seront annexées au dossier d'enquête.

Nora se lança dans le récit de son périple, précisant les circonstances dans lesquelles elle avait rendu son sac médecine au vieil homme.

Corrie s'empressa de mettre la vidéo sur pause.

— Vous voulez dire que vous lui avez *donné* ce talisman ? Vous plaisantez, j'espère ?

— Pas du tout.

— Mais enfin…, bredouilla Corrie, au bord de l'étouffement. Vous saviez pourtant qu'il s'agit d'un élément d'enquête ! Vous savez à quel point je me suis battue pour réussir à sortir ce vieux truc moisi du local où sont enfermés les scellés ?

Nora sentit croître son irritation.

— Ce « vieux truc moisi » appartenait à quelqu'un, figurez-vous. Le lui rendre était le seul moyen d'obtenir en retour un indice autrement plus précieux.

— Comment voulez-vous que j'explique ça à mon patron ? rétorqua Corrie en haussant le ton. Déjà que je ne suis pas dans ses petits papiers ! Je suis fichue, maintenant.

— Si je comprends bien, vous me mettez tout sur le dos, c'est ça ? se défendit Nora en élevant la voix à son tour. Je ne vous avais rien demandé, c'est vous qui êtes venue me chercher en me suppliant de vous suivre à l'autre bout de l'État pour vous sauver la mise. C'est moi qui vous ai rendu service, au cas où vous l'auriez oublié.

— Ce n'était pas une raison pour donner ce sac. Je vous faisais confiance, persuadée que vous agiriez dans le cadre de la loi. Sans compter qu'une fois mêlée à l'enquête, vous n'avez plus voulu en décrocher.

— C'est trop fort ! C'est comme si un dealer reprochait à ses clients d'être toxicos !

Le sentiment de frustration qui s'était accumulé chez Nora déborda d'un seul coup.

— Et vous savez quoi ? Vous n'êtes pas la seule à avoir des ennuis de boulot. En voulant vous aider, j'ai pris beaucoup de retard dans mon travail de fouille, au risque de mettre en péril une promotion sur laquelle je comptais. Tout ça à cause de vous !

Elle se leva d'un bond.

— C'est bon, j'en ai ma claque. Je m'en vais.

— Nora… attendez !

— Allez au diable !

— Je suis désolée, Nora. Je ne savais pas que je vous mettais dans la panade.

Nora, le souffle court, fut prise d'une hésitation.

— Vous dites que Nantan Taza vous a donné en échange un élément important ? insista Corrie.

— Oui.

— Peut-être que ça pourrait me fournir une excuse, ce qui nous sauverait la mise.

Nora sentit sa colère retomber. Elle était la première surprise de s'être emportée de la sorte. D'elles deux, Corrie était de loin la plus colérique. Elle hésita à demander à cette dernière de s'excuser avant de comprendre qu'elle refuserait. De toute façon, les torts étaient partagés.

— Dans certains cas, un agent du FBI peut être contraint de céder un élément en échange d'une information cruciale.

Nora retourna s'asseoir.

— Si vous êtes prête, on peut reprendre, suggéra Corrie en relançant la vidéo.

Nora prit sa respiration.

— Après lui avoir donné le sac médecine, Taza m'a montré un coffret contenant une montre en or ainsi qu'un morceau de parchemin au recto duquel se trouvaient les bribes d'un texte espagnol ancien, avec des dessins amérindiens au verso.

— Un morceau de parchemin ? répéta Corrie en affichant sa surprise. Un parchemin coupé en deux ?

Nora ouvrit de grands yeux.

— Comment le savez-vous ?

Feignant de ne pas avoir entendu la question, Corrie lui en renvoya une autre.

— Que vous a expliqué le vieil homme ?

— Il m'a raconté que le désert du Jornada del Muerto et l'ensemble de la base de White Sands appartenaient autrefois aux Apaches. Il y a plusieurs siècles, ses ancêtres y ont croisé la route d'un groupe de moines qui s'enfuyaient à dos de mules avec un parti de soldats. Ils leur ont donné la chasse et les ont poursuivis dans les collines où les Espagnols se sont réfugiés sur un petit pic rocheux. Les Apaches les ont encerclés, mais les soldats ont maintenu l'ennemi à distance pendant que les moines déchargeaient les mules et cachaient leur chargement dans la montagne. Le siège s'est prolongé jusqu'au moment où les Espagnols, à court d'eau, ont été vaincus par les Apaches qui les ont massacrés. Le lendemain, les Apaches ont capturé un jeune Espagnol qui tentait de gagner le Camino Real avec une lettre. Le gamin leur a expliqué qu'il s'agissait d'une missive qu'il avait pour mission de remettre en main propre au roi d'Espagne. Les Apaches ont gardé la lettre sans pouvoir en déchiffrer le contenu, persuadés de son importance. Le parchemin s'est transmis de génération en génération, et l'un de ses détenteurs a fini par y tracer un dessin sacré de la victoire de Geronimo contre ses ennemis, dans l'espoir de neutraliser le pouvoir négatif des écrits figurant au recto.

« Lorsque Taza a reçu ce parchemin en héritage de son père, il avait dix-sept ans et la valeur de ce document lui échappait. Les Blancs et leur mode de vie excitaient sa curiosité, ce qui l'a poussé à se lier d'amitié avec James Gower, bien que ce dernier fût nettement plus âgé que lui. Les deux hommes passaient beaucoup de temps ensemble, à chercher des objets anciens dans ces montagnes et ce désert que Taza connaissait comme sa poche. Il avait perdu ses deux parents et Gower est devenu une sorte de père spirituel pour lui. Un jour, Taza lui a montré le parchemin et Gower a tout de suite compris l'importance de ce document.

— Gower a réussi à déchiffrer ce texte ? demanda Corrie.

— Gower parlait l'espagnol et la langue en elle-même ne présentait aucune difficulté pour lui. La calligraphie était en revanche nettement plus obscure, mais il semble que Gower ait réussi à en percer le mystère. À défaut d'être éduqué, c'était un homme intelligent.

— Je comprends.

— Les deux hommes ont décidé de s'associer pour retrouver le trésor dont il était question dans la lettre. En gage de sincérité, chacun a donné à l'autre son bien le plus précieux. C'est ainsi que Gower s'est retrouvé avec le sac médecine de Taza, et que celui-ci a hérité de la montre en or de son aîné. En outre, ils se sont partagé le parchemin dont chacun a conservé une moitié.

« Taza savait, au fond de lui, que cette chasse au trésor était sacrilège. Les terres qu'ils exploraient étaient sacrées, sans parler de la malédiction qui s'était abattue sur le convoi espagnol. L'appât de l'or a sans doute été trop fort et ils ont fini par s'installer à High Lonesome avec une mule afin d'explorer la Sierra Oscura à la recherche de la colline mentionnée dans le parchemin. Ils écumaient la région depuis plusieurs semaines lorsque l'inimaginable s'est produit.

« Un matin, ils ont pris la décision de se séparer afin de multiplier les chances de réussite. Lorsque Taza a regagné le campement ce soir-là, Gower et la mule n'étaient toujours pas rentrés. Peu avant l'aube du lendemain, Taza a vu briller dans le ciel un éclair plus brillant que le soleil. Il m'a raconté que cette lumière s'était diffusée en silence à une vitesse incroyable, jusqu'à figurer un œil gigantesque qui s'est élevé dans le jour naissant au milieu d'un arc-en-ciel de couleurs. Le bruit de la déflagration lui est alors parvenu. Un rugissement terrifiant comme seul le diable aurait été capable d'en pousser un. L'instant suivant, un souffle digne d'un ouragan le projetait à terre. Lorsqu'il a enfin réussi à se relever, il a vu une énorme colonne s'élever jusqu'à la stratosphère dans un festival de pluie et d'éclairs tandis que l'écho du tonnerre se répercutait à l'infini à travers le désert et les montagnes.

— Seigneur, murmura Corrie.

— Terrorisé, mais se refusant à abandonner son ami, Taza a attendu le retour de Gower. Ce dernier a fini par arriver au coucher du soleil. Sa peau se détachait par lambeaux comme du cuir moisi. Il était grièvement brûlé et saignait abondamment, ses yeux étaient injectés de sang. Surtout, il délirait. Sa mule semblait également avoir perdu la tête. Gower ne parlait que du diable, de l'or et d'Armageddon. Taza m'a raconté qu'il avait survécu à peine une demi-heure, après quoi il l'a enterré avant d'abattre la mule et de quitter à jamais ce lieu maudit. Lorsqu'il m'a fait ce récit, c'était la première fois qu'il évoquait le drame depuis ce jour fatidique.

Nora se tut. Ce témoignage bouleversant avait achevé d'apaiser sa colère, et il était clair que Corrie était aussi émue qu'elle.

— Pouvez-vous me montrer le parchemin ? finit par demander cette dernière.

Nora ouvrit sa serviette en cuir. Elle en tira la lettre, insérée dans une pochette transparente, et la posa sur le bureau.

Corrie examina le précieux document sans un mot, puis elle récupéra dans son attaché-case le parchemin retrouvé dans le poulailler et l'étala près du premier. Les deux documents s'ajustaient parfaitement.

Nora n'en croyait pas ses yeux.

— Mon Dieu ! Où l'avez-vous trouvé ?

— Il était caché dans le poulailler de Jesse Gower.

— Savez-vous de quoi il s'agit ?

— Non, mais je compte sur vous pour me l'apprendre.

— Il s'agit de l'itinéraire permettant d'accéder au trésor des Espagnols.

51

Nora se pencha sur les deux moitiés du parchemin, à présent réunies.

— Je dispose d'une traduction de mon fragment grâce à mon collègue Orlando Chavez. Il ne nous reste plus qu'à traduire le vôtre.

— Oui, mais comment procéder ? s'enquit Corrie d'un air perplexe. Non seulement je ne comprends rien à ces gribouillis, mais certaines lettres sont quasiment effacées.

— Orlando a commencé par photographier aux rayons ultraviolets la partie dont je disposais avant d'en améliorer le contraste à l'aide d'un logiciel. Il nous suffit de procéder de la même façon. Auriez-vous une feuille de plastique transparente de couleur bleue, par hasard ?

— J'ai même mieux : une lampe à ultraviolets. Un équipement standard fourni par le FBI, répondit Corrie.

Elle fouilla dans ses fournitures et finit par dénicher une petite lampe noire.

— Dirigez les ultraviolets vers le document, reprit Nora. Je vais photographier votre parchemin avec mon portable.

Corrie positionna la lampe au-dessus de la lettre dont la lisibilité se trouva instantanément améliorée, même à l'œil nu. Nora mitrailla le parchemin avec son téléphone, puis elle transféra les fichiers sur l'iMac de Corrie. Cette dernière ouvrit les documents et procéda aux réglages nécessaires à l'aide d'un logiciel de retouche d'image. Très vite, en augmentant la luminosité et le contraste, les mots se dessinèrent avec netteté.

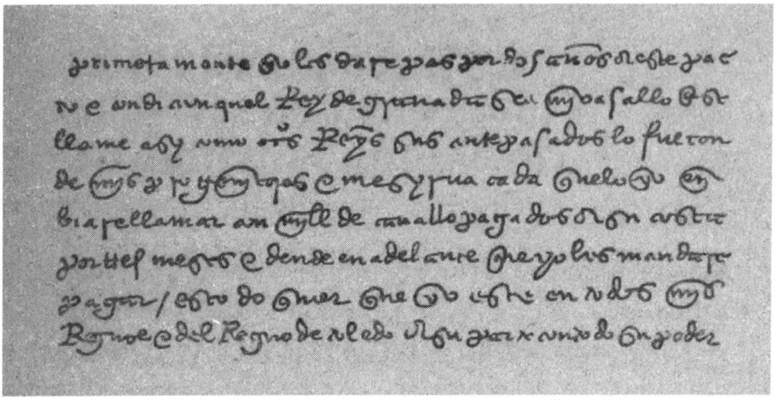

Corrie afficha sa déception.

— On ne dirait même pas des lettres.

— Vous allez voir, la rassura Nora en cherchant sur le moteur de recherche du Mac le site répertoriant l'alphabet *cortesana* qu'avait utilisé Orlando.

A

majuscules

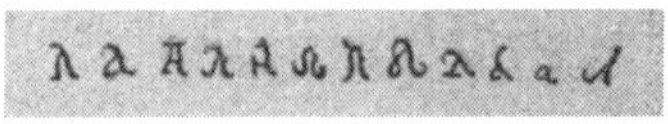

minuscules

— Vous voyez ces signes ? Ce sont toutes les variantes de la lettre A.

— Génial, s'enthousiasma Corrie. Je n'aurais pas cru qu'on puisse trouver ça sur le Net.

— Cela dit, nous ne sommes pas au bout de nos peines. L'opération va prendre du temps.

Nora se mit au travail, identifiant patiemment chacune des lettres du fragment de parchemin de Corrie à l'aide du tableau. La tâche, initialement laborieuse, s'avéra plus aisée à mesure que les deux femmes reconnaissaient chaque caractère. En l'espace d'une heure, Nora avait relevé le texte en espagnol.

— Voilà, s'écria-t-elle.

— Vous êtes capable de le traduire ? s'inquiéta Corrie.

— Bien sûr, répondit l'archéologue en s'emparant d'une feuille blanche.

… à l'intention de Votre Majesté depuis la province de Nouvelle Espagne en
… ût les Pueblos se soulevèrent et martyrisèrent
… ladite révolte, frère Marcos, frère
… purent sauver la plus grande partie du saint trésor ecclésiastique
… ions. Nous chargeâmes soixante-deux mules et chevaux
… mino Real dans les environs de Senecú, nous fûmes
… nous contraignant à cacher
… trouve au pied du pic appelé El Aguijón del Escorpión dans la
… de la mine et traçâmes le signe de la croix sur
… scorpión, nous traçâmes un second signe figurant deux croix
… mulâmes l'entrée nord de la mine sans y laisser de marque
… confie cette missive à un messager en priant le ciel
… or puisse rentrer en la possession de votre Sainte
… des possessions de Votre Majesté dans le nord.

…té qui baise vos pieds et vos mains,

Nora poussa la feuille en direction de Corrie.

— Terminé.

— Et la première moitié du texte ?
— La voici.
L'archéologue produisit la page sur laquelle Orlando avait rédigé la traduction du premier fragment. Elle réunit les deux feuilles et la traduction du texte leur apparut dans son intégralité.

S. C. C.Majestad :

En ce vingtième jour du mois d'août 1680, je rédige la présente en toute hâte
à l'intention de Votre Majesté depuis la province de Nouvelle Espagne en chevauchant sur le Camino Real. Le dixième jour d'ao
ût les Pueblos se soulevèrent et martyrisèrent
de nombreux pères. Ayant anticipé
ladite révolte, frère Marcos, frère
Angelico, frère Bartolomé et les soldats
purent sauver la plus grande partie du saint trésor ecclésiastique
de la cathédrale, des églises et des miss
ions. Nous chargeâmes soixante-deux mules et chevaux
avec le trésor avant de fuir vers le sud. Une fois sur le Ca
mino Real dans les environs de Senecú, nous fûmes
attaqués par les sauvages Indiens Apachus qui nous repoussèrent vers l'est,
nous contraignant à cacher
le trésor dans l'ancienne mine Reina de Oro qui se
trouve au pied du pic appelé El Aguijón del Escorpión dans la
Sierra Oscura. Nous dissimulâmes l'entrée sud
de la mine et traçâmes le signe de la croix sur
une roche à cinq pas sur la droite. Au pied de l'E
scorpión, nous traçâmes un second signe figurant deux croix
sur une grande roche, juste en dessous. Nous dissi
mulâmes l'entrée nord de la mine sans y laisser de marque.

Nous sommes toujours attaqués par les Apachus et je confie cette missive à un messager en priant le ciel que vous la receviez, et que le saint très or puisse rentrer en la possession de Votre Sainte Majesté très catholique lors de la reconquête des possessions de Votre Majesté dans le nord.

*L'humble serviteur et vassal de votre Majes
té qui baise vos pieds et vos mains,
Frère Bartolomé d'Aragon*

Les deux femmes lirent le texte en silence et se regardèrent sans prononcer une parole.

— C'est incroyable, finit par dire Corrie dans un souffle.

— Oui, acquiesça Nora. Reste à découvrir quel pic porte le nom d'*Aguijón del Escorpión*, c'est-à-dire le Dard du Scorpion.

Corrie se rua sur le clavier, cliqua sur l'icône de Google Earth et fit rapidement apparaître la Sierra Oscura à l'extrémité nord de la base de White Sands. Cette chaîne de montagnes s'étendait sur quarante kilomètres et comptait plusieurs centaines de collines, de pics, de buttes et de crêtes.

— Il a fallu des semaines à Gower et son ami apache pour déterminer lequel de ces reliefs correspondait au Dard du Scorpion, fit Corrie.

— Sauf qu'ils ne disposaient pas des technologies actuelles, réagit Nora. À son nom, j'imagine que ce pic doit ressembler au dard dressé d'un scorpion. À moins qu'il n'ait été baptisé de la sorte pour une autre raison.

Corrie haussa les épaules. Elle grossit à l'écran la partie septentrionale de la Sierra Oscura, près du site de l'opération Trinity, mais les pics et les crêtes s'y étalaient par dizaines.

— J'ai une idée, suggéra Nora. Après avoir découvert le trésor, Gower a certainement voulu rentrer directement à High Lonesome en emportant la croix, comme preuve de son succès. La ville fantôme se trouve ici, et on sait qu'il est passé à deux kilomètres environ du site de l'explosion atomique pour avoir été irradié aussi gravement. Je vous propose de tirer deux lignes depuis High Lonesome, de part et d'autre du site de l'opération Trinity, et de voir vers quelles collines elles se dirigent.

Corrie s'exécuta à l'aide de la fonction de dessin proposée par l'application. Les deux droites ainsi tracées aboutissaient au pied de la Sierra Oscura en traversant une douzaine de pics. Les deux femmes se penchèrent sur l'écran.

— Waouh ! s'exclama Nora. Regardez celle-ci ! Vous avez vu ?

Corrie zooma sur la colline que lui désignait l'archéologue, désignée sur la carte sous le nom de Mockingbird Butte.

— Je ne vois rien.

— Pas la colline elle-même, mais le petit canyon qui se trouve en contrebas.

Le défilé en question dessinait à merveille un dard de scorpion.

— Putain de merde !

— Je ne vous le fais pas dire, approuva Nora dont le cœur battait à tout rompre. Le *voilà*, ce fameux pic ! C'est là qu'est enterré le trésor ! Pas du tout à Victorio Peak, mais à Mockingbird Butte.

***

Une heure plus tard, Corrie et Nora achevaient de vider le verre de vin avec lequel elles avaient voulu célébrer leur découverte, après avoir déposé les deux moitiés du précieux parchemin dans le coffre dont disposait Corrie. La jeune femme avait tenté de joindre Morwood, en vain. On avait beau être samedi soir, elle se demanda à quoi pouvait bien être occupé son chef.

— Je ferais mieux de regagner Santa Fe, dit Nora en se levant. Skip m'attend pour dîner, il sera de méchante humeur si le petit plat qu'il a préparé se dessèche dans le four.

Corrie se leva à son tour.

— D'accord. Je vous propose de nous retrouver ici même à 8 heures demain matin. Nous irons ensemble montrer notre découverte à Morwood.

— La nuit va me sembler longue.

Corrie lui sourit.

— Je vois d'ici la tête de mon chef.

52

À l'approche du col dominant High Lonesome, Morwood s'arrêta au bord du petit chemin de terre.

— Il est plus prudent d'éteindre les phrases. Je suis curieux de voir ce qui se trame là-bas.

Watts acquiesça, descendit du 4 × 4, se coiffa de son chapeau et boucla autour de sa taille le ceinturon auquel étaient accrochés les deux six-coups. Morwood, amusé par ce rituel, sourit intérieurement. Il sortit des jumelles de la boîte à gants et s'éloigna avec son compagnon en direction du bois de pins qui couvrait la crête.

High Lonesome leur apparut à moins d'un kilomètre. Plusieurs lumières y brillaient et Morwood découvrit dans le champ de ses jumelles deux pick-up garés à angle droit, tous phares allumés, éclairant le bâtiment dans la cave duquel avait été trouvé le corps de Gower. Deux individus armés montaient la garde à l'extérieur.

— Saloperie, gronda Watts.

Morwood compta trois autres inconnus sur le site de fouille clandestin.

— Il faut appeler du renfort.

— Combien de temps avant leur arrivée ? s'inquiéta Watts.

— Plusieurs heures, mais il serait suicidaire de tenter d'arrêter ces gens nous-mêmes.

Watts hocha la tête à contrecœur.

— D'accord pour les renforts.

Ils regagnèrent le 4 × 4 et Morwood s'empara de la radio, mais le signal ne passait pas et leurs portables restaient muets.

— Le mieux est encore de retourner en arrière jusqu'à ce qu'on puisse capter un signal, décida Morwood en démarrant.

Watts fit la moue.

— Puis-je m'autoriser une suggestion ?

— Je vous écoute.

— Essayons de nous approcher et de voir s'il est possible d'identifier ces trafiquants, ou tout du moins de relever les numéros d'immatriculation de leurs pick-up. Le temps de repartir, d'appeler les renforts et de revenir, ces types auront décampé.

Morwood réfléchit à la proposition. Celle-ci comportait des risques, mais elle aurait le mérite de leur fournir de précieuses informations sur les trafiquants.

— Bonne idée.

Il démarra doucement, les phares éteints. La lune n'était pas encore levée, mais la lueur des étoiles suffisait à dissiper les ténèbres. Morwood franchit le col et parcourut les lacets du chemin en roue libre, le pied sur la pédale de frein, pour ne pas éveiller l'attention en utilisant le moteur. Parvenu à l'entrée du village abandonné, il se gara à l'abri d'un mur d'adobe et ouvrit sa portière sans bruit, imité par son compagnon.

— Contentons-nous d'approcher suffisamment pour relever leurs plaques, murmura Morwood.

— D'accord.

La ville fantôme était plongée dans l'obscurité, sauf à l'autre extrémité de la grand-rue où brillaient les phares des pick-up. Les deux hommes se dirigèrent prudemment vers le chantier clandestin en rasant les murs.

Ils avaient parcouru la moitié du chemin lorsque deux phares s'allumèrent dans la nuit, les éclairant comme en plein jour. Le claquement caractéristique d'un fusil qu'on arme se fit entendre.

— Les mains en l'air, leur ordonna une voix. Inutile de résister, nous avons trois armes braquées sur vous.

Morwood se tétanisa en voyant les lucioles rouges d'un pointeur laser se fixer sur leurs poitrines.

— Je ne vous conseille pas de sortir vos revolvers, shérif.

— Très bien, dit Watts.

Un homme svelte s'avança à la lueur des phares. Enveloppé dans un long ciré, un chapeau de cow-boy sur la tête, il tenait d'une main un fusil et de l'autre une arme de poing. Il s'immobilisa au milieu de la rue et Morwood se demanda pourquoi cette silhouette lui était familière, alors que la voix ne l'était pas. Deux autres individus sortirent de l'ombre. Chacun d'eux pointait sur les deux policiers un fusil et une torche. Le faisceau de l'une d'elles caressa fugitivement le visage de leur chef et Morwood le reconnut aussitôt.

Il s'agissait du tueur de l'hôpital dont les caméras avaient enregistré la silhouette.

— Vous d'abord, shérif, reprit l'homme. Sortez les six-coups de leur étui *très* lentement par le pouce et l'index et lâchez-les. C'est compris, mon pote ?

— Oui.

Watts croisa les bras très lentement de façon à tirer de son étui le revolver gauche avec la main droite, et vice versa, puis il tendit les deux armes à bout de bras.

— Maintenant, lâchez-les.

— Jetez-vous à terre sur la gauche, souffla Watts à son compagnon.

Morwood se raidit.

— Hé, mon pote ! Je vous ai dit de les *lâcher*.

Watts feignit d'obtempérer. Au dernier moment, d'un geste fulgurant des poignets, il serra les deux revolvers dans ses poings et fit feu simultanément dans deux directions.

Les deux inconnus qui entouraient le tueur de l'hôpital s'écroulèrent dans la poussière et Watts se jeta d'une roulade sur la gauche sans laisser le temps à son adversaire de faire feu pendant que Morwood se jetait de côté, sortait son Glock et tirait sur l'homme au ciré.

Il rata sa cible et l'homme au ciré appuya sur la détente, le touchant à la main. Le pistolet de Morwood gicla, comme si quelqu'un avait assené un coup de bâton sur le poignet de l'agent du FBI. Sous le choc, étalé par terre, Morwood perçut des coups de feu et des cris avant de se sentir happé par le col et traîné derrière un mur en ruine. De l'autre côté, des projectiles s'écrasèrent avec un bruit mat dans l'adobe.

Watts, le Glock de Morwood à la main, s'accroupit à côté de ce dernier.

— Joli carton, parvint-il à dire.

— Vous êtes blessé ? lui demanda Watts.

— Oui.

Mais le shérif déchirait déjà un pan de sa chemise à l'aide duquel il pansa la main de Morwood. Les idées de l'inspecteur commençaient à s'éclaircir à mesure que la douleur prenait le relais du choc initial.

— Rendez-moi mon arme, je peux encore tirer de la main gauche.

— Heureux de l'entendre, répondit Watts.

— Mais je ne suis pas sûr d'atteindre ma cible, poursuivit Morwood alors qu'une pluie de balles passaient au-dessus de leurs têtes, lorsqu'elles ne s'enfonçaient pas dans le mur.

À en juger par les détonations, les coups de feu provenaient de plusieurs directions à la fois. D'autres détonations crépitèrent un peu plus loin, suivies par un sifflement de pneu crevé et le hululement d'un klaxon, aussitôt interrompu. L'ennemi avait découvert le 4 × 4 et l'avait neutralisé.

— Combien sont-ils, à votre avis ? s'enquit Morwood.

— Je dirais une demi-douzaine. Sans compter les deux types que j'ai abattus.

Morwood laissa échapper un grognement dépité.

— Il me reste vingt-quatre balles dans mon ceinturon et six dans les barillets, reprit Watts. Et vous ?

— Quinze balles en tout, répondit l'inspecteur en prenant longuement sa respiration dans l'espoir d'apaiser la douleur. Il faudrait savoir où ils sont positionnés et quelles zones précises ils couvrent. Ce qui veut dire passer la tête au-dessus du mur.

— D'accord.

— Ils sont en partie armés de fusil, ajouta Morwood.

— Oui, ce ne sera pas de la tarte.

Une nouvelle volée de balles s'écrasa contre le mur.

— Voici ce que je vous propose, fit Morwood. On se relève en même temps et on essaie d'évaluer la situation. Pas plus d'une seconde.

— Compris.

— À trois.

Morwood fit le décompte et les deux hommes se dressèrent d'un bond en faisant feu à tout va avant de regagner leur abri. Une fusillade nourrie leur répondit.

— Je ne sais pas ce que vous en pensez, dit Watts, mais ils sont à couvert et nous tiennent dans leur ligne de mire. Nous sommes cernés.

Morwood acquiesça d'un grognement.

— À mon sens, on est foutus.

Morwood serra brièvement les paupières en s'efforçant de contenir la douleur et de garder les idées claires.

— J'en étais arrivé à la même conclusion.

— Le mieux serait sans doute de se serrer la main et de se dire adieu, comme dans les westerns.

Morwood fit la grimace.

— Il est encore trop tôt pour ça.

53

À présent que le trésor était une réalité et qu'elle en connaissait la cachette, Corrie comprit qu'elle parviendrait difficilement à dormir pour la troisième nuit consécutive. Soixante-deux mules et chevaux… Chaque animal pouvait porter une charge de l'ordre de cent kilos, ce qui signifiait que l'ensemble pouvait atteindre les six tonnes. Dix fois moins que la légende ne l'affirmait, mais c'était sans compter sur la valeur historique de l'ensemble. La jeune femme soupira d'aise à l'idée que le trésor se trouve en sécurité dès le lendemain. Tant pis pour ce con de général s'il était mêlé à cette histoire, comme elle le soupçonnait.

La sonnerie de son portable interrompit sa réflexion. Nora.

— Corrie ?

— Oui, quoi de neuf ?

— Je viens de faire une découverte qui change… qui change tout. Rejoignez-moi tout de suite.

— Quoi ?

Nora paraissait tendue.

— Vous le disiez vous-même, il n'est pas prudent de parler de ça au téléphone. Venez chez moi, à Santa Fe.

— Il est 23 heures. Ça ne peut pas attendre demain ?

— Je vous en prie. Et n'oubliez pas d'apporter le parchemin. Je dois vous laisser.

Sur ces mots, l'archéologue raccrocha.

Corrie reposa son téléphone. Quel appel étrange ! Que pouvait bien avoir découvert Nora ? Au son de sa voix, rien de bon.

Elle ouvrit le coffre, récupéra l'enveloppe contenant les deux fragments de manuscrit, puis elle posa les yeux sur son arme de service. Morwood lui avait assez souvent répété qu'être armé était une seconde nature, et elle le glissa dans son étui d'épaule avant de rejoindre son véhicule.

***

L'appartement de Nora se trouvait sur Galisteo Street, tout près du Paseo de Peralta. Sa voiture était rangée devant l'immeuble et les fenêtres de son appartement étaient allumées, rideaux tirés. Elle se gara, toqua à la porte, l'enveloppe à la main.

— Entrez, lui répondit la voix de Nora. La porte est ouverte.

Corrie avait à peine franchi le seuil qu'on l'immobilisait en lui passant un bras autour du cou. Elle tenta de se débattre et voulut crier, mais un violent coup à la tempe l'étourdit.

— Récupérez son arme, fit une voix.

On lui retira prestement son Glock avant de lui lier les poignets dans le dos et de la pousser dans le salon, tout hébétée.

Elle découvrit Nora ligotée sur une chaise à l'aide de ruban adhésif. Quant à Skip, il gisait par terre, les mains menottées derrière le dos, le visage en sang. Plusieurs soldats étaient également là, ainsi que le lieutenant Woodbridge et le général McGurk. L'un des soldats tenait le canon de son M16 posé sur la tempe de Skip.

Sans un mot, le général déchira le rabat de l'enveloppe, prit les deux moitiés du parchemin, les examina et les tendit à Woodbridge.

— Il menaçait de tuer mon frère, se justifia Nora en pleurant. Je suis désolée…

Un soldat la gifla à la volée.

— Ferme ta gueule !

— Où se trouve la traduction ? s'enquit le général.

Corrie le dévisagea, affolée par le calme dont il faisait preuve. Il avait forcément mis son téléphone sur écoute. Le tout était de se souvenir de ce qu'elles s'étaient dit précisément avec Nora.

— Je n'en ai pas, répondit-elle.

Le général donna l'impression de réfléchir.

— Mais vous savez où est caché le trésor.

Corrie ne répondit rien. Le général adressa un geste au soldat armé qui enfonça le canon de son M16 dans l'oreille de Skip.

— Je vous laisse une dernière chance de répondre.

— Oui. Nous savons où il se trouve.

En dépit des circonstances, sa panique initiale avait cédé la place à une parfaite lucidité. Ce salopard n'allait pas s'en tirer aussi facilement.

— Si vous le tuez, jamais je ne vous fournirai la moindre information. Vous serez obligé de traduire par vous-même ce document en vieil espagnol et ce ne sera pas facile. Vous aurez besoin d'experts, et les experts posent des questions. Sans compter qu'aucun d'eux ne connaît le désert aussi bien que Nora. Je vous indiquerai la cachette du trésor uniquement si vous le laissez en vie.

— Merci, mais je n'ai pas besoin que vous m'indiquiez quoi que ce soit. Vous allez me *conduire* à cette cachette.

— Et ensuite ?

Le général laissa s'écouler un long silence avant de répondre.

— Étant donné les circonstances, je vous trouve bien effrontée, espèce de petite salope. Je n'ai pas l'intention de tuer quiconque si vous coopérez. Si le trésor se trouve bien dans sa cachette, il ne vous arrivera rien.

Tu parles, pensa Corrie.

McGurk se tourna vers Woodbridge.

— Lieutenant, appelez le transport.

Elle s'activa sur sa radio et trois Jeep ne tardèrent pas à s'arrêter au pied de l'immeuble. Quelques minutes plus tard, le convoi s'éloignait en direction de la base locale de la Garde nationale où les attendait un hélicoptère. Ligotés et bâillonnés, les trois prisonniers se retrouvèrent installés sur des sièges de toile et l'appareil s'envola sans attendre dans la nuit étoilée.

54

Accroupi derrière le mur, Morwood s'efforçait d'oublier sa douleur. Le lambeau de chemise enroulé autour de sa main était couvert de sang.

Watts avait réussi à maintenir leurs adversaires à distance en tirant régulièrement par-dessus leur abri, mais cette stratégie avait ses limites et leurs munitions baissaient dangereusement.

Une voix s'éleva dans la nuit.

— Shérif?

Morwood, stupéfait, reconnut la voix de Fountain. Il constata que Watts était aussi choqué que lui.

— Shérif, c'est Henry Fountain.

— Je sais, fit Watts, et vous êtes un salopard de première.

— Je serais bien mal venu de contester un tel jugement, railla l'avocat, mais ça n'ôte rien à vos petits ennuis. Je suis peut-être en mesure de vous aider à les surmonter.

— Des conneries, oui.

— Je serais désolé d'être obligé de vous abattre, Homère. Discutons plutôt.

Watts allait répondre lorsque Morwood lui posa une main sur le bras.

— Faites-le parler, murmura-t-il.

Après une hésitation, Watts hocha la tête.

— Je vous écoute, cria-t-il dans l'obscurité.

— Je ne vois pas l'intérêt de vous éliminer. Essayons de trouver un arrangement.

— Lequel ?

— Partageons le butin. Je ne détesterais pas avoir un shérif dans ma poche.

— Quel butin ? Le trésor de Victorio Peak ?

La question provoqua l'hilarité de Fountain.

— Inutile de jouer au plus fin avec moi, shérif. Je ne m'intéresse pas aux trésors de conte de fées, mais aux *vrais* trésors.

— Lesquels ? Vous en avez trouvé un ?

— Et comment ! Un trésor d'une valeur inestimable. Alors, vous êtes disposé à nous rejoindre ?

— Et mon collègue ?

— Avoir un agent du FBI dans notre poche pourrait aussi nous servir.

Morwood fit une grimace dubitative. Si Fountain pouvait espérer corrompre un shérif, il n'en était pas de même avec un agent fédéral. Leurs ennemis avaient l'intention de le tuer à la première occasion. Watts aussi, probablement.

— Que puis-je espérer en retour ? demanda celui-ci.

— Nettement plus que votre traitement de misère.

— Qu'attendez-vous de moi ?

— Jetez vos armes au-dessus du mur et sortez les mains en l'air. On ne vous fera aucun mal. Nous sommes très près du but et je vous promets de vous verser votre part.

Une part de balles entre les deux yeux, oui, pensa Morwood qui échangea un regard entendu avec Watts. Le shérif n'avait nullement mordu à l'hameçon.

— Alors, qu'en dites-vous ? insista Fountain.

— Je voudrais en savoir un peu plus sur votre trésor.

— Assez discuté. Vous avez une minute pour vous décider. C'est ça ou la mort. Je commence à compter.

Watts se pencha vers Morwood.

— Ils n'ont pas la moindre intention de nous laisser la vie sauve.

Morwood hocha la tête.

— Trente secondes !

— Le mieux est encore de foncer et de tuer le plus possible de ces salopards, suggéra Morwood.

— Comme dans *Butch Cassidy* ?

— Dix secondes !

Watts jura entre ses dents, se releva d'un bond et tira en direction de la voix avant de s'accroupir à nouveau.

— Tant pis pour vous, Watts ! cria Fountain. Vous n'avez jamais été que des crétins prétentieux dans votre famille ! Vous entendez les cris des corbeaux ? Ils ne tarderont pas à vous bouffer les yeux.

Morwood se tourna vers son compagnon.

— Alors ? On a au moins une chance d'avoir Fountain si on se rue sur eux.

Watts secoua la tête.

— Laissez-moi réfléchir.

55

L'hélicoptère bourdonnait dans la nuit en direction du sud, à en juger par les rubans lumineux qu'apercevait Nora, signalant les villes riveraines du Rio Grande dans l'obscurité désertique. Ils passèrent à l'est de ce qui devait être Socorro et s'enfoncèrent dans le trou noir de la base de White Sands. Woodbridge pilotait l'appareil et le général occupait le siège voisin, laissant les prisonniers à l'arrière sous la garde de trois soldats armés.

Nora adressa un coup d'œil en coin à son frère, qui posa sur elle un regard plein de détresse. Leurs agresseurs lui avaient cassé le nez et une traînée de sang maculait sa chemise. À l'inverse, Corrie conservait une expression impassible. À leurs yeux luisant de convoitise, Nora comprit que les soldats attendaient impatiemment de recevoir leur part du butin. Quant au lieutenant Woodbridge, elle brillait par sa froideur et son efficacité, comme à son habitude.

Le général avait bien choisi son entourage. Un clan resserré, mis sur pied en prévision d'opérations ultrasecrètes pour le moins inhabituelles.

Laissant le Rio Grande derrière lui, l'hélico suivit la Sierra Oscura jusqu'à une piste d'atterrissage improvisée, en plein désert. L'appareil exécuta une boucle et se positionna au-dessus d'un carré de macadam, à côté de deux camions bâchés. Un soldat solitaire, posté sur l'hélistation, adressa les signes d'usage à Woodbridge qui posa l'appareil et coupa le moteur. Le général descendit le premier, suivi par les soldats qui entraînèrent les prisonniers à l'écart du souffle provoqué par les pales encore en mouvement.

— Mettez-vous là, ordonna l'un des hommes armés aux trois prisonniers en les poussant contre un camion.

Le général s'avança, aussitôt rejoint par Woodbridge.

— Retirez leurs bâillons et leurs liens, ordonna McGurk.

Le soldat s'exécuta.

— Vous vous rendez bien compte…

Woodbridge gifla Corrie à la volée avant qu'elle ait pu achever sa phrase.

— Vous répondrez lorsqu'on vous interrogera, dit le général. Nous nous trouvons sur l'une des bases militaires les plus vastes et les moins peuplées du pays. C'est moi qui la commande et j'ai un millier de soldats à ma disposition. Deux drones, un MQ-9 Reaper et un RQ-7 Shadow, sont prêts à décoller sur un simple ordre de ma part. Le seul choix qui s'offre à vous est de coopérer, sinon vous serez exécutés. C'est compris ?

Comme les prisonniers restaient silencieux, McGurk enchaîna :

— Quand je vous pose une question, répondez « oui, mon général » ou « non, mon général ». Je vous ai demandé si vous m'aviez bien compris, professeure Kelly.

Comme Nora hésitait, Woodbridge la frappa au visage avec une telle force qu'elle chancela.

— Oui, mon général, dirent dans un même souffle Corrie et Skip, tandis que Nora, retenant ses larmes, imitait leur exemple.

— Bien. À présent, je veux savoir le nom du pic de la Sierra Oscura où est caché le trésor.

Un silence buté lui répondit.

— Si je n'obtiens pas une réponse à ma question, s'agaça le général, je demanderai au lieutenant Woodbridge de coller une balle dans la tête de votre compagnon.

— En le tuant, vous perdez tout moyen de pression sur nous, lui rétorqua Corrie.

Le général se tourna vers elle.

— C'est vrai, concéda McGurk en adressant un geste à l'un de ses hommes.

Le soldat fit un pas en avant et enfonça la crosse de son fusil dans le plexus solaire de Skip qui s'écroula en laissant échapper un grognement de douleur.

— Attendez! s'écria Nora. Il s'agit de Mockingbird Butte.

Un sourire éclaira le visage du général.

— Mockingbird Butte, répéta-t-il d'un air pensif. Cette petite colline insignifiante? Qui l'eût cru? Allons-y.

Les prisonniers, encadrés par les soldats, furent poussés à l'arrière des camions qui démarrèrent dans un nuage de poussière avant de s'immobiliser quelques minutes plus tard au bord d'un lit de torrent asséché, face à une colline d'une trentaine de mètres à peine, son sommet surmonté d'un bloc de roche.

— Descendez, ordonna le général.

Il s'approcha de Nora.

— Où exactement?

— Au pied de la butte, côté sud. Un rocher marqué d'une croix. Ensuite, vous montez tout droit jusqu'à une pierre sur laquelle sont gravées deux croix. L'entrée se trouve à cinq pas sur la gauche.

Les soldats, équipés de torches puissantes, se mirent en quête des repères. Un cri retentit soudain dans la nuit.

— Emmenez les prisonniers, décida McGurk en se dirigeant vers la voix.

À la lueur des lampes électriques, Nora distingua une croix tracée au burin sur une grosse pierre enfoncée dans les herbes sauvages.

— Cherchez le second repère, à présent.

Les soldats, disposés en éventail, escaladèrent les flancs de la colline en examinant minutieusement chacune des roches qui jonchaient le sol. Ils avaient parcouru les deux tiers de la butte lorsque l'un des hommes du général poussa une exclamation.

— Ici!

Le temps que le reste du groupe arrive, le soldat commençait à dégager une ouverture à cinq pas d'un rocher marqué de deux croix.

— Vous! fit le général en désignant Skip. Aidez-les.

Le jeune homme se baissa péniblement et s'empara d'une pierre.

L'entrée de la mine, mal dissimulée, ne tarda pas à se dessiner. Sans doute James Gower s'était-il contenté, soixante-quinze ans plus tôt, de la reboucher grossièrement avant d'entamer son périple funeste vers High Lonesome.

Une galerie, large d'un mètre et demi, s'enfonçait tout droit dans la montagne.

Woodbridge fit signe aux prisonniers de suivre les quatre soldats qui s'engageaient dans le boyau avant de fermer la marche avec le général.

Jamais nous ne sortirons d'ici vivants, pensa Nora avec un détachement dont elle fut la première étonnée. Il restait à espérer que leur fin soit rapide.

La galerie descendait en pente douce, son plafond trop bas pour qu'ils puissent se tenir droits, accompagnés par l'écho de leurs pas. Une forte odeur de poussière imprégnait les lieux.

— Général? dit le soldat de tête en arrêtant le rayon de sa lampe sur une inscription gravée à même la roche:

J D Gower
15 juillet 1945

Nora aperçut un peu plus loin une porte de fortune donnant sur une caverne plongée dans la pénombre.

56

Morwood en avait le tournis. Watts avait réussi à maintenir leurs adversaires à distance, mais chaque balle tirée achevait d'épuiser leurs munitions. Grâce aux dons de tireur du shérif, l'assaut final avait pu être évité jusque-là et Morwood, son Glock au poing, était résolu à tuer au moins l'un des pillards le moment venu.

— Comment vous sentez-vous ? l'interrogea Watts.

— Dans les westerns, les héros se retrouvent toujours en position périlleuse.

— Sauf qu'il ne s'agit pas d'un western. Ça me rappelle l'un de mes prédécesseurs, un dénommé Elfego Baca, qui était autrefois shérif du comté de Socorro. À lui seul, il a tenu en respect quarante cow-boys pendant trente-trois heures. En fin de compte, il en a tué quatre et blessé huit autres, Hollywood en a même fait un film.

— J'imagine qu'il disposait d'un véritable arsenal, ce qui n'est pas notre cas. Où en êtes-vous de vos munitions ?

— Il me reste huit balles. Quatre dans chaque colt.

— Et moi sept.

Le silence retomba.

— Et si on faisait *semblant* d'être à court de munitions ? suggéra Watts, l'air pensif.

— Que voulez-vous dire ?

— Quand le chien de mes colts retombe sur une chambre vide, il émet un claquement caractéristique. On pourrait peut-être les piéger de cette façon.

Morwood acquiesça lentement.

— Quand le Glock tire sa dernière balle, il éjecte la cartouche sans qu'aucune autre vienne prendre sa place. S'ils s'y connaissent en armes à feu, le bruit devrait leur être familier.

Les deux hommes furent interrompus par une nouvelle volée de balles.

— On peut tenter notre chance, décréta Watts.

Il dégagea le barillet de ses six-coups, retira la deuxième balle et la replaça à la suite des deux suivantes de façon qu'il reste une chambre vide entre le premier projectile et les trois autres. De son côté, Morwood sortit son chargeur, le vida et le remit en place, ne gardant que la balle qui se trouvait déjà dans le canon.

Watts, profitant d'une accalmie, se leva d'un bond et tira à deux reprises, le chien se rabattant sur la chambre vide après la première détonation.

Il s'accroupit précipitamment à côté de son compagnon, la joue en sang.

— Et merde ! Ces salauds ont eu mon autre oreille.

— Vous y gagnerez en symétrie, plaisanta Morwood.

Watts retira son chapeau et constata qu'il était taché de sang, son bord déchiré.

— En plus, mon chapeau est fichu.

— À mon tour, fit Morwood en tirant sa dernière balle de la main gauche.

La riposte ne se fit pas attendre et il en profita pour remettre le chargeur sans oser armer le Glock, de peur d'éveiller les soupçons de leurs assaillants.

— Le mieux est d'attendre un peu, suggéra Watts. Ils vont essayer de nous provoquer, histoire de s'assurer que nous sommes vraiment à court de munitions.

Dans le silence retrouvé, les deux hommes entendirent soudain un bruit de course.

— Feignons de vouloir négocier, proposa Morwood. Ça leur confirmera que nos armes sont vides.

Watts hocha la tête en signe d'assentiment.

— Hé! Fountain!

— Trop tard, shérif, lui répondit l'avocat. Vous n'avez pas voulu saisir votre chance!

— On peut encore discuter.

Fountain resta silencieux.

— On a eu le temps de réfléchir. On peut vous aider, insista le shérif.

— Je vois mal en quoi vous pourriez nous être utiles lorsque les corbeaux vous auront bouffé les yeux.

La voix de Watts se fit implorante.

— Vous n'avez aucun intérêt à tuer un shérif et un agent du FBI. Les autorités ne vous laisseront jamais en paix, vous le savez aussi bien que moi.

— Encore faudrait-il qu'on retrouve vos corps. Ce ne sont pas les cachettes qui manquent dans le coin. Vous feriez mieux de dire *adios*. En espérant que votre successeur ne soit pas un poseur dans votre genre, avec vos six-coups.

— Alors allez-y! s'écria Watts sur un ton bravache, piqué par l'insulte. On vous trouera la peau avec plaisir!

— Bien sûr, railla Fountain.

Morwood s'empressa d'armer le Glock en entendant leurs adversaires sortir de leurs cachettes.

— C'est le moment! murmura Watts d'une voix tendue.

Les deux hommes se dressèrent d'un bloc et firent feu. Les cinq assaillants, qui donnaient l'assaut, restèrent comme pétrifiés l'espace d'un instant avant de tenter de battre en retraite, mais chaque balle de Watts faisait mouche. Fountain s'écroula le premier au milieu d'une gerbe de sang, avant que ses compagnons ne connaissent le même sort.

En l'espace d'une poignée de secondes, le drame était consommé et Watts s'accroupit à nouveau à côté de Morwood.

— Nous en avons eu cinq, mais je n'ai pas vu Bellingame. Vous l'avez vu s'échapper?

— Oui, répondit Morwood, mais mon chargeur est vide.

— Il me reste une balle pour lui.

Morwood glissa un œil au-dessus du mur. Les phares des deux camions, toujours allumés, projetaient sur la ville des ombres interminables. L'ennemi pouvait se cacher n'importe où.

— On aura du mal à le débusquer sans avoir recours à la cavalerie.

— Ces enfoirés ont démoli notre voiture, remarqua Watts. Nous allons devoir nous emparer d'un de leurs véhicules et Bellingame le sait. Nous ne sommes pas encore au bout de nos peines.

57

L'un des soldats acheva d'ouvrir le vieux battant qui tomba bruyamment sur le sol, ses gonds arrachés.

— Attendez, ordonna le général, désireux de pénétrer le premier dans la grotte, sa torche pénétrant péniblement le nuage de poussière soulevé par la porte abattue.

Des éclats d'or et de pierres précieuses dansèrent dans le faisceau lumineux, provoquant des hoquets de surprise chez les siens à la vue du trésor. McGurk s'avança, suivi par Woodbridge.

Le spectacle qui les attendait était à couper le souffle : des calices en or, des crucifix, des ostensoirs, des habits sacerdotaux cousus de fils d'argent et d'or, des mitres, des reliquaires couverts de gemmes. Le trésor avait été déposé en toute hâte, sans aucune logique, à côté de coffres moisis et de sacs de cuir usés par le temps d'où s'échappaient des doublons, des lingots d'or et d'argent.

Le général se retourna lentement, offrant à ses compagnons un visage rêveur.

— Qu'attendez-vous pour vous mettre au travail ? aboya-t-il.

Les soldats, brusquement rappelés à la réalité, rejoignirent leur chef en poussant les prisonniers devant eux.

— Conduisez-les dans cette niche au fond de la grotte, loin de l'entrée, et placez un homme en sentinelle à l'entrée. Vite !

L'un des hommes en treillis, obéissant aux instructions de son chef, se posta devant l'alcôve dans laquelle il venait de pousser Nora, Corrie et Skip. L'archéologue contempla le trésor à regret. Cette découverte était inestimable d'un point de vue historique, en plus de sa valeur marchande, mais elle n'aurait pas l'occasion d'étudier toutes ces merveilles.

McGurk et Woodbridge procédèrent très vite à l'organisation des opérations. Trois des soldats s'absentèrent brièvement avant de revenir armés de projecteurs alimentés par des batteries, de brancards en toile sur lesquels entasser le trésor, et d'une petite caisse en bois identifiée à l'aide d'un pochoir.

Il ne faisait guère de doute aux yeux de Nora que le général ferait abattre ses prisonniers et laisserait ensuite leurs corps au fond de la niche où personne ne les retrouverait jamais. La caisse en bois contenait probablement des explosifs destinés à réduire la grotte en miettes. Un coup d'œil en direction de Corrie lui montra que la jeune femme avait le regard vide. Quant à Skip, il baissait la tête.

Curieusement, Nora n'arrivait pas à s'ôter de l'esprit qu'elle négligeait un détail crucial.

Les projecteurs, en inondant brusquement de lumière la caverne, la tirèrent de sa rêverie. La montagne d'or et de pierres précieuses apparut dans toute sa gloire, pétrifiant l'assistance.

Nora en profita pour scruter les alentours. La lumière des spots ne parvenait pas à chasser l'obscurité au fond de la grotte et elle fut prise du même malaise que précédemment. Qu'avait-elle bien pu oublier ?

Soudain, l'une des phrases du parchemin lui revint à l'esprit.

Nous dissimulâmes l'entrée nord de la mine sans y laisser de marque.

L'entrée nord de la mine… Le soldat posté en sentinelle à l'entrée de la niche ne leur prêtait aucune attention, fasciné par le tas d'or qui brillait sous les projecteurs. Au centre de la caverne, le général multipliait les ordres à ses soldats.

Nora se rapprocha de Corrie.

— Vous vous souvenez du parchemin ? lui glissa-t-elle à l'oreille. Il mentionne *l'entrée nord de la mine.*

Le visage de Corrie s'éclaira. La sentinelle leur tournait toujours le dos, persuadée que la niche dans laquelle ils étaient retenus prisonniers était un cul-de-sac.

Nora donna un léger coup de coude à Skip et lui fit signe de la suivre en direction du fond de l'alcôve. Quelques instants plus tard, les trois prisonniers s'enfonçaient silencieusement dans l'obscurité. Skip attendit qu'ils se retrouvent dans le noir complet pour allumer son briquet. Le cœur de Nora fit un bond dans sa poitrine lorsqu'elle vit face à elle un mur lisse. Son désespoir fut de courte durée car elle ne tarda pas à distinguer une petite ouverture dans la roche, à deux mètres cinquante de hauteur. Elle fit la courte échelle à Corrie, puis à Skip, et ses compagnons la tirèrent vers le haut sans un bruit. À la lueur du briquet, ils découvrirent un boyau bas de plafond dans lequel ils s'enfoncèrent avant de s'arrêter soudainement face à un éboulement.

Des voix résonnèrent au loin derrière eux, suivis de détonations. Leur fuite avait été découverte.

— Vite ! Déblayons ces rochers ! s'écria Nora.

Ils grimpèrent au sommet de l'éboulis et poussèrent les pierres qui roulèrent jusqu'au pied de l'obstacle tandis que les cris se rapprochaient.

Un souffle d'air frais caressa le visage de Nora et quelques étoiles scintillèrent au sommet de l'éboulis. Le temps de repousser les dernières roches et ils dégageaient une ouverture suffisamment large pour s'y faufiler. Nora franchit l'obstacle la première, puis elle aida ses compagnons et le trio se retrouva bientôt sous la voûte étoilée, à flanc de colline.

Des coups de feu crépitèrent et des balles ricochèrent sur les rochers.

— Refermons le tunnel, suggéra Nora.

Elle s'emparait d'une lourde pierre lorsqu'elle remarqua la présence d'un énorme bloc juste au-dessus de l'ouverture. Corrie eut la même idée qu'elle.

— Servons-nous de ce rocher ! s'exclama-t-elle en se hissant jusqu'au bloc.

Elle s'évertua à le pousser avec les pieds, allongée sur le sol. Nora et Skip s'arc-boutèrent à leur tour contre le roc qui finit par s'ébranler et roula jusqu'à l'entrée de la mine.

Des coups et des détonations se firent entendre de l'autre côté.

— Pas une minute à perdre ! fit Nora en s'élançant vers le bas de la colline.

La lueur des étoiles était si forte au-dessus du désert qu'ils n'eurent aucune difficulté à trouver leur chemin. Parvenus au pied de la butte, ils tinrent conseil.

— Où aller ? demanda Corrie.

— Le mieux est de s'enfoncer dans les montagnes, suggéra Skip. Ils disposent de drones, nous serions cuits dans le désert.

Il entraîna ses compagnes jusqu'à un défilé qu'il éclaira à l'aide du briquet. En se retournant, Nora vit danser des lumières au pied de Mockingbird Butte.

— Ils nous poursuivent !

— Bien sûr, acquiesça son frère. Le trésor ne leur sera d'aucune utilité si nous parvenons à les dénoncer.

— Il faudrait trouver le moyen de les semer, réagit Corrie en scrutant les alentours. En escaladant la falaise, par exemple.

— Vous plaisantez ? dit Skip. On n'en discerne même pas le sommet.

Nora leva la tête. Dans l'obscurité, il était impossible de voir si la roche leur fournirait assez de prises, mais ils n'avaient pas le choix.

— Je passe la première, décida-t-elle en agrippant une saillie, puis une autre, avant de se hisser sur un premier rebord rocheux. Suis-moi, Skip.

— Pas question, se rebella son frère.

— Corrie t'aidera.

— Allez, le houspilla la jeune femme.

— Putain, laissez-moi au moins le temps de respirer.

D'un regard par-dessus son épaule, Nora constata que Skip avait entamé l'escalade de la falaise avec l'aide de Corrie.

— Ne va pas trop vite, lui recommanda-t-elle.

L'archéologue poursuivit son ascension périlleuse en se demandant quand prendrait fin ce cauchemar.

58

Watts se remplit les poumons avec la sensation de respirer une bouffée d'air frais, puis il s'élança en direction du bâtiment le plus proche en ramassant au passage l'arme de l'une de ses victimes. Morwood imita son exemple quelques instants plus tard sans que personne ne tente de lui tirer dessus. La rue principale était déserte, Bellingame semblait s'être évaporé, mais les deux pick-up étaient toujours là, phares allumés.

— Le mieux est de couvrir les véhicules de sorte qu'il ne puisse pas les rejoindre, estima Morwood. J'imagine qu'il aura eu la même idée.

Watts examina le pistolet dont il s'était emparé, un Beretta 9 mm. Il éjecta le chargeur et laissa échapper un juron.

— Il ne reste qu'une balle, plus une dans le canon, grommela-t-il en replaçant le chargeur.

Morwood se délesta de son Glock vide et s'intéressa à son tour à l'arme qu'il avait récupérée, un Ruger .357 Mag. Le barillet contenait encore quatre balles.

— Il faut impérativement se rapprocher des véhicules, remarqua-t-il. Allez-y, je vous couvre.

Watts traversa d'un bond la ruelle qui courait derrière le bâtiment et une détonation déchira la nuit. Morwood répliqua en voyant d'où était parti le coup de feu. Watts leva le pouce et prit position de façon à couvrir son compagnon à son tour.

Morwood, jugeant plus prudent de ne pas emprunter le même chemin, traversa la grand-rue en quelques enjambées un peu plus loin. Deux coups de feu éclatèrent, mais il parvint à s'abriter à temps derrière une ruine.

Le souffle court, il coula un regard en direction de la cachette de Bellingame.

— Nous sommes deux, cria Watts, avec des armes et des munitions. Vous pouvez vous rendre, ou bien mourir. On vous laisse le choix.

Un long silence lui répondit, jusqu'à ce que Bellingame se décide.

— À moins que je ne vous abatte tous les deux.

— Essayez de dire ça à vos copains.

Un rire amer s'échappa de l'obscurité.

— Alors viens me chercher, connard.

— Vous vous prenez sans doute pour un champion de tir ? rétorqua Watts.

Pas de réponse.

— Vous savez tirer au moins ?

Morwood se demanda à quoi pouvait bien jouer le shérif.

— Mieux que toi, rétorqua l'assassin.

— Alors j'ai une idée. Réglons ça à l'ancienne. Vous et moi, l'un en face de l'autre. C'est le meilleur moyen de savoir lequel dégaine le plus vite.

— Pour que ton pote me déquille ? Non merci.

— C'est un homme de parole. S'il s'engage à ne pas intervenir, vous pouvez le croire. En plus, il est blessé à la main droite.

Morwood n'en croyait pas ses oreilles. Watts aurait-il perdu la tête ?

Il allait protester, mais Bellingame le devança.

— Un bon vieux duel. Et si je gagne ?

— Alors, c'est que je serai mort, vous n'aurez qu'à vous enfuir au volant d'un pick-up. Mais ça n'arrivera pas, vous n'êtes qu'un cow-boy d'opérette.

— Je te trouve bien grande gueule.

— Vous n'avez pas le choix. Sauf si vous vous rendez, et je ne doute pas que le gouvernement sera prêt à vous offrir l'hospitalité à vie.

— D'accord, à condition que ton pote me donne sa parole d'honneur. On range nos armes et on se fait face dans la rue. À trois, on dégaine. C'est moi qui compte.

— Inspecteur Morwood ? fit Watts. Vous donnez votre parole ?

Le pari était idiot, mais il avait le mérite d'éviter une fusillade dont Dieu seul pouvait prédire l'issue. De toute évidence, Watts avait une idée derrière la tête.

— Je vous donne ma parole, cria-t-il.

— Très bien. Vous êtes prêt, Bellingame ?

Morwood se déplaça de façon à voir la rue sur toute sa longueur. La silhouette de Bellingame sortit de l'ombre, son 1911 dans un étui de ceinture, les pans de son ciré telles des ailes dans son sillage. Watts apparut à son tour, coiffé de son chapeau de cow-boy, ses deux six-coups sur les hanches, crosse en avant. Morwood crut un instant avoir remonté le temps. Les deux hommes s'immobilisèrent à cinquante mètres l'un de l'autre. La distance qui les séparait était importante pour un duel au revolver, sachant surtout que Watts n'avait plus qu'une balle.

— Prêt ? hurla le shérif à son adversaire.

Bellingame hocha la tête.

— À trois. Un… deux… *trois* !

Bellingame dégaina et tira, mais Watts se contenta d'un pas de côté en pivotant sur lui-même avec la grâce d'un danseur étoile et la balle ne fit que le frôler.

Bellingame, décontenancé, voulut tirer à nouveau, mais Watts profita de cet instant de répit pour dégainer à la vitesse de l'éclair et abattre son adversaire d'une balle en pleine bouche. L'assassin bascula en arrière avec un gargouillis étouffé et ne bougea plus.

Le choc passé, Morwood quitta le muret derrière lequel il s'abritait et s'approcha du cadavre de Bellingame dont les yeux grands ouverts trahissaient la surprise.

— Bon Dieu, dit Watts en rengainant son Peacemaker. À côté.

— À côté ? s'étonna Morwood qui n'avait jamais vu un tir aussi ajusté de toute sa carrière.

— Deux centimètres trop bas, je visais le nez.

— Vous vous êtes souvent entraîné à ce petit numéro ?

— Depuis l'âge de cinq ans. J'ai toujours rêvé d'être le tireur le plus rapide de l'Ouest. D'une certaine façon, je ne suis pas mécontent d'avoir pu tester mes dons en situation réelle.

Le shérif ponctua sa phrase par un petit sourire.

59

Nora s'accoutuma rapidement au rythme de l'ascension, accrochant une main et posant un pied avant de recommencer. La falaise se fit enfin moins abrupte et elle put prendre pied sur le plateau. Skip, qui rampait à sa suite, s'écroula sur le dos, épuisé.

— Putain de merde, haleta-t-il.

— Où aller ? demanda Corrie en rejoignant ses deux compagnons. On ne peut pas se contenter de fuir au hasard. Il nous faut un plan.

— La ville la plus proche doit être San Antonio, répondit Nora. À plus de soixante kilomètres.

— Autant avancer pendant qu'on discute, suggéra Skip en se relevant.

Ils se mirent en route, longeant le canyon en direction des sommets dont ils devinaient les dents acérées dans la nuit.

— Le général ne tardera pas à nous lâcher aux trousses toutes sortes de vacheries, avança Corrie. On ne pourra pas se cacher longtemps, même dans les montagnes. Il nous faut absolument un plan.

— D'accord, fit Skip, mais lequel ?

Personne ne lui répondit. Sans vouloir partager son sentiment avec les autres, Nora se dit intérieurement que le seul plan envisageable consistait à s'éloigner le plus vite possible. Rallier San Antonio ? L'idée était absurde car il aurait fallu traverser le Jornada del Muerto, l'un des pires déserts du pays. Quand bien même ils ne seraient pas rattrapés par les drones, ils ne survivraient jamais sans eau. Mais où aller ?

Ils marchaient depuis un quart d'heure lorsque Nora aperçut des lumières en se retournant.

— Vous avez vu ?

— Le mieux est de s'enfoncer dans la vallée, suggéra Skip en s'engageant sur le flanc de la colline, suivi par les deux femmes qui s'efforçaient de ne pas trébucher dans le noir.

Ils finirent par atteindre un lit de rivière sablonneux, bordé d'épineux, qu'ils suivirent vers l'aval.

— Nous ne sommes pas très loin de la ferme Gower, remarqua Nora.

— Ils penseront tout de suite à nous y chercher, lui répondit Corrie.

Un nouveau coup d'œil par-dessus son épaule indiqua à Nora que les lumières se rapprochaient.

— Nous ne parviendrons jamais à les semer. Je vous dis qu'il nous faut un *plan* ! insista Corrie.

— Le meilleur plan est de continuer à fuir, sinon nous sommes morts, répliqua Skip.

L'étroite vallée s'élargit soudain, laissant place à une plaine rocheuse. Un *zing* caractéristique fendit l'air et une détonation se fit entendre. Ils se jetèrent à terre, au milieu des herbes folles, alors que les balles pleuvaient autour d'eux.

— Ces salauds ont des lunettes de vision nocturne, gronda Corrie.

Elle se releva et s'élança au pas de course, courbée en deux, suivie par Nora et Skip. Une autre grêle de balles les poursuivit, mais l'adversaire se trouvait trop loin pour que son tir soit efficace. Quelques instants plus tard, le trio essoufflé se réfugiait derrière une butte de terre.

Nora leva les yeux vers le ciel. Des millions d'étoiles brillaient dans la nuit. Le Jornada del Muerto s'étendait à perte de vue à leurs pieds, seules quelques lumières luisaient au pied des montagnes.

— Vous avez vu ? s'écria Nora en les pointant du doigt.

— Un avant-poste quelconque, réagit Skip.

— Un avant-poste ? Au cœur de la Sierra Oscura ? Jamais de la vie. Il doit s'agir de Picacho Peak.

Corrie sursauta.

— Quel nom avez-vous dit ? Picacho Peak ?

— Oui, pourquoi ? s'étonna Nora.

— Vous vous souvenez de ce type de la Navy que j'ai croisé dans un bar ?

— Oui, et alors ?

— Il m'a expliqué qu'il travaillait dans un centre de transmission de la marine installé sur la base de White Sands, à côté de Picacho Peak.

— Vous avez raison, c'est sûrement ça, approuva Nora en plissant les yeux en direction des lumières.

— Un centre de transmission de la *Navy* ? répéta Skip d'un air dubitatif. En plein désert ?

— Oui, la marine communique avec ses sous-marins nucléaires en EBF, répondit Corrie. Extrêmement basse fréquence.

— Waouh. On en apprend tous les jours.

— Tentons de nous réfugier là-bas, décida Corrie.

— Mais enfin, c'est comme si on se rendait ! lui rétorqua Nora.

— La Navy et l'armée de terre sont en mauvais termes. Si nous parvenons à ce centre de transmission, on a une chance de pouvoir dénoncer le général.

— Tu parles, fit Nora en secouant la tête. Vous vous imaginez peut-être que la Navy va nous croire ?

— Vous avez une meilleure idée ?

Skip interrompit les deux femmes.

— On n'a rien à perdre. Essayons de leur expliquer ce qui se passe. C'est toujours mieux que d'être réduits en chair à pâté par un drone.

— Je suis bien d'accord, répondit Corrie.

Nora se contenta de hausser les épaules. Après tout, pourquoi pas ?

Corrie les entraîna vers un défilé. Si le labyrinthe rocheux les empêchait d'avancer vite, du moins les protégeait-il de leurs poursuivants. Derrière eux, les lumières avaient disparu.

Skip, qui marchait en tête avec Corrie, se figea brusquement.

— Écoutez, chuchota-t-il.

Un ronronnement leur parvint.

— Des drones.

Un regard suffit à montrer aux fugitifs que les broussailles et les rochers ne leur offraient aucune cachette digne de ce nom.

— Ils vont nous repérer, s'inquiéta Skip.

Plusieurs formes sombres apparurent, qui se déplaçaient lentement dans le ciel étoilé.

— Aplatissez-vous contre les rochers ! les pressa Skip.

Les deux femmes s'exécutèrent aussitôt. Les drones les dépassèrent, mais au lieu de s'éloigner, ils ralentirent et entamèrent une ronde au-dessus de leurs têtes.

— Nous sommes repérés ! s'écria Skip. Foncez !

Ils s'élancèrent au milieu des éboulis en zigzaguant. Un éclair troua l'obscurité, suivi d'un sifflement de fusée.

— Couchez-vous ! hurla Skip.

Nora eut tout juste le temps de se plaquer contre un énorme bloc de roche avant qu'une déflagration assourdissante retentisse. Une pluie de débris s'abattit autour du trio.

— On court le plus vite possible !

À l'injonction de Skip, les deux femmes se relevèrent et volèrent au-dessus du champ de roche tandis que les autres drones s'éloignaient provisoirement, le temps d'exécuter un demi-tour.

Au détour d'une colline, la ferme Gower leur apparut en contrebas.

— Et merde, siffla Corrie. Nous sommes cuits.

— La source d'eau chaude ! s'exclama Skip en se tournant vers Nora. Tu ne m'as pas dit qu'il y en avait une près du ranch ?

Le regard de l'archéologue se posa sur le bosquet de peupliers désigné par le général lors de leur visite. Elle allait protester mais vit Skip et Corrie descendre de la colline au pas de course en direction du petit bois. Les drones étaient déjà de retour. Elle s'élança à son tour et rejoignit ses compagnons au moment où ils atteignaient un ruisseau. Celui-ci s'écoulait dans un bassin artificiel sur lequel flottaient des écharpes de vapeur.

— Plongez ! cria Skip.

— Mais…

Nora n'eut pas l'occasion de terminer sa phrase, son frère la poussait dans l'eau chaude du bassin.

— Couchez-vous, recommanda-t-il aux deux femmes.

Au même instant, les drones les survolèrent en bourdonnant avant de poursuivre leur route.

— Attendons qu'ils s'éloignent, murmura Skip.

Les appareils firent un deuxième passage, puis un troisième, en élargissant à chaque fois le cercle de leurs recherches.

— À cause de la chaleur de l'eau, leurs caméras thermiques ne peuvent pas nous repérer, expliqua Skip.

Les drones ne tardèrent pas à s'éloigner et le ronronnement des moteurs s'éteignit dans la nuit.

— Ils ont perdu notre trace, dit Skip. Profitons-en pour prendre le large.

Ils sortirent du bassin, ruisselant d'eau tiède dans la nuit fraîche, et s'élancèrent en direction du centre de transmission à travers les collines.

L'espoir d'avoir distancé leurs poursuivants fut réduit à néant lorsqu'ils franchirent la crête voisine et se retrouvèrent sous le feu de l'ennemi. Ils se jetèrent à terre et roulèrent tant bien que mal le long de la pente en s'écorchant les mains avant déboucher sur l'entrée d'un dédale de canyons. Corrie, qui avait pris la tête du groupe, se laissait guider par l'étoile polaire en naviguant du mieux qu'elle le pouvait dans la nuit entre les rochers, les arbres morts, les buissons et les éboulis. Nora, qui n'avait jamais effectué un périple aussi cauchemardesque, se consola en se disant que c'était encore le meilleur moyen de semer leurs ennemis.

***

Après une heure sur le même rythme haletant, Corrie s'arrêta enfin. Nora, épuisée jusqu'à en avoir la nausée, comprit que seule l'adrénaline lui donnait encore la force d'avancer.

— Je crois bien qu'on les a perdus, dit Skip. Pour de bon.

— Je n'en suis pas si sûre, le contredit Corrie.

— Le centre de transmission de la Navy se trouve normalement à l'est, ajouta Nora. Si je ne me trompe pas, on devrait y arriver en filant tout droit. À condition qu'ils ne nous coupent pas la route.

— Ils se doutent peut-être que c'est notre but, réagit Corrie.

— De toute façon, nous n'avons pas le choix, décréta Skip.

Prenant à peine le temps de souffler, ils s'engagèrent dans un défilé qui les conduisit jusqu'à une plaine désertique. Les lumières du centre de transmission les attendaient, à moins d'un kilomètre.

— Tout a l'air calme, nota Skip. Mais nous n'avons aucun moyen d'avancer à couvert.

— Je peux à peine marcher, se plaignit Corrie.

— Il le faut bien, l'aiguillonna le jeune homme.

Ils partirent en courant avant de se rabattre sur un trot maladroit. Nora avait les poumons en feu et le cœur au bord des lèvres.

Elle s'électrisa en reconnaissant le bourdonnement des drones dans le lointain.

— Vite ! la pressa Skip. Jamais ils n'oseront tirer à proximité d'un centre de transmission de la Navy.

Nora, entre peur et épuisement, ne parvenait plus à se concentrer. Elle se contentait d'avancer d'un pas traînant en se prenant fréquemment les pieds dans la végétation rabougrie du désert. Le bourdonnement s'accentua et les silhouettes sinistres passèrent au-dessus de sa tête, telles des torpilles, sans tirer de missile cette fois.

La base de la Navy était toute proche, quelques bâtiments bétonnés que surplombaient plusieurs tours radio et une armée d'antennes.

Les drones survolaient à présent les fuyards et Nora identifia brusquement dans le lointain le martèlement sourd d'un rotor d'hélicoptère. L'appareil, tous feux allumés, fit son apparition au-dessus d'une crête alors que dansaient en plein désert les torches de leurs poursuivants.

Ils arrivèrent à la clôture et la longèrent jusqu'aux bâtiments. Dans leur dos, l'hélicoptère entama sa descente.

En s'approchant d'une fenêtre éclairée, Nora distingua plusieurs silhouettes assises autour d'une table. Avant qu'elle ait pu réagir, Skip ramassa une pierre et brisa la vitre.

— Qu'est-ce que vous foutez ? s'écria Corrie.

— À votre avis ? Je m'arrange pour qu'on nous arrête !

La porte s'ouvrit au même moment à la volée et plusieurs marins en uniforme apparurent sur le seuil, l'arme à la main.

Skip leva les mains en l'air.

— Ne tirez pas !

— Couchez-vous ! Les mains sur la nuque !

Skip et ses compagnes obéirent prestement, aussitôt entourés. Un officier accourut sur ces entrefaites.

— Que se passe-t-il ? Qui sont ces gens ?

— Des intrus, mon capitaine.

— Dieu du ciel, ici ?

Il se tourna vers les trois prisonniers.

— Qui êtes-vous ?

— Agent Corinne Swanson du FBI.

— Le FBI ? Montrez-moi vos papiers.

— Je n'en ai pas.

— Ils ont cassé un carreau, mon capitaine, expliqua l'un des marins.

— Vacherie ! Encore des militants antinucléaires. Moi qui pensais être tranquille ici, soupira le responsable du centre de transmission. Fouillez-les.

Les marins s'empressèrent de relever les trois intrus et de s'assurer qu'ils n'étaient pas armés.

— Vous êtes en état d'arrestation, décréta le capitaine. Passez-leur les menottes.

— Bien, mon capitaine.

Tandis qu'on lui entravait les poignets dans le dos, Nora vit l'hélicoptère se poser dans un nuage de poussière quelques centaines de mètres plus loin.

Un marin sortit du bâtiment, une radio à la main.

— Le général McGurk vous demande, mon capitaine.

L'officier échangea quelques paroles avec son interlocuteur et tendit la radio au marin.

— Conduisez-les à l'intérieur, dit-il. Le général va venir les chercher.

60

Les trois prisonniers furent conduits sous bonne escorte jusqu'à un bunker où les marins de garde jouaient encore aux cartes quelques minutes plus tôt. Des éclats de voix résonnèrent dans la pièce voisine et McGurk franchit le seuil de la pièce, suivi par une demi-douzaine de ses hommes. Le lieutenant Woodbridge fermait la marche, plus impassible que jamais.

Le général se tourna vers le capitaine.

— Ce sont bien les espions dont je vous ai parlé, dit-il d'une voix sonore. Je les emmène.

— Attendez, l'arrêta Corrie. Agent Corinne Swanson du FBI, en poste à l'antenne d'Albuquerque. Il vous suffit de contacter le Bureau pour le vérifier. J'enquête actuellement sur les agissements illégaux du général.

Le capitaine posa sur elle un regard incrédule. Corrie pouvait difficilement lui en vouloir, avec sa tenue détrempée et déchirée, son visage couvert d'écorchures.

— Appelez l'antenne…

— Silence ! la coupa le capitaine.

Il se tourna vers le général.

— Ces intrus sont en état d'arrestation. Ils se trouvent sous la responsabilité de la Navy.

Nora comprit soudain l'intérêt du stratagème imaginé par Skip.

— En tant que responsable de cette base, rétorqua McGurk, je vous ordonne de me remettre ces gens, mon capitaine.

— Avec tout le respect que je vous dois, mon général, c'est moi qui commande ce poste. Pouvez-vous m'expliquer à quoi rime toute cette histoire ?

Le général s'efforça de conserver son calme.

— Ces gens sont des espions que nous poursuivions. Je vous donne l'ordre de me les remettre.

— Des espions de quel acabit ?

— Nous ne le savons pas encore. Probablement des saboteurs à la solde d'une puissance étrangère.

— Nous ne sommes pas du tout des espions ! se défendit Corrie. Le général et ses hommes sont sur le point de faire main basse sur un trésor archéologique espagnol d'une valeur inestimable caché dans une grotte de Mockingbird Butte...

— Taisez-vous ! la coupa McGurk. Je ne veux plus vous entendre.

— Un trésor ? s'étonna le capitaine.

— Oui ! confirma Corrie. Il le cherchait depuis des années lorsque notre enquête a permis d'en découvrir la cachette. Il nous a obligés à lui en révéler l'emplacement et ses soldats sont actuellement occupés à...

Le général la gifla de toutes ses forces.

— Je vous dis de vous taire. Mon capitaine, ajouta-t-il en se tournant vers le responsable du centre, j'en appelle à votre bon sens. Ces élucubrations au sujet du FBI et d'un trésor devraient achever de vous convaincre que nous avons affaire à des imposteurs.

Il prit longuement sa respiration avant de poursuivre d'une voix plus suave :

— À présent, mon capitaine, je vous saurais gré de me remettre ces espions. Cet incident est intervenu sur une base de l'US Army et vous auriez mauvaise grâce à désobéir à mes ordres.

Le capitaine, qui avait vu d'un mauvais œil la brutalité avec laquelle McGurk avait fait taire Corrie, parut hésiter.

— C'est bon, finit-il par décider. Vous pouvez les prendre.

— Non ! s'écria Skip en se débattant en dépit de ses menottes.

Avant que les marins aient pu le maîtriser, il réussit à glisser une main dans la poche arrière de son pantalon dont il sortit une poignée de pièces en or et de pierres précieuses qui roulèrent à ses pieds.

Un silence électrique s'abattit sur l'assistance.

— Euh… j'ai prélevé en passant une petite partie du trésor.

Le capitaine se racla la gorge.

— Comment expliquez-vous ceci, mon général ? s'enquit-il en désignant les doublons d'or.

McGurk, livide, parvint à lui répondre d'une voix posée :

— Je n'en ai aucune idée. Une diversion, sans doute.

Le capitaine prit dans sa poche un téléphone portable.

— Que faites-vous ? s'écria le général.

— J'appelle notre contact au sein du FBI afin de m'assurer qu'il existe bien une agente du nom de Swanson.

— Elle existe sûrement, mais cette femme aura usurpé son identité !

Le capitaine composa un numéro.

— Je vous ferai traduire en cour martiale, mon capitaine ! éructa McGurk, qui se tourna vers ses hommes : Je vous ordonne de vous emparer de ces prisonniers !

Les soldats, hésitants, baissèrent la tête tandis que le capitaine écoutait longuement son interlocuteur et le remerciait avant de raccrocher.

— L'agent Swanson enquête actuellement sur une affaire en lien avec la base de White Sands et sa description correspond en tout point à celle de cette jeune femme.

— Je vous l'ai dit, nous sommes en présence d'une simulatrice.

— Peut-être, ou peut-être pas, lui rétorqua le capitaine. Il n'en reste pas moins qu'elle se trouve entre les mains de la Navy. J'ai pris la décision de ne pas vous confier les prisonniers à ce stade. Je vous invite à suivre la procédure officielle, mon général, sachant qu'elle vous obligera à noircir beaucoup de paperasse.

McGurk dégaina son arme.

— Noircir de la paperasse, espèce de connard ? Donnez-moi immédiatement ces prisonniers si vous ne voulez pas que je les emmène de force !

Il se tourna vers ses hommes.

— Soldats, présentez armes !

En voyant les intéressés obtempérer, plusieurs marins sortirent leur pistolet et se placèrent devant leur capitaine.

— Mon général, déclara ce dernier. Avez-vous conscience de la gravité de vos actes ?

La main de McGurk fut prise d'un tremblement.

— Matelots, baissez les armes, ordonna le capitaine.

Les marins obéirent, mais la tension restait à son comble.

Le capitaine prit une longue respiration.

— Je compte, au nom de la Navy, vérifier l'identité de ces personnes avant de décider de la suite.

Le pistolet du lieutenant Woodbridge, pointé en direction du capitaine jusque-là, pivota lentement vers McGurk.

— Mon général, baissez votre arme.

Le commandant de la base posa sur sa collaboratrice un regard effaré.

— Mon capitaine, poursuivit la jeune femme. Vous découvrirez au terme de votre enquête que ces gens disent la vérité. Le trésor existe bel et bien, et le général a effectivement demandé à ce qu'il soit retiré de sa cachette. Il nous a forcés à obéir sous la menace.

Le général la fusilla des yeux.

— Quoi ? Espèce de… de traîtresse et de *salope* !

— Nous avons *tous* été contraints d'obéir à ses ordres, enchaîna Woodbridge en se tournant vers ses hommes. Vous pouvez baisser vos armes.

Les soldats s'exécutèrent.

— Vous aussi, mon général, conclut Woodbridge sur un ton glacial.

Loin de lui obéir, McGurk gagna à reculons le seuil du bunker en continuant de menacer le capitaine. L'instant suivant, il disparaissait dans la nuit.

— Laissez-le, il n'ira pas loin, décréta le capitaine. Lieutenant Woodbridge, veuillez appeler le numéro deux de la base. Exposez-lui la situation et allez empêcher vos hommes de piller ce trésor. Et faites-moi taire ces satanés drones !

— Bien, mon capitaine.

Le responsable du centre de transmission se tourna vers Corrie.

— Vous appartenez réellement au FBI ?

— Comment ça, *réellement* ? fit la jeune femme, furieuse. Vous avez entendu le lieutenant ! Retirez-nous tout de suite ces menottes, que je puisse contacter ma hiérarchie !

61

Trois jours plus tard, Corrie Swanson se trouvait dans une salle de réunion de l'antenne d'Albuquerque où étaient réunies les antiquités récupérées par les équipes du Bureau au domicile d'Henry Fountain. Le butin n'était pas mince, l'avocat ayant organisé le pillage de sites historiques pendant plus de trois ans, avec la complicité de trafiquants dont il avait assuré la défense. Fountain était l'unique survivant de la fusillade de High Lonesome, Watts l'ayant blessé au bras. Il se refusait à tout commentaire depuis son arrestation, même en présence d'un défenseur.

Restait à comprendre ce que lui et ses hommes recherchaient à High Lonesome, puisqu'il ne s'agissait pas du trésor de Victorio Peak. En demandant à Corrie de reprendre la direction de l'enquête, Morwood lui avait recommandé d'analyser les documents retrouvés chez l'avocat, dans l'espoir de découvrir une réponse à la question que tout le monde se posait.

Cette responsabilité rendait Corrie nerveuse. Elle s'assura d'un coup d'œil que tout était en place et que le café était chaud. Elle regarda sa montre : 12 h 55. Ses invités seraient là dans cinq minutes.

Elle ajustait sa veste et redressait la lanière de son badge lorsque des voix résonnèrent dans le couloir. Morwood franchit le seuil de la pièce, sa main droite immobilisée par un épais pansement. Nora Kelly, Homère Watts, Milt Alfieri, Don Ketterman et Nigel Lathrop entrèrent à sa suite, ainsi que l'inspecteur Julio Garcia, le chef de l'antenne d'Albuquerque, que Corrie avait rarement eu l'occasion de croiser.

— Beau travail, Corrie, déclara Morwood en contemplant les objets réunis en prévision de la réunion.

Il tenait dans sa main gauche la liste des objets placés sous scellés. Il n'avait fait aucune allusion jusque-là à la découverte du trésor et à l'implication du général, pas plus qu'il n'avait souligné la disparition du sac médecine, mais l'instinct de Corrie lui soufflait qu'elle avait marqué des points.

Il lança la réunion en jetant un œil à ses papiers.

— Je vous propose de commencer par le plan de High Lonesome.

Corrie s'empressa de dénicher le document et de l'étaler sur une table.

— Parfait, fit Morwood. Les photos aériennes nous seront également utiles, si vous voulez bien les sortir.

Corrie les chercha fébrilement, en vain.

— Je suis désolée, mais je ne les trouve pas, balbutia-t-elle en affichant un air confus.

Morwood haussa un sourcil.

— Très bien. Dans ce cas, montrez-nous les plans intérieurs des deux maisons qui nous intéressent.

— Bien, monsieur.

Corrie s'approcha du bureau où elle avait déposé les plans le matin même et constata avec effarement qu'ils avaient disparu.

Elle avala sa salive.

— Ils ne sont pas là.

Un silence gêné lui répondit.

— Comment ça, pas là ? s'agaça Morwood. Ne me dites pas que certains éléments d'enquête ont disparu.

— C'est pourtant le cas, répondit Corrie, les joues en feu.

— Qui est venu ici ? s'enquit sèchement Garcia. Qui a eu accès à ces documents ?

— Je ne sais pas, dit Corrie. Tout était encore là tout à l'heure. Je ne comprends vraiment pas…

— Il ne peut s'agir que d'une erreur, intervint Morwood, soucieux de protéger la jeune femme. Corrie, allez donc vérifier sur les étagères des réserves, au cas où vous y auriez oublié un carton par inadvertance.

Corrie savait que ce n'était pas le cas, mais elle pouvait difficilement contredire son supérieur.

— Bien, monsieur.

Une fois dans les réserves, elle constata que l'étagère dédiée à l'enquête était vide.

— Je suis désolée, dit-elle en regagnant la salle de réunion. Les documents sont tous là.

— Ils ne sont pas tous là puisqu'il en manque, remarqua Garcia d'une voix acide.

Corrie hocha la tête, rouge de confusion.

— Je ne sais pas, monsieur.

— Vous ne savez pas ? répéta Garcia en la fusillant du regard.

Corrie en était mortifiée. Après avoir bouclé une enquête aussi complexe en courant les plus grands dangers…

La porte s'ouvrit derrière elle avec un soupir et une voix melliflue et dédaigneuse rompit le silence.

— Puis-je savoir quand ce café a été préparé ?

Elle se retourna d'un bloc et vit, comme dans un rêve, une silhouette élancée, un costume noir parfaitement coupé, des yeux argentés et un visage d'albâtre aux traits finement ciselés qu'elle connaissait parfaitement.

— Qui diable êtes-vous ? s'énerva Garcia.

— Aloysius Pendergast, se présenta le nouvel arrivant en tendant la main à son interlocuteur. Enchanté de faire votre connaissance.

Garcia en resta comme pétrifié.

— Pendergast ? fit-il en serrant machinalement la main qu'on lui tendait. *L'inspecteur* Pendergast ?

— À ce qu'il paraît, répondit l'intéressé en considérant les autres personnes présentes. Bien le bonjour à vous, Nora. À vous aussi, Corrie.

— C'est… c'est tout à fait inattendu, bredouilla Garcia. Je… quel bon vent vous amène au Nouveau-Mexique, inspecteur ?

— J'avoue porter quelque intérêt à l'enquête dont était chargée Corrie Swanson, ma protégée. Ne me tenez pas rigueur d'avoir emprunté une partie de vos documents. Je suis admiratif de la tâche accomplie par ses soins, mais également intrigué par les quelques zones d'ombre qui subsistent.

— Votre protégée ? s'enquit Garcia en fronçant les sourcils.

— Sans doute serait-il techniquement plus adéquat de dire qu'elle est aujourd'hui la protégée de mon collègue Morwood. Quoi qu'il en soit, j'aimerais vous soumettre quelques réflexions. Si cela vous intéresse.

— Mais… bien sûr. Nous vous écoutons.

— J'ai emprunté une petite salle un peu plus loin, si vous voulez bien m'y suivre.

Pas encore remise de sa surprise, Corrie suivit Pendergast avec le reste du groupe. Il les conduisit de sa démarche féline jusqu'à une petite porte digne d'un placard à balai. Il écarta le battant et Corrie découvrit sur une table l'ensemble des documents disparus.

— J'ai pris connaissance du dossier, je vous épargnerai donc le rappel des faits, déclara l'inspecteur avec un léger sourire. À ce stade, nous sommes d'accord que Fountain et ses complices ne cherchaient pas le trésor de Victorio Peak. Quelle qu'ait pu être leur quête, l'objet qu'ils convoitaient avait une grande valeur, suffisante pour inciter M. Rivers à vouloir abattre un représentant de la loi, ainsi que l'a constaté à ses dépens le shérif Watts en découvrant l'intéressé dans la cave de ce bâtiment.

Il tapota un ancien plan d'un doigt interminable.

— On a imaginé que cette bâtisse était une maison de tolérance. Ce n'était toutefois pas le cas, il s'agissait en vérité d'un saloon doublé d'une pension. Vous découvrirez ici les noms de plusieurs individus annotés sur ce plan de la main de Fountain. Il cherchait à déterminer qui occupait chacune des chambres, et l'on s'aperçoit que son intérêt se porte tout particulièrement sur un certain Houston Smith.

Il fit glisser le plan sur la table en direction de son auditoire.

— Vous découvrez son patronyme ici, dans cette petite pièce.

Tous se penchèrent sur le document pendant que Pendergast se redressait.

— Reste à déterminer qui était ce Houston Smith. Vous ne serez pas surpris d'apprendre que c'était un mineur. Vous constaterez à la lecture de cette liste des employés de la mine que nombre d'entre eux avaient appartenu au 4e de cavalerie, basé à côté de Socorro. L'Histoire nous enseigne que l'on doit à cette unité de cavalerie la capture de Geronimo, le chef de guerre apache. À la suite de cette victoire, les soldats du 4e de cavalerie ont été démobilisés et plusieurs d'entre eux ont travaillé dans la mine de High Lonesome où venait d'être découvert un filon aurifère.

Tout en écoutant l'inspecteur, Corrie se demanda où il voulait en venir. Fountain leur avait fourni des explications similaires lorsqu'elle avait visité pour la première fois la ville fantôme en compagnie de Watts.

Pendergast s'empara d'un autre document.

— Ceci est le décret de démobilisation de Smith. Il avait occupé le rang de lieutenant au sein du 4e de cavalerie où il était le bras droit du capitaine Henry Ware Laughton, le commandant de cette unité. Le lieutenant Smith a joué un rôle crucial dans la capture de Geronimo. Je devrais plus volontiers utiliser la formule « reddition volontaire », puisque Geronimo n'a jamais été capturé. On sait qu'on l'a dupé afin de le pousser à se rendre.

Pendergast exhiba cette fois une photographie.

— Ceci est le célèbre cliché consacrant la reddition de Geronimo et de ses guerriers. Vous pouvez constater qu'ils étaient lourdement armés. Ils avaient renoncé de longue date aux arcs et aux flèches afin de privilégier l'usage de fusils dernier cri.

Ses longs doigts se refermèrent sur un autre document.

— Et voici le certificat de décès de Smith. Vous noterez qu'il figurait au nombre des malheureux piégés dans la mine par un éboulement. Son corps n'a jamais été retrouvé. Quant à *ceci*, poursuivit Pendergast, c'est un relevé de vente aux enchères vieux d'une dizaine d'années. Le fusil Winchester 1886 du capitaine Lawton s'est vendu à cette occasion pour la somme d'un million deux cent mille dollars, un record pour l'époque. Sa présence parmi les papiers de Fountain peut sembler curieuse. Mais pas si curieuse, à tout prendre.

Il balaya l'assistance de son regard argenté.

— Ces éléments sont pour le moins parlants, ne trouvez-vous pas ? Nous savons à présent ce que cherchaient Fountain et ses hommes.

Corrie préféra ne rien dire, mais elle ne voyait rien là de parlant.

— Inspecteur, intervint Morwood, vous pourriez peut-être nous éclairer un peu plus ?

Pendergast feignit l'étonnement.

— Il vous faut *d'autres* explications ?

— Tout le monde n'a pas votre perspicacité, répliqua sèchement Morwood.

Corrie connaissait suffisamment Pendergast pour savoir qu'il buvait du petit-lait.

— Fort bien. Quel sort réserve-t-on prioritairement à un individu lors de sa reddition à l'ennemi ?

— On le désarme, s'écria Corrie, qui commençait à comprendre. Le capitaine Lawton a pris le fusil de Geronimo et il a très bien pu l'offrir en récompense à Smith. Vous venez de nous expliquer que Smith avait joué un rôle de premier plan dans la capture du chef apache. Au moment de sa démobilisation, Smith a probablement emporté le fusil avec lui à High Lonesome. Jamais il n'aurait accepté de le confier à quelqu'un. Et puis le hasard a voulu qu'il meure dans l'écroulement de la mine.

— Il est clair qu'il n'avait pas le fusil avec lui ce jour-là, ajouta Nora.

Corrie hocha la tête.

— Ce qui signifie que le fusil se trouve toujours à High Lonesome.

— *Brava*, agent Swanson ! s'exclama Pendergast en applaudissant. Et si le fusil de Lawton s'est vendu plus d'un million de dollars, je vous laisse imaginer la valeur de celui de Geronimo.

Il pointa de l'index le plan de la pension dans laquelle avait vécu Smith.

— Nul doute qu'il aura conservé ce trophée à portée de main. Le fusil se trouve forcément dans ces ruines. Le mieux ne serait-il pas de se rendre sur place ?

Il marqua une pause avant de poursuivre :

— Pourquoi ne pas emmener maître Fountain avec nous ? Je suis convaincu que la découverte de ce fusil lui déliera la langue.

62

Personne n'ayant proposé à Nora Kelly de participer aux fouilles, et Pendergast ne souhaitant nullement salir son costume, l'archéologue et l'inspecteur se contentèrent d'observer les équipes du FBI. Corrie et Morwood dirigeaient les recherches à l'intérieur de la vieille pension où avait été découvert le corps de James Gower. L'air de cette splendide journée d'automne était vif et le soleil recouvrait la ville fantôme d'un habit doré. Henry Fountain, le bras en écharpe et les chevilles entravées, étudiait la scène en silence.

— Dites-moi, Nora, fit Pendergast. Que s'est-il passé après la fuite du général McGurk dans le désert ?

— Les hommes de la Navy nous ont livrés au FBI qui nous a libérés après un long débriefing. Dieu merci.

— J'ai cru comprendre que votre frère, par excès de convoitise, avait eu un trait de génie.

La remarque fit sourire l'archéologue.

— Disons que c'est un heureux hasard.

— Et le général ?

— On a retrouvé son corps le lendemain. Il s'était tiré une balle dans la tête. Quant aux soldats qui évacuaient l'or et les pierres précieuses, ils ont été arrêtés avant d'avoir pu prendre la fuite dans les camions. Le trésor a été sauvé dans son intégralité, il nous faudra des années pour en étudier toute la portée historique.

Pendergast secoua la tête.

— *Tous les hommes ont une adoration pour l'or, à présent qu'est négligée toute autre forme de vénération.* Ainsi l'exprimait un poète romain à l'époque d'Auguste[1]. La situation n'a guère changé.

Il se tourna vers Fountain.

— Ne trouvez-vous pas ?

L'avocat ne répondit pas.

— La manœuvre était habile, enchaîna Pendergast. En tant que notable, vous connaissiez les sites historiques les plus prometteurs. Il ne vous restait plus qu'à les piller de nuit et à disparaître en veillant à tout remettre en place afin de ne pas attirer l'attention. Lorsque ce n'était pas possible, il vous suffisait de brouiller les pistes en accréditant la thèse du vandalisme, et vous n'aviez plus qu'à écouler la marchandise auprès de riches collectionneurs.

— Pour un agent du FBI, vous avez beaucoup d'imagination, réagit Fountain.

— Mais avec le temps, poursuivit imperturbablement l'inspecteur, les sites les plus porteurs se faisaient rares, ce qui vous a contraint à vous procurer des objets plus ou moins précieux auprès de fournisseurs tels que Jesse Gower.

— Vous pouvez toujours essayer de me coller son meurtre sur le dos, dit l'avocat.

— Pourquoi donc, puisque vous n'y êtes pour rien ? Grâce aux moyens technologiques dont il disposait, le général McGurk a piraté le téléphone de l'agent Swanson, ce qui lui a permis de découvrir que le jeune Gower disposait d'une pièce essentielle du puzzle. Ses hommes ont certainement fait preuve d'un zèle un peu trop prononcé lors de son interrogatoire. À bien y réfléchir, la situation est ironique car vous et vos complices auriez fait des suspects admirables. Vous avez préféré vous allier à Pick Rivers, aux

1. Il s'agit de Properce (vers 47-14 avant J.-C.).

services duquel vous aviez probablement recours pour prospecter de nouveaux lieux. Tout fonctionnait à merveille jusqu'au jour où le shérif Watts a pris Rivers sur le fait. Ce dernier a refusé d'avouer, évidemment, mais cela n'a pas empêché votre ami Bellingame de le museler à jamais. Ce qui vient confirmer la présence en ce lieu d'un objet d'une grande valeur.

Un petit sourire étira les lèvres de Fountain.

— Pensez-vous vraiment qu'on retrouvera ce fusil ? s'enquit Nora. S'il s'agit effectivement d'un fusil, et à condition que personne ne l'ait découvert autrefois.

— Ma chère Nora, je sens poindre le doute dans votre voix et vous m'en voyez chagriné. Je ne doute pas un seul instant qu'il s'agisse du fusil de Geronimo.

— Si c'est le cas, à qui appartient-il ?

— La question est intéressante. Lorsque la machine judiciaire n'en aura plus l'usage, il serait normal de le rendre aux descendants de Geronimo, s'il en reste. Un héritage inattendu.

Nora ne put retenir un sourire.

— Il existe au moins une descendante.

Pendergast montra les équipes du FBI d'un mouvement de tête.

— Encore faudrait-il que ces gens le retrouvent. Il a sans doute été placé dans une cachette sûre, mais je crois bien que nos amis brûlent.

Nora posa sur lui un regard empreint de curiosité.

— Je me trompe, ou bien vous savez où est caché ce fusil ?

— Disons que je le devine.

— Mais c'est la première fois que vous mettez les pieds ici !

— En quoi cela change-t-il la donne ?

Nora fronça les sourcils.

— Très bien. Je mors à l'hameçon. Où est-il ?

— La première question à se poser, ma chère Nora, est de savoir où ce fusil ne se trouve *pas*. Dans sa chambre, tout d'abord, puisqu'il ne pouvait se permettre de le laisser là pendant qu'il passait ses journées à la mine. Dans le saloon, ensuite, bien trop fréquenté. Il en est de même des cuisines de l'établissement. Quant à trouver une cachette ailleurs dans la ville ou les collines environnantes, c'était trop risqué. On n'aurait pas manqué de remarquer son manège et de s'interroger. Il ne nous reste qu'une cachette : la cave.

— Mais elle a été fouillée scrupuleusement ! Par mes soins dans un premier temps, puis par Huckey et ses deux collègues.

— Ce pauvre Huckey, réagit Pendergast en regardant Fountain. J'imagine que c'est vous qui l'avez jeté au fond de ce puits ? Vous ne pouviez vous permettre de laisser un habitué des techniques de police se promener librement dans la ville, au risque de découvrir votre précieux fusil.

Comme Fountain restait muet, Pendergast reporta son attention sur Nora.

— En tout état de cause, savoir que la cave avait été fouillée m'a grandement aidé. Ça limitait le nombre de cachettes potentielles.

— Lesquelles ? lui demanda Nora sur un ton agacé.

— Les murs sont en adobe, c'est-à-dire une épaisse couche de boue séchée. Y aménager une cachette ne présente aucune difficulté. Il suffit de creuser une niche, d'y enfermer le fusil, de reboucher le trou et d'y mettre une touche finale afin de donner l'impression que le mur est intact. À ceci près que les murs de boue du XIXe siècle ne sauraient résister aux détecteurs de métaux actuels.

Au même moment, un cri traversa l'air et Nora constata une agitation inattendue dans la cave. L'un des hommes du FBI était agenouillé face au mur du fond, au-dessus de l'endroit où avait été découvert le corps de Gower. En grattant le mur, il fit apparaître une cavité que l'un de ses collègues photographia longuement avant d'en extirper un long fusil sous les applaudissements de toutes les personnes présentes.

Nora se tourna vers Pendergast.

— Je ne sais pas comment vous faites.

— Je me contente d'extrapoler les éléments à ma disposition avec davantage d'acuité que la plupart de mes semblables. Rien de plus. Un bon joueur d'échecs a trois coups d'avance, un meilleur joueur en a cinq.

Il se pencha vers Fountain qui bouillait en observant la scène.

— Eh bien, monsieur Fountain, puisque votre mutisme ne vous a été d'aucune utilité, vous devriez envisager de nous parler à présent.

L'avocat posa sur l'inspecteur un regard venimeux.

— Vous êtes le diable en personne.

— Venant de vous, maître, je le prends comme un compliment.

Sur ces mots, Pendergast adressa une courbette à son interlocuteur.

63

Sa prouesse accomplie, Pendergast avait regagné New York et Corrie avait retrouvé son bureau d'Albuquerque où elle s'occupait sans doute d'une nouvelle affaire. De son côté, conviée dans le bureau de la professeure Weingrau par un appel de l'assistante de cette dernière, Nora avait bondi sur ses jambes en raccrochant et s'était précipitée en tenant à la main l'enveloppe qu'elle s'apprêtait à ouvrir lorsque son téléphone avait sonné.

À l'exception d'une reproduction d'un tableau de Salvador Dalí au mur, l'antre de Marcelle Weingrau n'avait guère changé depuis sa visite précédente et Nora prit place sur l'un des fauteuils que lui désignait son interlocutrice. Elle avait le cœur battant car elle savait déjà ce que la présidente de l'Institut comptait lui annoncer.

— Merci de répondre à mon invitation, Nora, commença Weingrau de sa voix chaude. Vous avez pu vous remettre de vos émotions ?

— Oui. Quand j'y repense, tout a commencé lorsque je vous ai demandé l'autorisation d'exhumer ce corps à High Lonesome et que…

Weingrau l'arrêta d'un geste.

— Vous avez fait preuve d'un héroïsme peu courant. L'aide que vous avez apportée au FBI nous a valu une publicité bienvenue.

— Je vous remercie.

Weingrau posa les mains sur sa table et croisa les doigts.

— Je souhaitais vous voir afin d'évoquer un tout autre sujet.

Nora en était sûre. Elle allait enfin obtenir la promotion qu'elle convoitait.

— Comme vous le savez, le professeur Winters prend sa retraite et va laisser vacant le poste de chef du département d'Archéologie.

Nora hocha la tête.

— Vous n'êtes pas sans savoir que l'Institut a coutume de recruter ses responsables de département en interne. Nous préférons rester fidèles au cercle familial, si je puis dire, d'autant que nous possédons toutes les compétences nécessaires sur place.

— C'est une sage politique.

— Sans doute. Je me suis donc entretenue de cette nomination avec le vice-président et avec les administrateurs de l'Institut. Le choix d'un candidat n'est pas de mon seul ressort, n'oublions pas que mon arrivée à la tête de cet établissement est encore récente. Vous vous en doutez, nous avons longuement réfléchi à la question.

Nora acquiesça en s'efforçant de ne pas laisser percer son excitation. *Cheffe du département d'Archéologie!* Une belle promotion, avec une augmentation substantielle à la clé. C'était avant tout la reconnaissance de son travail, de sa ténacité et de ses compétences.

— Nous sommes parvenus à une décision, poursuivit Weingrau en affichant une mine grave. Je vous ai fait venir ici car je souhaitais vous en informer personnellement.

Nora hocha la tête.

— J'ai bien conscience que vous risquez d'être déçue.

Nora crut un instant avoir mal entendu. Mais non, ses oreilles ne l'avaient pas trompée. Elle se tétanisa intérieurement.

— Nous en avons longuement discuté avant de proposer le poste au professeur Digby.

Comme Nora ne disait rien, elle continua.

— Une fois encore, j'ai bien conscience de vous décevoir, mais je tenais à vous expliquer mes raisons. En dehors des responsabilités administratives afférentes, un tel poste implique de *nombreuses* relations avec l'extérieur. Au-delà des états de service universitaires, il est nécessairement taillé pour quelqu'un qui usera de son charme naturel. En termes clairs, une personne capable de lécher les bottes de ses interlocuteurs. Non pas que vous ne possédiez pas ces qualités, bien sûr, mais vous êtes avant tout une archéologue de terrain. Votre palmarès au sein de l'Institut est irréprochable, mais la bureaucratie n'est pas votre fort. Le projet Tsankawi a pris du retard, pour des raisons parfaitement explicables, mais il nous faudra renouveler le permis de fouille l'an prochain, ce qui n'était pas prévu. Comprenez-moi, Nora. Nous souhaitons vous garder dans les fonctions qui vous conviennent le mieux, à savoir sur les sites de fouille et dans votre laboratoire. Pas pour siéger dans un conseil d'administration ou collecter des fonds.

Elle enchaîna avec une certaine nervosité :

— C'est là qu'intervient Connor Digby. Vous le savez sans doute, mais j'ai dirigé sa thèse, ce qui m'a permis de rencontrer sa famille.

Non, Nora n'en savait rien, mais tout s'expliquait. Si elle avait pris le temps de lire le CV de Digby, ainsi qu'elle se l'était promis, elle aurait fait le rapprochement en constatant qu'il avait obtenu son doctorat à l'université de Boston.

Elle recentra son attention sur Weingrau qui poursuivait ses explications.

— ... il est issu d'une vieille famille de la Nouvelle-Angleterre. Ce n'est pas un jugement de valeur, mais une réalité. Quoi qu'on dise, la fortune personnelle joue un rôle et le carnet d'adresses des clans de la Côte est continue de faire la différence.

Weingrau finit par se taire, consciente d'en avoir trop dit. Un picotement aux yeux signala à Nora qu'elle était au bord des larmes. Il était hors de question de montrer sa détresse à cette femme, aussi se leva-t-elle avec toute la dignité dont elle était capable avant de quitter la pièce sans dire un mot, de peur de craquer. Weingrau tenta bien de la retenir en prononçant son nom, mais elle regagna en toute hâte son labo et s'y enferma. Grâce au ciel, Digby avait eu la présence d'esprit de ne pas se montrer, conscient de ce qui se passait.

Elle resta longtemps assise derrière sa table de travail, à réfléchir. Il était clair que la manœuvre était prévue de longue date, Weingrau savait déjà qu'elle offrirait ce poste à Digby lorsqu'elle l'avait engagé à l'Institut. Tout était écrit d'avance, même si les articles de presse à la gloire de Nora dans le drame de White Sands avaient probablement rendu plus difficile la tâche de la présidente auprès des administrateurs. Ceux-ci auraient fini par céder, il s'agissait pour la plupart d'hommes d'affaires en retraite qui ne souhaitaient pas se compliquer l'existence.

Nora avait besoin de se reprendre. La vie était injuste, mais ce n'était pas une nouveauté. Ne pas obtenir cette promotion n'était pas un drame, elle avait connu bien pire. En dépit de tout, il lui fallait bien avouer que Weingrau n'avait pas entièrement tort. La direction du département d'Archéologie, aussi prestigieuse et bien rémunérée fût-elle, était essentiellement une fonction politique qui l'aurait tenue éloignée des sites de fouille qu'elle aimait tant. Sans doute l'avait-elle oublié dans son désir d'avancement.

Elle poussa un long soupir. Quoi qu'elle se dise pour se rassurer, cette histoire sentait mauvais et elle lui resterait longtemps en travers de la gorge. Ce n'était pas tant la faute de Digby que celle de Weingrau qui avait tout manigancé, et elle ne verrait plus jamais ces deux-là du même œil.

Elle s'aperçut brusquement qu'elle tenait entre ses doigts crispés l'enveloppe dont elle n'avait pas eu le temps de regarder le contenu lorsque la présidente l'avait invitée dans son bureau. La lettre était toute chiffonnée et elle commença par la lisser, constatant au passage qu'elle émanait du département de la Justice. Avec la chance qui la caractérisait ce jour-là, sans doute lui annonçait-on un contrôle fiscal.

Elle déchira le rabat d'un doigt et sortit un feuillet qu'elle déplia avant d'en lire le contenu. La lettre étant courte, elle la parcourut d'une traite et se figea sur son siège. Lorsqu'elle se décida enfin à relever la tête, son regard se posa sur la silhouette boisée de Sun Mountain dans le doré crépusculaire de cette fin de journée, au-delà de la roseraie de l'Institut qu'elle dominait de sa fenêtre. Elle chassa un embryon de larme d'un œil et afficha un sourire timide. La vie n'était pas juste, mais le hasard se chargeait parfois de redresser la balance. Un rayon de soleil se posa sur la lettre étalée devant elle, et elle la lut une seconde fois.

DÉPARTEMENT DE LA JUSTICE DES ÉTATS-UNIS
LA DIRECTRICE
BUREAU FÉDÉRAL D'INVESTIGATION
WASHINGTON, D.C. 20353-0001

Personnel

Chère professeure Kelly,

J'ai le plaisir de vous annoncer que vous avez été retenue pour recevoir cette année une médaille pour Service rendu exceptionnel.

Chaque année, les agents les plus titrés des cinquante-six antennes locales du FBI désignent un citoyen ayant fait preuve de courage, d'altruisme et de patriotisme, le plus souvent au risque de sa vie. C'est vous qui avez été choisie par notre antenne d'Albuquerque cette année.

De façon unique dans les annales du Bureau, votre nom a également été retenu par une autre de nos antennes. Sans être en mesure de vous préciser laquelle, je puis vous dire qu'il s'agit de l'une des plus importantes du pays. À la lumière de cet exploit inédit, en même temps que votre médaille vous sera remise une étoile en reconnaissance de votre bravoure.

Nous espérons pouvoir compter sur votre présence au siège du FBI, 935 Pennsylvania NW, le premier du mois prochain à 10 heures du matin, en même temps que les cinquante-cinq autres lauréats. J'aurai le grand plaisir de vous remettre moi-même cette récompense.

Avec mes meilleures salutations,

Marissa Greely
Directrice du Bureau fédéral d'investigation

DES MÊMES AUTEURS
CHEZ LE MÊME ÉDITEUR (SUITE)

DE DOUGLAS PRESTON

Jennie, rééd. 2017.
Le Projet K, 2015.
Impact, 2011.
Credo, le dernier secret, 2009.
T-Rex, 2008.
Le Codex, 2007.

DE DOUGLAS PRESTON
& MARIO SPEZI

Le Monstre de Florence, 2010.

DES MÊMES AUTEURS
CHEZ LE MÊME ÉDITEUR

TOMBES OUBLIÉES

Nora Kelly, de l'Institut archéologique de Santa Fe, est approchée par l'historien Clive Benton pour localiser le Campement perdu de l'expédition Donner, introuvable depuis 1847, afin d'y effectuer des recherches historiques… et mettre la main sur un trésor. Benton a en effet trouvé le journal d'une victime de l'expédition, au cours de laquelle des pionniers, coincés par une tempête de neige dans la Sierra Nevada, n'ont eu d'autre choix que de s'entredévorer pour survivre…

Mais, outre de vieux ossements et quelques pièces d'or, ce qu'ils vont découvrir va faire grimper la température de plusieurs degrés. D'autant que la jeune agente du FBI Corrie Swanson, qui a rejoint Nora et son équipe, leur apprend que les fouilles en cours ont un lien avec des exactions commises de nos jours…

Dans le premier volet de cette nouvelle série, Preston & Child braquent le projecteur sur deux femmes, déjà croisées dans certaines des enquêtes de l'inspecteur Pendergast, du FBI, leur personnage fétiche.

« Fouilles archéologiques, suspense
et enquête policière au programme.
Un roman brillant ! »
Associated Press

« Preston & Child renouent avec la veine de leurs premiers romans, *Relic* et *Le Grenier des enfers*. »
Publishers Weekly

ISBN 978-2-8098-3964-7 / 22 €

RIVIÈRE MAUDITE

UNE EFFROYABLE DÉCOUVERTE,
DOUBLÉE D'UNE ÉNIGME INSOLUBLE.

Pourquoi des dizaines de pieds mutilés, revêtus de chaussures vertes, sont-ils venus s'échouer sur l'île paradisiaque de Sanibel, en Floride ? Ce phénomène inexplicable et les questions qui en découlent aiguisent la curiosité de l'inspecteur Pendergast, du FBI, qui décide d'interrompre ses vacances.

POUR LE COMMUN DES MORTELS, PEUT-ÊTRE...
PAS POUR L'INSPECTEUR ALOYSIUS X.L. PENDERGAST !

Nul ne sait d'où viennent ces pieds sectionnés. Ni même si leurs propriétaires sont toujours en vie. Débute alors une enquête qui mènera notre héros aux sources d'une rivière maudite... Confronté au complot le plus diabolique qu'il ait jamais eu à déjouer, l'agent spécial Pendergast va devoir redoubler de sagacité s'il ne veut à son tour servir de cobaye...

*« Un inspecteur aussi inclassable qu'irrésistible.
Et des auteurs au sommet de leur art ! »*
Kirkus Reviews

ISBN 978-2-8098-2852-8 / 22 €

OFFRANDE FUNÈBRE

RECEVEZ CE CŒUR…

« J'espère que vous accepterez ce présent en signe de sincères condoléances. » Tel est le message, signé d'un certain Cœur-Brisé, retrouvé sur la pierre tombale d'une femme décédée onze ans auparavant. Le présent en question ? Un cœur humain fraîchement prélevé…

… POUR TOUT LE MAL
QU'ON VOUS A FAIT.

Bientôt, d'autres jeunes femmes sont assassinées, dont les cœurs viennent fleurir de nouvelles tombes… Qu'ont-elles en commun ? Et pourquoi ces offrandes funèbres ?

Un mystère à la hauteur d'un Pendergast au sommet de son art.

« Jamais Pendergast n'a mieux mérité son surnom de Sherlock Holmes des temps modernes. Une enquête qui est déjà un classique de la littérature policière. »
Associated Press

ISBN 978-2-8098-2646-3 / 22 €

Cet ouvrage a été composé
par Soft Office, à Eybens (Isère)

Impression réalisée par

NORMANDIE ROTO IMPRESSION S.A.S.

à Lonrai (Orne)

en avril 2021
pour le compte des Éditions de l'Archipel
département éditorial
de la S.A.S. Écriture-Communiciation

Imprimé en France
N° d'impression : 2101877
Dépôt légal : mai 2021